谌容文集

2

中篇小说

人到中年

作家出版社

作者简介

谌容，女，中国当代作家。祖籍重庆巫山小三峡，1935 年 10 月 25 日出生于湖北汉口。1937 年抗日战争爆发随父母入川，1945 年抗战胜利至北京，毕业于东城私立明明小学，后考入北京女二中。1948 年初随家人回重庆，就读于重庆女二中至初中二年级。

1951 年参加工作，在重庆西南工人出版社门市部（书店）售书。1952 年调入《西南工人日报》编辑部任干事。1954 年考入北京俄文专修学校（现北京外国语大学），成为新中国第一批享有国家调干助学金的大学生。1957 年毕业分配至中央广播事业局从事翻译工作。1961 年病休。1962 年调入北京市教育局待分配。病休中开始练习写作。

1975 年第一部长篇小说《万年青》由人民文学出版社出版。1979 年在《收获》发表第一部中篇小说《永远是春天》。1980 年调入北京市作家协会为专业作家。改革开放四十年间，谌容在全国各地期刊发表多部中、短篇小说，作品深受广大读者喜爱，多次获得各种奖项。由作者改编的电影《人到中年》，获得当年"百花""金鸡""华表"三大奖，得到广泛赞誉。

■ 我们年轻时很少有条件照相。只找到了这张一九五六年在重
庆《西南工人日报》工作时的证件照，大约十六七岁。

諶容

一九六〇年夏天。记得是买了一台缝纫机，自己做了一件花衣裳，路过照相馆阴差阳错地留下了这张相片。照片上的人已经消瘦，不久就病倒了。这时我已是两个孩子的妈妈，在中央台工作。

■ 八十年代在贵州农村采访。

■ 八十年代初，忘记了应哪个单位之邀，我和宗璞大姐到了
云南少数民族地区，左二谌容、左四宗璞。

一九七九年穿着白大褂在北京同仁医院体验生活，后来写了《人到中年》。不知谁给拍了这照片，倒也留下了难得的纪念。

■ 九十年代初，应邀访问新加坡时接受采访。

目录

人到中年

一

仿佛是星儿在太空中闪烁，仿佛是船儿在水面上摇荡。眼科大夫陆文婷仰卧在病床上，不知自己是在什么地方。她想喊，喊不出声来。她想看，什么也看不见。只觉得眼前有无数的光环，忽暗忽明，变幻无常。只觉得身子被一片浮云托起，时沉时浮，飘游不定。

这是在迷惘的梦中，还是在死亡的门前？

她记得，好像她刚来上班，刚进手术室，刚换上手术衣，刚走到洗手池边。对，她的好友姜亚芬是主动要求给她当助手的。姜亚芬的出国申请被批准了，他们一家就要去加拿大，这是姜亚芬跟自己一起做的最后一次手术了。

她们并肩站在一起洗手。这两个五十年代在医学院一起读书，六十年代初一起分配到这所大医院，同窗共事二十余载的好友即将天各一方，两人心情都很沉重。这种情绪在手术之前是不适宜的。她记得，自己曾想说些什么，调节一下这种离别前的惨淡的气氛。她说了些什么呢？对，她扭头问过：

"亚芬，飞机票订好了吗？"

姜亚芬说什么了？她好像什么也没有说，只是眼圈儿红了。

停了好久，姜亚芬才问了一句：

"文婷，你一上午做三个手术，行吗？"

她回答了吗？不记得了，好像是没有回答，只是一遍一遍地用刷子刷手。那小刷子好像是新换上的，一根根的鬃毛尖尖的，刺得手指尖好疼啊！她只看见手上白白的肥皂泡，只注视着墙上的挂钟，严格地按照规定，刷手、刷腕、刷臂，一次三分钟。她刷完三次，十分钟过去，她把双臂浸泡在消毒酒精水桶里。那酒精含量百分之七十五的消毒水好像是白色的，又好像是黄色的，直到现在，她的手和臂都还发麻，火辣辣的。这是酒精的刺激吗？好像不是的。从二十年前实习时第一次上手术台到如今，她的手和臂几乎已经被酒精泡得发白，并没有感到什么刺痛呀，为什么现在这手好像抬也抬不起来了？

她记得，已经上了手术台，已经给病人的眼球后注射了奴佛卡因，手术就要开始了，这时，姜亚芬却悄悄问了一句话：

"文婷，你小孩的肺炎好了吗？"

啊！亚芬今天是怎么啦？难道她不知道一个眼科大夫上了手术台，就应该摒弃一切杂念，全神贯注于病人的眼睛，忘掉一切，包括自己，也包括自己的爱人、孩子和家庭？怎么能在这时候探问小佳佳的病呢？或许，亚芬正为她将去到异国而不安，竟至忘掉了她正在协助手术？

陆文婷几乎有些生气了，只答了一句：

"现在我除了这只眼睛，什么也不想。"

于是，她低下头去，用弯剪刀剪开了病眼的球结膜，手术就进行下去了。

啊！手术，手术，一个接着一个，这天上午怎么安排了三个手术呢？焦副部长的白内障摘除；王小嫚的斜视矫正；张老汉的角膜移植。从八点到十二点半，整整四个半小时，她坐在高高的手术凳上，俯身在明亮的灯下，聚精会神地操作。剪开，缝合；再剪开，再缝合。当她缝完最后一针，给病人眼睛上盖上纱布时，她站起身来，腿僵了，腰硬了，迈不开步了。

姜亚芬换好了衣服，站在门边叫她：

"文婷，走啊！"

"你先走吧！"陆文婷站住不动说。

"我等你。今天是我最后一次到医院来了。"

说着，姜亚芬的眼圈儿又红了。她那对漂亮的大眼睛水汪汪的，她是在哭吗？她为什么难过？

"你快回家收拾东西吧，刘大夫一定等你呢！"

"他都弄好了。"姜亚芬抬起头来，忽然叫道："你，你的腿怎么啦？"

"坐久了，有点麻，一会儿就好了。晚上我去看你。"

"那，我先走了。"

姜亚芬走了，陆文婷退身到墙边，用手扶着白色瓷砖镶嵌的冰冷的墙壁，站了好一阵，才一步一步走到更衣室。

她记得，她是换了衣服的，是那件灰色的布上衣。她记得她走出医院的大门，几乎已经走进了那条小胡同，已经望见了家门口。可是忽然，她觉得疲劳，一种从来没有感到过的极度的疲劳。这疲劳从头到脚震动着她，眼前的路变得模糊了，小胡同忽然变长了，家门口忽然变远了，她觉得永远也走不到了。

手软了，腿软了，整个身子好像都不是自己的了。眼睛累了，睁不开了。嘴唇干了，动不了了。渴啊，渴啊，到哪里去找一点水喝？

她那干枯的嘴唇颤动了一下。

二

"孙主任，你看，陆大夫说话了！"一直守在病床边的姜亚芬轻声叫了起来。

眼科主任孙逸民正在翻阅陆文婷的病历，"心肌梗塞"四个字把他吓住了。他显得心事重重，摇了摇苍白的头，推了推架在高鼻梁上的黑边眼镜，不由得联想到在他这个科里，四十岁左右的大夫患冠心病的已经不是一个了。陆文婷大夫才四十二岁，自称没病没灾，从来没有听说过她心脏不好，怎么突然心肌梗塞？这多么出人意料，又是多么可怕啊！

听到姜亚芬的喊声，孙主任转过高大的、有些驼背的身躯，俯视着面色苍白的陆文婷大夫，只见她双目紧闭，鼻息微弱，干裂的唇动了一下，闭上了，又翕动了一下。

"陆大夫！"孙逸民轻轻地喊了一声。

陆文婷又一动不动了。她那瘦削的浮肿的脸上没有一点反应。

"陆大夫！文婷！"姜亚芬低声唤着。

陆文婷依旧没有反应。

孙逸民抬头望着阴森森竖在墙角的氧气筒，又盯着床头的心电监视仪。当他看到示波器的荧光屏上心动电描图闪现着有规律的QRS波时，才稍许放心。他又扭过头看了看病人，挥了挥手说：

"快去叫她爱人来！"

一个中等身材、面目英俊、有些秃顶的四十多岁的男同志跑了进来。他是陆文婷的爱人傅家杰。从昨天晚上开始他就守在床边，没有合过眼，刚才孙主任来，劝他到病房外边的长椅上去歇一会儿，他才勉强离开。

这时，孙逸民忙闪开床头的位置，傅家杰过来，俯身在陆文婷的枕边，紧张地盯着这张曾经那么熟悉，现在又变得那么陌生的白纸一样的脸。

陆文婷的嘴唇又微微动了一下。这无声的语言，没有任何人能听懂，只有她的爱人明白了：

"快拿水来！她说她渴！"

姜亚芬赶忙递过床头柜上的小瓷壶。傅家杰接过来，小心地绕过输氧的橡皮管，把壶嘴挨在那像两片枯叶似的唇边，一滴一滴的清水流进了这垂危病人的口中。

"文婷，文婷！"

傅家杰喊着，他的手抖着，瓷壶里的水珠滴到了那雪一般惨白的脸上，她似乎又微微动了一下。

三

眼睛，眼睛，眼睛……

一双双眼睛纷至沓来，在陆文婷紧闭的双眸前飞掠而过。男的，女的；老的，少的；大的，小的；明亮的，浑浊的，千差万别，各不相同，在她四周闪着，闪着……

这是一双眼底出血的病眼；

这是一双患白内障的浊眼；

这是一双眼球脱落的伤眼。

这，这……啊！这是家杰的眼睛！喜悦和忧虑，烦恼和欢欣，痛苦和希望，全在这双眼睛中闪现。不用眼底镜，不用裂隙灯，就可以看到他的眼底，看到他的心底。

家杰的眼底清澈明亮，就像天上金色的太阳。家杰的心底是火热的，他曾给过她多少温暖啊！

是他的声音，家杰的声音！那么亲切，那么温柔，却又那么遥远，好似从九天之外的另一个世界飘来：

> 我愿意是激流，
> ……
> 只要我的爱人，
> 是一条小鱼，
> 在我的浪花中，
> 快乐地游来游去。

这是在什么地方？啊，是在一片银白色的天地中。冰冻的湖面，水晶一般透明。红的、蓝的、紫的、白的身影在冰面上飞翔。那欢乐的笑声啊，好似要把这透明的宫殿震穿！她和他也手拉着手，穿梭在人流里。笑脸，一张张的笑脸，她都看不见，她只看见他。他们并肩滑翔着，旋转着，嬉笑着，那是多么快乐的日子啊！

银装素裹的五龙亭，庄严古老，清幽旷寂，她和他倚身在汉白玉的亭台栏杆旁。片片雪花打在他们脸上，戏弄着他们的头发。他们不觉得冷，四只手紧紧地握在一起，傲视着这冷峻无情的严寒。

那时她是多么年轻！

她没有幻想过飞来的爱情，也没有幻想过超出常人的幸福。从小，她就是个孤苦伶仃的女孩子。幼年父亲出走，母亲在困苦中把她抚养成人。她不记得曾有过欢乐的童年，只记得一盏孤灯伴着早衰的母亲，夜夜剪裁缝补，度过了一个个冬春。

进了医学院，她住女生宿舍，在食堂吃大锅饭。天不亮，她就起床背外语单词。铃声响，她夹着书本去听课，大课小课，密密麻麻的笔记。接着是晚自习，然后在解剖室待到深夜。她把青春慷慨地奉献给一堂接着一堂的课程，一次接着一次的考试。

爱情似乎与她无缘。姜亚芬是她同班同学，两人同住一间宿舍。姜亚芬有一双会说话的眼睛，有一张迷人的小嘴，有修长的身材，有活泼的性格。每个星期，她都会收到不能公开的来信，每个周末，她都有神秘的约会。而陆文婷却是茕茕孑立，形影相吊，没有来信，也没有约会。她似乎是一个被人遗忘的少女。

当她和姜亚芬一起被分配到这所具有一百多年历史的著名的大医院时，医院向她们宣布了一条规定：医学院的毕业生分配到本院先当四年住院医。在任住院医期间，必须二十四小时待在医院，并且不能结婚。

姜亚芬背后咒骂"这简直是修道院"，陆文婷却甘心情愿地接受了这种苛求。二十四小时待在医院，这算什么？她恨不得一天有四十八小时献给医院！四年之内不能结婚，这又算得了什么？医学上有成就的人，不是晚婚就是独身，这样的范例还少吗？小陆大夫把自己全身的精力投入了工作，兢兢业业地在医学的大山上登攀。

然而，生活总是出人意料的。傅家杰忽然闯进了她那宁静的，甚至是刻板的生活中来。

这是怎么回事？这事是怎么发生的？她一直闹不明白，她也没有去闹明白。他因为突然的眼病来住院了，恰巧是她负责的病人。她为他治好了眼睛。也许，就在她认真细巧的治疗中，唤起了他的另一种感情。这种感情蔓延着，燃烧着，使得他们两人的生活都改变了。

北国的冬天多么冷啊！那年的冬天对她又是多么温暖！她从来不曾想到，爱情竟是这样的迷人，这样的令人心醉！她简直有些后悔，为什么不早去寻求？那一年，她已在人世间经历了二十八个春天，算不得年轻，然而，她的心却是年轻的。她用整个纯洁的身心来迎接这迟到的爱情。

> 我愿意是荒林，
> ……
> 只要我的爱人，
> 是一只小鸟，
> 在我的稠密的
> 树林间做窝、鸣叫……

这简直不可思议。傅家杰是学冶金的。他在冶金研究所里专攻金属力学，据说是为"上天"研制新型材料的。他有点傻气，有点呆气，姜亚芬就说他是"书呆子"。可是，这个书呆子会念诗，而且念得那么好！

"这是谁的诗？"她问他。

"裴多菲，匈牙利的诗人。"

"真怪，你是搞科学的，还有时间读诗？"

"科学需要幻想，从这一点说，它同诗是相通的。"

谁说傅家杰傻？他回答得很聪明。

"你呢？你喜欢诗吗？"他问她。

"我？我不懂诗，也很少念诗。"她微笑着略带嘲讽地说，"我们眼科是手术科，一针一剪都严格得很，不能有半点儿幻想的……"

"不，你的工作就是一首最美的诗。"傅家杰打断她的话，热切地说："你使千千万万人重见光明……"

他微笑着挨近她，脸对着脸，靠得那么近。她从未感到过的男人的热气，猛然地飘洒在她脸上，使她迷惑，使她慌乱。她觉得好像要发生什么事情，果然，他伸开双臂，那么有力地把她拥进自己的怀里。

这一切，来得那么突然。她惶恐地望着这双贴近的含笑的眼睛，张开的双唇。她心跳神驰，微仰起头，下意识地躲闪着，慌乱地紧闭了眼睛，承受着这不可抗拒的爱情的袭击。

雪中的北海，好像是专为她而安排。浓浓的雪花，纷纷扬扬，遮盖着高高的白塔、葱葱的琼岛、长长的游廊和静静的湖面，也遮盖着恋人们甜蜜的羞涩。

于是，出乎所有人的意料，在四年住院医的独身生活结束之后，陆文婷最先举行了婚礼。这只能说是命运的安排，谁能想到在她生活的路上会跳出一个傅家杰来？他要结婚，她怎么能拒绝呢？你看他多么固执地追求着，渴望着，愿意为她牺牲一切——

> 我愿意是废墟，
> ……
> 只要我的爱人，
> 是青春的常春藤，
> 沿着我荒凉的额，
> 亲密地攀援上升。

多好啊，生活！多美啊，爱情！这久远的往事重现在脑际，使得垂危中的她似乎有了生的活力，她的眼睛微微启开了一下。

四

在服用了大量镇静和镇痛的药物之后，陆文婷大夫仍在昏睡。内科主任亲自来为她做了检查。他仔细听了她心脏和肺部的情况，看了心动电描图和病房记录，嘱咐值班大夫继续为病人静脉滴注极化液，注射罂粟碱和吗啡，密切监视心电变化，以防止梗塞面扩大和发生严重的并发症。

走出病房，内科主任对孙逸民说道：

"她的体质太弱了。我记得，陆大夫刚到我们医院的时候，身体很好嘛！"

"是啊！"孙逸民摇摇头，叹息着说，"她到我们医院，算来有十八年了。来的时候还是个小姑娘啊！"

十八年前，孙逸民已经是一位享有盛名的眼科专家了。他高超的医术和对工作一丝不苟的态度，赢得了眼科全体大夫的敬畏。这位年富力强、精力旺盛的教授，把培养年轻医生当作自己不容推卸的责任。每当医学院分来一批学生，他都要逐个考察，亲自挑选。他认为，要把这所医院的眼科办成全国最好的眼科，必须从挑选最有前途的住院医开始。

陆文婷是怎么被他挑上的呢？他记得很清楚。最初，这个二十四岁的医学院毕业生并没有给他留下很深的印象。

那天一上午，孙主任已经同五个新分配来的大学生谈了话，心里感到非常失望。这五个大学生，有的很适宜搞眼科，可是看不起眼科，表示不愿意在眼科工作；有的倒是愿意在眼科，可又把眼科看得很简单，以为这是很清闲的一科。当他拿起第六份档案，看到"陆文婷"这个名字时，他感到有点累，也并不期待还能出现奇迹。他心里想的是应该改进医学院的教学工作，使学生从一开始对眼科就有一个正确的看法。

这时，门悄悄地推开。一个苗条的女生轻步走了进来。孙逸民抬起头来，只见进来的这个女学生穿一身布衣布裤。袖口补着一圈新布边，长裤的膝盖处已经发白。她是朴素的，甚至显得有些寒碜。孙逸民望着档案袋上"陆文婷"三个字，又抬头漫不经心地打量了她一眼。这个女大学生看起来真像一个小姑娘。她小巧的身子，瓜子形的脸儿，一头乌黑透亮的好头发，短短地剪齐在耳垂下。她坐在对面的椅子上，安静得像一滴水。

孙主任照例问了一般学业上的问题。陆文婷一一回答了，但只限于回答，没有更多的话。

"你愿意在眼科吗？"孙逸民几乎决定草草结束这谈话了。他手臂撑在桌沿上，用手指揉着太阳穴，疲倦地问道。

"愿意。我在学校的时候就对眼科有兴趣。"她说话略带南方口音。

这个回答，使孙逸民那么高兴。他松开了按在太阳穴上的手指，好像额头不那么涨痛了。他立刻改变了主意，要把谈话认真地进行下去。他审视着这女学生，问道：

"为什么有兴趣呢？"

话一出口，他自己感到这个问题提得不好，叫人家太难回答了。不想，那女学生却不慌不忙地回答了：

"我们国家的眼科太落后了……"

"好，你讲讲看，怎么落后？"孙逸民简直是急急地在问了。

"我也讲不好，反正我觉得，有些手术，外国已经搞开了，我们还是空白。比如，用激光封闭视网膜破口。我觉得，我们也应该尝试的。"

"是啊！"孙逸民在心里已经给这个学生打了"五"分。他又问道："还有呢？还有什么想法？"

"还有……嗯……用冷冻摘除白内障，也应该普遍推广。反正我觉得，有很多新的课题，值得研究。"

"好啊，你讲得很好。你能看外文资料吗？"

"查字典看，很吃力。我喜欢外语。"

"这太好了。"

孙逸民主任在一个新来的大学生面前连连赞好，这是绝无仅有的。过了几天，陆文婷和姜亚芬首先被眼科要了来。如果说姜亚芬以她的聪慧、热情、精干被孙逸民挑上，那么，陆文婷就是以她的朴实、深沉、敏锐而被选中。

第一年，她们做外眼手术，熟读眼科学。第二年，她们做内眼手术，读屈光学和眼肌学。第三年，她们能做比较精细的白内障之类的手术了。这一年，有一件事更使孙主任对陆文婷大夫另眼相看。

那是一个春天的早晨。星期一，孙主任查病房来了。穿白大褂的各级大夫跟了一群。病人怀着急切的心情，都早已坐好在床上，翘首盼望这位有名的教授给自己看上一眼。好像他的手一按到自己的眼睛上，那病就会好似的。

每到一个床位，孙主任总是接过从背后递上来的病历，一边翻阅着，一边听主治大夫或高年大夫汇报诊断与治疗的情况。有时他掰开病人的眼皮瞧上一眼，有时他拍拍病人的肩膀，嘱咐病人手术时不要紧张，然后转到下一个床位。

查完病房之后，照例有一个短会，交换意见，安排工作。在这样的会上，通常都是孙主任和主治大夫们发言，住院医只用心地在一边听着，谁也不敢说什么，怕说错了在这些眼科权威面前出乖露丑，日后成为全科的笑料。这一次也是如此，该说的说完了，该布置的布置了。孙逸民准备走了，他照例站起来问了一句：

"大家还有什么意见吗？"

这时，在屋子角落里，响起了一个很低的女同志的声音：

"四室三床的病人，请孙主任再看看片子。"

满屋的人都朝说话的方向转过头去。孙逸民也看清了，说话的是陆文婷大夫。她确实长得个子不高，而且很不显眼。刚才查房时，孙逸民就没有注意到尾随在自己身后的还有这个住院医。后来进了办公室，谈了这么长时间，他也没有注意到参加会的还有这个陆文婷大夫。

"三床？"孙逸民侧过脸望着总住院医生。

"三床是工伤。"总住院医答道。

"门诊收住院时，给他照过片子。"陆文婷说，"放射科的报告是未见金属异物。住院后，伤口缝合了，病人还是嚷痛。我又给他做了无骨照相，我认为确实有异物。请孙主任再看看。"

片子被取来了。孙主任看了，在场的总住院医和主治大夫们都轮流看着。

姜亚芬直拿大眼瞪自己的同学，心说：你不会等会后再给孙主任看？万一你判断错了，就在全科落下话柄；就算你诊断对了，那也等于说人家门诊的大夫不够仔细，人家可是主治大夫呀！

"你的看法对，是有异物。"孙逸民又接过片子来，点着头。然后，他环视着在场的大夫说道："陆大夫到眼科不久，肯钻研业务，对工作认真细致，这是很可贵的。"

听到这话，陆文婷反低下了头。她没有想到孙主任会当众表扬自己，一时脸红了。孙主任看着她那神情却微微笑了。他也很明白，这个住院医敢于对主治医的诊断怀疑，不仅要有对病人的高度责任心，还需要极大的勇气。

医院与别的单位不同，一级一级，等级森严。这倒也没有什么明文规定，然而，低年大夫要服从高年大夫；住院医要听主治医的；教授、副教授的意见则是不容辩驳的，如此等等。这个还算不上高年大夫的陆文婷竟然能对主治医的诊断提出不同看法，不能不引起孙逸民格外的重视。

"她是一个很有希望的眼科大夫。"从那时起，孙主任就对陆文婷下了这样的断语。

如今，转瞬之间十八年过去了。陆文婷、姜亚芬这批大夫，已经成为这所医院眼科的骨干。按规定，如果凭考试晋升，她们早就应该是主任级大夫了。可是，实际上她们不仅不是主任级大夫，连主治大夫都不是。她们是十八年一贯的住院大夫。"文化革命"砍断了她们晋级的阶梯，粉碎"四人帮"后的春雨还没有来得及洒到这些多年住院医的身上。

"一茎瘦草！"望着奄奄一息的陆文婷，一种怜悯之情，从他心中油然而生。孙逸民拉住内科主任问道：

"你看她，还不至于……"

内科主任回头朝病房望了望，叹了口气，又摇着头低声说：

"孙老，只希望她很快脱离危险吧！"

孙逸民忧心忡忡地又回身往病房走来。他的步履变得沉重，看上去真是老态龙钟了。到门边，他一眼看见姜亚芬还偎在陆文婷枕边，就站住了，没有前去惊动这一对挚友。

深秋天气，昼短夜长。五点多钟，天已经暗了下来。秋风吹动着窗外的梧桐树叶，沙沙地响。一片、两片、三片……枯黄的叶儿在秋风中飘落了。

孙主任眼望窗外飘拂落下的黄叶，耳听那如泣如诉的沙沙沙的声响，感到一阵从来未曾有过的怅惘。他面前的这两位骨干，两名有造就的眼科医生，一个已经倒下去了，能不能再站起来，尚不可知；一个即将离去，能不能再回来，亦不可料。她们是支撑着这著名医院眼科的两根柱子。撤掉了这两根柱子，他感到整个眼科就如同那秋风中的梧桐，正在一天天地衰落下去。

五

朦胧之中，陆文婷大夫觉得自己走在一条漫长的路上，没有边际，没有尽头。

这不是崎岖的山路。山路尽管险峻难攀，却是千回百折，令人意气风发。这也不是田间的小道。小道尽管狭窄难行，却有野花飘香，令人心旷神怡。这是一步一坑的沙滩，这是举步难行的泥潭，这是无边无沿的荒原。极目远眺，人迹渺无，只有死一般的沉寂。啊！多么难走的路，多么累人的路！

歇下来吧，躺下来吧！沙滩是和暖的，泥潭是柔软的。让大地温暖你冰冷的身躯，让春光抚摸你劳累的筋骨。她好像听见死神在冥冥之中低声轻唤着她的名字：

"安歇吧，陆大夫！"

啊！这么歇下来多么好，永远歇下来。什么也不想，什么也不知道。没有烦恼，没有悲伤，没有劳累。

可是，不行啊！在那漫长道路的尽头，病人在等着她。她好像看见了，那病人正因双目刺痛辗转不安。她好像看见了，那病人在面临失明的威胁而暗自饮泣。她看见了，看见了一双双望穿秋水的焦急的眼睛,在等着她,等着她的来临。她耳边只听见病人在绝望中的呼喊:"陆大夫!陆大夫!"

这是神圣的召唤,这是不可抗拒的命令。她抬起麻木的双腿,继续在长长的路上艰难地行走。从家门到医院,从门诊到病房,从这个医疗点到那个巡回的地方,每天,每月,每年,走啊走啊……

"陆大夫!"

这又是谁在喊呢?好像是赵院长的声音。对了,是他来的电话。她记得,她在门诊护士长的台前放下了电话,把没有看完的病人交代给同诊室的姜亚芬,就向院长办公室走去了。

从眼科门诊到院长办公室,要经过一个小花园。她快步踏着园中小石子儿铺成的甬道,简直没有留心到那满园的菊花娇娜万朵,黄白争艳;也没有感到那从桂花树上飘来的阵阵清香;更没有看到那双双的蝴蝶在花丛中戏舞翩翩。她只想赶快走到院长办公室,赶快办完事,赶快回诊室。一上午要看完十七个病人,今天她才叫了七个号,明天就该轮到她去病房,门诊还有些病人需要交代安排。

她很快就到了院长办公室的门前,她记得自己好像没有敲门,就推开门径直往里走。立刻,她看见了迎面沙发上坐着的一男一女两位客人。她不由得在门边站住了,以为自己来得不是时候,转眼才看见赵院长斜身坐在皮转椅上。

"陆大夫,请进来呀!"赵院长回身笑着招呼她。

她走了进去,在靠窗的一把皮靠背椅上坐下了。

那间屋子好亮啊!又清洁又宽敞。那间屋子好静啊!没有门诊部那种杂乱的脚步声、乱哄哄的说话声和小病人的哭叫声。坐在那窗明几净的房间里,她感到一种异样的、很不习惯的恬静。

坐在那里的人们，也是那么温文尔雅，安安静静。赵院长总保持着学者的风度，挺直的脊背，和蔼的面容，金丝眼镜后面一双含笑的眼睛，头发梳理得很整齐。雪白的衬衣，乌黑的皮鞋，一身笔挺的浅灰色中山服。

那坐在沙发上的男客身材颀长，两鬓斑白，戴一副茶色眼镜，使人看不见他的目光。但是陆文婷一望而知，这是一位眼科的病人。只见他斜倚在沙发靠背上，无意地摆弄着身边的手杖，心平气和，举止安详。

坐在他身旁的女客五十多岁的样子。尽管上了年纪，仍是眉清目秀，染过的黑发经理发师稍稍冷烫过，既蓬松又不显轻浮时髦，十分得体。身上穿的是普通式样的干部服，但质地考究，剪裁合身，显得很有精神。

她记得，从自己一站在门口，这位女客的目光就跟踪着自己，从上到下地打量。而反映在那女客脸上的则是一种明显的疑虑、不安和失望。

"陆大夫，我来给你介绍一下。这位是焦副部长焦成思同志。这位是成思同志的爱人秦波同志。"

焦副部长？部长？是啊，在十几年的医生生涯中，她曾为多少部长、书记、主任治过眼睛。她没有注意到这职称，只是习惯地想：他的眼睛怎么了？好像是失明？

"陆大夫，你现在是在门诊还是在病房？"赵院长问。

"今天还在门诊，明天就该上病房了。"

"正好。"赵院长笑道，"陆大夫，焦部长想在我们这儿做白内障手术。"

病情就是敌情。这一句话就等于把任务交给她了。她开始问诊了：

"是一个眼睛吗？"

"一个。"

"哪只眼睛？"

"左眼。"

"完全看不见了吗？"

那病人点了点头。

"以前在医院检查过吗？"

她记得，病人说了一个什么医院的名字，她就站了起来，准备走过去看那只眼睛。可是，好像出了什么事，没有看成。为什么没有看成呢？记起来了，是坐在一旁的秦波同志客客气气地把她拦住了。

"陆大夫，你先坐，坐嘛，不要急。要检查，恐怕还要到你们的暗室里去吧！"秦波笑了笑，又扭头说："赵院长，老焦的眼睛一有病，我也成半个眼科大夫了。"

就这样，当时没有给焦副部长诊断。可是，在那间办公室坐了那么久，谈了些什么呢？对，秦波同志问了好些问题，问得真仔细啊！

"陆大夫，你在医院工作几年了？"

几年？她一时算不清了，她只记得自己是哪年毕业的，就那么回答了：

"我是六一年来的。"

"啊，六一年，那也有十八年了。"

秦波屈指算着，十分认真的样子。

她问这些干什么？只听赵院长从旁说道：

"陆大夫临床经验很丰富，手术做得很漂亮。"

赵院长为什么要当着病人这么夸赞自己？这有什么必要呢？

秦波同志又问道：

"你身体好像不大好，陆大夫？"

这又是什么意思？她整天给别人治病，很少研究自己的健康。本院的保健科甚至没有她的病历档案，也从未有上一级的领导问过她的身体状况，怎么面前坐着的这位初次见面的客人忽然关心起自己的身体来了？她迟疑了一下，记得是回答说：

"我身体很好。"

赵院长在一旁又说话了：

"她在我们这儿，就算身强力壮的了。陆大夫，我记得，你这几年一直是全勤。"

她没有回答。她闹不明白，全勤不全勤，身体好不好，和面前的这位夫人有什么关系呢？她记得，当时只是很着急，担心姜亚芬一个人看不完那些病人。

那夫人盯着她，笑了笑，又问道：

"陆大夫，对于白内障手术，你有把握吗？"

把握？又是一个叫人难以回答的问题。的确，在她做过的多少次白内障摘除手术中，还从来没有发生过意外的事故。可是，不怕一万，只怕万一，任何意外的情况都是可能发生的。如果病人配合得不好，或者麻醉得大意，都可能使眼内溶物脱出。

她不记得自己回答没有了，只记得秦波那一双包在皱褶里的眼睛，那双眼睛很大，闪着两道不信任的亮光，盯着自己一眨也不眨。这使她感到难以忍受。她接触过各式各样的病人，感到最难缠的就是一些高干夫人。不过，她接触得多了，也就习以为常。当她正考虑怎么委婉答复时，她记得，就在这时，焦副部长不耐烦地把身子在沙发上挪动了一下，朝秦波那边扭过头去。这一来，那夫人不说话了，眼睛也从自己身上移开了。

这场很难进行下去的谈话是怎么结束的呢？不记得了，对了，是姜亚芬跑来了，她探进半个身子，叫道：

"陆大夫，你约的那个张大爷又来了，他非等你不可。"

记得秦波立即客气地说：

"陆大夫有事，那就先忙去吧！"

她赶忙起身离开了这间明亮宽大的办公室，只感到这里的空气令人窒息，叫人透不过气来。

啊！多么憋闷！

六

赵天辉院长赶在下班前，匆匆忙忙来到内科病房。

"孙老，陆大夫身体一向不错，怎么突然就病倒了？"赵天辉两手插在白大褂的衣兜里，一边同孙逸民谈着，一边向病房走去。他比孙逸民小八岁，看上去却年轻得多，声音也洪亮得多。

"这是一个信号啊！"赵天辉摇摇头又说，"中年大夫，是我们医院的骨干力量，工作上担子重，生活负担也最重，身体素质一年不如一年，长此以往，一个个病倒了，你这位主任、我这个院长就没法办了。陆大夫家里几口人？住几间房？"

他侧身看了看心情沉重、面带愁容的孙逸民，又说：

"什么？四口人一间房？是啊，是啊，是这个情况。工资呢？工资多少？五十六块半？你看，你看，难怪人家说拿手术刀的不如拿剃头刀的，真是一点不假。嗯？去年调工资，怎么没给她调？"

"僧多粥少，调不过来。"孙逸民冷冷地说。

"唉！真是个问题啊！孙老，我看就请你和支部的同志商量一下，在眼科搞个中年大夫的调查，他们的工作情况、收入情况、生活情况，还有住房情况，搞个材料给我！"

"这有用吗？我记得这种材料，开科学大会的时候就让写过，交上去不也就完了。"孙逸民客气地反驳着，眼睛看着地面，不看身边的人。

"孙老，你就不要带头发牢骚了嘛！有个材料总比没有材料好。我拿了它去找市委，找卫生部去，见庙就烧香，见神就磕头。求爷爷，告奶奶，也要把这张状子递上去。中央三令五申，要珍惜人才，落实知识分子政策，改善科技人员待遇，总不能到了下边就变成一句空话吧！前天还传达市委开会的精神，要重视中年干部。我还是相信，有办法的，会解决的。"

赵天辉挽着孙逸民的手臂，跨进陆文婷的病房，才停了话头。

傅家杰早已站了起来，赵天辉冲他挥了挥手，就一直走近床边，弯下腰去，端详着病人的脸色，又从值班大夫手上接过病历。这时，他已经丢掉院长的身份，进入大夫的角色。

赵天辉是国内著名的胸科专家。全国解放时，他在国外学成归来，以自己精湛的医术服务于新生的人民共和国。他的政治热情很高，五十年代中期就被视为又红又专的典范，入了党，后来又被任命为院长。自从担任了这个行政职务，一大堆行政管理事务和会议压下来，使他除了参加重要的会诊，就很少有机会接触病人了。那十年，住"牛棚"、扫院子，自然谈不上发挥他的专长。这三年又处在拨乱反正的特殊历史时期，身为一院之长，每天处理成堆的问题，根本没有时间和精力上手术台了。

现在，赵院长亲自来到病房，显然是为陆大夫看病来了。内科病房的大夫都被吸引了出来，在他身后围了一圈，悄悄地观摩他的临床诊断。

然而，他似乎有些令人失望。他看完病房记录和心电图记录，又看了看心电监视仪的荧光屏，只嘱咐要继续密切监视心电变化，防止出现并发症，就回头问孙逸民：

"她爱人来了吗？"

孙逸民把傅家杰拉到前边来作了介绍，赵天辉才知道他原来就是陆大夫的爱人。他打量着傅家杰，一眼就看到他的秃顶和额前的皱纹，心里有点奇怪，这个面目清秀的中年人怎么已经开始秃顶？看来，他不大会保养身体，当然也就不会知道怎样爱护自己的妻子。

"你要多辛苦了。"赵天辉握了握他的手说，"陆大夫需要绝对静卧，不能让她动，大小便，翻身，都要人，应该二十四小时都有专人护理。你在哪儿工作？需要跟你们单位领导讲一讲，这几天你不能上班了。当然，你一个人也不行，还得有人替你。你们家还有什么人没有？"

傅家杰摇摇头说：

"有两个孩子，都还小。"

赵天辉回头问孙逸民：

"眼科能不能抽人值班啊？"

"一天两天，当然是可以的。"孙逸民说，"长期值下去，人力就安排不过来了。"

"先顾眼前吧！"

赵天辉又回头凝望着陆文婷苍白的瘦脸，心里简直不能明白，这个以精力旺盛著名的小陆大夫，怎么突然间就病成这样？

他脑子里闪过一个念头：会不会是给焦副部长做手术，心里过于紧张了？不可能呀！陆大夫不是一个新手，即便是个新手，也很少发生因手术时精神负担过重，导致心肌梗塞。更何况，心肌梗塞的发病常常来得很突然，不一定有什么诱发因素。

他想排除这种念头，但是，不行。不知为什么，焦副部长的手术和陆大夫的病总是绞在一起，好像有什么必然的联系。他甚至有些后悔，当初不该竭力推荐她。而且事实上，那位副部长夫人从一开始就不愿意让她做手术。

"赵院长，我想问一下，陆大夫是副主任吗？"那天，陆文婷走后，秦波就是这样提出问题的。

"不是。"

"那么，她是主治大夫吗？"

"不是。"

"是党员吧？"

"也不是。"

"我的同志哟！"秦波不大客气地说，"我们都是共产党员，恕我直言，让一个普普通通的大夫来给焦部长动手术，这，是不是有些考虑不周……"

她的话被焦成思手杖笃、笃戳地的声音打断了。焦副部长把头扭向他夫人这边，生气地说：

"秦波，你说些什么？听医院安排嘛！谁做不都一样。"

秦波并不屈服，她向焦成思开起连珠炮来：

"老焦，我就不赞成你这种无所谓的态度。这是对自己的眼睛不负责嘛！身体是革命的本钱。我们要对革命负责，对党负责！"

眼看老首长两口子要开战，赵天辉不得不过来劝解。他笑道：

"秦波同志，请你相信我们。陆大夫虽然只是一个普通的大夫，却是我们眼科的一把好刀。她做白内障手术是很有把握的，请放心吧！"

"不是我不放心。赵院长，也不是我替老焦考虑过多。"秦波叹口气说,"我在干校的时候,有个老同志,也是白内障。当时,不准他回北京,就在当地一个小医院开刀。结果,手术没做完,眼珠掉出来了。赵院长,老焦被'四人帮'关了七年,刚出来工作不久,他可不能没有眼睛啊!"

"不会的,秦波同志,我们医院很少有这样的事故。"

秦波考虑了一下,还是力争着:

"赵院长,能不能请眼科孙主任亲自替老焦动这个手术?"

赵天辉摇摇头,笑了笑说:

"孙主任已经快七十了。他自己的眼睛也不行了。再说,他已经好几年没上手术台。他现在的任务是搞点学术研究,带好这一批中青年大夫,还有教学的任务。让他做手术,老实说,还不如让陆大夫做更有把握。"

"要不,请郭大夫做,行不行?"

"郭大夫?"赵天辉一愣。

看来,这位副部长夫人对这里的眼科很作了一番调查。她提示说:

"郭汝清。"

赵天辉两手一摊说:

"郭大夫出国了。"

秦波仍不罢休,她急切地问:

"他什么时候回国?"

"不回国了。"

"为什么?"秦波瞪大眼问道。

赵天辉把头摇了摇,叹道:

"郭大夫的爱人是个归国华侨。她父亲在东南亚开一间杂货铺,不久前病故了。两个月以前,他们申请出国继承遗产,被批准走了。"

"放着大夫不当，去当杂货铺老板，简直不可理解。"焦成思感慨地说。

"在卫生界，这已经不是个别的了。拿我们医院来说，已经批准出国和正在申请要走的，就有好几个了。而且，还都是我们医院的骨干，业务上拿得起来的呀！"

"这些人，真不知是什么想法。"秦波颇有些愤愤然了。

焦成思把手中的拐杖扬了扬，脸向着赵天辉，说道：

"五十年代初，你们这批知识分子，冲破重重阻力，回来为建设新中国服务。想不到七十年代末，我们自己培养的知识分子又往外跑，这个教训太深刻了。"

"这么下去怎么得了？"秦波说，"我看还是应该加强思想政治工作。我的同志哟，粉碎'四人帮'以后，知识分子的地位大大提高了，随着'四化'的实现，生活条件、学习条件都会改善的嘛。"

"是啊。我们党委讨论的时候，也是这个看法。"赵天辉说，"郭大夫走之前，我代表党委找他谈过两次，再三表示挽留，可是没有用啊！"

秦波还想发点议论，焦成思晃了晃自己的手杖拦住她说：

"赵院长，我来找你们，倒不是一定要找个什么专家教授。我对你们医院信得过，或者说有一种特殊的感情。前几年，我右边这只眼睛白内障，就是在你们医院做的，手术很不错。"

"哦！那是谁做的？"赵天辉忙问。

焦成思深为遗憾地说：

"可惜啊，我到现在还不知道她姓什么。"

"那好办，查一查病历就知道了。"

赵天辉拿起电话，他想，只要把那位大夫找来，焦副部长的夫人总该放心了吧!

焦成思对赵院长连连摆手说:

"你不用查了,你也查不到。那时是在你们门诊做的手术,根本没有病历。只记得,是个女同志,说话带南方口音。"

"这就不好找了。"赵天辉放下电话,笑道,"我们这里南方口音的女同志很多,陆大夫就是南方人。就让她做吧!"

当秦波扶着焦副部长站起来时,他们接受了赵院长的意见,让陆文婷大夫来给做这个手术。

也许,就因为这个手术使她心肌梗塞?赵天辉自己想着,又摇摇头,觉得不可能。这样的手术她做过上百次了,不会那么紧张。再说,那天手术前自己还亲自去了,他看见这位女大夫走上手术台时从容不迫,很有信心,精神也很好。怎么可能发生这样的不测呢?

赵天辉又把关切的目光停留在陆文婷脸上。他感到,即便是在这生死线上,陆文婷大夫的脸色仍是从容的,好像没有什么病痛,只是安安静静地酣睡在温柔的梦乡。

七

她素来是从容的、沉静的。想让陆文婷大夫生气,在眼科工作过的同志都知道,几乎是不可能的。

秦波对她的挑剔和轻侮,换了别人,十有八九会当面顶撞,即使不说出口,也会怒形于色,或者过后愤愤不平,耿耿于怀。陆文婷呢?她从院长办公室出来的时候心平似镜,一如往常。她没有把替焦副部长做手术,看作是不可多得的荣誉;也没有把秦波的刁难，视为难以忍受的凌辱。手术做不做，要看病人自愿，愿意做就做，不愿意做就不做，这有什么呢？

"怎么，又找你做手术，什么大官儿呀？"姜亚芬见她出来，便悄悄问道。

"还没定做不做呢。"

"快走吧！"姜亚芬拉着她说，"你约的那个老大爷，真难办，简直跟他讲不清，他坚决不做手术了。"

"那怎么行？他是外地来的，花了那么多路费，能治不治，我们也没尽到责任。"

"那你去说服吧！"

回到门诊部，穿过坐满了候诊病人的过道时，一些熟悉的病人早已站起来向她们致意。她俩含笑四顾，点头招呼着。陆文婷进到自己的诊室，正低声回答着一个年轻病人的问题，忽然从身后响起了一个洪亮的喊声：

"陆大夫！"

这一嗓子把病人和大夫的目光都吸引了过去。只见一个高大结实的汉子摸索着朝诊室门口走来。这病人身穿青布裤褂，头缠白色毛巾，肩宽腰圆，五十多岁的样子。他那比人高出一头的个子本来就引人注目，加上这一声喊，两边的人都给他让开了路。但他双目几近失明，不知这么多人在看自己，只伸出两只大手，迎着陆文婷说话的声音摸去。

陆文婷忙转身迎出去，双手扶住这盲人，说：

"张大爷，快坐下吧！"

"您坐，陆大夫！俺找您，说个情况。"

"说吧，坐下说。"陆文婷搀扶着老汉在长椅上坐下。

"陆大夫，是这么回事儿。我在这儿也住了不少日子了。我寻思，还是先回去吧，赶明儿再来……"

"那怎么行？张大爷，您这么远跑到北京，花了这么多路费……"

"谁说不是呢！"不等陆文婷说完，张老汉拍着自己的膝盖抢过话说，"我是想着，回去再干一秋活儿，挣点分儿。您别瞧我眼神不济，摸摸索索也能干，队上派活挺照顾我。陆大夫，我拿定主意先回去，可一想，怎么也得来跟您说一声儿。为俺这双眼睛，真没叫您少操心。"

张老汉患角膜溃疡多年，瘢痕很厚，久治不愈。陆文婷在那里巡回医疗时，曾建议他移植角膜。老汉就是为做这个手术来的。

"张大爷，您儿子花了这么多钱，让您到这儿治病，没治好就回去了，我们也过意不去啊！"

"嘻，有您这份儿心，啥都有了。"

陆文婷笑笑，拍着老汉的胳膊说：

"眼睛治好了，您干活就不用人家照顾了，您身体这么好，还能干他二十年呢！"

张老汉呵呵笑了起来，连声答道：

"那敢情！要不是两眼不争气，啥活儿也难不住我！"

陆文婷笑道：

"那就还是做吧！"

张老汉放低了声音，说道：

"陆大夫，我拿您也不当外人，俺就实话实说吧，俺愁的就是钱。俺这趟治病，全靠自个儿掏，老在北京住店，住不起呀！"

陆文婷愣了一下，马上又说：

"张大爷，您别着急，我已经查过预约本了，这回该轮到您了。这两天，只要有材料，就马上给您做手术，行吧？"

张老汉被说服了，陆文婷把他送到走廊外，转身回来时，被一个十一二岁的漂亮小女孩拦住了。

这孩子长得可真俊。圆鼓鼓红扑扑的脸儿，黑眉毛高鼻梁配上一个红嘴唇儿，一只双眼皮儿大眼睛滴溜溜水汪汪的。可惜，另一只眼却向外斜着。她穿着医院的白裤褂躲躲闪闪地叫：

"陆大夫！"

"王小嫚，你怎么跑出来了？"陆文婷向她走去。这是她昨天收进来的小病人。

"我害怕，我要回家！"说着，王小嫚抹起眼泪儿来了，"我，不做手术了。"

陆文婷搂住这女孩子的肩膀问：

"来，告诉阿姨，怎么又不想做手术啦？"

"我怕疼。"

"傻丫头！不疼。到时候我给你打麻药。保证一点儿都不疼！"陆文婷拍拍她的头，又弯腰凝视着这张小脸儿，像在惋惜地欣赏一件不小心弄坏了的艺术品似的，不无遗憾地说："你看，就是这只眼睛！王小嫚，等阿姨给你矫正过来，跟那边的眼睛一样，你看，多好！快回病房去，听话，哎！医院不准乱跑的。"

王小嫚擦干眼泪走了，陆文婷才回到自己的诊桌，一个一个地叫号。

这两天病人很多。今天也一样。她必须抓紧时间，把刚才去院长办公室耽误了的时间补回来。她忘记了焦副部长，忘记了秦波，也忘记了自己，只一个接一个地看下去。问明情况，带到暗室，开药方，给预约号，一个接一个……

"陆大夫，你的电话！"护士跑来叫她。

"请你稍等一下。"陆文婷向病人打了招呼，跑过去拿起听筒。

"佳佳病了，昨天晚上就发烧。"托儿所的阿姨在电话里说，

"我们知道你工作很忙，没敢告诉你，带她去看了急诊，打了针。可是，现在还不退烧，老哼哼，要找妈妈，你能不能来看看？"

"好的，我就来。"她放下了电话。

可是，她并没有去托儿所。这么多病人压着，怎么能丢下走开？她又拿起电话，拨通傅家杰机关的号码，那边告诉她傅家杰外出开会去了。她只好挂上了电话。

"谁来的电话？有事儿吗？"姜亚芬问。

"没什么。"她答道。

她从来不麻烦别人，也从来不麻烦组织。"先把病人看完了，再上托儿所也行。"她想着，又坐回到诊桌旁，继续看病。开始，哼哼的佳佳，哭喊妈妈的佳佳，还在她脑子里转。后来，一双双病人的眼睛取代了佳佳的位置，直到把所有的病人都看完了，陆文婷才急急忙忙赶到托儿所去。

八

"陆大夫，你怎么才来呀？"托儿所的阿姨抱怨地说。

她冲向隔离室，只见小佳佳一个人冷冷清清地躺在小床上。她的小脸蛋儿烧得通红，小嘴唇儿张着，小鼻子吃力地翕动着，眼睛却闭得紧紧的。

"佳佳，妈妈来了！"陆文婷扑到小床栏杆上。

佳佳的小脑袋在枕头上动了动。她沙哑地喊了一声：

"妈——妈——回家！"

"回家，回家！"她急忙抱起小佳佳，转回本院儿科看急诊。

"肺炎。"儿科的大夫同情地说，"陆大夫，要好好护理几天啊！"

她点点头，给佳佳打了针，取了药，走出儿科急诊室。

中午时，医院安静下来。门诊的病人走了，住院的病人睡了，医护人员也各自奔回家或者找地方休息去了。偌大的一个院子显得空落落的，只有一些不知疲倦的麻雀在梧桐树上叫着，逍遥自在地飞来飞去。原来，在这大楼林立、空气污染、充满噪声的市区，也还有大自然的造物在与人类争妍。陆文婷心中觉得奇怪，怎么天天在医院走来走去，竟没有发现这里还有鸟儿？

她抱着孩子站在院子当中，不知该往哪儿去。回托儿所吧，想到病成这样的孩子，孤孤单单地躺在隔离室，于心不忍。抱回家去吧，下午还要上班，谁来照顾她？

愣了片刻，她狠了狠心，朝托儿所走去。

伏在她肩上、垂着头的佳佳，忽然大哭起来：

"我不上托儿所，不上……"

"佳佳，乖，听话……"

"不，不，我回家！"佳佳两腿乱踢起来。

"好，回家，回家。"陆文婷只好抱着佳佳朝回家的路上走去。

从医院到家里，要穿过繁华的商业大街。新竖的巨幅时装广告，大街两旁琳琅满目的陈列橱窗，以及人行道上农民自由出售的活鸡活鱼、瓜子、花生等稀缺的农副产品，陆文婷一概视而不见。自从有了两个孩子，月月入不敷出，她就同高档商品无缘了。此刻她怀里抱着佳佳，心里惦着园园，更是目不斜视，行迹匆匆。

回到家里，已经快一点了。园园噘着嘴说：

"妈，你怎么才回来？"

"你没看见小妹病了吗？"陆文婷瞪了园园一眼，忙给佳佳脱了衣服，把她放在床上，替她盖上被子。

园园站在桌边，着急地说：

"妈，快做饭呀！要迟到了！"

陆文婷心烦意乱，不由得吼了一声：

"催！你就会催！"

园园又委屈又着急，眼圈儿一红，眼泪儿就在眼眶里打起转来。

陆文婷顾不上去理他，走出房门打开蜂窝煤炉。封闭了一上午的煤块已经奄奄一息，火是一时上不来了。她再掀开锅盖，打开碗橱，全都空空如也，连一点剩菜剩饭都没有了。

她又转身进屋，看见儿子仍站在那里伤心，心里感到内疚。孩子是无辜的，自己为什么拿他出气呢？

近年来，她越来越感到家务劳动的负担沉重。"文化革命"那些年，傅家杰的实验室被造反的人们封闭了，他研究的专题也被取消了。他变成了"八九二三部队"的成员。每天八点上班，九点下班；两点上班，三点下班。他整天无所事事，把全部精力和聪明才智都用在家务上了。一日三餐他包了，还学会了做棉裤、织毛衣。这倒使陆文婷免去了后顾之忧。粉碎"四人帮"以后，科研工作要大上，傅家杰被视为骨干，他的科研项目被列为重点，又成了忙人。这样，家务劳动的重担又有很大一部分压到陆文婷肩上。

每天中午，不论酷暑和严寒，陆文婷往返奔波在医院和家庭之间，放下手术刀拿起切菜刀，脱下白大褂系上蓝围裙。可以毫不夸张地说，这是分秒必争的战斗。从捅开炉子，到饭菜上桌，这一切必须在五十分钟内完成。这样，园园才能按时上学，家杰才能蹬车赶回研究所，她也才能准时到医院，穿上白大褂坐在诊室里，迎接第一个病人。

一遇到今天的情况，全家就有面临饥饿的危险。她叹了口气，从抽屉里拿出点零钱说：

"园园，你自己去买个烧饼吃吧！"

园园接过钱，正往外走，又回过身来问：

"妈，你吃什么呀？"

"我不饿。"

"也给你买个烧饼吧！"

一会儿，园园给她送回一个烧饼，自己一边吃一边上学去了。

陆文婷啃着干硬的冷烧饼，呆呆地望着这间十二平方米的小屋。

对于生活，她和他都没有非分的企求。他们结婚的时候，就住在这间屋子里。房里没有沙发，没有大立柜，没有新桌椅，甚至没有新铺盖。两个人把自己平日的被褥集中到一起，就开始了新的生活。

他们的被褥是单薄的，他们的书籍是丰厚的。院里的陈大妈说："一对书呆子，怎么过日子哟！"而他们觉得，日子美得很。一间小屋，足以安身；两身布衣，足以御寒；三餐粗饭，足以充饥。这就够了。

他们视为珍宝的，是属于自己支配的时间。每天晚上，这陋室里就铺开了两摊子。陆文婷占据了唯一的一张三屉桌，借助于外文词典，阅读国外眼科医学文献，贪婪地在自己的本子上记下有用的资料。傅家杰屈居于床边的一摞箱子上，把一本本参考书摊在床上，研究他的金属断裂专题。院里那些调皮的孩子，常常来窥探这对新婚夫妇的秘密，他们看到的总是这样一幅夜读图。

对于他们来说，能够有一张平静的书桌读一点书，能够不受干扰地开一个夜车研究一点学问，这一天就过得非常充实。尽管没有地方给他们发夜班津贴，她和他天天工作到深夜，把一天变成两天，从不吝惜自己的健康和精力。夏天的晚上，邻居们在院子里乘凉。香茶、团扇，徐徐的晚风，明亮的星星，有趣的新闻，海阔天空的闲扯，都不能把这对"书呆子"从闷热的小屋里吸引出来。

啊！多么安宁的日子，多么充实的夜晚，多么难得的生活。它刚刚开始，却又匆匆离去。

两个新的生命，相继来到这间小屋，园园和佳佳，多么逗人疼爱的两个小人儿！不能说孩子的降临没有给这个小家庭带来欢乐，但是，他们也带来了混乱和灾难。小屋里挤进一张小孩床，后来又换成了单人床，几乎没有转身之地了。屋内空中挂起了"万国旗"，瓶瓶罐罐堆起来。孩子的哭声、嬉笑声、吵闹声，破坏了这小屋的宁静。

傅家杰是体贴的。他在屋里拉起一块绿色的塑料布，把三屉桌挪到布幔后面，希望能在这瓶瓶罐罐、哭哭啼啼的世界里，为妻子另辟一块安定的绿洲，使她能像以前一样夜夜攻读。这谈何容易！

但是，一个眼科大夫，不掌握各国眼科医学的新成果，怎么能开阔自己的眼界，结合自己的临床经验，做出新的贡献呢？她常常强迫自己躲在布幔后面，把自己隔离起来，直至深夜。

当园园成为一名小学生以后，这张珍贵的三屉桌的优先使用权属于了园园。只有等儿子功课做完了，腾出地方来，陆文婷才能打开自己的笔记本和借来的医学文献书籍。至于傅家杰，只好排在最后了。

啊！生活，你是多么艰难！

陆文婷啃着冷烧饼，望着窗台上的小闹钟：一点五分，一点十分，一点十五分了！怎么办？该上班去了。明天去病房，门诊还有好多事需要交代。可，佳佳交给谁？再给家杰打电话吗？附近没有电话。就算有电话，也不一定能找到他。再说，他已经耽误了十年，现在不该再占他的时间，不能再让他请假！

她双眉紧蹙，一筹莫展了。

或许，一生的错误就在于结婚。人们不是常说吗，结婚是恋爱的坟墓，那时候，自己是多么天真，总以为对别人来说，也许是如此，对自己来说，那是绝不可能的。如果当时就慎重考虑一下，我们究竟有没有结婚的权利，我们的肩膀能不能承担起组成一个家庭的重担，也许就不会背起这沉重的十字架，在生活的道路上走得这么艰难！

闹钟无情地嘀嗒着，已经一点二十了！实在没办法，她只好找院里的陈大妈帮忙。陈大妈是街道积极分子，一向热心助人。以前每遇这种情况，也多亏了这位老大妈。可是，陈大妈坚持义务帮忙，从不接受任何形式的报酬，这使陆文婷总觉得于心有愧，也就尽量不去麻烦她。

今天又到了走投无路的时候，她只好去找这位好心肠的大妈。陈大妈满口答应：

"你尽管放心上班去，陆大夫！"

陆文婷把佳佳喜欢的小人书和积木放在小枕头边，又托付陈大妈按时给她喂药，便匆匆赶回医院。

她坐在诊桌旁时，心里还想着，一会儿跟护士长说一下，少叫几个号，我得早点回去。可是，病人一来，这一切又都忘了。

赵院长亲自打电话告诉她：焦副部长明天入院，请她准备手术。

秦波同志接连来了两次电话，询问手术前要注意什么事项，需要病人和病人家属作哪些配合，在精神上和物质上都需要做些什么准备。

这使她很难回答。她做过上百例这种手术，还很少有人向她提过这样的问题，只好答道：

"也没有什么要特别注意的。"

"嗯——怎么没有什么要特别注意的呢？我的同志哟，凡事预则立。思想准备充分一些总好嘛，是不是呀？我看，还是我来一下吧，咱们当面研究一次。"

陆文婷不得不赶忙挡驾，对着话筒说：

"我这里还有很多病人。"

"那明天我们到医院再谈吧！"

"好。"

放下这叫人头疼的电话，她又回到诊桌旁边，一直看完最后一个病人。这时，天已经擦黑了。

她赶回家去，走到窗户底下就听见陈大妈正唱着自己即兴创作的儿歌：

佳佳、佳佳

快长大，

赶明儿变个

科学家！

佳佳咯咯地笑了起来。陆文婷心中感激万分，忙进屋谢了大妈，又摸摸孩子的额头，烧也退了些，她才松了口气。

给孩子打完针，傅家杰回来了。跟着又来了两位客人——姜亚芬和她的爱人刘学尧大夫。

"我是来向你告别的。"姜亚芬说。

"你要上哪儿去呀？"陆文婷问。

"我们申请去加拿大，护照批下来了。"姜亚芬的眼睛埋下，望着地面说。

刘学尧的父亲在加拿大行医，陆文婷是知道的。他几次来信要刘学尧夫妇去国外，她也听说过。但是，他们真的要走，却是她意想不到的。

"去多久？什么时候回来？"她问。

"可能就一去不回了。"刘学尧做出轻松的样子耸了耸肩膀答道。

陆文婷盯着自己的好朋友问道：

"亚芬，为什么你早没告诉我？"

"怕你劝阻我，更怕我自己动摇。"姜亚芬仍是躲开陆文婷的目光，眼睛盯着地面，好像要把这地望穿。

刘学尧从提包里拿出一包一包的卤菜，最后拿出一瓶葡萄酒来，兴致勃勃地说：

"你们还没做饭吧？正好，我借贵方一块宝地，举行告别宴会。"

九

这是一次含泪的晚宴。

与其说他们喝的是酒，不如说他们咽下的是泪；与其说他们吃的是美味的佳肴，不如说他们嚼的是人生的苦果。

佳佳睡着了，园园上邻家看电视去了。刘学尧举起酒杯，望着杯中的酒，感慨万端地说：

"人生，人生，人生真是难以预料啊！我父亲是个医生，古文底子很厚。我从小喜爱诗词歌赋，一心想当文人，可是命中注定要我继承父业，一晃三十多年。家严一生为人谨慎，他处世的格言是'言多必失'。可惜，这一点，我没有学来！我爱说，爱提意见，结果是祸从口出，每次运动都挨上。五七年毕业时差点成了右派，'文化革命'更不用说，又脱了一层皮。我是个中国人，不敢说有多么高的政治觉悟，可总还是爱国的，真心希望我的祖国富强起来。连我自己也想不到，在我快五十岁的时候，忽然会远离我的祖国。"

"不能不走吗？"陆文婷轻轻地说。

"是啊，为什么非走不可呢？我自己跟自己辩论过无数次了。"刘学尧晃动着手中半杯殷红的葡萄酒，又说："我已经过了大半辈子，还能活几年？为什么要把骨灰扔进异国他乡的土壤？"

一桌人都默默不语，听着刘学尧抒发他的离别愁情。可是，他忽然缄口不言，仰脖把半杯剩酒一干而尽，才吐出一句话来：

"你们骂我吧！我是中华民族不肖的子孙！"

"老刘！别这么说，这些年你的遭遇，我们都知道的。"傅家杰给他斟上酒说，"现在黑暗已经过去，光明已经来到，一切都会好起来的。"

"这我相信。"刘学尧点点头，"可是，光明什么时候才能照到我家门前？什么时候才能照到我女儿身上？我等不及啊！"

"不谈这些吧！"陆文婷猜想刘学尧非要出国不可的理由，可能是为了他那唯一的女儿，觉得不便深谈，便岔开话说，"我从来不喝酒，亚芬和你要走了，今天我要敬你们一杯！"

"不，应该我敬你一杯！"刘学尧按住酒杯说，"你是我们医院的支柱，是中华医学的新秀！"

"你喝醉了！"陆文婷笑道。

"不，我没有醉。"

半天没有开口的姜亚芬，也举杯说道：

"我诚心诚意为文婷干一杯！为了我们二十多年的友谊，也为了未来的眼科专家！"

"哎呀！你们这是干吗？我算什么呀？"陆文婷连连摆着手说。

"算什么？"刘学尧真有点醉似的，愤愤地说，"像你这样身居陋室，任劳任怨，不计名位，不计报酬，一心苦干的大夫，真可以说是孺子牛，吃的是草，挤的是奶，这是鲁迅先生的话，对不对？傅家杰？"

傅家杰默默地独自喝着酒，点了点头。

"这样的人太多了，又不是我一个。"陆文婷仍笑着说。

"正因为这样，我们的民族才是伟大的民族！"刘学尧又喝了一杯。

姜亚芬望着熟睡在床上的佳佳，不无伤感地叹道：

"就是嘛，宁肯耽误自己孩子的病，也不肯误了给别人治病。"

刘学尧站起来，给所有人斟满酒，说道：

"这就是宁肯牺牲自己，也要普救天下。"

"你们今天怎么回事？专门抬我？"陆文婷笑着指指傅家杰说，"你问他，我最自私了。我把丈夫打入厨房，我把孩子变成了'拉兹'，全家都跟着我遭殃。说实话，我是个不称职的妻子，也是个不称职的妈妈。"

"你是一个称职的医生！"刘学尧叫道。

傅家杰又喝了一口酒，放下杯子说：

"这一点，我对你们医院是有意见的。大夫也有家，也有孩子。大夫的孩子也会生病，为什么从来没人关心过？"

"老傅啊！"刘学尧打断他的话，叫了起来，"如果我是赵院长，我首先给你发勋章，还要给园园、佳佳发勋章！是你们作出了牺牲，才使我们医院有了这么好的大夫……"

傅家杰抢过话来说：

"我不求勋章，也不要表扬，我只希望你们医院了解，做一个大夫的爱人，是多么不容易。且不说巡回医疗，抗灾救灾，一声令下，抬腿就走，家里一摊全撂下不管；就连平常手术台上下来，踏进家门，筋疲力尽，做饭连手都抬不起来！试问：这种情况下，我不进厨房谁进厨房？说来真要感谢'文化革命'，给了我那么多时间，也把我练出来了。"

"亚芬早就说要给你摘掉'书呆子'的帽子。"刘学尧拍拍他的肩膀，笑道，"现在你是既能研究上天的尖端技术，又能深入厨房拳打脚踢，简直是一代共产主义新人在成长，谁说'文化革命'成绩不是主要的？"

傅家杰平日不沾酒，今天喝了一点，脸就红了。他拉着刘学尧的袖口笑道：

"对嘛，'文化革命'就是改造人的大革命。那几年，我不就被改造成家庭妇男了吗？不信，你们问文婷，我什么不干？什么不会干？"

陆文婷听着这些含泪的笑谈，心里很苦。她不能制止他们。此时此刻，好像也只有这种过去的笑话才能冲淡离愁。见傅家杰含笑看着自己，只好勉强笑道：

"什么都会，就是不会纳鞋底。不然园园就不会老嚷买球鞋了。"

"这就是你的苛求了！"刘学尧一本正经地说，"傅家杰改造得再彻底，也不能像农村老太太那样，拿着鞋底到处转啊！"

"要不是粉碎了'四人帮'，说不定我还真拿着鞋底到研究所批判大会上纳去。"傅家杰说，"你们想，那种状况继续下去，科学、技术、知识统统打倒，不就剩下纳鞋底了吗？"

然而，这样伤心的笑谈又能持续多久呢？他们谈到粉碎"四人帮",谈到科学的春天到来,谈到"臭老九"变成了"穷老三",谈到中年干部的疾苦,空气又沉闷起来。

"老刘,你认识的人多,可惜你要走了。"傅家杰又打起精神,拍着刘学尧的肩膀说,"我听说当保姆收入颇高。我真想托你打听一下,谁家要雇男保姆……"

"我走了不要紧。"刘学尧也拍着傅家杰的手说,"现在出了一张《市场报》,登待聘广告,你可以试一试。"

"那太好了!"傅家杰推了推宽边眼镜,嘻嘻哈哈地说,"本人大学毕业,精通两门外国语。擅长烹调蒸煮,缝纫洗涤,兼做男女粗细各种杂活。体格健壮,性情温和,勤劳勇敢,任劳任怨。最后一条,报酬面议。哈哈!"

姜亚芬默默地坐在一旁,不举杯,不动筷,看他们笑,自己也想笑,可是笑不出来。她碰了碰自己的丈夫说:

"别说这些了,有什么意思?"

"意思?这是一个普遍的社会现象啊!"刘学尧挥着手说,"中年,中年,现在从上到下,谁不说中年是我们国家的骨干?是各条战线的支柱?医院的手术靠中年大夫;重点科研项目压在中年科技人员身上;工厂的各种难活是中年工人顶着;学校的重点课程也要中年教师担当……"

"你少发点议论吧!一个大夫管那么多干吗?"姜亚芬打断他的话。

刘学尧眯起眼,似醉非醉地说:

"陆放翁的名句:'位卑未敢忘忧国'呀!我是个无名医生,可我不敢忘却国家大事。我请问:谁都说中年是骨干,可他们的甘苦有谁知道?他们外有业务重担,内有家务重担;上要供养父母,下要抚育儿女。他们所以发挥骨干作用,不仅在于他们的经验、他们的才干，还在于他们忍受着生活的熬煎，作出了巨大的牺牲，包括他们的爱人和孩子也忍受了痛苦，作出了牺牲。"

陆文婷呆呆地听着，轻轻说了一句：

"可惜，能看到这一点的人太少了！"

傅家杰愣了一下，给刘学尧斟上酒，笑道：

"老刘，你不应该当医生，也不应该当文人，你应该去研究社会学。"

刘学尧苦笑道：

"那我就是大右派了！研究社会学，必然要研究社会的弊病啊！"

"找到了弊病，加以改进，社会才能前进。这是左派，不是右派！"傅家杰说。

"算啦，左派右派我都不想当，不过，我对社会问题的确有兴趣。你比如说中年问题。"刘学尧两个胳膊肘趴在桌沿上，玩着空酒杯，又滔滔不绝起来，"旧社会有句话：'人到中年万事休。'这反映了在那个社会里，我们的民族未老先衰。人才活到四十岁，就觉得这辈子完了，不能再有什么作为了。现在呢，可以改一个字，'人到中年万事忙'。对吧？四五十岁的人，知识比较多了，经验比较多了，加上年富力强，正是担当重任的时候。这也反映在新社会里我们的民族年轻了，富有青春的活力了。中年人，正是大显身手的时候。"

"高论！"傅家杰赞道。

"你别忙叫好，我还有谬论。"刘学尧按住傅家杰的胳膊，谈兴更高了，"单从这方面看，我们这一代中年可以说是生逢其时的幸运儿了。其实不然，这一代的中年人又是不幸的。"

"话都叫你说了！"姜亚芬又打断他。

傅家杰拦住姜亚芬说：

"我倒很想听听这个不幸。"

"不幸在于他们最能出成果的黄金岁月，被林彪、'四人帮'的动乱耽误了。"刘学尧长长叹了口气说，"像你吧，几乎成了无业游民。现在，这批中年人要肩负起'四化'的重任，不能不感到力不从心，智力、精力、体力都跟不上，这种超负荷运转，又是这一代中年的悲剧。"

"你们这些人也真难伺候！"姜亚芬笑道，"不用你们吧，你们发牢骚：又是怀才不遇啦，又是生不逢时啦！重用你们吧，反倒又叫苦连天：又是担子太重啦，又是待遇太低啦！"

"你就没有牢骚？"刘学尧反问她。

姜亚芬低头不语了。

从刘学尧的这通议论里，陆文婷又感到，他之所以非出去不可，可能不全是为了他女儿，也为了他自己。

刘学尧又举起杯来，叫道：

"来！为中年干一杯！"

<h1 style="text-align:center">十</h1>

这天晚上，客人走了，孩子睡了，陆文婷刷了锅，洗了碗，回到屋里，只见傅家杰歪身靠在床头，摸着自己的额头发呆。

"家杰，你在想什么？"陆文婷站在他面前，望着他忧郁的神色，吃惊地问。

傅家杰没有回答她的话，却问道：

"你还记得裴多菲那首诗吗？"

"记得。"

"我愿意是废墟……"傅家杰把手从额上放下说,"我现在真成废墟了。我已经不像中年人,好像是老年了。你看,头顶秃了,头发白了,额头的皱纹多深了呀,我自己都能摸出来。真像一片残垣断壁,一片荒废景象。"

啊,真的,他变得多么苍老啊!陆文婷心酸地扑到他身旁,抚着他的前额说:

"都是我不好,让家务把你拖垮了,都怪我!"

傅家杰取下她的手,温柔地捏在自己手中说:

"不,这不怪你。"

"我太自私了,只顾自己的业务。"陆文婷的眼睛离不开那印着皱痕的前额,声音颤抖着,"我有家,可是我的心思不在家里。不论我干什么家务事,缠在我脑子里的都是病人的眼睛,走到哪儿,都好像有几百双眼睛跟着我。真的,我只想我的病人,我没有尽到做妻子的责任,也没有尽到做母亲的责任……"

"别说傻话。你作出了多大的牺牲,只有我知道。"他忍住涌上眼眶的泪水,不说了。

陆文婷依偎在傅家杰胸前,伤心地说:

"你老了,我,我真不愿意你老……"

"不要紧,'只要我的爱人,是青春的常春藤,沿着我荒凉的额,亲密地攀援上升'。"他轻声地吟着他们喜爱的诗句。

秋夜,静静的。陆文婷倚在爱人的胸前睡着了。泪珠还凝结在她黑黑的睫毛上。傅家杰抬起身子,轻轻地让她在床上睡好。她睁开眼问:

"我睡着了吗?"

"你疲劳了。"

"不，我一点也不疲劳。"

傅家杰斜躺在床边，一手撑着自己的头，望着她说：

"金属也会疲劳。先产生疲劳显微裂纹，然后逐步扩展，到一定程度就发生断裂……"

疲劳、断裂，是傅家杰研究的专题，他常常挂在嘴边，从陆文婷耳边飘过。只有这一次，这些专有名词仿佛有着千钧重量，给她留下了深深的印记。

啊，多么可怕的疲劳，多么可怕的断裂。她觉得，在这悄静的夜晚，在这大千世界，几乎每个角落都有断裂的声音。负荷着巍巍大桥的支架在断裂，承受着万里钢轨的枕木在断裂，废墟上的陈砖在断裂，那在荒凉的废墟上攀援上升的常春藤也在断裂……

十一

夜深了。

病房中的大吊灯熄灭了，只有墙上的壁灯放出蓝幽幽的暗光。

陆文婷躺在病床上，只觉得眼前有两点蓝蓝的光，时而像夏夜的萤火虫在飞跃，时而像荒原的磷火在闪烁，待到定睛看时，又变成了秦波那两道冷冷的目光。

秦波的目光是严厉的。但是，在焦副部长住进医院的那天上午，她把陆文婷叫去的时候，目光却是亲切的，温和的。

"陆大夫，你来了，快，先坐一会儿！老焦做心电图去了，一会儿就回来。"

当陆文婷跨上一幢十分幽静的小楼，穿过铺着暗红色地毯的过道，来到焦副部长住的高干病房门前时，秦波正坐在靠门的沙发上，她立刻起身，堆满笑容地接待了陆文婷。

秦波把陆文婷让到小沙发上坐下，自己也隔着茶几坐下了。可她立刻又站起来，走向床边，从床头柜里拿出一小筐橘子，放到茶几上说：

"来，吃个橘子！"

陆文婷摆了摆手，连说：

"不客气！"

"尝一个吧！这是老战友从南方带来的，很不错的。"说着，秦波亲自拣了一个递过来。

陆文婷只好把这黄澄澄的橘子接在手里。尽管今天秦波态度和蔼，陆文婷还是觉得背后冷飕飕的。那天初次见面时秦波的眼光好像两支冷箭一样至今还插在她背上。

"陆大夫，白内障到底是怎么一种病啊？我听一些医生说，怎么有的白内障还不能做手术？"秦波竭力用谦逊的声调问，那声音里甚至还含有讨好的成分。

"白内障就是眼睛里的晶体变得混浊了。"陆文婷看着手上的橘子说，"我们把混浊的程度不同分为初期、膨胀期、成熟期、过熟期，一般认为在成熟期做手术比较好……"

"哦，哦，"秦波点着头，又问道，"要是成熟期不做手术，再拖一拖又会怎么样呢？"

"那样不好。"陆文婷解释说，"到了过熟期，晶体缩小，晶体内部的皮质溶化，悬韧带松脆，手术就比较困难了，因为这时候晶体很容易脱位。"

"哦，哦！"秦波答应着，又点着头。

陆文婷感到她并没有听懂，也并不想弄懂。她为什么要问这些她并不懂得，也并不打算真正弄懂的问题呢？消磨时间吗？自己还有那么多事情在等着。刚到病房，病人情况需要了解，好多问题堆在脑子里，她真有点坐不住了。可是，她不能走，焦副部长也是病人，他的眼睛术前应该检查。他怎么还不回来呢？

"听说外国有一种人工晶体，"秦波想着，又说，"做完白内障手术，装上人工晶体，就可以不用配凸透镜了，是吧？"

陆文婷点头答道：

"对，我们也正在试验。"

秦波忙问：

"能不能给焦部长装一个人工晶体？"

陆文婷微微一笑，说道：

"秦波同志，我才说了，这种手术我们正在试验阶段，给焦副部长装，合适吗？"

"那就算了。"秦波马上同意不在焦副部长身上做试验了。可是，她想了想，又问："你看，焦部长这次手术，要采取一些什么措施？"

"采取什么措施？"陆文婷简直莫名其妙。

"我是说，要不要订一个什么手术方案。万一出现意外的情况，该怎么处理，事先安排好，免得到时候慌了手脚，乱了套。"秦波见陆文婷呆呆地望着自己，还不开窍的样子，就又补充说："我看报上常登这方面的消息，有的还成立手术小组，先讨论方案嘛！"

陆文婷听到这里，不由得笑道：

"这没有必要，白内障摘除是很一般的手术。"

秦波把头扭向一边，有点不高兴了。但她还是又把头转过来，心平气和地甚至笑了笑说：

"我的同志哟！不要轻敌嘛，唉？轻敌思想往往造成失败，这在我们党的历史上是有过的……"

秦波耐心地做了一番思想工作，又引导陆文婷大夫去设想在什么情况下白内障手术容易招致失败。

"如果病人有心脏病，或者血压很高，做手术就要考虑。"陆文婷说，"还有，要是病人有气管炎的话，也要治好咳嗽再做手术。要不然，伤口切开了，病人一咳嗽，眼内溶物很可能脱落出来。"

"我担心的就是这个啊！"秦波拍着沙发扶手，叫了起来，"焦部长心脏不大好，血压也高。"

"手术前我们都要检查的。"陆文婷安慰她说。

"他还有气管炎。"

"这几天咳嗽厉害吗？"

"这几天倒没有，可是，万一上了手术台咳嗽呢？嗯？怎么办？"

这时，陆文婷真感到这位夫人不好对付了。你不知道她想什么，也不知道她哪来这么多担心。陆文婷看了一下手表，已经快下班了。她望着两扇落地式大玻璃窗旁一动不动的白纱窗帘，心中不免着急。她侧耳留神听着门外，一阵轻轻的脚步走来，又过去了。又过了好久，才看见门被推开，焦副部长披着蓝条子的毛巾睡衣，由保健护士搀着进来。

"怎么去了这么久？"秦波问。

焦成思同陆文婷握了握手，朝沙发上坐下去，有点疲倦地说：

"到了这里就要听医院的。抽血、透视、做心电图。我不用排队，够照顾的了。"

秦波赶忙递过一杯热茶，焦成思喝了一口，说道：

"其实，眼睛做个手术，也用不着这么兴师动众。"

陆文婷从护士手中接过病历，一边翻阅，一边说：

"胸部透视正常，心电图正常，血压稍高一点。"

"高多少？"秦波急忙问道。

"高压一百五十，低压一百，不妨碍做手术。"陆文婷又问，"焦副部长，你这几天咳嗽吗？"

"不咳嗽。"焦成思毫不犹豫地答道。

秦波马上叮问道：

"你能保证上了手术台一声不咳嗽？"

"这……"焦成思困惑了，不知该怎么回答。

"老焦，你可不要掉以轻心。"秦波严肃地说，"刚才陆大夫说了，上了手术台，你要是一咳嗽，眼珠就可能掉出来。"

"这，我怎么能保证呢？"焦成思转向陆文婷问道。

"也没有说的那么严重。"陆文婷说，"焦副部长，你是抽烟的吧？最好手术前不要抽烟。"

"这没有问题。我可以做到。"焦成思说。

秦波又马上叮问道：

"万一呢？万一你咳嗽起来怎么办？"

陆文婷笑道：

"秦波同志，这也不要紧。万一发生这种情况，我们可以立即把切口缝上，避免出危险。等咳嗽过后，打开再做。"

"对，对，"焦成思说，"我上次右边这只眼睛做的时候，也是打开，缝上，又打开的。不过，那倒不是因为我要咳嗽。"

"那是为什么？"陆文婷觉得很奇怪。

焦成思把茶杯往桌上一放，掏出烟盒，想起大夫刚才的话，又装了进去，叹了口气说道：

"那时候，我被打成叛徒。右眼看不见了，跑来做手术。刚开始手术，造反派就闯了进来，硬逼着大夫中断手术，说是绝不能让叛徒重见光明。当时，我简直气晕了，浑身的血直往头上冲。

多亏了那位大夫沉着冷静，她立刻把切口缝上了，避免了意外。她又把造反派赶了出去，才把手术做完了，唉！"

"啊……"陆文婷听了不由得一怔，忙问道，"你右眼是在哪个医院做的？"

"就在你们医院。"

怎么，世界上会有这么雷同的事？她看了看焦成思，竭力想看出这个人是否曾经相识。可是，一点也看不出来了。

十年前，她曾给一个"叛徒"做过白内障摘除，在手术过程中也曾发生过造反派阻拦的事，情节和焦副部长说的一模一样。那个病人姓什么呢？对，也姓焦。是他，就是他！后来造反派串联了医院响当当的人物，给陆文婷刷了大标语："陆文婷的手术刀为大叛徒焦成思服务，是对无产阶级彻头彻尾的背叛！"

啊，怎么会认不出来了呢？十年前的焦成思身披一件破旧棉袄，脸色憔悴，精神不振，孤身一人来挂普通门诊。陆文婷建议他做手术，开了预约单，病人如期到来。就在刚开始手术的一瞬，就听外面护士在嚷：

"这是手术室，谁也不准进！"

接着就听一阵乱叫乱吼：

"什么手术室？他是大叛徒！给叛徒做手术，我们就是要造反！造定了！"

"臭老九给叛徒大开方便之门，决不允许！"

"冲！往里冲！"

焦成思在手术床上听得清清楚楚。他气急地说：

"算了，瞎就瞎吧，不要做了，大夫！"

"你不要动！"陆文婷一边说，一边已经飞快地把切口的预置缝线结扎好了。

三个大汉冲进了手术室，还有几个胆小的在门口站着。陆文婷坐在手术台的床头一动不动。

刚才，焦副部长说是那位大夫"把造反派赶出去"的，这不对。陆文婷从来没有骂过人，也从来没有赶过人。当时，她身穿白色的手术袍，脚穿绿色的泡沫塑料拖鞋，头戴蓝色的布帽，脸上蒙着一个大口罩，只有两个眼睛和一双戴橡皮手套的手露在外面。也许是头一次看到这种陌生的装束；也许是头一次感到手术室异样庄严的气氛；也许是头一次见到手术台上雪白的有孔巾下露出的一只血淋淋的眼球，造反派们给吓住了。陆文婷大夫仍然坐在那只高凳上，只是从口罩底下吐出几个字来：

"请你们出去！"

几个造反派面面相觑，好像也感到这里确实不是一个造反的地方，转身走了。

当陆文婷又重新剪开缝线，继续工作时，焦成思说：

"还是不做了吧！就算你把我的眼睛治好了，他们还会把我整瞎的。而且，可能祸及于你。"

"不要说话！"陆文婷几乎是命令说，同时两手飞快地操作。等到手术完毕，为他缠上纱布时，才说了一句："我是医生。"

就这样，陆文婷为焦成思在不寻常的情况下做了右眼的白内障手术。

当年，焦成思机关里的造反派到医院来给陆文婷刷大字报，也曾经轰动一时。但是，对陆大夫来说，这也算不得什么！无非是在"白专道路""修正主义苗子"等原有的罪名之外，又新加一个"包庇叛徒"的罪名。这个罪名连同这个手术，她都没有往心里去，也都逐渐从她的记忆中隐退了。如果不是焦成思偶然提起，她已经完全忘记了这件事。

"陆大夫，我就佩服这样的医生，真是治病救人哪！"秦波感叹地说，"可惜那时没有病历，不知她姓什么叫什么。昨天我们还跟赵院长谈起，如果请她做手术，就放心了。"

陆文婷听了，脸上露出尴尬的神色，秦波一见，又忙说道：

"不过，陆大夫，你也不要见怪。赵院长对你是很信任的。我们，当然也是信任你的。希望你不要辜负领导对你的期望，要向上次给焦部长做手术的那位大夫学习。当然，我们也要向她学习。你说，是不是啊？"

陆文婷只好把低着的头点了点。

"你还很年轻哟！"秦波又鼓励她说，"听说你还没有入党，是不是啊？要努力争取嘛，我的同志哟！"

"我家庭出身不好。"陆文婷老实地答道。

"唉——这个问题不能这么看嘛！家庭不能选择，道路可以选择。"秦波热情地滔滔不绝地说起来，"我们党的政策历来是有成分论，不唯成分论，重在表现。只要你真正同家庭划清界限，靠拢组织，对人民做出贡献，党的大门是对你开着的。"

陆文婷没有再说什么，走过去拉上窗帘，掏出眼底镜来给焦成思做检查。之后她说：

"焦副部长，如果你没有什么别的情况，我们后天就把手术做了吧！"

"行，早做完早出院。"焦成思痛痛快快地抢先答应了。

已经过了下班时间了，陆文婷告辞出来。秦波又追出来，喊住她：

"陆大夫，你是回家吗？"

"是呀！"

"用焦部长的车送你回去吧！"

"不用，不用。"

陆文婷连忙摆着手走了。

十二

临近子夜，病房里没有一点声息，没有一点动静。壁上那盏蓝色的孤灯，依稀地照着吊瓶中的溶液在无声地滴着。一滴，一滴，缓缓地输进病人那青筋隆起的血管里。在这万籁俱寂的黑夜里，似乎只有它是唯一的信息，告诉人们：陆大夫还活着！

傅家杰呆坐在床头，痴痴地望着自己的妻子。在这纷乱的二十多个小时里，他还是第一次独自守护在她身畔。不，在十几年的共同生活中，似乎也是第一次这样守在她身旁，这样看着她。

记得有一次，大概还是热恋的时候，他也曾长时间目不转睛地看着她。可是她却歪着头问："你为什么这样看我？"他只好讪讪地把视线移开。现在，她不能歪过头去了，她也不能问话了。她好像被解除了武装，任凭他的目光在她脸上久久地停留，再也不能"抗议"了。

直到此刻，他才心惊地发现，她变得多么衰老了啊！原来漆黑的美发已夹杂着银丝，原来润泽的肌肉已经松弛，原来缎子般光滑的前额已刻上了皱纹。那嘴角，那小巧的嘴角也已经弯落下来。啊！她的生命似乎也已像耗尽了最后一滴油的灯芯，只剩下微弱的光和热了。他简直不愿相信，自己的妻子，一个如此坚强的女性，竟在昼夜之间变得这样虚弱！

他深知她不是一个弱女子。她生来苗条纤细，看上去弱不禁风，然而，她并不是弱不禁风的。她总是用瘦削的双肩，默默地承受着生活中各种突然的袭击和经常的折磨，没有怨言，没有怯懦，也没有气馁。

"你是一个很坚强的女人。"傅家杰常说。

"我？不，我很软弱哩！一点儿也不坚强。"她总是这样回答。

这一次，就在她病倒的头一天晚上，她又作出了一个被傅家杰称为坚强的决定——让他搬到研究所去住。

那天晚上，佳佳的病基本好了，园园的功课也做完了，兄妹俩相继睡去。小屋里得到片刻的安宁。

已是秋天了，阵阵秋风送来了寒意。托儿所通知家长们给孩子送棉衣了。陆文婷拿出佳佳去年穿的小棉袄，把它拆开，放大，接长袖子。她把棉袄铺在那张三屉桌上，为女儿过冬的棉衣絮上一层新棉花。

傅家杰从蒙着白布的大书架上取下他的一篇未完成的论文，在桌旁站了站，就歪身在床头坐下。

"等一会儿，我马上就絮完了。"陆文婷说着，没有回头，只加快了速度。

当陆文婷把絮好的棉袄撤走时，傅家杰说：

"什么时候再有半间房就好了。哪怕六平方米、五平方米也行，只要能搁下一张桌子。"

陆文婷坐在床边低头做活。她听着，没有答话。过一会儿，她忙忙地把没缝完的棉袄折起来，说：

"我得到医院去一下，桌子你尽管用吧！"

傅家杰回过头来问：

"这么晚了，还上医院？"

陆文婷一边穿上外衣，一边说：

"明天早上的两个手术，有些不放心，我得去看看。"

其实，陆文婷晚上跑到医院去是常有的事。为此，傅家杰常常笑她："人在家中，魂在医院。"

"你多穿一件衣服吧，夜里冷。"

"我马上就回来。"陆文婷忙说，又带着歉意地笑道，"你不知道，明天的两个手术挺有意思。一老一小。一位副部长，他夫人老怕手术做不好，总是制造紧张空气，所以我得去看看他。小的是个女孩儿，娇得很，今天还缠着我说，她晚上尽做梦，睡不好……"

"行啊，我的大夫！快去快回吧！"傅家杰也笑道。

她走了。回来时见傅家杰还在灯下用功。她没有惊动他，过去给孩子披了披被子，说道：

"我先睡了。"

傅家杰见她躺下了，又埋头于稿纸和书本。过了一阵，他虽并不曾回身，却感觉到陆文婷还没有入睡。是不是灯光影响了她？傅家杰把台灯弯得更低些，又用一张报纸挡上，才继续工作。

又过了一阵，他听到她发出了轻轻的均匀的呼吸声。傅家杰心里很清楚，她并没有睡着。多少次，她都是用这种假意的鼾声，企图给他一种错觉和安慰，要他不必顾忌她能不能在灯光下入睡，而专心于自己的著作。其实，这个小小的"诡计"，傅家杰早已识破，只是不忍心拆穿它。

再过了一阵，傅家杰站了起来，伸了伸腰说：

"算啦！我也睡吧！"

"你别管我！"陆文婷忙答道，"我已经进入半睡眠状态了。"

傅家杰双臂撑在桌沿上，望着未完成的论文，犹豫了片刻，还是噼噼啪啪扣上了一本本的书，下决心说：

"不干了！"

"你的论文怎么办？不抓紧晚上的时间，什么时候能写完？"

"损失了十年的时间，一夜也补不回来啊！"

陆文婷索性坐了起来，随手披上一件毛衣，靠在床头，很认真地对他说：

"你知道刚才我在想什么？"

"你什么也不该想！你应该快闭上你的眼睛，明天你还要给人家治眼睛……"

"你别打岔。你听我说，我想，你应该搬到研究所去住。这样，你就有时间了。"

傅家杰站在床前，瞪大眼睛望着她，只见她脸上放着光，眼睛是笑的，她显然被自己的想法兴奋着。

"我不是说着玩儿，我真的这么想。你应该是有所作为的，应该是科学家。是我和孩子拖累了你，影响你不能早出成果。"

"唉！不是这个问题……"

"是这个问题！"陆文婷打断他的话说，"当然，我们又不能离婚。孩子们不能没有爸爸，科学家也不能没有家庭。可是，我们可以想点办法，把你的八小时变成十六小时。"

"两个孩子，一大堆家务事，都压在你一个人身上，这怎么行？"傅家杰不同意。

"这怎么不行呢？离了你，我们家也在地球上转呀！"

他提出种种具体困难，她一一讲出解决的方案，最后她说：

"你不是常说我是一个坚强的女人吗？你就放心吧！我能挑起这副担子，你的儿子不会饿肚子，你的女儿不会受委屈。"

他被说服了。他们决定从明天起就试一试。

"在中国，要干一点事情真不容易啊！"傅家杰脱衣上床时说，"战争年代，老一辈为了革命的胜利作出了很多牺牲。我们这一代人，为了实现'四化'，也在作出很多牺牲。只是这种牺牲，常常不被人看见……"

傅家杰独自说着，当他脱下衣服搭在椅背上，回头看时，陆文婷已经睡着了。这回是真的睡着了。她的脸上还留着笑意，好像在睡梦中还为自己的这个倡议感到欣喜。

唉！谁会料到，这个试验在第一天就失败了。

十三

她的试验是失败的，她的手术是成功的。

那天上午，当她照例提前十分钟来到病房时，孙逸民迎着她说道：

"陆大夫，我正等你呢！今天有角膜材料，能做移植手术吗？"

"太好了。我正有个病人，急等着要做呢！"陆文婷立刻高兴地答应。

"你上午已经安排两个手术了，身体能顶下来吗？"

"能。"陆文婷挺直了身子，笑了笑，好像要证明她身上蕴藏着无穷无尽的精力。

"好吧，那就做吧！"孙逸民决定了。

于是，陆文婷挽着姜亚芬的手臂，朝手术室走去。她精神愉快，步履轻捷，好像不是走向一个紧张的战场，而是走向一个可以安憩的地方。

这所医院的手术室占了整整一层楼，气派宏大。"手术室"三个大红字漆在乳白色的玻璃门上。当病人躺在活动床上，被护士推进这两扇玻璃门之后，他们的家属就只能徘徊于这森严的大门之外，提心吊胆地望着那神秘的、似乎是很可怕的地方，好像死神正在那里游荡，随时可以伸出魔爪夺走自己的亲人。

其实，手术室并不是死神的宫殿，它是一个给人以生的希望的地方。进入手术室宽阔的走廊，四周高大的墙壁刷成淡绿色，使屋内的光线变得很柔和。走廊两边分别是外科、妇科、耳鼻喉科、眼科的手术室。这里每个人都穿着白色消毒长袍，眉上都严严地戴着浅蓝色印有"手术室"字样的消毒布帽。人人眼下都是一个大口罩，只露出两只眼睛。这里的人没有美与丑之分，甚至也看不出男和女之别。这里只有医生、助手、麻醉师、器械护士。白色的人群轻轻地走来走去，他们的脚步是迅速的，又是轻盈的。这里没有笑语，没有喧哗，在这座每天涌入上千人的大医院里，手术室是最安静、最有秩序的一角。

焦成思被送进了手术室。他躺在高高的乳白色的铁架手术床上，被蒙在消毒的有孔巾下。他整个的脸都被蒙上了，只从那橄榄形的小孔内露出一只需要动手术的眼睛。

陆文婷早已换好衣服，高举起戴上橡皮手套的双手，在手术床头的圆形铁凳上坐下。这只活动的凳子，像自行车的车座似的，可以自由升降。陆文婷个子矮，每次手术都需要把凳子升高。今天没有调整，高矮却很合适。她扭头朝坐在一旁的姜亚芬看了一眼，心里明白，这是就要和自己分别的老同学放好的。

护士把手术床旁的托盘架推过来。那长方形的盘内有剪子、缝针、有牙镊、无牙镊、固定镊、持针器、蚊式止血钳、球后针头、晶体勺等等小巧玲珑的手术器械。这个可以移动的托盘架，现在正放在焦成思胸前的上方。医生可以抬手取到自己所需的用具。陆文婷大夫坐在床头手术凳上，面对托盘架，正好像一个食客坐在餐桌前，隔在餐桌与食客之间的只是下面的一只眼睛。

"我们开始了。你不要紧张。先给你打麻药，这样，你的眼睛就没什么感觉。一会儿手术就做完了。"陆文婷看着那只眼睛说。

听了这话，焦成思忽然叫道：

"等一等！"

怎么啦？陆文婷和姜亚芬都吃了一惊。只见焦成思一把扯下那有孔巾，竭力朝后仰起头，又伸出手来，叫道：

"陆大夫，我上次这只眼睛，就是你做的手术吧？"

陆文婷把双手举得高高的，怕病人的手碰着自己经过消毒的手，还未答话，只听焦成思又那么激动地叫道：

"是你，是你，一定是你！上次你也是这么说的，声调语气都一样！"

"是我。"陆文婷只好承认。

"你为什么不早告诉我？我应该好好感谢你啊！"

"那没有什么……"陆文婷找不到更多的话说了。她遗憾地望着扯下来的有孔巾，示意站在一旁的护士再换上一条，然后又说："焦副部长，我们开始吧！"

焦成思连声叹息着，似乎一时很难安静下来。陆文婷又用命令的语气说：

"不要动，不要说话！我们开始了！"

说着，她熟练地在眼睛下方皮下注射了奴佛卡因。然后，把病眼的上下眼皮分别用针穿上，拉开固定在有孔巾上。这样，一只被白色混浊体挡住了视线的眼珠，就完全暴露在灯光下了。陆文婷此时已经完全忘了躺在面前的是什么人，她只看到一只有病的眼珠。

这样的手术，陆文婷大夫不知做过多少次了。可是，每当她一上手术台，面对一只新的眼睛，拿起手术刀时，她的感觉都好像是初次上阵的士兵。这一次，也是这样。当她小心翼翼地把眼球结膜剪开，再把角巩膜半切开时，在一旁的姜亚芬已把穿好线的针递了过来。陆文婷伸出两个细长的手指，拿起像小剪刀一般的持针器，夹住针头，朝巩膜扎下去。

咦？为什么扎不动？她把浑身的力气都凝聚到了手指上，扎了几下，还是扎不进去。姜亚芬在一旁低声问：

"怎么回事？"

陆文婷没有答话，只把针拿起来对着灯光照看。把这半圆形像钓鱼钩似的针审视了一会儿，她回头问道：

"这针是不是新换的？"

姜亚芬也不知道，回头问器械护士：

"是换了针吗？"

器械护士走过来悄悄地说：

"是新换的。"

陆文婷又看了看针头，小声说：

"这种针怎么能用？"

为医疗器械的不合规格，陆文婷和大夫们不知提过多少次意见。然而，这些不合规格的次品仍然经常出现在托盘里。没办法，陆文婷只好挑选使用。碰到好的刀、剪、针，她就请器械护士保存好，一用再用。

不知为什么，今天换了全新的一套手术包，偏偏碰上这么一个次品。每逢这种情况，一向温和的陆大夫就变了颜色，很严厉地责备器械护士。小护士虽有十分委屈，也不好辩白。是呀，一根针虽小，但在病人的巩膜上一扎再扎，不必要地延长手术时间，将会给病人增加多少不必要的痛苦？

此刻，陆文婷皱起双眉。病人正躺在床上，巩膜扎不动，她又不能让病人知道内情，只低声吩咐了一句：

"换一根针来！"

她的声音完全是命令式的，护士忙从消毒盒里把旧针拿了来。

手术室的护士们对陆文婷大夫七分佩服，三分畏惧。佩服的是陆大夫手术漂亮，怕的是她要求严格。眼科被称为手术科。眼科大夫的威望全在刀上。一把刀能给人以光明，一把刀也能陷人于黑暗。像陆文婷这样的大夫，虽然无职无权，无名无位，然而，她手中救人的刀就是无声的权威。

针换来了。陆文婷很快在巩膜上把预置线缝上，只等把白内障摘除后，把缝线结扎上，这手术就成功了。谁知，就在她把巩膜全切开时，有孔巾下的焦成思忽然身子一动。

"不要动！"陆文婷严厉地说。

姜亚芬也急忙在一旁说：

"不要动！你怎么回事？"

可是，一个瓮声瓮气的声音从有孔巾下传了出来：

"我……要咳，咳……嗽！"

啊！真被秦波说中了！怎么偏偏在这关键时刻要咳嗽？也许只是他的一种心理作用、一种条件反射吧？陆文婷轻声问道：

"能忍一忍吗？"

"不……不行……"焦成思的胸部已经在不停地起伏了。

任何有经验的眼科大夫，在做这种手术时，当病人的眼珠被打开的一刹那，心情都是非常紧张的。而在这时，最忌讳的是病人咳嗽。

事不宜迟，陆文婷一面采取紧急措施，一面安慰着病人：

"等一下！你哈气，哈气，先别咳出来！"

她一边说，一边两手不停地忙着，把刚缝上的预置线结扎起来。焦成思在大口大口地哈气，胸口剧烈地起伏着，好像马上就要憋死过去。待最后一个结打完，陆文婷舒了一口气，说：

"你可以咳嗽了！轻一点！"

然而，焦成思并没有咳出声来。他的呼吸又慢慢恢复了正常。

"你咳吧，不要紧了。"姜亚芬在一旁说。

焦成思很抱歉地说：

"真对不起，我不想咳嗽了，你们做吧！"

姜亚芬瞪起大眼，几乎想说，这么大年纪了，还这么不能控制自己。陆文婷朝她看了一眼，她才没有说出来。两人却相视一笑。类似这种情况也是经常有的啊！

陆文婷又把结扎好的线剪掉，手术从头做起。这次很顺利地做完了。当陆文婷离开手术凳，坐在小桌前开处方时，焦成思已经被挪到活动床上，护士正准备把他推走，他叫道：

"陆大夫！"这微微带着颤抖的声音，很像出自一个做错事的男孩子口中。

陆文婷走到两眼缠着纱布的焦成思身旁，弯下腰问道：

"你怎么啦？"

焦成思伸出两手在空中摸着，抓到陆文婷还未脱去手套的手，他使劲握了握说：

"两次手术，都给你格外添了麻烦，真过意不去……"

陆文婷愣了一下，盯着这缠着十字形纱布的脸，安慰他说：

"没什么，你好好休息，过几天给你拆线！"

焦成思被护士推走了。陆文婷看了一下墙上的挂钟，本来四十分钟可以完的手术用了一个钟头。她脱下身上的这一件手术袍，摘下橡皮手套，又伸臂套上另一件刚从包里取出的消毒袍。当她转身等护士给她系上后面的腰带时，姜亚芬问道：

"接着做吗？"

"做。"

十四

"这个手术我来做，你休息一下，做下一个。"姜亚芬说。

陆文婷摇头笑道：

"还是我来吧。你不知道这个王小嫚，她害怕得要命。这两天跟我熟了，还好一些了。"

王小嫚不是躺在床上被推进来，而是被护士半拉半拽带进手术室的。她被罩在一套嫌大的白色病服里，扭扭捏捏不肯上手术床。

"陆阿姨，我害怕，我不做了，您出去跟我妈说！"

一见手术室里大夫和护士的打扮，王小嫚更紧张了，心跳得怦怦的，她求救似的朝陆文婷喊着，想挣脱护士的手。

陆文婷走到床头，笑着招呼她说：

"来呀，小嫚，我们不是讲好了吗？要勇敢呀！我给你打麻药，保证你一点儿都不疼！"

王小嫚从上到下打量着变了样的陆大夫，最后又直盯着她的眼睛。从那双温柔的含着笑意的眼睛里，孩子似乎找到了力量。她身不由己地上了手术台。护士给小病人罩上有孔巾。陆文婷示意护士把孩子的手腕用床两边的带子系上。王小嫚刚要反抗时，陆文婷坐在床头说："王小嫚，听话呀！谁都要捆上手的。你别动，一会儿就完了！"说着，就给注射麻醉剂，一边打一边说："我在给你打麻药了。打完了，你就一点儿也不疼了。"

这时，陆文婷不仅是一位手术医生，而且是一名幼儿园阿姨，甚至是一个溺爱孩子的妈妈。她一边从姜亚芬手中接过适时递过来的剪子、镊子和有各种特殊用处的手术针，一边细声细语地同小病人说着话。当她用小剪刀剪去眼里造成斜视的多余的肌肉时，牵动了神经，王小嫚哼哼起来，感到恶心。陆文婷忙说：

"有点恶心吧？不要紧，坚持一会儿。嗯，真听话！还恶心吗？好一点了吧？一会儿就做完了，真是好孩子！"

王小嫚就在这动听的催眠曲中，在一种似睡非睡的状态下，接受了手术。当她被缠上绷带推出手术室时，她清醒地记起了妈妈嘱咐的话，甜甜地说了一句：

"谢谢阿姨！"

手术室的大夫和护士都笑了。墙上挂钟的长针才走了半圈。

这时，陆文婷已经浑身是汗。额头渗出了汗珠，贴身的背心汗湿了，连手术袍的两腋也汗湿了。她自己也感到奇怪：天气并不热，怎么出这么多汗？她轻轻抡了一下胳膊，那由于长时间悬空操作的双臂，好像已经酸痛得麻木了。

当陆文婷再次脱下身上的长袍，伸出手臂去套另一件新袍的一刹那，她忽然感到眼前冒起一排金星。她把眼闭了一下，把头晃了几晃，然后慢慢地把手伸进袖子里。护士过来给她束好腰带后，忽然端详着她问道：

"陆大夫！你怎么嘴唇发白？"

正在一边换手术袍的姜亚芬回头一看，不禁也吃惊地问：

"真的，你怎么脸色这么难看？"

的确，陆文婷的脸色十分难看。青白的脸上两个乌黑的眼圈，好似上妆的演员用炭笔画出来的。上下眼皮都肿了起来，完全是一副病容。

见姜亚芬那么盯着自己，陆文婷笑了笑说：

"怎么啦？过一阵就好了。"

她不仅嘴上这么说，心里也确信自己是能够坚持下去的。多少年来不就是这样坚持下来的吗？

"手术还接着做吗？"护士站着不动。

"做呀！"

怎么能不做呢？角膜材料不能搁，病人不能久等，当然要做呀！

姜亚芬走上前去说：

"文婷，休息半个钟头再做吧！"

陆文婷抬头看了看挂钟，已经十点过了。推迟半小时，到食堂吃饭的同志就赶不上开饭时间，要吃凉菜；双职工也赶不上回家给孩子做饭了。

"接着做吗？"护士又问。

"做。"

十五

经特许来观摩移植手术的外院和本院的进修大夫们来了，正站在门外和陆文婷说话。

张老汉已又说又笑地被护士扶上了手术床。手术床对于这身材高大的老汉是太小了。他那一双穿着布袜子的大脚悬空搁在床外，两只胳膊也半悬在床侧，甚至于他浑身的精力也好似悬在四周。他真像一棵坚硬的橡树，那么高大，那么结实。他的嗓门真大，他一刻也憋不住，正和护士说着话儿：

"姑娘，您别笑话，要不是巡回医疗队去我们村，说死了我也不敢挨这一刀。您想，我的肉，你的刀，这一刀子下去，是好是歹谁知道呀！哈哈哈！"

年轻护士抿嘴儿笑了，又悄悄嘱咐他：

"老大爷，您小声点儿！"

"这我懂！姑娘，医院嘛，那可是个肃静的地方。"说是说，老汉的嗓门并不见小多少。他又抬起一只胳膊，比划着说："唉，您不知道，一听说我这眼睛瞎了还能治好，我是又想哭又想笑。我爹就瞎了半辈子，临了就那么窝窝囊囊地入了土。没想轮到我这儿，瞎了还能见太阳。您说，是两个世道不是？说到哪儿，我也得说，社会主义好！"

小护士一边抿嘴儿笑着，一边给这兴奋得直要坐起来的病人蒙上有孔巾，一边又嘱咐说：

"老大爷，您可别动了，这是消了毒的，一碰就脏了！"

"那是！"张老汉十分认真地说，"入乡随俗。到哪儿听哪儿的，入了医院，就得守医院的规矩。"说是说，他那粗大的胳膊又想往上抬。

一旁的护士瞧着不放心，拿起拴在手术床旁的带子说道：

"老大爷，给您手腕系上点儿，这是医院的规矩！"

张老汉一愣，继而又哈哈笑道：

"您就捆吧，这还用说！说实话，姑娘，要不是这双眼制得我，我可不是那老实待着的主儿。就这，我在家还一天下两遍地。唉！生就的兔子脾气，就爱满世界乱蹦跶，待不住呀！"

小护士又被他说得笑了起来，他自己也嘿嘿地笑了。当陆文婷刚一迈进来，他立即止住了笑，侧耳一听，就叫了起来：

"陆大夫！是您吗？我一听就听出来了。也怪，这眼一瞎，俩耳朵倒透着那么好使。没法子，耳朵当眼睛使了。"

陆文婷望着这充满活力的病人，听着他的话，也不由得笑了。她坐下来，开始了手术前的准备工作。从托盘架上的一个小杯里取出珍贵的角膜材料，先缝在纱布的眼珠模型上。这工夫，张老汉又说话了：

"这眼珠子还能换，我可一辈子头回听说！"

姜亚芬笑道：

"不是换眼珠，是换眼珠上边的一层膜。"

"嘻，那都是一码事儿！"张老汉并不深究其详情，只自顾自地感叹着，"您说，这得多高的手艺！等我带俩好眼睛回去，村里人别说我遇了仙呢！哈哈哈！我得告诉他们，我遇见了陆大夫！"

姜亚芬扑哧笑了，冲着陆文婷直眨巴眼儿。陆文婷被他说得不好意思了，一边缝，一边说了一句：

"别的大夫也一样做的。"

"那是！"张老汉肯定地说，"闹着玩儿的吗？没能耐的大夫他也迈不进这大医院的高门槛儿呀！"

准备工作完毕，陆文婷用开睑器撑开了病人的眼睛，同时说道：

"我们开始了。你不要紧张。"

张老汉可不像一般病人那么默默地听着，他觉得大夫跟你说话，你不吭气儿是不够礼貌的。于是，他十分通情达理地答道：

"不紧张，不紧张，没事儿，疼点儿也没啥。您想这个理儿，动刀动剪子的还有个不疼的吗？您尽管放心动刀！我信得过您，再说……"

姜亚芬笑着拦住他说：

"老大爷，您可不准再说了。"

张老汉这才不言语了。

陆文婷开始操作，她拿起像钢笔帽口那么小的环钻，轻轻地把病人坏死的角膜取下。又拿过那块缝在纱布上的材料，用同一环钻切下同样大小的一块，按在病人的眼珠上。然后拿起持针器，细心地一针一针地缝了。

在一块只有钢笔帽口那么点的角膜周围，需要缝上十二针。

这不是在伏伏贴贴的布面上缝，是在溜滑纤薄的一层膜上缝。每缝一针，她似乎都把自己浑身的力量凝聚在手指尖上，把自己满腔的热血通过那比头发丝儿还细的青线，通过那比绣花针儿还纤小的缝针，一点一滴注入到病人的眼中。此时，她那一双看来十分平常的眼睛放出了异样的智慧的光芒，显得很美。

手术极其顺利。最后一针缝好了，最后的一个结扎上了。那移植上去的圆形材料，严丝合缝地贴在了病人的眼珠上。如果没有四周黑色的线结，你简直认不出那是刚刚才换上去的。

"手术真漂亮！"围观的大夫们悄悄发出由衷的赞叹。

陆文婷轻舒了一口气。旁边的姜亚芬抬起眼睛，感动地看了一眼自己的老同学，没有说话，把一沓厚厚的长方形纱布盖在病人的眼上。

张老汉被挪到活动床上往外推时，好像刚从梦中醒来。他顿时活跃起来，人到了门外，还用他那洪亮的声音喊了一声：

"陆大夫，让您受累了！"

手术结束了，陆文婷想站起来。可是，只觉得双腿发麻，站不起来。她停了停，又试图站起，这样好几次，才站了起来。一阵腰部的酸痛突然向她袭来，她反过一只手按住腰。这在她也是常有的事。每当她聚精会神地在这张圆凳上坐了几个小时，全部智与力都集中在手术时，她丝毫也不觉得身体的劳累。可是，当手术一结束，她就觉得浑身像散了架，连迈步都很困难了。

十六

这时，傅家杰正骑着自行车往家跑。

本来，他是不准备回家的。根据昨天晚上陆文婷的建议，傅家杰今天一早就把被褥打成包，捆在车后座上，带到研究所，准备开始新的生活。

到了中午下班时，他的决心动摇了。今天她在病房，手术能按时完吗？一想到她疲乏不堪地走进家门，又要手忙脚乱地做饭，总觉得过意不去。他还是蹬上车回家了。

就在他骑着车刚拐进胡同口时，一眼就看见陆文婷扶着墙站在那儿，好像走不动了。

"文婷！怎么啦？"傅家杰喊了一声，赶紧下车搀住她。

"不要紧，有点累。"陆文婷把胳臂搭在傅家杰肩上，一步一步走回家里。

她只说有点累，可是傅家杰见她脸色苍白，一头冷汗，不放心地问：

"要不要去医院看看？"

陆文婷闭着眼睛在床边坐下说：

"不用了。歇一会儿就好了。"

她指指床，好像没有力气再说话，也不愿再动了。傅家杰替她脱了鞋，脱了外衣，说：

"那你先躺一会儿，休息休息，我一会儿叫你……"

"不用叫，"她躺下时还说，"我反正睡不着，躺一躺就好了。"

傅家杰转身出去，坐上一锅水，又回到屋里来取挂面时，还听见陆文婷说：

"是该休息休息。这个星期天，我们带孩子到北海玩一趟吧！十多年没有去过北海了！"

"好呀，我赞成！"傅家杰口里答应着，心里却疑惑起来：十多年没去北海了，也没有动过去北海的念头，怎么她今天突然提起要去北海？

傅家杰不安地望了望躺着的妻子，转身出去煮面。他又切了点葱花、几片榨菜分放在碗里。当他端着面进屋时，陆文婷已经睡着了。他见她闭目静睡，没忍心叫醒她。园园回来，他们就一块吃起面来。

正在这时，陆文婷在床上呻吟起来。傅家杰忙撂下碗转身到床前，只见陆文婷面如白纸，一头冷汗，微微喘着叫道：

"不行了！"

傅家杰吓慌了，攥着她的指尖，忙问：

"你哪儿不舒服？哪儿疼？"

她只痛苦地挣扎着，指了指左胸，答不出话来。

傅家杰在屋里乱转。他一会儿打开抽屉找止疼片，一会儿想想不对，又去找安定片。

在难以忍受的疼痛中，陆文婷似乎还是冷静的。她用手势止住了傅家杰的慌乱，尽力说了三个字：

"上医院！"

傅家杰这才感到事态严重。他们共同生活十几年来，陆文婷虽然天天去医院上班，可从来没有自己提出来去医院看病。她显然病得不轻。傅家杰顾不得多想，回头就往外走，到门口又扭头说了一声：

"我去叫出租汽车！"

公用电话在胡同口上。他忙忙地拨了汽车公司的号码，接电话的人冷冷地说：

"现在没有车。"

"喂，喂，我是送病人呀！"

"那也要等半个钟头！"

傅家杰还想哀求，那边的电话已经挂上了。

他没办法，赶紧给陆文婷所在的医院打电话。眼科办公室没人接，他让总机接到汽车队。汽车队的一个同志回答他：

"没有领导批的条子，不能派车。"

他上哪儿去找领导批条子呢？

"喂，喂！"他冲话筒嚷着，那边已经没有声音了。

他又给医院政治处打电话。政治处总该过问一下这种事吧？

电话铃声响了半天，才有一个女同志来接。听完他的话，这位女同志很客气地答道：

"请你和行政处联系一下吧！"

他又请总机把电话转到行政处。总机的电话员都听出了他的声音，不耐烦地问："你到底要哪儿？"到底应该要哪儿呢？傅家杰也搞不清。他只央求给接行政处。接通了，丁零零、丁零零响了半天，根本没有人接电话。

傅家杰彻底失望了。他放弃了叫汽车的念头，转而去找平板三轮车。胡同里有一家做纸盒的"五七"工厂，常常用三轮车运货。他跑到工厂说明情况，那主事的老太太倒挺同情，可惜帮不上忙，厂里仅有的两辆平板三轮都派出去了。

怎么办？傅家杰站在胡同里，差点要急疯了。用自行车推吧？她看来坐都坐不住，怎么推？

这时，一辆浅灰色的"130"小卡车开了过来。傅家杰来不及多想，就两步站到路中央，向司机举起手来。

车停了下来。从驾驶室探出一张连腮胡子的脸来，大眼珠瞪着拦车的人。可是，当他听说家里有人得了急病，需要立刻送医院时，二话没说，就把手一挥，招呼傅家杰上车。

"130"开到傅家杰家门口停下。等傅家杰搀着陆文婷一步一挨地走到车边时，司机忙伸出大手来把陆文婷扶进驾驶室，一直小心地把车开到医院的急诊室。

十七

从来没有睡得这么久，从来没有睡得这么累。陆文婷觉得好像是从高高的云端摔落下来，跌得浑身疼痛难禁，没有一点力气了。这突然的静卧，四肢休息了，心也静了下来，脑海里几乎成了一片空白。

多少年来，她奔波在生活的道路上，没有时间停下来，看一看走过的路上曾有多少坎坷困苦；更没有时间停下来，想一想未来的路上还有多少荆棘艰难。如今，肩上的重担卸下了，种种的操劳免去了，似乎有足够的时间去寻找过去的足迹，去探求未来的路。然而，脑子里空空荡荡，没有回忆，没有希望，什么也没有。

啊！多么可怕的空白！

也许，这只是一个梦，一个寂寞的梦。过去，也曾有过这样的梦，也是这样孤独，这样悲凉……

那一年，她还是一个五岁的小姑娘。一个北风呼啸的夜晚，妈妈出去了，只留下她一个人。天黑了，妈妈还没有回来。她第一次感到孤单、感到恐怖。她哭着，喊着："妈妈……妈妈呀！"后来，这情景，常在她的梦中萦绕。那怒吼的风声，那被吹开了的房门，那昏暗的油灯，是如此逼真，竟使她长久以来分辨不清，是当真入梦，还是把梦当真。

不，这一回不是梦，是真的了！

自己是躺在病床上，家杰还守在自己身旁。看，他累了。他歪倒身子靠在床沿上睡着了。他会着凉的，应该把他叫醒。可是她试了几次，总听不见自己的嗓音，喉咙好像被什么卡住了，叫不出声来。她想伸过手去，拉一件衣服给他披上，可是手动不了，它好像不是属于自己的了。

她朝四周打量了一眼，发现自己是躺在单人病房里。这种"特殊照顾"通常都属于垂危的病人。她忽然感到一阵恐惧：难道我也……

瑟瑟的秋风叩打着门窗，沉沉的夜色吞噬着病房。她出了一身冷汗，神智反而清醒了。她意识到眼前的一切真真实实，这确实不是梦。这是生的尽头，这是死的来临。

死亡原来是这样的，并不可怕，并不痛苦。它不过是生命逐渐地枯萎，意识逐渐地朦胧，它不过是缓缓地沉落，像一片飘在水中的叶儿，正随波逝去，终致淹没在水底。

她觉得一切都无可挽回地结束了。汹涌的波涛漫过了她的胸前，她正随水而去……

"妈妈……妈妈……"

她听见佳佳在呼喊，她看见佳佳沿着河岸追来。她忙回过头去，伸开双臂喊道：

"佳佳……我的女儿……"

流水把她席卷而去。佳佳的面容模糊了，沙哑的呼喊变成了可怜的抽噎：

"妈妈……我要梳小辫儿……"

为什么不给她扎小辫儿呢？她来到人间才六个年头，她对生活的希望，不过是扎上两个小辫儿。每逢看见那些扎着小辫、系着蝴蝶结的小姑娘，她是多么羡慕！可是，就连这一点小小的要求，她都不能满足她。她没有时间，星期一早上医院的病人也最多，哪怕一分钟的时间，对她来说都是宝贵的。

"妈妈……妈妈……"

她听见园园在呼喊，她看见园园沿着河岸追来。她忙回过头去，伸出双臂喊着：

"园园……园园……"

一个浪头把她打下去，她挣扎出水面，园园已经看不见了，只有他的声音从远处传来：

"妈妈……别忘了……白球鞋……"

各式各样的球鞋像装在万花筒里，在她面前转开了：白色的、蓝色的，高筒的、矮帮的，白色带红边的、白色带蓝边的。给园园挑一双吧，他脚上的鞋早已破了。给他买一双白球鞋吧，他会高兴一个月。可是，顷刻间，这样那样的球鞋都消失了。一张张标价牌迎面打来：三元一角，四元五角，六元三角……

家杰追来了。流水倒映出他狂奔的身影。他跑得那么急，他的声音在发抖：

"文婷，你不能走……"

她多么想停住，等他追来，拉自己一把。然而，流水无情，她身不由己随波逐流！

"陆大夫！陆大夫！"

两岸有多少人在呼喊她啊！穿着白大褂的亚芬、老刘、赵院长、孙主任，穿着病房衣服的焦成思、张老汉、王小嫚，还有许多认识和不认识的病人，都在喊着，喊着。

他们在喊我？我不能走，是不能走啊！在这世界上，我还有很多事情没有了结，还有很多责任没有尽到。我不能让园园和佳佳变成没有妈妈的孤儿。我不能让家杰遭到中年丧妻的打击。我离不开我的医院、我的病人。离不开啊，离不开这折磨人而又叫人难舍的生活！

我不能在这死亡之水中沉没。我要挣扎，我要反抗，我要留在人间。可，我怎么那么累呢？我没有力气反抗，没有力气挣扎，我正在沉下去，沉下去……

啊！永别了，园园！永别了，佳佳！你们还会想起妈妈吗？在这生命的最后一息，妈妈是带着对你们深深的眷恋离去的。我多么想念你们，让我紧紧地搂住你们，听我对你们说：孩子啊！原谅妈妈对你们爱得太少，原谅妈妈不得不一次次缩回向你们伸出的双臂，推开你们扑向我的笑脸，使你们在幼小的年纪就离开了妈妈的怀抱。

永别了，家杰！你为我付出了一切。没有你，我的生活寸步难行。没有你，我活在这世界上索然无味。啊，你为我作了多么大的牺牲！如果允许我忏悔，我将跪倒在你面前，请你原谅，原谅我没有能报答你对我无微不至的关怀和体贴，原谅我对你照顾得那么少，给你的那么少。多少次我想着，等我稍许空一点，我要多尽一点妻子的责任，我要按时下班回家，让你吃上一顿现成的晚饭。我要把三屉桌让给你，给你创造条件，写完你的论文。遗憾啊，晚了，我再也没有时间了。

永别了，门诊的病人！住院的病人！十八年来，我生活中最重要的部分属于你们。无论我行、走、坐、卧，回旋在我脑际的是你们，是你们的眼睛！你们不知道，每治好一只眼睛，你们给予我——一个医生，多么巨大的慰藉和快乐。可惜，这种快乐再也不会有了！

永别了，我的亲人！永别了，医院！永别了，我的病人！我是舍不得离开你们的啊！

我……

十八

"心动异常！"监视着荧光屏的大夫叫了起来。

"文婷，文婷！"傅家杰望着呼吸困难的妻子，尖声喊叫着。

值班室的大夫和护士们跑来了。

"静脉注射利多卡因！"值班大夫命令说。

护士飞快地把针头挑进病人的静脉。可是，刚注入一半，病人已经两手攥成拳，嘴唇发青，眼睛朝上翻去。可怕的阿斯氏综合征出现了。

陆文婷大夫的心脏停止了跳动。

紧张的抢救开始了。几个大夫轮流为病人进行人工心脏按压。人工呼吸器也罩在病人脸上，发出咕嗒、咕嗒的声响。心脏去颤器打开了，当用这特殊的器械向病人胸部一击之后，病人的心脏又开始了跳动。

"准备冰帽！"值班大夫满头大汗地说。

陆文婷的头被套上了橡皮冰帽。

十九

窗外的天空泛出青色，天终于亮了。陆文婷大夫的生命挨过了危急的夜晚，也进到了新的一天。

接班的护士走来，轻轻拉开紧闭了一夜的百叶窗。一股清新的空气和着鸟儿欢乐的鸣叫一齐扑进病房，顿时冲淡了这里浓烈的药味和沉重的气息。黎明给垂危的生命带来了希望。

量体温的护士，送早饭的卫生员，接早班的大夫，川流不息地来了。在床上度过了一夜的病人似乎又重新燃起了生的希望，病房里呈现出新的生机。

王小嫚头上斜缠着纱布，包着那只经过手术的眼睛，向内科病房的护士苦苦哀求：

"让我去看看陆大夫！就看一眼！"

"不行。陆大夫昨晚上刚抢救过来，谁也不能进去！"

"阿姨！你不知道！她就是给我做手术才病的呀！叫我去看看吧！我一句话都不说……"

"不行！"护士板起脸来。

"看一眼都不行呀？"王小嫚要哭了。这时，她一扭脸，看见张老汉正扶着他的小孙子走过来，忙扑上去叫道："张大爷，您快跟她说说，她不让进……"

张老汉头上缠着纱布，被王小嫚拉到护士面前。他站定了说：

"同志啊！让我们进去瞧一眼吧！"

护士一见，又来了个老大爷，生气地嚷了起来：

"眼科的病人怎么到处乱窜啊！"

"嘻！瞧您说的，您咋不懂啊！"张老汉的嗓门可小多了。他低声下气地说："您不知道这内里详情。陆大夫为啥病倒的？就为给我们开刀呀。唉！说实话，我瞧也是瞧不见。我寻思，在她床边站站，也算尽我这点心意。"

这护士心眼儿软，见大爷情真意切，只好耐心劝道：

"不是我不叫你们进去。陆大夫得的是心脏病，不能激动。你们不是为她好吗？你们去了一惊动，对她反而不好。"

"唉！是这个理儿。"张老汉长叹了一口气，在过道长椅子上歪身坐下，双手拍打着自己的膝盖，后悔不迭地埋怨自己，"都怪我这老头子，催呀催呀，催个没完，硬挤着要早点动手术。唉！真没想到……这，陆大夫要是有个好歹，这可怎么好啊！"

老汉说着，伤心地低下了头。

孙逸民也赶在上班前来看望陆文婷。他忙忙地走着，不意被王小嫚一把拉住。

"孙主任，您是去看陆大夫的吧？"

孙逸民点点头。

"带我进去看看吧！嗯？"

"过些日子吧，现在不行。"

张老汉也闻声站了起来，摸索着拉住孙逸民的袖口说道：

"孙主任，听您的，我们就不进去。可，我有句话，今儿不管您多忙，您得听我把话说完。"

孙逸民用另一只手拍着张大爷的胳膊说：

"好，您说吧！"

"孙主任！陆大夫可是个好大夫。你们当领导的，可得花本钱给她治啊！您把她救好了，她能救好些人哪！不是有那好药吗？给她吃，别舍不得！我跟人打听，吃那贵重的药得自个儿掏钱。陆大夫拉家带口的，这又一病，她能掏得起吗？医院这么大，能给她掏点不？"

张老汉住了嘴，两手拉着孙逸民，脸向着他，侧过耳朵，期待着回答。

孙逸民为人古板，从不喜怒形于色，但这一次，他被老汉的话打动了，激动地握着老汉的手说：

"我们一定尽一切努力给她治病！"

张老汉似乎才把心放下，又叫过孙子来，摸着他胳膊上的布书包，对孙逸民说：

"给，几个鸡蛋，您能进去，您给她带进去！"

孙逸民忙说：

"这个，不用了。"

张老汉顿时生气了，拉着孙逸民大声说：

"您不拿进去，今儿我就不走！"

孙逸民只好接过一书包鸡蛋，打算等会儿再叫护士给送回去，解释一下。谁知，张老汉却猜到了，又说道：

"孙主任，您要叫人送回来，我可不依您！"

孙逸民无法，只好拿着鸡蛋，直把这一老一小送下楼去。

这时，赵天辉陪着秦波朝内科病房走来。

"赵院长，我是官僚主义，不了解情况，你怎么也不了解情况哟？"秦波边走边说，神情非常激动，"要不是老焦把她认出来，我们都还蒙在鼓里呢！"

"那一段我也在干校啊！"赵天辉无可奈何地答了一句。

他们进入病房时，孙逸民也走了进来。内科大夫汇报了昨晚的险情和抢救情况。赵天辉又看了看病房记录，点头说：

"要继续密切监视。"

傅家杰见来了这么多人，忙站了起来。秦波根本没有看见他，抢上去就在那张圆凳上坐下说：

"陆大夫，你好一点了吗？"

陆文婷双目微启，没有应声。

"焦部长都跟我讲了。"秦波叹息道，"他很感谢你。他本来要亲自来看你，我没让他来。我代表他来看你。你想吃什么，缺什么，有什么困难，尽管告诉我，我们帮你解决，不要客气，大家都是革命同志。"

陆文婷闭了闭眼睛。

"你还年轻，要乐观些。对待疾病嘛，既来之，则安之，这……"秦波还想说下去。

一旁的赵天辉拦住她说：

"秦波同志，让病人休息吧，她刚好一点。"

"行，行，你好好休息吧！"秦波一边抬身站起，一边说，"过两天我再来看你。"

走出病房，秦波又皱起双眉对赵天辉说：

"赵院长，我可要给你们提个意见呀，像陆大夫这样的人才，怎么平时不关心，让她病成这样呢？中年干部，现在是我们的骨干力量，我的同志哟，要珍惜人才呀！"

"对。"赵天辉答道。

望着她远去的身影，傅家杰小声问孙逸民：

"她是谁？"

孙逸民从镜片上方望着门，皱了皱眉头，答道：

"一个马列主义老太太！"

二十

这一天，陆文婷大夫的病情略有好转。她能不大费力地睁开眼睛了，她还喝了两匙牛奶和一点橘汁。但，她仰卧着，两个眼睛直视着一个地方，目光是呆滞的，没有任何表情。似乎对四周的一切幸与不幸都很淡漠，对自己的重病以及这给全家带来的厄运也很淡漠。她那无动于衷的可怕的呆滞，简直是对人生的淡漠了。

傅家杰从未看见过她现在的这种样子。他被吓坏了，他连连唤她,她只轻轻晃动了一下手掌,好像不愿让人惊动,好像她在那种令人担心的半麻痹状态中感到舒服,决心把自己永远禁锢在那里面。

时间一点一点地过去,傅家杰紧张地坐在陆文婷床边,已经两夜没有合眼了。他觉得自己也到了疲劳的顶点,也在断裂了。

又不知过了多久,忽然,一阵撕裂人心的哭叫声,震动着每一个病房,也把傅家杰从麻木的疲惫状态中惊醒。

只听见隔壁房间里一个女孩子的声音在厉声哭叫:"妈、妈妈呀!"接着是一个男子呜呜的哭声。再接着是一阵混杂的脚步声,好像很多人朝隔壁拥去。

傅家杰也奔到病房门口。他看见,先是一张病床从房里推了出来。床上严严地罩着一条白被单,蒙着一位死者的遗体。接着露出护士白色的身影,她轻轻地推着这活动床。一个十六七岁的姑娘,猛地从房中追了出来。她头发散乱,浑身颤抖,扑过来双手痉挛地抓住床沿,泪流满面地哀哀哭叫:

"别推她走!别推她走!我妈妈睡着了!她会醒的,会醒的呀!"

往来探视病人的家属被堵塞在过道里。人们让开一条道,用静默来表示对这位陌生的死者的哀悼。所有的人都屏住呼吸,不敢移动脚步,似乎怕惊扰了被单下安息着的灵魂。

傅家杰也呆立在人群中,双脚像被钉子钉在那里了。他那明显变得消瘦的脸上,两个颧骨凸起。浓眉下布满红丝的眼睛里闪着泪花。他把汗湿的手掌紧紧捏成拳头,仍然克制不住周身簌簌地颤抖。他几乎想用手蒙住耳朵,不愿再听那凄厉的哭声。

"妈,妈妈呀!你醒醒,醒醒呀!他们要把你推走了!"那女孩子疯狂地喊着,扑过去要掀那被单,好不容易才被两旁的人拉住。

那个尾随在床边痛苦的中年男人，一边哭，一边反复喊着一句话：

"我对不起你呀！……我对不起你呀！"

这绝望的喊声像一把尖刀刺进傅家杰的胸膛。他睁着眼，紧盯着从他面前缓缓推过的这张床，紧盯着那无情的白被单下隆起的遗体。突然，他像触了电似的，猛然朝陆文婷的病房跑去。他一口气跑到她的床前，一头扑在她枕边，闭着眼，喘着气，嘴里只喃喃地重复着三个字：

"你活着！你活着！你活着！"

他那粗重的喘息声，惊醒了半睡中的陆文婷大夫。她睁开眼来，朝他望了望，又好像并没有看见他。

这呆滞的目光，使傅家杰浑身发抖，他失声喊道：

"文婷……！"

陆文婷的眼光又停留在傅家杰脸上，仍然是那种冷漠的眼光。这眼光令人胆寒心碎，使人感到她的灵魂已经飞离身躯，正在太空中遨游。

傅家杰不知该说些什么，做些什么，才能唤回她对生的热望。这是他的妻子，是他在世上最亲的亲人。从那年冬天和她漫游北海，给她念诗，到如今，多少个日日夜夜过去了，她一直是他最亲的人。他不能没有她，他要留住她！

诗！念诗吧！还像当年那样念诗吧！十多年前，是动人的诗句打开了她的心房。今天，再用同样的诗句唤起她最美好的回忆，唤起她对生的欲望和勇气吧！

于是，傅家杰半跪在她床前，含泪念道：

我愿意是激流，

……

只要我的爱人，

是一条小鱼，

在我的浪花中，

快乐地游来游去。

这诗句，好似惊动了她，她侧过脸久久地注视着自己的爱人，嘴唇动了动，好像在说：

"我不能……游了……"

傅家杰忍下眼泪，又念道：

我愿意是荒林，

……

只要我的爱人，

是一只小鸟，

在我的稠密的，

树林间做窝、鸣叫……

陆文婷的嘴唇又轻轻动了动，好像在说：

"我……飞不动了……"

傅家杰心痛难忍，但他仍含泪念下去：

我愿意是废墟，

……

只要我的爱人，

是青春的常春藤，

沿着我荒凉的额，
亲密地攀援上升。

这时，陆文婷眼里滚出两行晶莹的泪珠，默默地顺着眼角滴到雪白的枕头上。她好像在说：

"我……攀不……上去了！"

傅家杰扑在她身上，像孩子似的哭起来：

"是我没有把你照顾好……"

他睁开泪眼，呆住了。只见陆文婷的眼光又像先前一样停在一个地方，呆呆地停着，似乎没有听见他的哭声，没有听见他的叫声，对身旁的一切都漠不关心了。

病房大夫闻声赶来，见这情景，对傅家杰说：

"陆大夫身体很弱，你，不要跟她多说话！"

傅家杰就这样无言地守了一个下午。黄昏时，陆文婷好像又好了一些，她把头转向傅家杰，双唇动了动，努力要说什么的样子。

"文婷，你想说什么呀？你说吧！"傅家杰攥住她的手哀求道。

她终于说了：

"给园园……买一双白球鞋……"

"我明天就去买。"他答着，泪水不由自主地淌了下来，他忙用手背擦去。

她望着他，还想说什么的样子。半天，才又说出几个字来：

"给佳佳，扎，扎小辫儿……"

"我，给她扎！"傅家杰吞泣着。他透过泪水模糊的眼望着妻子，希望她把想说的话都说出来。可是，她闭上嘴，好像已经用尽了力气，再不开口了。

二十一

两天以后，傅家杰收到一封寄自首都机场的信。他打开看到——

文婷：

我不知道你能不能见到这封信。也许，它将是一封永远无法投递的信。我多么希望不会是这样的，我也相信绝不会是这样的。这次，你病得很重，但我总觉得你会好起来的。你还能干很多事情，你正是出成果的时候，你不应该这么早就离开我们！

昨晚，我和老刘去向你告别时，你还昏昏地睡着。我们本来准备今天上午再去看你，可是临行前的琐事太多了，实在抽不出时间。一想到昨夜一别，也许会成为我们最后的一面，我的心就发抖。同窗共事二十余年，知我者莫若你，知你者也莫若我，想不到我们竟是这样地分别了。

现在，我在首都机场候机室里给你写信。你知道我站在什么地方吗？就在二楼出售工艺美术品的柜台边上。这里没有人，只有玻璃柜里陈列的展品对着我。还记得吗？我们俩第一次坐飞机，也曾来过这里，还在这个卖工艺品的柜台前欣赏了半天。有一盆水仙做得那么逼真，那么姣好，细细的绿叶上还滴着露水珠。你说你最喜欢了。弯下腰一看标价，把我们俩都吓跑了。唉！现在我一个人站在这柜台前，又有一盆水仙，只不过花盆是另一种黄色的。那一盆，想必被人买走了。我望着这盆水仙花，不知为什么，只想哭。我忽然想到，一切都过去了。

记得傅家杰刚认识你的时候，有一次他到我们宿舍来，随口念了一句普希金的诗："一切过去了的都会变成亲切的怀念。"当时我直撇嘴，说这话不确切，还质问他："过去的不幸也怀念吗？"傅家杰笑笑，拒绝和我辩论。他心里一定认为我不懂诗。今天我忽然懂了！我觉得这句诗太确切了，简直是我此时此刻心情的写照，简直是为我写的！我真的觉得：一切过去了的都是那么亲切，那么让人怀念啊！

耳边又听得一阵隆隆声，又是一架飞机起飞了，不知要飞到哪里去。再过一个钟头，我也要登上舷梯，离开生我养我的祖国。一想到足踏在故国土地上只有六十分钟了，我忍不住泪水，我哭了，把信纸打湿了。可是，文婷，我没有时间换一张纸了，就这么写下去吧！

我不知道为什么这样伤心，我忽然觉得自己做了一件错事，我不该走的。我舍不得这里的一切，舍不得！舍不得我们的医院，舍不得我们的手术室，舍不得门诊室里我那一张小小的桌子！我常在背后说孙主任凶，不允许人家有一点错。现在，我愿再听一声他的斥责。他是个多么严厉的老师，没有他的苛求，我不会有今天这一手技术！

广播又响了起来，在祝愿旅客一路平安。能平安吗？想到就要上飞机了，我心里有一种空落落的感觉。我觉得自己像一个漂泊在天空的气球，不知将落在一个什么样的地方，在那里等待着我的又将是什么。我心神不定，甚至感到害怕！是的，是害怕！去一个陌生的国度，一个同我们社会完全不同的社会，我们能适应吗？怎么能不害怕呢？

老刘坐在那边的沙发长椅上发呆。他一直忙于收拾东西，不及思索，好像走的决心从来没有动摇过。但是昨天晚上，他把最后一件衣服塞进箱子里去，忽然说："从此以后，我们就是天涯孤客了！"后来，他就一直沉默不语。直到现在，还是一句话也没有说过。我知道他心里也很矛盾。

亚亚对这次走是最积极的。她甚至还表现出一种迫不及待的兴奋之情，我几次恨不得揍她一顿。但此刻，她站在候机室的大玻璃门前，望着忙忙碌碌的停机坪，也好像不愿离去了。

"不能不走吗？"我记得那天晚上在你家里，你曾这样问过。

我不能用一句话回答你，为什么我们非走不可。这几个月里，我和老刘几乎天天都在为走或不走烦恼着，争论着。促使我们下这决心的原因很多。为了亚亚，为了老刘，也为了我。但是，各式各样的理由，都不曾使我减少内心的痛苦，我们是不该走的。我们的国家正在开始一个新的时代，我们没有理由逃避历史（或许还该加上民族）赋予我们的使命。用造反派的语言来说，则是"工人农民的血汗把你们养大了，你们不应该背叛"！

同你相比，我是软弱的。我在这十年中受到的磨难比你少得多，但是我不能像你那样忍受。对于那些恶意的中伤，无端的诽谤，我常常爆发。这并不是我比你坚强，恰恰是我比你脆弱。我确实曾经想过，那么屈辱地活着不如死了好！只是为了亚亚，我才打消了这种念头。老刘作为"特嫌"被关起来那几年，我能熬过来，能活下来，亲眼见到粉碎"四人帮"的胜利，连我自己都意想不到。

当然，这些都是过去的伤心事了。傅家杰说得对，"黑暗已经过去，光明已经到来"。可惜的是，林贼、"四人帮"造成的一代人的偏见，绝不是短期内就能改变的。中央的政策来到基层，还要经过千山万水。积怨难除，人言可畏。我惧怕过去的噩梦，我缺少像你那样的勇气！

记得有一次批判"白专"道路，那些占领医疗卫生阵地的"沙子"，点了你的名，也点了我的名。会后，我们一起走出医院的大门。我说："我想不通。为什么刚有一点钻研业务的积极性，就要打下去？以后，再开这种会，我不参加，以示抗议！"而你却说："何必呢！再开一百次我也参加。反正手术还得我们做。我回家照样钻研！"我问你："这么批你，你不觉得冤吗？"你还笑了，你说："我一天忙得晕头转向，没时间去想它！"当时，我真佩服你！只是快分手时，你却嘱咐我："这种事，你别告诉傅家杰，他自己的事就够烦的了。"我们默默地走了一条街。我看到你的脸色是平静的，目光是自信的。你心里的想法是任何人动摇不了的。我也明白，你是用多么坚强的毅力抵抗着那些袭来的石子，走着自己生活的路。如果我能够有你一半的勇气和毅力，我也不会作出今天的抉择。

原谅我吧！我只能对你这样说。我走了，我把心留在你身边，留在我亲爱的祖国。不管我的双足走向何方，我都不会忘记故国的恩情。相信我吧！我只能对你这样说。相信我们会回来的。少则几年，多则十几年，等亚亚学有所长，等我们在医学上稍有成就，我们一定会回来的。

最后，衷心祝愿你早日恢复健康！经过这场大病，你应该接受教训，自己多照顾自己。这不是我劝你自私。你的不自私，是我历来敬佩的。我只希望你有一个健康的身体，我只希望中华医学的新秀能够吐出更多的芬芳！

别了，我的好友！

亚芬
匆匆于机场

二十二

一个半月以后，陆文婷大夫病体初愈，被允许出院了。

这几乎是一个奇迹。以陆文婷平日极为虚弱的身体，突然遭到这样一场大病的袭击，几次濒于死亡的边缘，最后竟能活了过来，内科大夫都感到惊异和庆幸。

这天上午，傅家杰怀着感恩的心情在妻子身边忙着。他替她穿上棉衣毛裤，又穿上一件蓝布棉猴儿，围上一条驼色大长毛围巾。

"家里怎么样了？"她问。

"挺好。昨天你们支部还派人去帮着收拾了。"

她立即想起那间小屋，那个罩着白布的大书架，那窗台上的小闹钟，那张三屉桌……

从死亡线上回来的她，虽然穿了这么多衣服，仍觉得身上轻飘飘的。当她站起来时，两腿打着哆嗦，很难支持身体的重量。她整个身子几乎全靠在丈夫身上，一手拽住他的衣袖，一手扶着墙，才迈出了步子。接着，一步又一步，她慢慢地走出了病房。

赵天辉院长、孙逸民主任，还有内科和眼科的一些同志，跟在她身后，看着她一步一停地沿着长长的甬道，朝门外走去。

接连下了几天雨，一阵冷风吹得光秃的树枝呼呼地响。雨后的阳光格外的明媚，强烈的光束直射进这长长的长廊，冷风也呼啸着迎面吹来。傅家杰倍加小心地搀着妻子，迎着朝阳和寒风朝前走去。

门外石阶下停着一辆黑色的小卧车。那是赵院长亲自打电话给行政处要来的。

陆文婷大夫靠在丈夫臂上，艰难地一步一步朝门外走去……

附：

写给《人到中年》的读者

《人到中年》发表之后，我收到不少读者热情的来信，其中一部分是工交战线上的同志们写的。《工人日报》让我写些话，算作是回信。

对于一个作者来说，最大的快乐莫过于读者喜爱自己的作品。正好像对于一个医生来说，最大的快乐是看到了病人的笑颜一样。热情的宽容的读者慷慨地将这种快乐给予了我，我深深地感激你们！在我的创作生活中，这一封封来信给了我巨大的力量，使我得到教益，受到启发，鞭策着我写得更多一些，更好一些。

我不是医生，不是陆文婷。恰如有的读者在信中所说，我只是"这默默无闻的众多中年人中的一个"。我熟悉陆文婷们的经历和处境，了解他们肩负的重担，知道他们生活的艰辛。他们是解放后培养起来的新人，他们应是大有作为的一代。各条战线都有陆文婷。有的同志把陆文婷比作天上的一颗星星，说她在我们的生活中静悄悄地放着光芒。我同意这个比喻。我认为，正是千千万万这样的星星，组成了我们社会主义祖国灿烂的夜空。他们不求闻达，只把自己的血与力献出来，为了下一代，为了我们多难的祖国。他们是伟大的一代人，正如他们的前辈一样。但是，由于种种原因，他们的生活清贫，有着很多难言的困苦。我认为，他们是在作出牺牲，包括他们的丈夫或妻子，也包括他们的孩子，而这种牺牲又往往不被人重视和承认。于是，我写了陆文婷。我想，陆文婷这个艺术形象在读者中引起了共鸣，成了他们的朋友，就在于她大概是代表了他们，我写对了。当然，我并不奢求所有的人都喜欢陆文婷。

陆文婷的命运引起很多读者的关注。有的同志不同意把她从死亡线上"拯救"回来，认为现在的结尾是"光明的尾巴"，应该让她死去。有位热心的读者，给我寄来了他写的《人到中年》续篇，共五节。他描写了傅家杰为儿子买了白球鞋，为女儿买了扎小辫的发带，带他们到医院去看陆文婷时，她已经永远闭上了眼睛……也有的读者建议陆文婷应神采焕发地站在手术台上，姜亚芬又飞到我们的身旁。我觉得，一篇小说的主人公的命运引起读者的关注，甚至有各种截然不同的想法，那么，这个艺术形象的塑造就已经完成了。这个形象已经活在读者心中，他们希望她这样，不希望她那样，都是可以的。如果一定要问我的意见，我觉得还是不更改现在的结尾好些。这不是"光明的尾巴"，而是生活给我提供的感受。陆文婷是"迎着朝阳和寒风"出院的。她可能神采焕发地重新走上手术台，也可能还会遇到艰难。当然，我是希望她的生活中充满阳光的，因为春天毕竟已经来临了。

现在我还没有写《人到中年》续篇的打算，但是我可以考虑这个意见。过几年，如果生活给了我新的启示，我愿意把陆文婷的故事再写下去。但愿到那时，我能将一部欢快的乐曲呈献给你们——我善良的好心的读者。

关于刘学尧和姜亚芬夫妇出走的问题，我想说几句。在构思这篇小说时，我并没有想到要这么写，而生活的现实迫使我修改自己的计划。我到一家大医院去体验生活时，正有眼科的一位女大夫申请出国，她技术精良，年富力强。她爱人是外科有名的"快刀刘"。他们被批准走了。后来，这"快刀刘"老在我脑子里转。我甚至不愿给这个人物别的姓，就写下了刘大夫。我在内科的"顾问"，也是一位年轻精干的医生。他外语很好，对心脏病颇有研究。《人到中年》中有关描写心脏病的章节，是他帮我定的稿。遗憾的是，在小说问世之后，我到医院给他送书去时，他也已远在海外了。这使我从另一方面感到解决中年问题的迫不及待。确实，他们是不该走的，也是不愿走的。关于他们不该走，人们谈得不少；关于他们不愿走，人们往往不注意。我曾犹豫，要不要把这些写进小说里。后来，我还是写了。我认为，这是十年浩劫之后，在拨乱反正这个特定历史时期的一种特有的社会现象。这种现象将来也许不会再有，但现在确实存在。作者有责任把它艺术地再现于文学作品中，使作品更富有时代的印记。

最后，借此机会对热心改编《人到中年》为电影文学剧本的同志们说句话。电影文学剧本我自己已经动手在写了，希望改编的同志们谅解。

一九八〇年七月

永远是春天

一

一个严冬的夜晚。

鹅毛般的大雪，一片、一片地落下来，接接连连，无声无息地罩盖了群山。夜色中，百鸟山如同天工巧匠用象牙雕琢出来的，神奇秀美，洁白安详。

省委在百鸟山青石头大队召开的农村多种经营座谈会结束了。主持会议的省委副书记李梦雨同志，显得非常轻松，坐在炉边和我聊天。

窗外天寒地冻，屋内温暖如春。房中间的炭火盆毕毕剥剥地炸响着。蓝绿色的火苗儿令人愉快地跳跃着。这是一间山里人喜爱的宽敞的窑洞。拱形的圆顶和四壁相连，满墙刷得雪白干净。大炕上铺着全豹皮褥子。这屋子的主人是青石头大队的支部书记，支书的爷爷是个采药老人。

"搞什么工作都不容易。就拿你们写小说的来说吧，几十万字连成句子就不简单；还要写景、写情，写出各式各样的人物，写出深刻的思想内容，鼓舞群众推动历史前进，任务艰巨啊！"李梦雨微笑着说。他的身子稍稍倾向火炉，一双大手伸向燃得很旺的火苗。炉火映红了他那满头的白发和本来发白的、有点浮肿的脸。

虽然是第一次到这个省，和李梦雨同志坐下来聊天也还是头一回，但他那爽直的谈吐，使人不觉拘束的风度，对人毫不矫揉造作的热诚，让人得出一个结论：这是善于和干各种工作的同志接近的那一类领导干部。

"人家以为像我这样的人，一天到晚，不是开会作报告，就是找干部谈话，听汇报，大概是没有时间看小说，也不喜欢看小说的。其实不然，我还真是个文学爱好者。我读过的小说还不少呢！当然啰，我喜欢看好小说。你不要笑，这是大实话嘛！好的小说能帮助人们加深对生活的认识。"

李梦雨同志的这一通议论，引起我很大的兴趣。我听人说过，李副书记抓农林水利是内行，对搞粮食有一套办法。在这次座谈会上，我也听过他的报告。他对丁农村工作的拨乱反正有很精辟的见解，对于农林牧副全面发展，确实讲得明白透彻。然而，我怎么也没想到，他对文学创作也颇有研究。只听他又说道：

"一部好的小说，不能只满足于告诉读者一些他已经知道的事情；而应该努力告诉读者一些他还不知道的事情；或者是他感觉到，但还没有明确认识到的事情。这样的小说，才能从思想上打动人，给人以新的启发，读了以后使人久久难忘。"

我笑道："像您这样的领导干部，还有什么事情需要从小说中得到启示呢？"

他笑了笑，说：

"你说得不对啊！不错，像我这样的人，经历的事情很多。我从一个放牛娃到参加革命，干过各种各样的工作，见过各种各样的人。我也打过游击，在部队带兵打过仗，当过区委书记、县委书记……直到现在你看见的，是省委的副书记。可是，一个人职务高，并不见得对生活中的事情都能看得很透彻啊！"

他站了起来，在屋里走来走去。炉火一会儿把他的身影投射在墙壁上，一会儿又把他的身影反映在屋顶上。我抬眼望去，只见李梦雨同志神情严峻，脸上的笑意已经全没有了。他站定了说：

"比如说，在林彪、'四人帮'横行的那些日子里，'民主派''走资派'这些磨盘大的帽子，把老干部压得好惨。我们想不通，不理解，可是又不得不作检查，有时候还是诚心诚意地检查，一遍又一遍……"

李梦雨同志背转身去，站到了窗前。窗外，雪越下越大。望着飞舞的雪影，他好一阵没开口。从他的后背，我可以感觉到他内心的激动。

屋子里异样的沉寂。

忽然，李梦雨同志回过身来，用很低的声音说道：

"我就认识这样一个女同志，她个人的生活很不幸。但，她很坚强。比起她来，我自愧不如。可是她，直到临终，还戴着走资派的帽子，没能安安静静地离开这个世界。她那最后的忧虑的眼神，我永远也忘不了！"

李副书记的声音是那么沉重，他那悲苍的话语简直是血和泪融成的。他站在那里，两手叉在腰上，似乎在借助手和臂的力量，支撑住他那巨大的哀痛。他这神情使我震惊了，我禁不住轻声问道：

"这个女同志是谁？"

"她叫韩腊梅。"李梦雨同志尽力使自己平静下来，沉思地坐回到炉边，又用低低的声音补充了一句，"她曾经是我的爱人。"

或许是写小说的人有一种敏感吧，我觉得李副书记和他说的这位他曾经的爱人之间，一定有一段曲折的、不寻常的经历。我多么想知道这是怎样的一段经历啊！说老实话，我接触过不少领导同志，他们一般是很少讲自己的，更不用说讲他们的家庭、爱人了。虽然我们常把他们视为"丰富的矿藏"，他们却总是守口如瓶，觉得这都是些不足挂齿的琐事。今天晚上，难得李副书记自己打开瓶塞，我抱着极大的好奇心，向他提出要求：

"把这个女同志的事给我讲讲吧！"

"好吧！"

李梦雨同志坐在炉前，两眼凝视着火光，一动不动。他那眼神似乎是在忆及遥远的往事，是那样的忧伤和悲凉。他想起了什么呢？

于是，他给我讲了一个非常动人的故事。

二

那是一九四一年。

日本帝国主义疯狂侵略我们的祖国，蒋介石卖国政府假抗日、真反共，把半壁大好河山让给了日本侵略者。我们这个泉县也给鬼子占了。共产党、毛主席领导全国人民英勇抗战。泉县县委也组织了武工队，开展了轰轰烈烈的敌后游击战。

那年，我二十四岁，是武工队的教导员。当时，县委机关转移在泉县山区的一个小村子里。这个村子叫小关屯，在百鸟山下。武工队也在这里。我们经常穿过敌人的封锁线，发动群众，组织民兵，协同作战，炸毁敌人的碉堡，破坏敌人的运输。

那年冬天，有一次，我带着几个同志执行任务回来，路过一个村子，忽然，就听一片喊声，一个姑娘朝我们奔来。数九寒天，她光着脚丫，穿一身破破烂烂的单衣服，一头长发披散开来。她像一头被人追赶的小鹿一样，不顾一切地拼命朝前跑。紧跟在她身后的是一群手拿棍棒，穿着长袍、短袄的打手。

我们几个人站住了。那姑娘跑得太急，收不住脚，一头撞在我身上。我一把拦住她，说：

"不要怕，有我们！"

她喘着粗气，抬头盯着我。那双黑白分明的大眼睛里，有仇恨，有怒火，有恐惧，也有迟疑。她略微一愣神，立刻想挣脱我的手再跑。这时，那一群虎狼般的恶棍已经站在我们面前了。我一把将这姑娘拖到身后，挺身问那些凶神恶煞的人：

"大天白日的，你们要干什么？"

"啊！八路军太爷！"

这是个拉锯地区，敌人去，我们也去。老百姓一般都认识我们。地主、狗腿子也知道我们。

"你们为什么打人？"我问道。

"买来的丫头，想打就要打！"

"不准打！"我吼了起来。

这时，只见一个穿长袍的瘦猴子样的男人，一手拿根棍子，走上前来，点头哈腰地说：

"八路长官，您管得太宽了。你走你的路，我抓我的人。谁也碍不着谁。咱们都在一个地面儿上……"

"住口！是中国的地面，八路军就要管。不准你们胡作非为！"

那家伙见我态度挺硬，咬了咬牙，猛地蹿到我身后，举起棍子，就朝那姑娘头上打去。

我感到姑娘一双滚烫的手，抓住我后腰的皮带。

望着那张凶残的脸，我气极了。一伸手夺下那根棍子，使劲撅成了两半截。

"把人交出来!"那群人嚎叫起来。

我们几个人护着那遍体鳞伤的姑娘,冲开一条路。我举着枪回头喊道:

"她是我们的人了!你们要人,找武工队去!"

我们把她带到小关屯。同志们问她,才知道她叫韩腊梅,才十七岁,从小是个孤儿,被人贩子卖到这里,给财主家当使唤丫头。

腊梅到了武工队,开始不大说话。她总是跟在同志们身后,好像怕财主再把她抢回去。她的眼里时时流露出惊慌和胆怯的神色。她那少女活泼的天性在地主的皮鞭下夭折了。我们的女同志对她非常爱护,替她敷药治伤,把自己的衣服给她穿。她整天跟她们在一起,我也不知她一天干些什么。

过了几天,忽然一个女同志慌慌忙忙跑来对我说:

"李教导员,你下个命令吧,叫她不准再洗了!"

"给谁下命令呀?"

"腊梅呀!她的手都裂成口子了。"

我听了没头没脑,就跟着到了女同志们的住处。只见几个人围着腊梅。她正低着头坐在炕上,一声不响。见我进去,那些叽叽呱呱说话的人也不言语了。我走过去,命令说:

"把你的手伸出来!"

开始她不肯,也不抬头看我,我又说:

"把手伸出来!"

她挺不情愿地慢慢地把背着的双手伸了出来。哎呀,我一看哪,那一双手肿得很厚,血红血红的,手背上裂开着像刀割似的口子。只听旁边一个女同志沙哑着嗓子,小声咕哝说:

"她一天到晚给同志们洗衣服,这大冷天,河水刺骨的冷。晚上也不好好睡觉，给同志们做鞋。看，这是她做的！"

她们把一大包纳好的鞋底摊在了炕上。

我慢慢走到韩腊梅面前，轻轻托起她那双手，禁不住心中一酸，一颗泪珠滴到了那上面。我这才记起同志们不时对她的夸赞。她从小没有亲人，到了革命队伍里，她把同志们看得比亲人还亲，她努力地为同志们做着一切，她是在为革命贡献自己小小的力量啊！我只说了一句：

"哪儿也不准去，在屋里关三天！"

转身出来，我的眼前老是浮现着这一双红肿的手！想着这个心地纯朴得像山上的泉水一样的好姑娘！

过了不到一个月，我听到了腊梅悦耳的歌声。那时我们是经常唱歌的。虽然生活十分艰苦，吃不上饭是经常的事。有时弄得吃不上盐，野菜、榆树叶和糠掺在一块儿，熬一锅糊糊，就管三天的肚皮，同志们总是充满了革命的乐观主义精神。过春节的时候，我们在树林子里的雪地上开晚会。有人喊道：

"腊梅，唱一个！"

只见她从人们的背后站起来了。啊，我简直认不出她来了。她穿上了同志们给她的军衣，腰上紧紧地束着皮带，打着绑腿，长头发剪短了，塞进帽子里。一个精精神神的女战士站在那里。篝火中她的脸像火一样红。那眼神中没有了恐惧，而是充满着喜悦和一种羞怯。她拉了拉短短的衣服，唱起来了。

她唱的是这一带流行的山歌调。说老实话，我以前并不喜欢这种调子，总觉得它很平板，一个样。可是那天晚上，我简直觉得这是世界上最好听的调子了。她的嗓子很宽，甚至有点嘶哑。她用歌声诉说着苦难的童年，歌声悲切，歌词凄楚，叫人忍不住落泪。她五岁时，父母都被财主害死了，她被卖了三次，才十七岁啊！从狼窝到虎口，这个年轻的姑娘，在人间吃过多少苦！她心中有着多少辛酸的往事？大概她认为人生就是一支苦歌吧！她唱着唱着，无比的悲痛化为满腔的仇恨。她歌声昂扬，在她那黑白分明、泪水晶莹的大眼睛里，喷射出复仇的火焰。我望着含泪高唱的腊梅，心中充满了一种说不出的感情。

一九四二年，腊梅已经是我们武工队很出色的战斗员了。她打枪打得准，非常勇敢。她经常被派到敌占区去摸敌情，每回都能圆满地完成任务。她的机智和勇敢，得到同志们的好评。她原来一个字也不认识，凭着一股顽强的革命精神，在战斗的空隙中学文化、学政治，进步很快，不久就入了党。我是她的入党介绍人。

这年夏天，鬼子中队长的翻译官唐文祥家要雇一个丫头，县委为了掌握敌人的动向，决定派腊梅打入魔窟。这是一次危险的任务。特别是对她这样一个刚刚得到自由的奴隶来说，离开温暖的革命队伍，重新给人去当丫头，尽管是带有"特殊使命"的丫头，也是极为痛苦的事情。

我让她坐在我面前，传达了县委的决定。我想，她也许会拒绝，甚至会反抗。我问：

"你愿意去吗？"

"我去。"

"这是很困难的任务，也很危险。"

"老李，你不是说过，革命是要流血的吗？我是共产党员，只要是革命需要，什么样的任务，我都接受。"她瞪大了眼睛看着我。

这种无畏的牺牲精神和惊人的平静深深感动着我。我又详细给她讲了她应该做的事，她必须注意的问题和联络的暗号。她安安静静地听着，像个久经考验的战士一样。最后，她才问：

"我什么时候走？"

"明天。"

"好。"

和我的预料完全相反，她简直是高高兴兴地接受了这项艰巨的任务。

在这以后的几个月里，她不断给我们送来鬼子和伪军活动的情报。根据这些情报，我们捕捉战机，打了好几个胜仗。每打完一仗，同志们都夸奖她的情报准确。同时，对她的处境也更为担心。敌人不是傻瓜，他们从一次又一次的失败中，会发现腊梅的。

这年秋后，县委决定干掉唐文祥，同时把腊梅撤出来。

唐文祥这家伙，是个死心塌地的汉奸，双手沾满了人民的鲜血，也是个怕死鬼。他把"皇军"当作护身符，离了主子就不敢走路。要干掉他，一定要摸到他的老鼠窝里才行。我们派人跟腊梅取得了联系，商定在一个午夜动手。我们潜入城内，击掌为号，腊梅开门接应，引路锄奸。

可是，就在那天晚上，发生了意外的情况。

当我们等到了约定的时间，顺利地干掉了哨兵，腊梅却没有出来开门接应。我们隐蔽在唐家院墙外面，发出联络信号时，院子里没有反应。我们等了等，再次发出信号，院子里还是没有动静。

我知道出事了。腊梅办事精细，从来没有误过事。如果不是情况有变，她处境十分危急，绝不会失约的。我踩着一个同志的肩头，爬上院墙，只见院里漆黑一团。我不敢往下跳，怕弄出声音来，惊动了敌人，只好两手紧扒着墙头，把身子坠下去，然后摸着砖缝，一步一步往下滑，最后轻轻地落在地上。

院子里很黑，我顺着墙摸着门，拉开门闩，把同志们放了进来。我们无声地迅速穿过前院，从一个侧门进了后院。只见北房里亮着灯，一幅可怕的图景展现在我面前。

腊梅被捆在屋中间的一根大柱子上。她怒目圆睁，鲜血从她头上滴下来。一个瘦男人举着鞭子站在她面前。那人一转脸，猴子样的嘴脸使我猛地记起来了，这正是追赶过腊梅的那个狗腿子。又见他弯腰曲背地对一个矮胖的人说：

"翻译官，没错，她是八路军的密探。武工队亲自从我手里把她带走的。老天有眼，叫我遇见了她！"

像头肥猪一样的唐文祥，手里也拿着皮鞭。他显然已经筋疲力尽，正瘫在太师椅上喘气。他那狐狸精样的老婆，取下嘴上的烟头，恶狠狠地走近腊梅，阴阳怪气地嚎叫：

"死丫头，你不招！我烧死你！"

"呸！"腊梅朝她脸上唾了一口。

"你不招，我把你交给皇军！"唐文祥跳了起来，抓起电话机。

事不宜迟，我一脚踢开门，同志们冲了进去。

"不许动！"我把枪口对准唐文祥。

唐文祥正要掏枪，我们的一个同志已经把匕首刺进了他的胸膛。他"咣当"一声倒在地上。唐文祥的老婆和那个狗腿子早就吓瘫在地。我们的同志很快把他们捆起来，在他们嘴里塞上毛巾。

我赶忙冲过去解下了腊梅身上的绳子。只见她遍体是伤，鲜血不住地透过衣服渗了出来。

"老李，我没有完成任务。"

她只说了一句话，就倒在我手臂上，晕死过去。同志们向她扑上去，叫她，喊她，摇晃着她的身子。可是，她眼睛闭得紧紧的，再不睁开了。

然而，她的生命是顽强的，正像她的性格一样。当同志们含泪肃立在她面前时，她却慢慢地睁开了眼睛。她的眼睛还是那么黑，那么大。她那明亮清澈的目光，我真是一辈子也忘不了！她呻吟了一下，轻轻地说：

"回家吧！"

我忍不住掉下泪来。家！革命队伍是她的家！这几个月，她离开了家，经受了多少磨难，她该是多么想家啊！

我们轮流背着她，出了城。天快亮的时候，我们进了山，到安全地带了。

这时，晨光洒遍群山，百鸟飞鸣，山花烂漫，清澈的泉水涓涓而下。我从一个同志的背上把她接过来，背在自己身上，顺着山间的小路向上攀登。

"老李，你把我放下。"忽然，她小声说。

我轻轻地把她放下，不知她要干什么。只见她艰难地挪动着脚步，朝缓缓流下的泉水跪下去，双手捧起清清的泉水，喝了一口，又在一块卧牛石上坐下来。

"真甜！"她仰起脸来，黎明时清澈的晨光照着她满面的笑容，她说话了，"我小时候，在财主家，天天要跑五里山路给他们背水。水比油还贵啊！等我们胜利了，建设社会主义，我一定去修河，把水引到山上来。你说，行吗？李教导员！"

"行，行啊！"我搂着她说，"等我们胜利了，就在这儿修个水库，让每个人都能喝上水，让每块地都能浇上水。"

"那太好了！"她的眼睛光彩耀人。

那时候，还是抗日战争最艰苦的年月。我们的同志，每一个人都有随时牺牲自己生命的可能，也都做了这样的准备。她呢，现在更是重伤在身。可是，她想到的却是胜利，是胜利后的山区建设。只有具有共产主义襟怀的人才有这样崇高的信念。

后来，她慢慢地恢复了健康。一九四三年，组织上批准我和她结了婚。

这，好像是很自然的事。我说不清楚什么叫爱情，只感到她对于我非常宝贵。也许是她和我有着同样苦难的经历，也许是她有一种吸引人的顽强的斗争性格，也许是她对我特别的信赖，总之，是战争的烽火，是革命的浪潮，把我们的命运连在一起，给了我们巨大的幸福。

我不记得举行过什么婚礼，只记得县委给我们找了一间小房子，房东是个中年妇女，我们叫她周大嫂。我们把被子搬进她家的西屋，大嫂拿了花生、枣儿来。老炊事员不知从哪儿弄了一壶酒来，倒了两杯，给我们喝。腊梅不会喝酒，还是我替她喝了。女同志们剥了花生米硬塞进腊梅嘴里。同志们挤在屋里笑闹了一阵，我们的婚礼就算举行了。

婚后的生活是什么样子，我几乎已经忘却了。只记得无数次突然的离别和骤然的相逢。我们在一起的时间是短暂的。她调到县委当交通员，我还是带着武工队出没在敌后。有时候，我们好多天见不了一面。

那年秋天，为了准备战略反攻，要扩大主力部队。我脱离了地方，带了一批同志，参加了大部队。我知道，这回摆在我面前的战场，不是我们这个县，而是整个华北，甚至整个中国了。这时，腊梅已经怀孕，她留下来了。我不能不为这长久的别离替她感到担忧。

"你放心走吧，我会过得好好的。"她笑着说。

我心里总觉得对不起她，我们的结婚，只给她增加了负担。我预见到她日后生活的困难，总想尽可能地为她作些安排。可是，那时候，我跟她一样，都是彻底的无产者，我能给她留下些什么呢？

当时，我唯一的"财产"就是一条军毯，是从鬼子那里缴获的。我拿着军毯，对坐在炕上的腊梅说：

"这回分手，说不定几年才能见面了。"

她望着我，含笑说道：

"老李，要不是参加了革命，我现在是死是活都不知道，咱们哪能在一起？只要咱们心里想着，就算隔着千座山万条水，也没有分开。"

我一边打背包，一边尽量高兴地说：

"对！等孩子生下来，你可想办法通知我一声啊！"

"嗯。"她点点头，见我没有把军毯打在背包里，硬把毯子塞给我说，"老李，你把这带上。"

"不，留给你，给我们的儿子用。"

"要是个女儿呢？"

"那就给我们的女儿用。"

"不，还是你带着吧！有乡亲们，我这儿什么都不缺。"

我坚决不要，她坚决不留。争执了半天，房东周大嫂听见了，跑过来说：

"瞧这小两口！我给你们出个主意吧，把毯子剪开，一人一半。"

我们采纳了她的建议，一人带着半条军毯分手了。

三个月以后，我们部队开到平汉路以东，忽然听到一个消息：鬼子"扫荡"了小关屯，县委机关被破坏，很多同志牺牲了。

我焦急地探听腊梅的下落，毫无结果。又过了一个月，县委托人捎来口信：

"韩腊梅同志在鬼子'扫荡'中掩护群众撤退时，英勇牺牲了。"

同口信一起捎来的，是一顶军帽。我一看，就认出是她的帽子。我的眼睛模糊了。我仿佛看见了曾经在这顶军帽底下闪烁着的那双又大又黑的眼睛，我简直不敢相信这是真的。

她死了。一个苦难的灵魂，一个觉醒了的灵魂，一个刚毅的女战士。她的生活刚刚放出耀人的光彩，就和我永别了。我多么希望这不是真的呀！

三

我失去了腊梅。

我们相处的时间很短，当时的环境又非常艰难，我甚至没有她的相片。可是，在我心里，有一个活着的腊梅。

她那双惊恐的大眼，她那双红肿的大手，经常浮现在我的眼前。我常常看见她在林中雪地上引吭高歌，也常常看见她跪在山石上，贪婪地捧起亮晶晶的泉水。我的耳边经常响着她的声音：

"等我们胜利了，建设社会主义，我一定去修河……"

时间一年一年地过去了。腊梅的形象，也在我心中逐渐地模糊了。只有一个高大的女战士的倩影，埋藏在我记忆的深处。那几年，我们的部队转战南北，饮黄河水，渡长江浪，打了一仗又一仗。在那紧张的战争生活中，谁还有时间去缅怀过去呢！

抗日战争胜利以后，蒋介石发动内战，我们的部队在黄河两岸和敌人周旋。一九四八年，我参加了淮海战役。一九四九年，我们打过长江，长驱直入，到了皖南。当毛主席在天安门城楼上升起第一面五星红旗的时候，我正带着一个加强团在川鄂边境的丛林中剿匪。当我们听到中华人民共和国诞生的广播时，我和同志们一起，举枪欢呼起来：

"我们胜利了！"

在那个庆祝胜利的狂欢之夜，我拿出腊梅仅存的遗物，军帽上弹痕犹新。我默默地想：为了今天的胜利，多少好同志献出了自己的生命。为了明天的胜利，我们这些活着的，更应流血流汗，一定要建设起一个社会主义的新中国。

一九五〇年时，我是一个地区的副专员。我虽然不是主要负责人，也算是一个头头脑脑的人物了。这一年，我又结婚了。我的爱人叫师丽华，是个南下的大学生，当时在专署秘书科工作。

我说不上为什么会跟她结婚。那时候，我的工作很忙，经常带着工作组下乡。我们的主要任务是发动群众，开展清匪反霸斗争，为土改做好准备。

我们的专员夏一雪是个非常热情的同志，小小的个子，精明强干。有一次，我下乡回机关，夏一雪对我说：

"老李，你该成家了。都三十多了，还打光棍儿怎么成？"

是啊，三十多了，该成个家了。可是，我找谁成家去呢？我没有时间谈恋爱，我也不知道这个恋爱该怎么谈法。

夏一雪好像猜透了我的心思，微微一笑说：

"这任务交给我！我替你一手包办！"

过了一阵，他又凑到我面前，弯下腰神秘地小声问道：

"你看，师丽华怎么样？"

我答不出来。我和师丽华虽然在一个机关工作，但是，除了见面点点头，除了她送公文来找我批阅，或者我交代她办一件什么事情，除此之外，我们可以说没有单独谈过一次话。

"你算了吧，老李！"夏一雪见我不表态，大笑道，"你一个土包子，人家一个大学生，跟你结婚，还委屈你？！"

"我不了解她。"

"我都替你了解了。"夏一雪好像早就在谋划这件事似的，连珠炮似的说，"小师家庭出身不坏，本人历史清楚，工作积极，要求进步，最近入了党，性格温和，待人和气，年纪轻，长得也不错，你还要怎么样？"

后来，我听说夏一雪把师丽华找到办公室去，开门见山地说：

"小师，你该结婚了！我替你做个媒。你看李副专员好不好？他是个老干部，年纪也不大，高高的个儿，一表人才，又爱好文艺。这在我们老干部里，很不简单哪……"

没等他讲完，师丽华就满脸通红地溜了。

夏一雪又动员他老爱人去摸底。

据说，师丽华点了点头。

于是，当我又一次从乡下回到机关的时候，我发现机关里的同志都用一种奇怪的笑容迎着我。师丽华一见我，像见了鬼一样，远远就躲开了。

这天晚上，说是会餐，几个人来拉我去饭厅。我看见饭厅里摆着几张圆桌，桌上粗瓷大碗里装满了鱼、肉、青菜、粉条，还有酒。地委书记、副书记，我们的专员夏一雪都在座，机关里的同志们也全来了。大伙儿把我推到上座。旁边空着个位子。不一会儿，几个女同志把红着脸的师丽华拥了进来，按着她坐在那个空位子上。

"来，来，老李，小师，你们该敬我一杯，谢谢我这个大媒呀！"夏一雪笑嘻嘻地举起酒杯，又说，"我这个人不懂什么恋爱不恋爱的，我喜欢干脆，行就行，不行就吹。兵贵神速嘛！怎么样，还是我这个办法痛快吧？省得婆婆妈妈的，费嘴皮子，伤脑瓜子，还耽误工作。哈，来，干一杯！"

他的话不断被同志们的哄笑声打断。

就这样，我和师丽华结了婚。第二年，她生了一个女孩，起名叫玲玲。

一九五三年，我调回到北方来，任地委副书记。这时，丽华又生了一个男孩，起名李华。一九五六年，我当地委书记，成了地区的第一把手。这年，丽华又生了一个女孩，起名小丽。一九六二年，我调到省委，任省委副书记。

有些老同志，说我"官运亨通"，这当然是开玩笑。共产党员不是为做官，是为人民服务。但是，想起这些年来，工作一帆风顺，组织上了解自己，信任自己，职务一提再提，我对自己也是比较满意的。

我也意识到，随着职务的提高，在我身上产生了某些变化。比如说，官气确实大了。以前下去还真是下到村里去。后来下去，顶多也就是坐小车下到县委机关。一般都是听听县里的汇报，由地、县的领导陪同到他们的点上转一转。再从所见所闻中，抓住一些带有方向性的经验或是带有倾向性的问题，作一番"指示""批评"，有时甚至发一通脾气。开始的时候，我也不很习惯这种工作方法。总觉得接触群众太少，接触实际太少，掌握的第一手材料不多，就在那儿夸夸其谈，发号施令，心中无数，很容易弄错。后来呢，又觉得管的战线太长，事必躬亲，自己去搞调查研究，根本不可能，也就安于这种现状了。

至于我的家庭，在别人看来，也是很不错的。爱人年轻，善于治家。儿女双全，活泼天真。经济富裕，要啥有啥，这难道还不美满吗？

丽华是一个无可指责的妻子。她尊重我，对我很关心、体贴，把我的生活照顾得很好。在和她结婚以前，我几乎一无所有。穿的衣服是公家发的，盖的被子、垫的褥子是从部队带来的。结婚以后，她替我全副武装起来：从春秋穿的凡尔丁制服，到冬天穿的呢制服、丝绵袄、驼绒毛裤，样样俱全。调回北方，她又给我添置了皮大衣。每回她一给我买衣服，我都说：

"添这么些衣服干啥？有穿的就行了嘛！"

"你是大首长了，人家有的，你没有怎么行？"她总是笑着答道。

"穿得这么高级，太脱离群众了。"

"你的职位摆在那儿，工资摆在那儿，穿得太不像话，人家还说你装的呢！"

我觉得她说的也有理，就随她去了。

我在地委工作的那段时间，丽华身体还比较好，每天坚持上班。我们都在机关食堂吃饭，家里请了一个姓吴的阿姨，照顾三个孩子。

调到省里以后，我们住在为领导干部盖的大院里。楼上楼下、大小房间不少，家具从写字台到沙发都是公家的。

有一回，一个老同志来看我，他说：

"老李，你置办的家具真不少呀！"

我摆了摆手说：

"别瞧家具不少，没一件是我的私有财产。我是个无产者，一旦调动工作，我还是什么也没有。"

这个同志回了我一句很有分量的话，他说：

"世界上哪有这样的无产者！"

现在想起来，这句话是很深刻的。但当时我并没有多去想，我觉得自己对生活上的特殊化还是有警惕的，特别是对自己的爱人和孩子。当然，有些事情也很难办，比如说，看戏或者看电影吧，我坐着车去，明明车上空着，还能坐人，总不能让他们走着去吧？我给自己订了一条原则：坐车可以捎带他们，决不专为他们要车。一般来说，我是这样做的。

有一回，我到一个县去，正是孩子们放暑假的时候。那个县，有一个风景很不错的疗养区。孩子们都想跟我去，丽华也想去玩玩。她那时正休病假。我犹豫了一下，还是把他们带去了。

当时，我主要是考虑丽华身体不好，长期在家养病，越养心情越烦闷，心胸也容易狭隘，有机会出去转转，呼吸一点新鲜空气，对她也有好处。

那一次，去了半个月，孩子们玩得很高兴，丽华也很高兴。县里对他们很照顾，吃的、住的都很好。我心里觉得这不大好，也知道带着一家人游山玩水，群众会有什么样的反应。我暗自下了决心：只此一回，下不为例。

可是，世界上的事情往往不是单凭决心就能办到的。由于这样那样的原因，类似这种"阖家旅游"的事还有过几次。

生活就这样过来了。

俗话说"家家有本难念的经"，我的家也不例外，矛盾也存在着。有一天晚上我回到家里，已经十二点了，丽华还没有睡，坐在椅子上看小说。我拿起来一看，是托尔斯泰的《安娜·卡列尼娜》。顺手翻开来，第一句话是"幸福的家庭都是一样的，不幸的家庭各有各的不幸"。我笑了笑，把书搁下了。

"你不同意这句话吗？"丽华问我，样子还挺认真。

"我没有想过。"

"那你就想一想，他这话有道理吗？"

"对我们共产党人来说，幸福不在家庭里。阶级斗争和生产斗争的胜利，就是我们最大的幸福。"

"那家呢？"她又问。

"至于个人的小家庭，那是很次要的。我们一天有几个钟头待在家里？"

她不说话了，显然不满意我的答复。我问：

"那么，你怎么看这个问题呢？"

"我认为，我的家庭既是幸福的，也是不幸的。全国六亿人口，有多少人能有我们这样的生活水平？当然，物质生活还是次要的。从精神方面来讲，我们家没有婆媳纠纷，没有岳婿矛盾。我们之间互相尊重，互不干扰，这难道不是幸福吗？"

我觉得她说的倒也是事实。我们家里没有那些乱七八糟的"关系"问题，我和她甚至没有吵过架，除了偶尔为了孩子的事拌几句嘴。那么，她认为这个家庭有什么不幸呢？她沉默了很久，似乎不大愿意说，后来还是说了出来：

"我有了这个幸福的家，我把自己关闭在这金丝笼里，这就是我的不幸。"

开始我一愣，没想到她说出这样的话来。细一想，她这个结论完全正确。我立刻说：

"丽华，你说得很对。你应该走出这个家庭，到斗争中去，到群众中去，那里才有真正的幸福。"

然而，她却摇头不语了。

我知道，这两年她身体不好，三天上班两天休息。我鼓励她把身体养好，少管些家务事，坚持上班。我还向她提议，要她去参加省委组织的一个工作团，到农村去搞基层党组织的整风。她笑了笑，拒绝说：

"我怎么走得了？三个孩子，还有你，还有这么大个家。"

我劝她说，这些都不是问题，吴阿姨会安排好的。她还是摇头，又说：

"你不要做思想工作了。我知道我吃不了下乡的苦，我也干不了什么工作。真的，我不像韩腊梅，她是一个坚强的战士，我是一个没有出息的女人。"

我感到无可奈何。她反倒笑起来，安慰我说：

"以后再不谈这些了。你全心全意为人民服务，我呢，当你的'后勤部长'，全心全意为你和孩子们服务。"

她提到腊梅。这些年来，有时候，我也想到她。一九五四年，我回到北方后，还特意去到小关屯，打听腊梅牺牲的情形。我到了泉县县委，县委机关的干部没有一个我认识的了。当然，他们也不知道曾经有过韩腊梅这样一个同志。他们替我找来几个当年曾经在县委和武工队工作过的同志。我们见了面，高兴得不知说什么好。我们一起回忆过去的战斗生活，回忆牺牲了的烈士，谈到四三年那次鬼子的"扫荡"。至于腊梅是怎么牺牲的，他们也说不清楚。

我到小关屯去了一趟，看望我的老房东周大嫂。她还认识我，一把抓住我说：

"老李啊！可把你盼回来了！"

她把我拉进屋里，说这问那，从解放前谈到解放后，又夸起当年的武工队来。我问她：

"周大嫂，你知道腊梅是怎么牺牲的吗？"

一听这话，周大嫂的眼泪就直流，哭着说：

"千刀万剐的鬼子啊，这些畜牲害了我们多少人！那天晚上，鬼子把村子包围了。腊梅领着我们转移到山上。她，那时候怀着孩子。鬼子眼见追来了。她打了两枪，把鬼子引开，一个人朝上跑。鬼子全追着她去了。后来，后来，我们在山上找了三天哪！只见着她的一顶帽子，她，她呀……"

周大嫂哭成泪人一样，说不下去了。

"她的坟呢？"

"有什么坟啊！为这事，乡亲们总觉得对不起腊梅，对不起你！"

我告别了周大嫂，沿着山路，走到山谷底下，来到那条泉水旁。我找到了腊梅当年伏在那里，喝过泉水的那块石头。不错，是在这儿。

山还是那么高，水还是那么清。可是腊梅已经不在人间了。我坐在那块石头上，说不清为什么，我也捧起那泉水喝了一口。泉水真甜啊！我又想起她说过的话：

"等我们胜利了，建设社会主义，我一定去修河……"

我一直以为腊梅真的牺牲了，直到一九六三年，一个很偶然的机会，我又遇见了腊梅，才知道她并没有死，她正在实践自己的誓言。

四

那年秋天，我到北京开会。在北京的老战友一见我都说我"显老"了。这也难怪，我这人本来就是个大高个子，过了四十岁一发胖，体重到了一百六十斤，行动不灵活，走起路来也有点喘了。加上头发白了一半，是显得有点老态。老伙计们动员我去看看病，还找了几位有名的大夫给我会诊了一番。全面检查的结果是：我身上百分之七十的机器零件都还完好无损，只是高血压、心脏病找上门儿来了。那天下午，我在一家医院的三楼看完病，拿了一大堆药从楼上下来，刚走到楼下扶梯口，就听见门诊的护士在叫号：

"韩腊梅！"

韩腊梅？一听到这名字，我不由得浑身一惊！是同名同姓，还是……？我扶着楼梯的扶把呆在那儿，两眼望着那个坐满了人的长长的走廊，就见一个女同志从长靠背椅上站了起来。她穿着一身蓝制服，一双黑布鞋，手里提着个小旅行袋。我看不见她的脸，可是，她那昂着头走路的样子，那笔直的后背和那特殊的神态，使我一眼就看出：是她！是腊梅！

这突然的相遇，使我迈不开步。失散了二十年，早以为已经死去的人，忽然出现在眼前，我擦了擦眼睛，还有点不敢认。眼看她朝前走去了，我才醒了似的，拉了拉肩上披着的夹大衣，两步跑下楼梯，到她身后，大叫了一声：

"腊梅！"

她站住了，回过头来，正对着我。我们面对面站了好一会儿。她那双黑白分明的大眼睛盯着我，和二十年前简直没有丝毫的改变呀！

那一霎时，我的心情真是无法形容。二十年来，我一直以为她牺牲了。我哀悼她、怀念她，总为我们相处的时间太短而感到遗憾。有时想起她来，又因为她不知葬身何处感到隐隐的刺痛。如今，她忽然出现在我眼前！我只觉得浑身的热血都往头上冲。我一下子伸出双手，抓住她的手，紧紧地握着。一时间，我只觉得耳朵嗡嗡地响，脚底下的地在打转，一个什么东西在心头翻上翻下，眼眶里发酸。虽有千言万语，嘴上只能重复地喊：

"腊梅呀，腊梅！"

周围的人都瞧着我们。"战友重逢！"他们一定是这样猜想的吧！说实话，那会儿我像个瞎子一样，好像四周什么也不存在了，只有她一个人站在我面前。

她还是原来的那个腊梅，她根本变化不大。长圆的脸上，黑红的颜色，显得很健康。短短的头发，还是乌黑的。额上并不见皱纹，特别是一双大眼睛，还是那么精神。只在她微微一笑时，眼角才有几丝细纹。算来，她还不到四十岁。她望着我，也不说话，只是好像有点奇怪的样子。

你想，我有多少问题要问她啊！只记得我冲口而出地问道：

"腊梅！你活着……"

她笑了起来。

这个问题真是要多蠢有多蠢！

我也顾不得多想，语无伦次地急忙问道：

"他们怎么说得那样肯定，说你牺牲了？你当时是负伤了吗？这些年你在哪里？你，你怎么不找我？"

我一连串地问着，管不住自己的舌头。她呢，只是默默地听着，看着我。

那护士又叫了：

"韩腊梅！"

腊梅抽出手，说：

"老李，该我看病了。"

看病？还看什么病！我心里这么想，可又不好说出来。只说：

"好吧，我在这儿等着你。"

她走进去了。

我坐下，又站起来，心里乱成一团。真好像八月里的冰雹子朝我身上一起打来，不知是冷是热。二十年前的腊梅和才见到的腊梅，都在我脑子里打转。我在医院的走廊里来回踱了两趟，定了定神，又强迫自己坐下来。

我想着腊梅刚才的样子：她脸上虽然露出惊奇，可看不出有多少高兴来，倒好像有一点不愿意见我似的。她还有心思去看病？她怎么这么沉得住气？又一想：是呀，这么多年了，各人的生活都有了改变，我自己不是也已经又有了家，有了孩子，难道人家就没有变化？可是，不管怎么说，我们总还是老战友，当年出生入死，共过患难。这些年，她怎么过来的？我还是要闹明白！

等她看完病出来时，我已经比较能控制自己了。但是，一看她朝我走来，不知为什么，那个年轻时头戴军帽、腰束皮带、打着绑腿的女战士的她，又浮现在我眼前。我闭了闭眼睛，又睁开，使劲晃了晃脑袋，使自己清醒过来，强压下心中的回忆，问她：

"你身体很不好吗？"

"不，就是有一点关节炎。"

我们走出了医院大楼。

屋子外面，天空是一片瓦蓝。北京的秋天，天很高，云很淡，明朗朗的，无比开阔。穿过医院的小花园时，我说：

"在这里坐一会儿吧！"

她同意了。

我们坐在花园的长椅子上。我望着她说：

"腊梅，你变化不大，还跟以前一样。那时怎么会说你牺牲了呢？开始，我真不信。你想，我们分手才几个月。可是，后来组织上正式通知我，县委还送来了你的军帽，我不能不相信了。你那时，一个女同志，那么年轻，怎么过来的？这些年……"

她打断我的话说道：

"老李，你身体看起来没有过去结实了。"

"是呀，老了。"

"老了？你今年才四十六呀！就是胖了，工作很忙吧？"

她对我，就像对一个领导干部一样，根本不像二十年没见面的夫妻。我真不知她哪来的这份冷静，也不知该从哪儿打开她的话匣子。后来，我还是顺着自己的想法说开了：

"腊梅，二十年了，你不知道，这些年我的心情！我，我还跑去找过你的坟……"

"不说这些吧，都是过去的事了。"她一直低着头，两眼盯着脚下的草地。

"可是，你总该讲讲，你是怎么活过来的。"

她好像踌躇了一会儿，看了看我，说道：

"其实，那也是很平常的事。鬼子天天来'扫荡'，那天半夜里又来了。只不过这回来得很突然，我们事先缺乏准备。县委的同志们很英勇，他们硬把敌人顶在村口，让我帮助老乡们转移。我们上了山。不过，那时候我行动很困难了。因为，因为我已经临产了。"

她的话，把我带回到那硝烟弥漫的战争年代。我屏住气，听她说下去：

"鬼子冲了上来。我身上只有两颗手榴弹。我让老乡们从左边的小路跑。等敌人快到我面前，我把手榴弹扔了出去，从右边的小路朝山上跑，鬼子被我引过来。我的枪里还有两颗子弹。我没有放过他们，一枪撂倒一个。子弹没有了，我正准备往山下跳，可是，没有力气了，我摔倒在一块大石头下面，晕过去了。一位在山上采药的老大爷看见了我，他把我扶起来，搀到一个山洞里。那个洞很深，洞口很隐蔽，我，就在那个山洞里生下了孩子。"

我听得很紧张，手心都捏出汗来了，急忙又问：

"后来呢？"

"后来，敌人搜山搜了好几天，老大爷守着我，我发烧，病得很厉害。过了几天老大爷把我背到深山他家里。我在大爷的暗窑里躺了三个月。老大爷亲自找了药，给我治病。我没有奶，老大娘熬了小米汤喂孩子。我病好些，就是两条腿受了寒，走不动路。可是，我要找党，我要下山去，老大爷不放我走。他从怀里掏出鬼子的告示来，那上面画着我的像，说是捉拿八路军的密探。

老大娘见我着急，她说，你要找谁，我给你找去。她替我跑了几个月，没有找到县委。有一天，她带来一个人，我一看就扑上去哭了。他是军分区的交通员老高。后来，通过他，我找到了地委。地委不同意我在原来的地方活动，把我调到外县去了。老李，你以前说过，我这人好像铁打的，死了又活过来。这回也是一样，又活过来了。"

说到这里，她又笑了。我可一点也笑不出来。我觉得她讲的还是太简单了。打退了鬼子，离开了队伍，离开了同志们，找不到组织，也不知道我在哪里，孤身一人，还带着个刚落地的孩子，她当时的处境是多么艰难啊！多亏她是这样一种坚强的性格！多亏那些把八路军视为自己亲骨肉的乡亲！

她看了看我，又低头看了看表说：

"老李，我该走了。"

"你要到哪儿去？"

"我是到北京出差来的。事情已经办完了，要回省里去。"

我这才想起问她：

"你现在在哪里工作？"

"老李，我在你领导下工作呢！"她平静地回答，甚至微笑着。

"什么？我们在一个省工作？我怎么一点也不知道？你早知道我在省委？"

她点了点头。

怪不得！她早知道我在省委，我的情况她全知道。难道她一直就在省里？她怎么一次也不来见我？我又激动起来，问道：

"你什么时候知道我在省里的？你为什么不去找我？我们总该见一面嘛！你这个同志呀！"

"我知道你的消息，是一九五四年了。我到小关屯去看周大嫂。大嫂一见我喜得简直要跳起来，她嚷着说：'腊梅，你还活着呀！这就好啦！老李上月才来过，他还打听你的坟呢。我们还在一块儿哭了你一场。谢天谢地，你们俩都还好好的！'那天晚上我就睡在周大嫂家，还是住的那间小屋，那张炕……"她的声音小下去了。

我两眼发酸，转过头去，又责怪地问：

"你知道我的消息了，就该来看看我！"

她沉默了一会儿，仍是低着头，半天才问：

"老李，你现在几个孩子了？"

"三个。"

她抬起头来，两眼闪着光亮，笑着说：

"是啊，我那时真是想去看看你的。我打听了一下，听说你已经有了家，有了孩子，我就没有去。不过，这是过去的事了。你现在生活得很好吧？"

我还能说什么呢？她的每一句话都使我像冬天喝了冰水一样，一直凉到心底。我也说不清当时我的心情，只在心里怪自己：为什么当时那么肯定地认为她牺牲了？为什么以后不再去找找呢？解放以后也应该再去打听啊！但是，现在说这些也晚了。

她毅然地站起来说：

"真该走了，赶不上火车了。"

"我送你上车站。"

我帮她提着小旅行袋，来到长安街上。

北京的长安街美极了。人行道上，挺拔的梧桐树在秋风下摆动着枝叶，沙沙作响。我无心观赏这秋意盎然的首都美景，只觉得心里乱糟糟的。宽广的马路中间，往来如梭的小轿车、公共汽车、自行车，好像都往我的心上压来。我的思想纷乱到了极点。

我找到了腊梅，她还活着，但对我来说，和以前一样，还是永远失去了她。腊梅一声不响地在我身旁走着。她步子迈得很大，还是那么昂着头，走得很快，真好像怕误了火车似的。可是，我明明感到，她是在回避我。我竭力让自己平静下来，问她：

"腊梅，五四年以前你在哪里？你为什么没有找我呢？"

"找了。四六年，听说你们开到东北去了。"

"没有啊！"

"四八年底听说你南下了。我也南下了。我原来以为会在南方找到你。到了南方，我又听说你负重伤牺牲在医院了。"

"是啊，我住了三次医院。"

"一九五二年，大区撤销，组织上考虑我的孩子在北方，又把我调回来了。"

她的声音还是那么平静，好像说的不是她自己的遭遇，而是在谈论别人的事情。

这时，我们来到东单体育场。一些孩子活蹦乱跳地在那儿打篮球、踢足球。笑语欢声盖过了街上轰鸣的车辆声。我忽然想起我那个还没有见过面的孩子，那个在枪林弹雨中诞生的孩子。我急切地问：

"孩子呢？我们的孩子呢？是男孩还是女孩？"

"是个女孩。"

"她跟你在一起吗？"

"不，她还在山上。她一直住在那老大爷家里。"

"你怎么不带着她？"我心里很不满意，用一种质问的口气说了出来，虽然我知道我没有权利责备她。

"以前，她很小，我不能把她带在身边。"她看了看我，又说，"后来，大爷、大娘把她养大了，他们舍不得她。她也舍不得离开老人。我想，让她住在贫下中农家里，对她、对我，都更好些。"

我无言对答，心里只想着那从未见过自己的爸爸、独自在高山上生活的小女儿。

"她叫什么名字？"

"山妮。"

"山妮？"

"山的女儿。这也是大爷给她起的名字。"

"你很少见到她？"

谈起孩子，腊梅的话多了，她说：

"生下她不久，我就走了，一直没有见过她。直到南下的时候，我知道不容易回来看她了。临出发前，我上山去看了她一次。那时她已经六岁了。我刚走到大爷家门口，就见大核桃树底下站着一个小黑人儿。山妮长得个子挺高，有点像你。长圆脸儿，黑眼睛，梳一条大长辫子，活泼得很。老人们一定早告诉她妈妈是解放军了。我一走过去，正想抱起她，她转身就跑了，使劲叫：'爷爷、奶奶，我妈妈来了！'她高兴得很，跑到每一家去报告，说她当解放军的妈妈来了，拉了全村的人来看她妈妈。"

我的山妮！我的女儿！我从心里喊了起来。抑制了很久的泪水夺眶而出了。

"后来呢？"我只顾问着。

"后来，我回到北方，她已经是个'红领巾'了。有时候我也把她带在身边。不过，她从小在山上住惯了，喜欢山。大部分时间，她还在山上。"

我们又默默地走了一阵，到了崇文门，已经快到北京站了。我心里想：她为什么不和孩子在一起？真像她说的是孩子舍不得离开山吗？会不会是她另外结了婚呢？这是完全合理、完全可能的呀！我试探着问：

"你现在生活得好吧？我是说，你的家……"

她笑笑，答道：

"我出来，家里一把锁。"

"你一直没结婚？"我脱口问了出来。

她摇了摇头，眼睛不看我，脚底下的步子更快了。

"那，你为什么不结婚？"我又问了一个愚蠢的问题。

她没有回答我的问题，匆匆进了车站。

到了月台上，广播员正在催旅客上车。她上了车，坐在窗口边。我站在月台上，心如乱麻，觉得还有许多话要说。可是时间不多了，还应该说些什么呢？忽然，我想起了一个最重要的问题，急忙问道：

"腊梅，你在省里哪个单位工作？"

火车已经徐徐启动了，她微微笑道：

"我在修河！"

一声汽笛长鸣，火车向前开去。我又跑了几步，提高了声音，问：

"你住在哪儿？把你的地址给我！"

只见车窗一闪，她把头转向我，脸上微笑着，那么熟悉的一种微笑。

她没有给我留下地址。

五

这次意外的相遇，使我很不平静。

二十年来，我以为她牺牲了。但是，在我心里，依然有一个热情地、勇敢地、不知疲倦地为革命工作，以至献出了生命的腊梅。二十年后的今天，匆匆地见了一面，知道她还活着，我该多么高兴。然而，就这短短的一瞥，她带走了我心目中的形象，给我留下一个生疏模糊的影子。我这才感到，我失去腊梅，并不是从二十年前开始的，而是从这次相遇开始的。

为什么会这样呢？当时，我根本无法理解。我想了很久，只能得出这样的结论：毕竟分别二十年了，各人的生活都有了很大的变化，过去的一切都已经过去了。岁月无情，又有什么办法呢？我让自己平静下来，可总还是时时感到不安。

这二十年，她是怎么过来的？她吃了多少苦？她现在生活得怎么样？有什么困难没有？她的女儿，不，我的女儿，这可怜的孩子，生下来就没有见过自己的爸爸，她现在生活得怎么样？她需要我给予什么样的帮助？我觉得，处在我这样的地位，是完全能够帮助她们的。

回到省里，我决定找一次腊梅。

她没有给我留下地址。但是，她既然说了"我是在你领导下工作"，那么，在这个省里，不要说她还告诉我她在挖河，就算她什么也不说，就凭一个名字，我这当书记的，也能把她找到。

于是，我根据她说的"挖河"的线索，拿起电话，找到水利局的党委书记老汪。我说：

"老汪，你给我打听一下，有个女同志，叫韩腊梅，是不是在你们水利局？"

"韩腊梅？"老汪停了停，立刻又传来带笑的声音，"有啊，有啊，她是我们局第三工程大队的党委副书记。"

"是个中等个儿，短头发，走起路来昂着头……"我还不大放心是不是她。

"没有错，她在我们这儿挺出名的。工人们都叫她韩大姐。"

"她住在哪儿？"

"住在第三工程队的宿舍，东大街小天巷三十七号。李书记，您要见她，我们可以通知她。"

"不用，不用。"我连忙挂上了电话。

那天下了班，我在机关食堂吃了饭，就坐上车，让司机开到东大街去。

我在省里工作了好几年，主要活动在省委、宾馆和家里这样一个很狭小的地带。城里的好多地方我都没有去过，特别是那些东一条西一条的小胡同更不知在哪儿了。我的司机不是省城的人，他从部队复员以后给我开车，活动的范围也跟我一样。他打听了很久，才把车开到小天巷。

这是一条很窄的巷子。车子开进去，差不多就把胡同塞满了。到了三十七号门口，我走出车门，只见一个敞开着门的大院。门边墙上挂着一块小木牌子，上面写着"水利局第三工程大队职工宿舍"。一群孩子在门口玩儿，看见来了一辆小轿车都围了上来。大概这里是很少停小轿车的。一个胖胖的小女孩挤在最前面，大胆地问我：

"你找谁？"

"有个姓韩的同志，叫韩腊梅，是住在这儿吗？"

"啊，韩阿姨呀！她住在东院，我领你去。"

小姑娘自告奋勇地领我走进院子。院子很大，院中间有几棵大树，还种着些向日葵和玉米。树与树之间拉着铁丝，晾着各式各样的衣服、床单等。一个老太太守在小孩车旁，看几个小女孩跳猴皮筋儿。大院子四周都是旧平房。每家窗户台上都有几盆花。每家的房前都有用砖或木板搭成的小厨房。从进进出出的大人、孩子和那种热热闹闹的气氛看来，这院里住了不少人家。

那孩子领着我穿过院子。所有的大人都停了正在做的事情看着我，所有的小孩都停下瞪着小眼睛好奇地盯着我，连在屋里的人也站起身来从窗户向外张望。那孩子领我穿过一个窄窄的甬道，走到一个较小一点的院子，指着一间南屋对我说：

"韩阿姨就住这儿。"

我顺着孩子指的方向，走到那间南屋门前。想到马上又要见到她，心里不由得有点激动。我敲了敲门，里面没有声音。我又叫了一声：

"腊梅！"

旁边一间屋的门开了，走出一个年轻的女同志来，她问：

"您找谁？"

"我找韩腊梅。"

"噢！您找韩大姐呀！她在后院跟工人家属谈话呢，您先到她屋里坐坐，我找她去。"

说着，那女同志把腊梅的房门推开，原来门没有上锁，我说：

"不麻烦你了。你告诉我她在哪儿，我自己去。"

"我领您去吧！"

那女同志带我走进后边另一个大院。这里也有几间平房。我们在一间比较大的北房前停下，只听屋里传出一阵阵妇女们爽朗的笑声。我从窗户往里一看，只见十几个年轻的妇女，有站着的，有坐着的，正围着腊梅，听她讲话。

腊梅还是穿着那件蓝布制服。但她的神情，跟我半个月前在北京见到时，又大不相同了。她眼里放着光，脸上带着笑，嘴上滔滔不绝地说着，两手比划着，显得非常兴奋。一下子，我又觉得，这才是二十年前那个勇敢坚强、朝气蓬勃的腊梅。她没有变，她还是那个我所熟知的腊梅。

"修水利是一件大事。"只听腊梅大声说道,"毛主席讲过,水利是农业的命脉。我们省大部分地区缺水,特别是山区,有的地方连吃水都有困难。我们工程大队,是水利建设的尖兵,对全省的水利建设做出了很大的贡献。这里边,当然有咱们职工家属的一份功劳。但是,我同意你们的意见,我们不能满足于当好家属,带好孩子,管好小家。我们也要为水利建设直接贡献力量。我已经向党委反映了大家的要求,将来有机会,一定组织大家上工地去。不是去参观,也不是去伺候丈夫,是参加修水库!"

妇女们都欢呼起来,又笑,又叫,又鼓掌。我身旁的这个女同志也笑着,正要去推门,我止住了她。只听腊梅又说:

"我们工程队已经接到筹建泉县水库的任务。这个地方我熟悉,历来缺水。山上的老乡,挑一担水来回要走十里地,他们早就盼着修水库了。等省委正式批准这项工程,我一定组织大家上工地!"

屋里又是一阵欢呼。那个女同志大概怕我等得太久,还是推门叫了:

"韩大姐,有人找你!"

"我就来。"

腊梅跟屋里的职工家属打过招呼,走到门口。一见是我,她略有一点惊异,过了一会儿,她笑道:

"老李,是你来了!走,到我屋里坐。"

她领我走进她的房间。这间小屋顶多十一二平方米,靠门有两扇小窗户。窗户上挂着一块浅蓝色小花的窗帘。大概因为是南房,整年不见阳光,又在后墙上方开了一个小窗户。

"坐呀,老李!"

腊梅拉过三屉桌旁的椅子，让我坐。我坐下，她站在门后的小茶几旁给我泡茶。

房间里陈设简单。窗下是一个三屉桌。桌上放着一套《毛泽东选集》和马列的著作，还有一些水利方面的技术书籍。桌上有一块玻璃板，玻璃板下面有两张照片。一张是毛主席持铁锹挖土的照片；一张是周总理拉车的照片。我坐的这把椅子刚才是正对着桌子放着的，大概是她经常坐的吧！桌子边有一个小书架，上面整齐地摆着书，还有一张凳子在旁边。左边靠墙放着一张单人床。床上蓝格子床单，花布面被子，洁白的枕头，都整齐洁净。我眼睛落在折得有棱有角的被子上，发现那上面还有一条薄薄的毯子。

我立刻站起来，只一步就迈到床边。细一看，还是当年分手时剪下的那半条军毯，只是颜色有些旧了。

"你还留着它？"

"什么？"她在门后的小茶几那儿倒茶，回头问道。

"这毯子！"

"唔。"

她回转身去，拿起茶杯过来，放在桌上说：

"坐呀，喝点茶吧！"

我回身坐下，眼睛离不开那半条军毯。往事如在眼前。我摸出烟来点上，尽力不去想它。看着她这简朴的生活条件，我说：

"腊梅，你应该生活得更好一些。"

"难道现在生活得不好吗？"她在床边坐下说，"在战争年代，谁能想到会有今天这么好的生活条件？"

"不，我是说，在我想象中，你的生活水平应该更高一些。你也是个老同志，现在条件不同了。"

"我觉得现在的生活就够好的了！"她笑道。又是那种从心底发出的微笑。

"水利局不能分配给你一套单元房子吗？这大杂院，太乱了。"

"乱吗？我倒觉得人多，彼此照应，住得挺方便的。"

这时房门被推开了，那个给我带路的女同志提了水壶进来，笑吟吟地说：

"韩大姐，您来客人了。刚开的水，给您灌点沏茶！"

腊梅忙站起来时，那个女同志已经自己揭开暖瓶盖给灌水了。看得出来，她和邻居们的关系处得非常融洽。等那女同志出去，腊梅重又坐下后，我说：

"那天匆匆忙忙见了一面，还有好多话没有来得及细说。你后来……"我想把话题拉回到二十年前去。

她直截了当打断我的话说：

"老李！你今天来了，我倒想向你反映一点情况。说老实话，平常要见到省委书记们也不容易呢！"

我感到她是对什么事有意见，坐下来，认真地听她说下去。

"三句话不离本行。我搞了十年水利了，一个总的印象是：我们省的水利建设速度太慢，远远赶不上形势发展的需要。我们省缺乏水源吗？不缺。问题是没有认真组织力量去开发、去利用。地上水，白白地流走了。地下水，长年埋在地下。就拿泉县来说吧，山上光泉水就不少，东一股，西一股，这你是知道的，可惜我们没有把它蓄起来。"

我点上一支烟，打断她的话说：

"这只好一步一步来了。每年水利建设的经费就那么多，施工力量、设备、器材都有限。我也想多干一点，心有余力不足呀！"

"问题就在这儿嘛！"她提高了声音说，"为什么只看到省里这点经费、这点施工力量？到下面看看去吧！群众对兴修水利有多大的积极性！他们完全可以自力更生，修建一些中小型水库，特别是小型水库。"

她说得很认真，我听了哈哈大笑说：

"同志，你说的积极性是有的。可也有另外一种：他们左一个自力更生，右一个土法上马，真干起来了，好，就找到你省委门上来了。千方百计要你列入计划；赖着要你拨经费；逼着要你给设备。你不管吧，他说他已经上了马，省委不管就前功尽弃。你管吧，我的老天爷，他那个窟窿你三年也填不满。这些县委书记的鬼点子，我清楚得很。他们还说这叫'牵牛鼻子'。先敲锣打鼓地开了工，就算把省委的鼻子牵住了。"

腊梅也笑了，她又说：

"这总不是多数吧？"

我摇了摇头，不置可否。

腊梅站起来，从抽屉里取出一份报告，交给我说：

"老李，这是我跑了五个县的调查。他们自力更生修了二十三个小型水库，既没有牵你省委的鼻子，连县里都没去惊动。全是公社以下单位，有的是大队自己干的。"

我接过来看了看。显然，她是花了很大的功夫去作这项调查的。报告写得很生动，材料很丰富，很有说服力，后边还附有表格，记载了每一座水库的工程规模、受益面积、经费来源，劳力、设备、材料等问题解决的办法。

"这都是小型的，当然可以自力更生。我说的是大、中型水库。不搞几个大中型的，解决不了全省大面积的问题。"

"两条腿走路嘛！再说，小型水库的经验认真总结一下，对于多快好省地建设大、中型水库，会有很大的帮助。"

她的意见是对的。我把这份调查塞进口袋里，答应带回省委去研究。这时,我抬头看了看她。我看到她脸上充满着喜悦的神情,顾盼中神采奕奕,她还是早先那个朝气蓬勃、勇往直前,为党的事业在战斗的腊梅。

"我们最近接到一项任务,准备修泉县水库。上个月,我们去那里搞施工调查,老乡们可高兴啦!他们说,这一天总算盼到啦!老李,你还记得不?四三年那次我负了伤,在深山沟里第一次听你说将来可以修水库。说真的,那会儿我还不大明白水库是个啥呢。解放后,我选了这一行,组织上送我上专门学校去学习,干了这么多年,修了不少水库。今天要修泉县水库了,我盼望了二十年的愿望就要实现了。"

"泉县水库能不能上马,不是还有争论吗?"

我记得省委在讨论农田水利建设计划时,泉县水库有两次都给否了。这个地方的施工条件不好,地质情况也很复杂,省委一直下不了决心,没能上马。

腊梅指着她的调查报告说:

"正因为有争论,我们搞了这份调查。我们认为充分利用这些小型水库的经验,泉县水库中的一些技术问题,是可以想办法解决的。"

"好吧!我们再研究。"

大概经过这一场对我的"说服",她好像也变得活跃了,又打开抽屉,拿出一张照片,递给我说:

"老李,你不是要看山妮吗?这就是她!"

我连忙接过来。照片上,一个梳着长辫子的农村姑娘藏在一棵大松树后头,露出半个身子,探出一张笑脸。那长圆脸上一双笑吟吟的大眼睛,又惊又喜又调皮地望着我,好像马上就要跑开的样子。那神态,宛如腊梅当年,简直一模一样!

"真像你！"我眼睛望着照片，舍不得离开。

"是个野丫头！"腊梅由衷地笑了，又说，"她很调皮，野得很，是个天不怕地不怕的山里姑娘。要是你知道这张照片是怎么照的，准吓一跳。"

"啊！怎么照的？"我抬起头来问。

"那是去年的事了。我和水利局的几个同志去百鸟山勘测水源。有个同志带着一架照相机。我们还没进村，就听见满山的歌声。'好嗓子哟！'我们那些同志说。我一听就知道是山妮在唱。"

"她也会唱歌？"我不由得想起了腊梅的歌声。

腊梅点点头，接着说：

"我顺着歌声的方向找，忽然歌声停了。就见山妮猛地奔出来，撒腿在山上跑，追着什么东西。嘴里还在嚷：'你跑，你跑，看你跑到哪儿去！'我们不由得都站住了。仔细一看，就见一只野猫在离山妮不远的地方也猛一下蹿了出来。这野猫还有点儿虎性，可又是猫儿。既凶狠，可又特别怕人。见有人追它，它一下子像股烟似的蹿上了一棵大槐树。山妮这时也跑到树下了，毫不犹豫，噌噌地就爬了上去。她喜欢穿红的，那一身红衣服，像一团火贴在大树干上，又像一团火焰样往上冲，眼看要捉住那个野东西了，那野猫一蹦，到了另一棵大树杈上。山妮略一停，双手揪着树枝，活像打秋千一样，只一荡，也轻轻巧巧落在那树上。野猫似乎无处可躲了，它飞快地爬了下来。差不多同时，山妮也像个小猴儿似的着了地。野猫被逼得走投无路，不加选择地就从一个两丈高的小坡上直跳下去。山妮跟着也跑过去，我怕她跳，正要喊，还没喊出来，她探头朝坡下看了看，大概是选了个地方，一蹲身，她也跳了下去。那野猫一骨碌爬起来，昏头昏脑地又乱跑。"

一个女孩子，胆子这么大，我听着又高兴又担心。腊梅带着夸赞的口吻说下去：

"那只野猫直蹿到离我们不远的地方。我们一个同志跑上几步，把那野猫逮住了。山妮几乎也在同时赶到那个同志面前，叫道：'给我，是我逮的。'她抱着那野猫正转身要走，我把她叫住了。山妮见了我高兴极了。那个带照相机的同志见她抱个猫挺好玩的，要给她照相。她不好意思了，藏到大树后头去。等她刚一探头，这张相就照下来了。"

"怪不得照得这么神！照相馆里照不出来。"我看着山妮那要跑的调皮样子说。

"劳动不错，刚当上了团支部书记。"

"把这张照片给我吧！"

"好吧！"

我把照片小心地放在胸前的口袋里，对这个从来没有见过面的女儿，感到一种说不出的疼爱。我问：

"她知道我吗？"

"她知道她爸爸是个老八路，她不知道她爸爸在哪儿。"

"怎么？一九五四年你知道了我的消息，没告诉她？"

腊梅摇摇头，避开了我的视线。

我忍不住叫了起来：

"你这个同志，你怎么能……"

我想说她怎么能这么狠心，但我说不出来。我怎么能责备她？我有什么理由去责备她呢？

腊梅已经知道我想说什么。她用那样一种深沉的目光看着我，然后又避开我的脸，说：

"我考虑过这个问题，觉得告诉她没有什么好处。"

"她是个孩子！她难道不想她的爸爸？"

"是啊,她是想的。每回见到我,她总要问:我爸爸找到没有?有一回,她在报上见到你的名字,又问我:这个李梦雨会不会就是我爸爸?我说:不会,世界上同名同姓的多得很。她逼我写信去问。我只好说:我早问过了,那不是你爸爸!"

我终于叫了出来:

"腊梅,你真忍心呀!"

她坐在那里一动没动,停了好一会儿才说:

"老李,你冷静地想一想,你已经有了自己的家,有了三个孩子。她知道了你就是她爸爸,又能怎么样?她能跟着你?"

"这种颠颠倒倒的局面不是我们自己造成的。不管怎么样,山妮是我的女儿。她应该知道我还活着。"我固执地说着,大概我的脸色很难看。因为我看见腊梅吃惊地盯了我一眼,又把脸赶快扭过一边,似乎犹豫了一下,但她同意了。

"好吧,我写信告诉她。"

"我一定要见她。"

"行啊,我告诉她。"

这时,腊梅看了看表,站起来说:

"我该去上课了。"

"上什么课?"

"我们的职工家属组织了一个夜校,今天该我去讲。"

我觉得还有很多话想跟她说,但是,没有时间了。

腊梅送我到大门口,我们握手告别。在那群孩子的欢笑声中我的车开走了。坐在车上,想起这次见面,我的心情很复杂。似乎若有所得,又似乎若有所失。我得到了什么?失去了什么?我下意识地摸摸自己的口袋,那里有一份腊梅的报告,有一张山妮的照片。我看到了老一辈的战友在新的历史条件下奋斗;也看到了新的一代在解放了的土地上成长。我受到鼓舞，得到欣慰。然而，我仍觉得失去了什么最宝贵的东西。

回到家里，我仍然闷闷不乐。自己也不知道什么原因。我让丽华带着孩子们去楼下玩，自己一个人关在楼上的书房里。

平常的时候，如果晚上不开会，也没有客人来，我都在这间书房里。看一两小时的书，起草或修改一些重要的报告、文件。这间屋子很大，一边靠墙排着三个大玻璃书橱，一边放着一整套沙发。窗前放着大办公桌和皮转椅。办公桌两旁各有一张皮躺椅。天花板上的吊灯，桌上的台灯，沙发旁的立地式柱灯，使人在这屋里每一个地方看书，都能有很好的光线。通常，批改文件的时候，我坐在写字台前。看书的时候，我靠在躺椅上。思考问题的时候，我在屋间的发亮的地板上漫步。那时，我觉得这样的书房，对于像我这样担任领导工作的人来说，简直是不可缺少的。它曾经多么有效地帮助过我集中自己的思想，考虑解决一些全省的重大问题啊！

可是，那天晚上，我的思想怎么也集中不起来，总觉得什么地方不得劲。我坐在桌前，想改一份报告，拿起笔，改了几个字，就改不下去了。我歪在沙发上，想看看书，翻了几页，就看不下去了。我站起来，在屋里走过来又走过去，想让自己安静下来。可是，不行！脑子愈来愈乱。这里的沙发、吊灯、玻璃柜、转椅，这里的每一件陈设都使我想起腊梅，想起她那个狭小简陋的房间。我不由自主地拿她和我比。她那间屋子，甚至还不如我们家吴阿姨住的房子好。她那半条军毯至今还在，而我那半条军毯早已不知去向。这一切，都使我感到内疚，感到不安。

一阵晚风，送来了刺鼻的桂花香气。我忙把窗户关上，又去拉窗帘。那墨绿色的丝绒窗帘，又使我想起腊梅窗上那块浅蓝色的布。唉！腊梅生活得太清苦了。除了生活最必需的东西，她屋里可以说一无装饰。

我几乎是抱着一种义不容辞的想法，又给水利局的老汪打了个电话：

"老汪，你们水利局不是新盖了好几幢职工宿舍吗？为什么不能给韩腊梅同志分配一个单元呢？像她这样的老同志，应该照顾一下嘛！"

谁知，老汪在电话里哈哈笑了起来，说：

"梦雨同志，您问别的同志，我不一定了解。您问这个同志，我全都清楚。韩大姐这个人哪，我们拿她一点办法也没有。我们早给她分过好几次房子了。差不多每次分配新房子名单上都有她。她总是不要，让给人口多的职工了。她说，她就一人，经常下去，城里有个歇脚的地方就行了。"

本来，我是很想替腊梅做点事情，哪怕只是生活上的小事，好像这才能多少减轻一些心里的不安。但是，我错了。

六

一个星期以后，我收到山妮的来信。我记得，信是这样写的：

爸爸：

写下这个称呼的时候，您不知道，我心里多么高兴！

这封信，我真不知该从哪儿写起！我都二十岁了，今天才第一次给您写信。爸爸！我心里有多少话要对您说呀！

　　刚才一打开妈妈的信，我就愣了，不知是想哭还是想笑！真奇怪，妈妈跟您在一个省里工作，她怎么以前会不知道呢？她真傻，不会早去问问吗？她以前还说她问过了呢！您知道吗？妈妈这些年一直在找您。听我爷爷说，我小时候，大伙儿都说我爸爸一直没有音信，一定是牺牲了。可就是妈妈一个人不信。她说您随部队到南方去了，她就到南方找您去了。结果，她从南方回来，还是没有找到您。二十年了，她一个人，吃了很多苦，可是她从来不说自己的事。妈妈是很坚强的。她只想着别人，从来不为自己打算。她信上告诉我，您又有了一个家，让我正确对待这个问题。我当然知道，这不能怪您，谁也不能怪！

　　我真想见您一面，看一眼您是什么样子。妈妈常对我讲你们打游击时的故事。讲您怎么从地主手中把她救了出来；讲您怎么给他们上政治课。我猜想，您一定像李向阳一样，肯定比电影里的李向阳高。妈妈告诉我，您是个大高个子，说我个子高，像您。我可是个山沟里没见过世面的野丫头（妈妈这么叫我），也许，我真见了您，会吓得说不出话来了。

　　爷爷见我望着信纸直发呆，问我怎么回事。我把妈妈的信念给爷爷听了。他乐得闭不上嘴了，直怪我妈妈，干吗不早点去找！一会儿又唉声叹气，说我妈妈命苦。我不同意他的意见。我妈妈工作得很好，同志们对她可尊重啦。她整天风里来、雨里去地在工地上跑，我觉得妈妈是充满了革命乐观主义的。她是世界上最好的妈妈了！她有时给我讲她小时候的事，那才是苦！您说对吗，爸爸？

妈妈让我把自己的生活和劳动情况向您汇报。我生活得很好。村里的大叔、大婶们待我特别好，他们说我是烈士的孩子。等会儿我就跑去告诉他们，我的爸爸找到了！现在家里就我和爷爷两个人，他今年七十三了，身体很结实，在队上干活。奶奶去年死了。本来我上中学时妈妈想让我跟她去的，因为爷爷、奶奶年纪都大了，我需要照顾他们。再说，他们从小把我养大，我走了他们会伤心的。我也想着妈妈一个人，我跟她说好了，等她以后退休了，到我们村里来。她也同意了。

初中毕业以后，我就回村里劳动了。现在我已经干了三年活，是一级劳力。农活基本上都学会了。我是共青团员、基干民兵。最近写了入党申请书。

我们村里现在还是旱地，主要种玉米、高粱，白薯，小麦不多。最大的问题是缺水。听说我们县就要修水库了。这个大水库建成后，我们村的旱地就能变成旱涝保收的水浇地。那时我们山上就能种稻子了！党支部已经动员组织修水库的突击队了，我已经报了名。我们民兵都报了名。

我的生活和劳动情况就是这些。我非常希望您能到我们山上来。我们山上可好啦，什么都有！可是爷爷说，您的工作很忙，操心的事太多，怕来不了。我想，过春节的时候您机关里也许要放假的，到我们这儿来过年吧！爸爸，我真希望您能来，您来吗？

您有时间给我写信吧，把您的相片寄几张来，一定要寄来！

爷爷问您好!

祝您

身体健康

您的女儿

山妮

一九六三年九月二十三日

问弟弟、妹妹们好!

我把这封信翻来覆去看了几遍，心里充满了喜悦。这封信像一根绳子，把我牵到了百鸟山头。我好像看见那个像小老虎似的在山上蹦蹦跳跳的孩子。这个女儿对于我，是更不同于其他几个孩子。她是在炮火声中诞生的，她是在别人家里长大的，她好像是我意外找了回来的珍宝。她已经是个大姑娘了，我还没有见过她一面啊!

那天晚上回到家里，我告诉丽华，腊梅没有牺牲，我在北京开会时见到了她，又把去看她的情形告诉了丽华，还把山妮的信和照片给丽华看了。

丽华是个非常善良也非常明智的女同志。我们一起生活了这么多年，从来没有发生过什么争执，偶然拌几句嘴，很快也就过去了。我常常感到，她早就习惯于以我的意志为意志，以我的喜好为喜好了。

听完了我的叙述，她说：

"你早该告诉我。"

"总共才十几天的事情。"

"这孩子长得真好!"丽华望着山妮的照片，忽然又问，"她很像腊梅吧？"

我不知道该说什么了。

"我能见一见腊梅吗？"她又问。

"她不会见你的。"

"为什么？"

"这还不清楚？一九五四年她就知道我还活着，一直不肯见我，当然也就不会见你。"

她不说话了。

我猜想她这时的心情也很复杂。我不愿意再谈下去，就把话题转到山妮身上。我提议接山妮来住一个时期。丽华没有多说什么，很爽快地答应了。

当时，我想她心里可能有些不乐意。我觉得，这也难免。任何人处在她这种地位，也会有很多想法的。

第二天我才知道，她已经把孩子们召集起来，向他们宣布：他们有一个失散多年的大姐姐，过几天就要回来了。那年，玲玲十二岁，李华十岁，小丽才五岁，孩子们都很高兴。小丽在房间里拍着小手叫道：

"我大姐姐要回来了！大姐姐要来了！"

吴阿姨也被丽华动员起来，为山妮准备房间和被褥。

丽华的所作所为，使我心里很受感动。我们定好星期日派车去把山妮接来。我心里充满了就要和女儿见面的喜悦。我急切地等待着这一天的到来。

七

星期日，天还没有大亮，我就让司机开车进山去接山妮。根据往返的路程，我估计她下午三点可以到了。这天上下午我都有会，本来以为不能亲自接她了。谁知下午六点我回家，山妮还没有到。

莫非出什么事了？

我一次又一次地跑到阳台上去，后来索性俯身在栏杆上。深秋的傍晚，阳光已经淡淡的了。院子里静悄悄的。越过院墙和树梢，我望着繁华的大街，听着街上汽车、电车的轰鸣，竭力想从中辨出我的汽车的喇叭声。我坐自己的车这么多年，还从来没像那天那样盼着它来。

最后，我听见那熟悉的嘀、嘀声。我那辆银灰色的小车轻捷地驶进院里。

我赶忙往楼下跑。直到我站在车身前，车才停稳。我正要去拉车门，司机已回身推开了后座的车门。

门开了。一个穿红衣服的姑娘弯着腰下来了。

山妮！她站在我面前了。她穿着中式的小红袄，蓝布裤子，胳膊垂着，手上提着一个红布包袱。她全身的衣服都是新的，连包袱都是新的。她抬起头来，涨红着脸，瞪大眼睛看着我。那又大又黑的眼睛里充满了惊奇，又有点害羞，还有点害怕似的。一条乌油油的辫子垂在胸前，高高的个儿，匀称的身材。一霎时，我好像又看见年轻时的腊梅。她当年虽然从没穿过这么鲜艳的衣服，但她的神采，她的风姿，同站在我面前的山妮是多么相似呀！

"山妮！"我走上前一步，叫了一声。我感到自己的声音有点变了。

"爸爸！"

她好像用了全身的力气，才叫了出来。我又觉得有一根绳子拴着我，震动着我的每一根神经。山妮呢，她的脸涨得更红了，跟她的红衣裳一个颜色。她好像不知该拿自己怎么办好了，是往前走呢，还是往后退。我听见司机还在对我说话。大概是说山上下了雨，路难走，要不早就到了。

我在听着，似乎又听不见。我含含糊糊地对司机点了点头，就拉着山妮的手，像领着幼儿园的小孩子似的，一直把她领上了楼。

到了楼上的会客室，我让她坐在沙发上。她看了我指给她的座位，小心地绕过沙发前的长茶几，听话地坐下了。她并着膝盖直挺挺地坐在沙发边上，小包袱放在她的膝上。一双大手按在包袱上。

丽华忙跑了进来。三个孩子也奉命来见大姐。山妮慌了，她急忙站起来，一不小心，膝上的小包袱掉在地上了。她弯腰去捡，膝盖又把茶几顶了一下，正在狼狈不堪的时候，亏得丽华有办法，跑过来搂着山妮的肩膀，笑着把她按坐在沙发上，又说：

"山妮，接到你的信，可把你爸爸乐坏了。"

山妮看看丽华，又看看我，显然是问我该怎么称呼丽华。这个问题，我真没有考虑。丽华又出来解了围，她很自然的样子说：

"叫我阿姨吧！"

"姨！"山妮叫了一声。

丽华把三个孩子叫到跟前，一一给山妮作了介绍。也不知是出于丽华的安排，还是玲玲自己的积极性，这孩子搬出一大盒奶油糖，还有饼干，像招待贵宾一样，招待起大姐姐来。山妮好像也得到启发，也赶忙打开包袱，拿出一个白布小口袋，解开口上的带儿，把里面装的核桃一股脑儿都倒在茶几上，说：

"吃吧！这是爷爷叫带来的！"

我这三个孩子，什么好吃的没吃过，哪稀罕这几个核桃！特别是李华，穿着一件小夹克，两只胖手插在裤兜里，斜着一双眼，满脸瞧不上的神气，我真恨不能上去揍他两巴掌。只有小丽，毕竟年纪小，看见滚在茶几上的核桃很高兴，连声叫道：

"我吃！我吃！"

"姐姐给砸！"山妮好像也尽力要把事情办好。她站起来，四处一望发愁了，拿什么砸呀？这里哪来的砖头？

小丽等不及了，正要自己伸出手去抓核桃，李华用胳膊肘拦住她，说：

"别碰，脏！"

山妮见小丽伸出小手来，正抓了几个核桃想塞给她。听到这话，山妮愣住了，捏着核桃脸红了。

我瞪了李华一眼，心里的火直往上冒，感到很不是滋味，可又不能发作。我希望丽华赶快把孩子们弄走。山妮是我的女儿，今天我们第一次见面，我不能让她受委屈。我相信，我们父女单独谈谈，会比这种乱七八糟的"会见"好得多！

丽华虽然没有看我，却猜透了我的心思。

"李华不准瞎说！谁说核桃脏？核桃最干净了。"丽华一面说着，一面拣了两个大核桃递到小丽手里，"核桃营养丰富，城里还买不到呢！走，咱们把姐姐带的核桃拿下去，叫吴阿姨给砸了吃！"

于是，丽华又自己拿了几个核桃，把三个孩子领到楼下去了。

房间里就剩下我和山妮。

我在山妮身边的沙发上坐了下来。我看着她。她悄悄地坐在那儿，红着脸，低着头，一动也不动，只偶尔抬眼看一下这屋子，或者从眼角偷偷地看我。从这个山妮身上，一点也看不出那个追逐山猫的野姑娘的样儿来了。

我问她：

"山妮，路上车子颠吧？"

"不。"

"肚子饿了吧？"

"不。"

"爷爷好吧？"

"好。"

我尽量找话说，她回答我的总是一个字。我心里也觉得奇怪：我和各式各样的干部谈过话，还从来没有像今天跟自己的女儿谈话这么困难。

我满心想对她说些亲热的话，可是说不出来。心里总觉得对这个女儿，没有尽到自己做父亲的义务。我鼓足了勇气，决心打破这种难堪的局面，我说：

"山妮，你都长成大姑娘了，爸爸今天才第一次见到你。你妈妈跟我说，你常常问起我。可是，我一直不知道你在山上。对你，我没有尽到自己的责任！"

"这又不怪您，爸爸！"山妮抬起头来，一叫"爸爸"，她眼里就突然涌上了泪水。

我不愿意她哭出来，赶忙又说：

"这回，你来了，就好了。我已经替你安排好了，就在爸爸家里住下。"

山妮又用大眼睛瞪着我，好像听不懂我的话是什么意思。我又对她解释说：

"你妈妈告诉我，你各方面表现很好，还是团支部书记，对吧？这些，我都放心，也很高兴。可是，你念书念得太少了，你上过几年学？"

"初中毕业。"

她歪着头，扬起乌黑的眉毛来，那样子好像在问：我在信里不是写了吗？

"是嘛，初中毕业能干什么？你是在战争烽火中诞生的革命后代，我应该培养你。你就在这里住下，我找人给你补习补习功课。"我急急地说服她。我真是一心想把她留下来。可是，她却摇摇头，问道：

"那，我爷爷呢？"

"你爷爷？那好办，也可以把他接到城里来。"我随口答道。

"不，爷爷不会来。他离不开山。"

没办法，我又说：

"那也好办，我可以托人照顾他。"

山妮大概是见我态度很认真，想了想说：

"不，我来看看您，我还回去。"

我心里不由得很失望。这母女俩简直是一个脾气。腊梅不用说了，根本不接受我的帮助。山妮也不领我这一片好心。我只好说：

"那就以后再研究吧！哎，在爸爸这里多住几天，在城里走走，玩玩。还可以到你妈妈那儿住几天。"

"妈妈上工地了，您不知道？"

"我跟你妈妈很少见面。"

山妮抬起头来，看了看我，突然说话了：

"爸爸！其实，我好像早就认识您。妈妈常跟我讲您小时候的事。我知道您八岁的时候被地主撵出了村，给人放羊，十二岁就给人扛小活。我还知道您在武工队打鬼子的事。妈妈说，是您领她走上了革命路的。"

"是党、是毛主席领我们走上了革命的道路。"

她点着头，扬起眉毛，用那样一种敬佩和亲切的目光凝视着我。我又感到深深的震动。

开饭了，我领着山妮走到楼下的饭厅。吴阿姨给山妮特意多做了好几个菜，大盘小碗的摆了一桌子。山妮有些拘束地坐在凳子上，不怎么动筷子。吴阿姨问她是不是饭菜不合口味，丽华问她想吃什么。山妮说：

"我们山上菜不多。"

"那你到这儿多吃点菜呀！"丽华又劝道。

"我们吃辣子。"

吴阿姨赶紧跑到厨房拿了一碟辣子油来。山妮很高兴，青菜蘸着辣椒，吃了两碗饭。饭后，全家都到我书房里喝茶。气氛轻松多了。我看看表，又该去省委开会了。丽华替我从衣架上取来夹大衣，我对山妮说：

"我出去开会，不到十一二点回不来。你路上也累了，休息一会儿，跟阿姨、弟弟、妹妹说说话，就去睡觉。这儿是你的家，不要拘束，听见了吗？"

"开头有点生，以后熟了就好啦！"丽华把大衣递给我。

我穿上大衣，一边扣扣子，一边笑着问她：

"山妮，怎么样？见到爸爸了，跟你想象中的爸爸一样不一样？"

山妮望着我，忽然笑了，说：

"您不像李向阳，像个大首长。"

孩子们都乐了，丽华也笑了起来说：

"你爸爸本来就是大首长嘛！"

现在想起来，山妮的话，并不只是孩子的天真，是值得我思考的。我不是李向阳式的英雄人物，我只不过参加过抗日战争罢了。我竭力要同山妮建立起父女之间的亲切感情，为什么她还会感到我只像个大首长，不像她心目中的爸爸呢？（尽管这后半句话没有说出来。）可当时，在孩子们的嬉笑和丽华的巧辩中，我不

147

过付之一笑，甚至是带着一种轻快的心情开会去了。

以后几天，我一直在宾馆开会，跟山妮接触很少。我关照丽华，让她陪山妮出去玩玩。可每天晚上回家，丽华都说这孩子很孤僻，不爱说话，也不愿意出去，好像有什么心事。我很纳闷，腊梅讲过，山妮很活泼，性格很开朗，怎么会这样呢？

有一天上午，我忽然有空，回了一趟家。丽华看病去了，孩子们都上学去了。院里、屋里静静的，没有一点声音，山妮上哪儿去了？我楼上楼下地找了一遍，找到厨房门口，只见门半掩着，山妮正跟吴阿姨说话儿呢。

"吴阿姨，城里人吃饭干吗摆一桌子菜，又吃不了？"

"城里人也不一样。你爸爸是高干，工资高，讲究多吃菜，少吃饭。哟！好姑娘，那个菜帮子，你别搁里边，光用菜心儿。"

"这么好的菜帮子扔了多可惜！我们山里人，比这次的菜帮子还晒干菜呢！吴阿姨，您歇会儿，我帮您切菜。"

"不成啊，姑娘，你不会切。"

只听山妮咯咯地笑起来，又说：

"我还不会切菜？我们晾白薯干的时候，我一天能切几百斤。我奶奶活着的时候，都比不过我。"

"好山妮姑娘！这你不懂。你们家吃菜讲究呀！一样的菜，做法不一样，刀工就不一样。长啦短啦，宽啦扁啦，都有规矩的。还有做菜的书呢，你师阿姨给我念过，我才慢慢地学了点儿。"

山妮没出声。一会儿，又听吴阿姨说：

"山妮，你歇一歇吧！你看，你来了，整天帮我干活，又做饭，又洗衣服，你怎么不出去逛逛呢？怕丢了？你爸爸有汽车，坐车去，丢不了。"

"出去也没啥好玩儿的。街上人堆人，乱乱哄哄。我们山上才好呢！早起下山挑水，一路上鸟儿醒了，唱得可好听啦！我顶喜欢画眉了，比人唱得都好。我走的头一天，爷爷上山采药，打了只狐狸，唉！城里呀，啥也没有。城里人也不爱唱歌。"

"山上的人会唱吧？"

"那还不会？"

"你会吗？"

"会呀！"

"你唱一个给吴阿姨听听。"

"您爱听什么呀？"

"哎哟！好姑娘，你唱啥吴阿姨都爱听。"

"我给你唱一个妈妈教我的歌。"

"那可更好啦！"吴阿姨笑呵呵的声音。

于是，山妮小声唱了起来。

我又听到了二十年前曾经那样使我感动的山歌调。每一句歌词，每一个旋律，每一个音符，都勾起了我对战争年代的回忆。那炮火连天的战场，那流星一般的夜行军，那插入敌后的突然袭击，那雪地上的篝火晚会，那挺立在战士们之中的歌手……啊，这一切猛地全来到我眼前。

我真想突门而入，把我这心爱的女儿抱在怀里。忽然，歌声停了，只听山妮叹道：

"山歌要在山上放开嗓子唱才好听！你一唱，满山都唱。在这小屋里，捏着嗓子，唱不好。吴阿姨，您想听山歌，跟我回百鸟山吧，我天天给您唱！"

"你要回去呀，山妮？"

"我想过几天就走。"

"你不喜欢你爸爸家？"

"我？我看这也不像我爸爸的家，他整天又不在。"

"可不是嘛！"吴阿姨也叹了口气，又说，"师同志也说，你爸爸没有家，他的家在省委大楼。山妮呀，话是这么说，你爸爸可舍不得你走。别说你爸爸，你要走了，吴阿姨先就哭死了。"

山妮却笑了起来。

我没有进去，也不敢再听下去。回转身，悄悄地回到书房里。我知道，山妮是留不住了。

这天晚上，宾馆里有新电影。下午，我打电话回家，叫丽华带山妮和孩子们到宾馆来。我在宾馆的小餐厅要了几个菜。宾馆里有个师傅做川菜很不错的。我要他做了一个豆瓣鱼，一个干炒牛肉丝，一个麻辣豆腐，一个回锅肉，还要了一些别的菜，几乎都是辣的，全是为山妮要的。我满以为她一定很爱吃，谁知，她坐在我身边，还是很少伸筷子。

"吃吧，山妮！今天是爸爸请你吃饭。你们山上不是菜少吗？你不是喜欢吃辣子吗？这菜都是给你叫的。"我夹了一块鱼放在她面前的碟子里。

她看看我，突然问道：

"这一桌菜，要很多钱吧？"

我不知怎么回答才好。我那儿子咻地笑了出来说："便宜着呢，内部价格。"

丽华用眼睛把他的笑声瞪了回去。

这顿饭吃得很不愉快，山妮几乎什么也没有吃。好在电影快开始了。我们坐在小放映室里。山妮显得高兴了，她喜欢看电影。

这天晚上，演的是一部反映农村题材的故事片。故事并不怎么样，但是有些场面很动人。电影演完，小礼堂里灯再亮时，我看见山妮用手揉眼睛，好像哭过一样。我隐隐约约地意识到，大概是电影里的山引起了她对百鸟山的思念。她很可能向我提出回去的问题,这是我最不愿听的事情。

回家的途中,坐在车上,我尽讲些别的事,不让她有开口的机会。到了家里,我借口要写点东西,一头就躲到书房里去。

夜深了,我以为山妮睡了,不会再来找我了。我想,明天应该抽时间自己带她出去玩玩,散散心,自然而然地打消她那想回山的念头。

没有料到,山妮并没有睡。

"爸爸!"她悄悄推门进来,朝桌前走来。

"这么晚了,你还没睡?"我回过头来。

她站在写字台的侧边,嘴唇动了动,没有出声,两行眼泪却从她红喷喷的脸颊上流了下来。

"怎么啦?山妮?"

"我,我想回家。"她哽咽着,终于把我最不愿意听到的话说了出来。

我默默无言地靠在转椅上,好半天才问:

"这儿不是你的家吗?"

"我想回我爷爷家。"

"是姨对你不好吗?"

她摇摇头。

"是弟弟、妹妹对你不好?"

她又摇摇头。

我屏住呼吸,又问了一句:

"是爸爸对你不好?"

山妮扑到我胸前,两行热泪滚到我手上,抽泣着说:

"爸爸,我知道您舍不得我走!可是我,我是山里人。我跑惯了山，种惯了地。我不放心爷爷。我在这儿住不惯。"

我扶住她的肩膀，抚摸着她的头发，憋了半天才说道：

"孩子，你是对的。你应该回去！"

第二天，我亲自带着山妮上街，准备给她买点东西带回去。我平常从来不逛百货公司。可是，为了表示我不是一个大首长，而是一个普通的爸爸，我还是决定自己陪山妮去选购。先到了一楼卖糖果和糕点的地方，我停住了问她要什么，她笑着摇摇头，看了看我，又说：

"师阿姨给买了。"

到了文具柜前，我想给她买支好钢笔，她说：

"妈妈早给买了。"

看到半导体收音机，我想，这作为礼物最合适了。我拿出钱准备买时，山妮拦住我说：

"我们山上家家都有小喇叭！"

到了二楼卖布的地方，我停下说：

"山妮！你挑点花布吧！"

她拉拉身上崭新的小红袄，笑道：

"我爷爷刚给我买了，这不是！"

我带着她从一楼到三楼，逛了一圈儿，她什么都不要。可是，我注意到她两个眼睛东张西望的，好像在找什么。我就问她：

"山妮，你想要什么，说呀！"

没有想到，山妮说了这么一句：

"我要的东西，这儿没有呀！"

这么大个百货公司，没有她要的东西？我笑了笑，说：

"只要你说出来，爸爸总能给你买到。"

山妮歪过头，盯着我，笑嘻嘻地说：

"我要一辆小平车！"

我真的一愣：

"小平车？"

"是呀，我不是告诉您，我们冬天要修水库吗？我们队上的车不够使。爸爸，您一定要送我一件东西的话，就给我买辆小平车吧！"

"好！我一定给你买辆小平车！"

山妮回去了。本来我还想派车送她，可她说什么也不干，非要坐长途汽车不可。我没办法，只好给她买了票。丽华当然是给准备了一大堆礼物，装了一个小旅行袋，说是带回去给爷爷的。

我们全家把她送到车站。她总共在我那儿住了五天。走的时候，吴阿姨拉着她泪汪汪的，山妮倒很高兴，一个劲儿劝吴阿姨上山。可是，汽车开动时，她探出身子来喊道：

"爸爸，我一定给您写信！您也要多给我写信啊！"

我看见了她眼睛里满眶的泪水。

八

山妮回去了，可是百鸟山水库并没有动工。在省委讨论一九六四年水利项目时，我把腊梅的那份报告拿出来，希望能有助于把这个水库列入计划。然而，由于财力、物力、人力以及工程技术上的原因，泉县水库一直没有上马。

一九六六年，"文化大革命"就开始了。

你可以想见，像我这样的领导干部，接触的面很广，工作中的缺点、错误也不少，大字报自然是很多的。我记得刚开始的时候，大字报标题多半是"李梦雨同志执行了什么路线"，"促一促李梦雨同志"，内容也是摆事实、讲道理的。尽管有些意见提得很尖锐，看了叫人心跳脸红，我还是能够考虑的。我也根据群众的这些意见，回顾自己这些年的工作，写了不少检查，思想上确实有提高。但是，后来大字报就"逐步升级"了，不顾事实，也不讲道理了。有时候，抓住你一两句话，也不管你是在什么情况下讲的，原来的意思是什么，就给你无限上纲，说你是"三反分子""黑帮分子""死不改悔的走资派"。再后来，干脆也不写大字报了，就只刷几个字的大标语：

"李梦雨必须向全省人民低头认罪！"

"李梦雨罪该万死，死有余辜！"

甚至还有：

"砸烂李梦雨的狗头！"

我的名字被倒过来写，并用红笔打上了"×"。开始，这些字比斗大的标语，真够吓人的。后来见惯了，也就习以为常了。有时候，不知是由于疏忽，还是另有考虑，我的名字没有给倒过来写，或者没有给打"×"，我看了反倒觉得缺了点什么。

那时候，我也很忙。不是忙着去上班，而是忙着去挨斗。我要参加各个系统、各个单位、各种不同类型、各派群众组织的批斗会，有时一天要赶三场。比如吧，上午，批斗我们的第一书记，我和其他的书记、副书记也被押到现场，一字形排开，参加陪斗。这种会比较轻松，一般没有我的事。我给自己规定的任务是"学习"。看看我们的第一书记怎么回答群众的问题，从中吸取经验。下午，如果主要是批斗我，我就成了众矢之的。这种会就很紧张，需要高度的思想集中，随时准备应答各种忽然向你提出的意想不到的问题。晚上，要是我过去主管的一些部、局开会批斗他们那里的当权派，我作为他们的"黑后台"，也要参加陪斗。至于戴高帽子游街、挂黑牌子、弯腰、"坐喷气式"，我都经历过。

那个生活，你怕是没有机会亲自体验，只能听我们这些老家伙说说了。比如在批斗大会上，我们有时是低头弯腰，有时是"坐喷气式"。据我的体会，一般来说，弯腰不如"坐喷气式"好，因为"喷气式"左右有两个人架着。我有时感到，他们与其说是押着我，不如说是搀着我。当然，也有一些人，心肠狠得像禽兽，他们下死劲按着你的胳膊，叫你疼痛难忍，汗珠子能把你站的地方湿一大片。但这种人总还不是多数，一般还是手下留情的。有时候，批斗会开了一半，主持会议的人喊"李梦雨滚下去"，于是，我就在一片"打倒李梦雨"的口号声中被押下去，这大概算是对我的照顾了。如果一次批斗会从头到尾"喷气式"坐下来，那真是死去活来。

现在，事隔十年了，我可以冷静地跟你讲那些场面。倒退几年，我是绝口不愿提这些的。说良心话，我对"文化大革命"要这么搞，确实不理解。

我的家庭生活，那时的变化也很大。有个造反司令部勒令我二十四小时内搬出原来的住处。那天晚上，我们全家搬到省委机关宿舍的两间小平房里。

我以前说过，我是个"无产者"，若是要我搬家，可以抬腿就走。其实不然，真要搬家了，这才发现，这个"无产者"的家当并不少。不错，我自己没有木器家具，那是因为我不需要自己买，一切全由公家包了。但是，不知从什么时候起，我们一家人的衣服就有好几箱子，瓶瓶罐罐也不少了。虽然收音机和书籍之类的大都被抄走，就剩下的东西，我借了一辆大板车，来回拉了三趟，才算把这个家搬完。

丽华也受到了冲击，被扣上"走资派的臭老婆"，剃了头，游了街，被勒令去"学习班"。当时她病得很厉害，全身浮肿，但不准她去医院。我再见到她时，她好像变了一个人，连脾气都变了。

孩子们自然也受到牵连。玲玲是个很聪明的孩子，也很要强，功课一贯很好。可是，人家不批准她加入红卫兵，因为她是"黑帮的女儿"。后来，她跟着几个大孩子去串联，跑得很远，一九六九年她被分配到泉县插队落户。说来也巧，恰恰把她分配到百鸟山公社的小关屯大队，我打过游击的地方。

李华那时小学刚毕业。我整天在外面挨斗，丽华也进了"学习班"，玲玲串联去了，李华处于"无人管理"的状况，流浪街头。有一次，他把家里的一个钟偷去卖了，被委托商行发现，报告了派出所，被当成小流氓抓了起来。过了两个星期，我从拘留所把他领了回来，问他为什么要偷东西。他理直气壮地说，为了卖点钱给他的朋友们买饭吃。后来我才知道，他说的他那些朋友，大都是父母被隔离审查的。这些孩子由于命运相同、无家可归，经常凑在一起吃大锅饭，饥一顿饱一顿地过日子。他们都曾从自己家里，或亲戚家里"拿"最好的东西来，以表示有饭同吃，有难同当。

"我给他们钱吃饭错了吗？"李华当时反问我。我望着他发黄的变尖了的小脸，答不出话来。我只是觉得，这孩子突然长大了，大得不像他的年龄。那年他才十二三岁。

小丽那时才七八岁，还是个不懂事的小姑娘，亏得有个吴阿姨，不然真没办法。

吴阿姨真是个"保皇派"。她是个穷苦农民，丈夫死得早，没有子女，孤寡一人，是我们从地区把她带到省里来的。她把这里当自己的家，三个孩子都是她带大的，她对我"忠心耿耿"。每回我被批斗回来，她总要说：

"这是咋闹的呀？李同志，你是老革命，辛辛苦苦工作，怎么成反革命了？我不信！"说着就抹眼泪。她看见我从家里被押走，哭了好几场。

有一次，机关的造反派"勒令"我不准请保姆。我不得不告诉吴阿姨，请她另找工作。她气愤地说：

"李同志呀，你有错，罢你的官。我有啥错呀？怎么罢我呀？"

我又对她解释了一番，她根本听不进去，她说：

"我不走，我上哪儿去？我走了，这个家谁管？孩子们交给谁呢？李同志，你跟他们说，我不是保姆，是你的亲戚，住在你这儿，帮你看家的。我也不要工资，这行吧？"

其实，那会儿她早没工资了。我的生活费加上丽华的工资只够全家的饭费。可是，不管怎么说，她还是非走不可。她奔跑了几天，找到一家人家，跟人讲好，少要工钱，准许她带一个孩子，她把小丽带了去。她这一来，真帮了我的忙，我心里是很感激的。最混乱的两年过去后，她才带着小丽回来。

说来令人难以相信，就连我那刚找到的、只在我家里住过五天的女儿山妮，也难幸免。一伙人冲到山上，居然企图揪斗她。多亏山里的乡亲们保护了她，把她藏了起来。

"文化革命"初期，我见到一次腊梅。那可真是一次很不寻常的见面。

记得是一九六七年的春天。有一次农村系统在省体育场开大会，专门批斗我。因为这些年来，我一直分工主管农村工作。这次大会是由农林局、水利局联合召开的，主持会议的是水利系统的一个造反派头头马腾。

我照例站在台上一侧，低着头，弯着腰，听着一个接一个的代表上台发言。每一个人说完，下面就呼起口号：

"坦白从宽，抗拒从严！"

"拒不交代，死路一条！"

一个水利系统的年轻人，慷慨激昂地说：

"我代表水利造反总部，揭发李梦雨在水利建设中推行修正主义路线的罪行。李梦雨！你一手扑灭了我省轰轰烈烈开展起来的小型水利运动。一九五八年，全国'大跃进'，我省农村小型水利建设，在毛主席关于'独立自主、自力更生'的光辉指示指引下，已经蓬蓬勃勃地兴起。但是，由于李梦雨秉承其'黑主子'刘少奇的旨意挥舞下马的大棒，很多工程被迫停工，致使我省水利建设遭受巨大损失，搞得冷冷清清。李梦雨！你要老实交代：你的'黑主子'刘少奇给过你哪些指示？你是怎么贯彻的？"

他怒目圆睁，用手指着我。下面又呼起了口号：

"彻底清算李梦雨的滔天罪行！"

这种批判，很难让人接受。一九五八年全民大办水利，不能说没有一点成绩。可是，它动用了过多的农村劳力，造成了农业的减产，许多小水利没有通盘规划，工程质量不高，成了无效的工程。后来，省委总结了这方面的经验教训，提出稳扎稳打，这是一个进步。凡是从一九五八年过来的人，都明白这个道理。当时，这些年轻的造反派硬说你是"挥舞下马的大棒"，"搞得冷冷清清"，在那种情况下，你根本没有办法跟他们讲这些道理。

特别叫人哭笑不得的是，他们经常要我交代"黑主子"刘少奇给了我什么黑指示。我一直觉得，这种提法简直是对我们党的莫大侮辱。共产党内，只有同志之间的关系、上下级之间的关系，从来没有什么主子和奴才的关系。可是，处在当时，岂容你说话？

那天会上，还有个代表发言，专门揭发批判我的资产阶级生活作风，他说了一些十分吓人的数字，例如：

"李梦雨长期以来当官做老爷，大量占用国家财物，挥霍工人、贫下中农的财产。据初步统计，他家占用的席梦思床、大小沙发、书柜、立柜等，价值达五千多元。他家的花园每月浇水就要用数百元。一九六三年，为了修缮房屋，一次就花了二千五百元。还有……"

这个发言的确使我大吃一惊。我从来没有意识到自己花了国家那么多钱。我当时心里想，这是生活特殊化、严重脱离群众，应该检讨啊！尽管这些数字是被夸大了的，我还是应该从思想上检查。正想着，下面呼起了这样的口号：

"打倒吸血鬼李梦雨！"

群情激愤，这个发言起到了挑拨的作用，我看到了一双双仇恨的眼睛。我感到头晕目眩，难道我是吸血鬼？

批判发言结束以后，马腾让我作检查。我因为事先得到通知，做了一些准备。我讲了自己工作中的缺点和错误。现在看来，其中很多都讲过火了。同时，我还力求从思想根源和历史根源上作一些分析。我说：

"为什么我会犯错误呢？归根结蒂，还在于没有认真学习，路线斗争觉悟不高。这些日子，我回顾了自己的一生。是党把我从火坑里救了出来，培养成共产党员。在革命战争年代，为推翻三座大山，跟着共产党闹革命，没有二心。在夺取了全国政权以后，为把我国建设成为一个社会主义的强国，自己也还是努力工作，没有二心。不过……"

我的话还没有讲完，就有人上台来批判我的检查。说我"避重就轻，态度很不老实"，说我"还没有放下老革命的架子，还在往自己脸上贴金",甚至说我是"假检查,真反扑"。我心里感到委屈,我想,无论如何你们应该听我把话讲完啊!可是,台下乱吼乱嚷,我不可能再说话了。

这时,就听台下一个男人的声音,尖声大喊起来:

"我来揭发!李梦雨根本不是什么老革命,而是混进革命队伍里的,是地地道道的投机分子!"

这样的诬蔑!这样的谎言!真把我气蒙了。我顾不得台下的人在吼"低头!""低头!",仍带着一种难忍的好奇,寻找那个说话的人,想看看这究竟是个什么人。

那人跳上台来了,四十多岁,尖脑袋上的秃顶在我眼前一晃,瘦高的个子,两条长腿。我忽然觉得这人有点眼熟,可是怎么也记不起是在哪儿见过,更不用说他叫什么名字了。

他一手把住扩音器,一手指向我,厉声说:

"李梦雨!你说你跟着共产党闹革命没二心?我问你,一九四三年日本鬼子大'扫荡',泉县党组织遭到严重破坏,县委所在地小关屯遭到血洗,你为什么不在泉县坚持斗争,反而脚底抹油,当了可耻的逃兵?"

我简直被他问得目瞪口呆!这是从何说起!

"让他交代!让他交代!"

群众被这新揭出来的"尖端材料"激怒了。会场上一片叫嚷声。

我当时真出了一身冷汗,不是由于害怕,而是由于愤怒。可我还不得不向群众解释。我连忙回答道:

"一九四三年我离开泉县参加主力部队,是组织上的决定,我没有逃避斗争的思想。"

"你胡说!"那人又大叫起来,"你一九四三年夏天离开泉县,你刚走不久,鬼子就'扫荡',县委就被破坏了。哼!说你当了逃兵，还是轻的。老实说，你这段历史根本就不清楚！"

我真急了。我的历史清清楚楚，怎么跳出这么个无中生有的问题来呀！

我盯着那个秃顶的头，再细细地打量那人，慢慢地想起来了。他叫顾向文，是当时泉县县委民运科的一个干事。我跟他很少接触，几乎没有什么印象。一九五四年审干时，他们那个单位派人来外调，要我证明从一九四三年到一九四六年他脱党这段时间有没有什么问题。我根本不了解他的情况，当然不会给他作什么证明。他现在跳出来，硬说我历史不清楚。这究竟是个什么人？一九四三年到一九四六年他究竟到哪里去了？为什么他要造我的谣？

这时，我倒冷静下来了，决定一言不发，组织上会审查清楚的。

"李梦雨必须低头认罪！"台下又喊起来。

我低下头去。

忽然，我看见一个女同志跳上台来，她开口说：

"同志们！"

听这声音，我心里就是一惊！腊梅？是她来了？我偏起头一看，可不正是她嘛！她还是穿着一身蓝制服，一双黑布鞋，直直地站在话筒前。我不知道她要说什么，憋不住又抬头看了她一眼，只见她伸出胳臂来，让喧闹的会场平静下来，然后大声说道：

"李梦雨的历史，我可以证明。他同一九四三年泉县党组织遭到破坏，没有任何关系……"

她刚说完这一句，下面就有人喊：

"打倒保皇派！"

接着又有人带头呼口号：

"保皇有罪，罪该万死！"

我心里想：腊梅呀，你何苦跑上来替我说话！我的历史，组织上会去了解，何必把火烧到你身上去？如果人家知道我们以前是夫妻关系，那就更麻烦了。我希望她赶快下去。

可是，腊梅仍然站在那里，纹丝不动。等口号声过去，她对着话筒，平静地说：

"我是不是保皇派，这是次要问题。我们要尊重事实，我只想说明，李梦雨不是逃兵……"

这时，台下又有人叫喊：

"李梦雨必须老实交代！"

"不许给李梦雨涂脂抹粉！"

"韩腊梅是个地地道道的保皇派！"

会场又乱了起来。我看见顾向文一把夺过话筒，用最高的嗓门又喊了起来：

"革命派的战友们！革命派的战友们！你们还蒙在鼓里呢！这个韩腊梅，不是别人，她是李梦雨的黑干将、黑爪牙，她还是李梦雨的黑老婆！"

我感到眼前一阵昏黑，心好像沉了下去，觉得周围什么声音也没有了。事实上也是，在顾向文恶毒地讲了这一段话之后，整个会场就突然静了下来，几千双眼睛盯在腊梅一人身上。我再看她时，只见她两手紧握成拳，竭力把持着自己，不要倒下去。她的脸一下子失去了血色，变得惨白。她睁大的眼里闪着狂怒与痛楚的火花，亮晶晶的，也许是泪水。我站的地方离她只有三步远，她那悲愤欲绝的样子我看得清清楚楚。我的心像刀扎一样，我真想走过去扶住她，我真替她担心啊！她摇晃了一下，一句话也说不出来。

顾向文似乎很得意自己造成的效果，他逼近腊梅，无耻地放肆地说：

"韩腊梅是走资派李梦雨的黑老婆，是李梦雨一手把她拉入党内的。韩腊梅！你说，是不是这么回事？"

"卑鄙！"腊梅走向话筒。她一开口，会场更加没有声音，几乎像一个空荡荡的广场，"不错，李梦雨是我入党的介绍人，那是在一九四二年。我和他结婚，那是一九四三年。后来，我们失散了。这就是事实。"

"哼！谎言掩盖不了事实！……"

顾向文还要缠住腊梅不放，主持会议的马腾已经站起来了，只见他走到话筒前说：

"同志们！我们要牢牢掌握斗争大方向！今天的会，是批判李梦雨的错误路线，不要在他个人的生活遭遇上纠缠。至于韩腊梅同志，我们都是了解的……"

可是，顾向文并不罢休，他又抢过话筒喊道：

"马腾包庇李梦雨，包庇韩腊梅！今天的会是假批判、真包庇！"

马腾很沉着，他夺回话筒喊道：

"今天的会就开到这里。散会！"

顾向文还在那里大喊大叫，有一伙人附和着他喊口号。但绝大部分群众显然不听他的，纷纷退场。

这次会后，农村水利系统的造反派就分裂了。顾向文拉了一帮人成立了一个"反到底兵团"。

这些，我当时虽有所闻，详情并不知道。对我来说，一直萦绕在心头的，是腊梅的形象。我很佩服她的勇气，在那种情况下，敢冒天下之大不韪，登台说明事实。一九六三年我们重新见面后，除了我去看过她一次之外，我们没有来往，相互关系简直比一般同志还疏远些。但是，关键时刻，她挺身而出了。我想，她不会不考虑到，她这样做，会给自己带来什么样的后果，给自己的处境造成多么大的困难。然而，她从来就是一个不替自己考虑的人，过去是如此，现在还是如此。

可是，这就给她带来了更大的厄运啊！

九

那次体育场大会以后，过了一个星期，有一天傍晚，机关已经下班了，我还在办公室写材料。突然，顾向文领着十几个人冲进我的办公室，勒令我站起来，听取"反到底兵团"的"革命公告"。

只见顾向文拿出一份传单，趾高气扬地念了起来：

"三反分子李梦雨忠实追随他的'黑主子'刘少奇，顽固执行反革命修正主义路线，对我省人民犯下了滔天罪行。我'反到底兵团'代表全省工人、贫下中农的革命意志，勒令李梦雨自即日起停职检查。若敢违抗，严惩不贷。'无产阶级文化大革命'胜利万岁！"

顾向文咬牙切齿地读完传单，跟着他的人就七嘴八舌地乱叫：

"把李梦雨打翻在地，再踏上一只脚！"

"李梦雨，你滚蛋吧！"

我站在那里，一动也不能动。对于他们这种"革命行动"，我毫无思想准备，根本不知道这是怎么回事。难道说，经过十七年的社会主义革命和建设，我们反而变成了反革命了？而这些来历不明的人倒成革命的了？不！是非不能这样颠倒。党把我放在这里的岗位上，我决不擅离职守。

我索性坐了下来，竭力用平静的口吻说：

"我有错误，你们什么时候开批判大会，我随叫随到。是我的错误，我一定检查。可是你们没有权力停止我的职务。"

"我们造反派没有权力谁有权力？"顾向文吼道。

"这要省委讨论作出决定。"

"省委？省委早瘫痪了。"

那时候，省委确实给搞得不能公开召开会议。任百勇同志召集几次书记会议都给冲了。有时只能举行"飞行会议"，临时找个地方碰一碰，下次再换一个地方。

"那也要中央批准。"

"中央？中央也瘫痪了。"

"你胡说！"我气急了，站起来嚷道。

"好哇！你敢谩骂造反派！"顾向文又吆喝道，"对他采取革命行动！"

说着，几个人一拥而上，抓的抓，推的推，同时就有几只手扭住我的胳膊，搜我的衣服裤子口袋，抢走钥匙，立即打开我办公室的文件柜和全部抽屉，乱翻乱抢。

"你们干什么？"我叫了起来。

"干什么？"顾向文正抓了一份文件在手上，回过头来喊道，"打砸抢！你懂吗？革命的打砸抢万岁！"

"万岁！"那伙人像疯了似的喊起来，屋里已经被搞得乌烟瘴气了。

他们又去撬保密柜，我奔过去拦住说：

"不准动！这都是党内文件。"

"党内文件？我们要的就是党内文件！"

说着，顾向文和两个人凶狠地把我推开，企图去开保密柜。但他们不知道开锁的号码，左拧右拧打不开。他们逼我交代号码，我当然不能说出来。这时，一个头戴安全帽的彪形大汉，带着一脸横肉冲到我面前，狠狠地朝我脸上打了两拳。我觉得眼前冒着火星，嘴里一股腥味。点点鲜血，从鼻子和嘴角流了出来，滴在衣襟上。我的双手被抓住，浑身一阵麻木，但对眼前发生的一切，我已经非常明白。这绝不是什么"革命行动"，而是坏人煽动的反革命行为！

"老顾！这里有一份韩腊梅写的材料。"一个喽啰从抽屉里翻出一份材料，扬在手里喊了起来。

顾向文跑过去，一把抓过材料，狂叫道：

"好啊！有材料了，正好扩大战果！"

他们把我架出办公室。我回头一看，我的办公室门口，已经挂了一个牌子："反到底兵团总指挥部"。

当天晚上，我被关进"牛棚"——省委机关大楼的一间地下室。这里阴暗、潮湿，只有半扇小窗通向院子的地坪，透进一点寒冷的空气。所幸看守"牛棚"的是个"老保"，他真照顾我啊！

这地下室靠近锅炉房，他们就下令一位锅炉工人充当看守。他姓金，五十多岁，矮小的个子，很瘦，满脸都是皱纹，不是北方人。我的饭由他送来。头一天，除了窝头、咸菜之外，居然有一块咸鱼。等他来收碗时，低声说了一句："把鱼刺都捡好，给我，别掉地上。"我感到有些奇怪。第二天又是照样，送来的是和头天一模一样的鱼。我不得不问："这鱼是哪里来的？"他四周望了望，伸手按住我的膝盖，难过地说："唉！李书记，瞧瞧你这个样子吧！他们是想把你折腾死啊！……他们连咸菜也不叫给你送！"我感动得不知说什么才好。我不愿连累他，叫他以后不要送菜了。他不听，总是偷偷送来。

第二天，他就把我被关在这里的事向当时主持省委工作的任百勇同志报告了。第三天，他跑来告诉我说，任百勇同志已经向"中央文革"作了汇报。

我等待着"中央文革"表态，制止顾向文之流的胡作非为，把我从"牛棚"，或者说私设的牢房里放出去。谁知，这天下午，满院里都响起"反到底兵团"尖锐刺耳的广播声，高音喇叭放送着"江青同志的三点指示"：

一、"反到底兵团"的大方向是正确的。

二、李梦雨停职检查，接受群众批判。

三、一切权力归造反派。

这一下，我真给打糊涂了。"文化革命"中出几个像顾向文这样的人，我并不奇怪。这样大的群众运动，难免泥沙俱下、鱼龙混杂。可是，江青作为"中央文革小组"的副组长，怎么能不问青红皂白，就随便支持顾向文这样的人？开始，我还希望所谓"江青同志的三点指示"是顾向文伪造的。后来，从"反到底兵团"头头们得意忘形的脸色中，从老金欲言又止的不安中，我才知道，这是真的。我的心也就凉了。我预感到我确实没有什么"好下场"了。

有一天，已是黄昏时分，顾向文领着几个人急急忙忙奔进"牛棚"，把我架上一辆大卡车。我以为他们又要押我去游街，可是，这回没有给我挂黑牌子，也没有让我站在车厢最前边的凳子上。只见二三十名手拿棍棒、头戴柳条帽的"反到底兵团"的"战士"乱哄哄地爬上了车。顾向文一头钻进驾驶室，车子就开出省委大院，沿着大街疾驰而去。我心里纳闷，他们要把我带到哪里去？为什么他们个个全副武装，气势汹汹，杀气腾腾？莫非去参加武斗？当时，在"文攻武卫"口号的煽动下，武斗风已经刮得很厉害了。可是，他们去搞武斗，拉上我干什么？

　　我百倍警惕起来，努力辨认走过的街道。不久，到了一个机关模样的门口。我一看，门旁挂着"水利局第三工程队"的牌子。车一直开进院里才停下。车上的人纷纷跳了下去，也把我推了下来。顾向文吹了一声哨子，这一行人打着"反到底兵团"的旗子，押着我，绕过办公楼，朝后面的篮球场冲去。篮球场上挤满了人，正在开会。我明白了，他们是押着我来冲会场的。可是，为什么要押我来冲会场呢？我正想着，已经不由自主地到了会场中间。见一个女同志正在台上讲话。她说：

　　"同志们，我们的水利工程不能停！我们要响应毛主席的号召，坚守生产岗位……"

　　这声音，尽管是通过高音喇叭传出，有些变音，我仍然立刻听出是腊梅的声音。抬头一看，虽然距离很远，站在话筒前的人模模糊糊，我还是一眼就看出是她。我的心一下子收紧了，他们把我押来，又要耍一个什么阴谋了。

　　可是，已经没有时间容我多想了。几只手连推带拉，把我夹在"反到底兵团"的行列中，冲进了会场。

　　参加会的人原来秩序井然。这支突然出现的队伍冲了进来，后边的人急忙退避，这个"棒子队"就一直往前冲。等到前边的人明白了怎么回事，纷纷起来堵截时，顾向文已经冲到主席台前。其余的人则被群众隔开了。我也被围困在人群的中央。

　　只见马腾从主席台位子上走下来，拦住顾向文，质问道：

　　"你们来干什么？"

　　顾向文推开马腾，三步两步蹿到台上，抢过话筒，尖声叫道：

　　"第三工程队的战友们！无产阶级革命派的战友们！我们'反到底兵团'来揭露一个大阴谋！你们今天这个会，是走资派操纵的黑会，是用生产压革命！是修正主义的会！"

会场全乱了。人们前呼后拥，已经分不清哪是冲会场的，哪是在开会的了。只有"反到底兵团"那伙人头上的柳条帽和手上的大棍子，表明他们是一群不速之客。我被围在人群之中，由着人群的浪潮向主席台涌去。我越来越清楚地看到，腊梅挺立在话筒前。又听她高声喊道：

"'反到底兵团'的同志们！请你们退出会场！我们第三工程队开会，落实毛主席的指示，你们没有任何理由冲击我们的会场。请你们退出去，马上退出去！"

马腾也上台去了，他叫道：

"三队的同志们！注意维持会场秩序！提高警惕，防止坏人捣乱！"

顾向文一把抢过话筒，叫道：

"第三工程队的同志们，革命派的战友们！你们不要上当受骗了。造反有理！革命无罪！我们就是要造修正主义的反，造黑会的反！我们掌握了大量材料，证明韩腊梅不但是李梦雨的黑老婆，而且是李梦雨的黑干将、黑爪牙，是第三工程队最大的走资派！"

马腾推开顾向文，抢过话筒高声说：

"同志们！这是恶意的造谣！是诬蔑！韩腊梅同志和李梦雨的关系，我们了解了。他们早在战争年代就失散了，以后长期没有来往……"

就见腊梅走近马腾，声音略带颤抖地说：

"不要跟他说这些……"

顾向文奸笑起来，叫道："心里没鬼，为什么怕人说？"这时，他从兜里拿出腊梅交给我的那份调查材料，高举起扬了扬，喊道：

"看！革命派的战友们！这是韩腊梅亲手写的，并且是她亲自交给李梦雨的黑材料。完全可以证明，他们早就勾结在一起了！"

顾向文说得煞有其事，手上又有几张纸，加上他们又是"三点指示"钦定的造反派，"反到底兵团"正在得意之时，会场上的情绪顿时有了变化。一些人开始窃窃私议，似乎也怀疑起这个会真有阴谋，怀疑起腊梅来了。

"把李梦雨押上来！"顾向文抓住时机，大喊起来。

听到这一喊，群众又是一惊，都回头四处看。我当时就站在主席台前，两个"反到底兵团"的大汉从背后提着我的胳膊，把我押了上去。这次"坐喷气式"，是我经过的最厉害的一次。疼得我满脸的汗珠直流。我简直觉得，不消一刻钟，我的胳膊就要被他们拧断了。

押到台上，那两个打手揪住我的头发，扳起我的头来"示众"。我很难说清当时我是怎样一种心情，更不知道当时我脸上是怎样一种表情。我能感觉到的是：我只有愤怒，没有委屈，没有悔恨，也没有哀伤。但是，我的愤怒埋藏在心底，已经不能在脸上表露出来了。后来，有同志告诉我，每当他们揪住我的头发"示众"时，显现在我脸上的，是一种麻木的死一样的令人心悸的表情。

可是，在那次批斗会上，"示众"的一刹那间，很多想法在我心头闪过。我知道顾向文他们要利用我去整腊梅。只要我承认她交给我的是一份黑材料，他们就算抓住了她是我的"黑爪牙""黑干将"的罪证。如果我不承认，他们就会当众折磨我；而腊梅的个性是那么强，她既然当众为我的历史作证，也不会听任他们当众折磨我。只要她有所表示，"对抗江青同志三点指示"的罪名就会加在她头上。

我当时唯一的希望是能跟腊梅打个招呼，示意她不要为我打抱不平。我可以忍受一切精神上和肉体上的折磨，不忍再看到腊梅为我受苦。这时，我们都在台上，近在咫尺，但不能交谈。我想利用示众的机会用眼色告诉她，可是，当我的视线转到她身上时，我看到的她啊！她面对会场，昂首挺胸，目不斜视，那样子，就像那一次林中晚会上她引吭高歌时一模一样！我看不到她的脸，看不见她的眼睛，我的头被粗暴地按下去，但她那青松一般挺立的姿态，却印在我心里。我感到她胸中的狂怒，顷刻之间就要爆发。

这时，顾向文逼向我，抖动着手里的纸，厉声问道：

"李梦雨，你老实交代，这份黑材料，是不是韩腊梅交给你的？"

他们把一个话筒放低了搁在我面前，要我回答。我说：

"这不是黑材料。这是一份自力更生、多快好省发展小型水利事业的调查报告。"

我一开口，下面一点声音也没有。我的话能清清楚楚传到会场每一个人的耳朵里。

"是不是黑材料，你没有资格下结论。"顾向义吼起来了，"我问你，这份材料是不是韩腊梅亲自交给你的？你是怎么根据这份材料，破坏我省水利建设的？"

好几个戴柳条帽的已经上台来了，也大喊：

"说！"

我咬了咬嘴唇，说：

"我的错误是，在我主持工作期间，没有把我省的水利工程搞得更好。"

顾向文气坏了，狂叫起来：

"打退李梦雨的新反扑！"

在一片乱嘈嘈的叫声中，马腾走上前来说：

"顾向文，你手上有材料，有罪证。你为什么不念给大家听听！"

"念？没有必要！用不着耽误大家的时间。"

"念！念！"台下有人喊。

"对呀！叫大伙听听！"台下又有人喊。

顾向文装模作样地翻了翻材料，说：

"这份黑材料，打着调查研究提建议的幌子，实际上是给李梦雨出谋划策，要他更巧妙地推行刘少奇的黑货……"说了这几句，他又翻了翻材料，显然是想从里边引出几句什么话来证明他的论断，可他翻来翻去，引不出话来。

"你算了吧！"台下一个工人叫道，"韩大姐总结施工经验，搞调查研究，搞一套多快好省的方案，这事儿，我们都知道。这是啥黑材料？"

跟着，台下很多人在喊：

"就是，这材料我们还参加了呢！"

"造反有理，也不能颠倒黑白！"

马腾面对顾向文，笑道：

"顾司令，工人就这意见，你听见了吧？"

顾向文呆了几秒钟，跺脚喊道：

"打倒保皇派！"

下面的一些群众不干了，他们高叫着：

"你们没有权力干涉第三工程队的事情！"

"三队的'文化大革命'由三队工人自己来搞！"

这时，"反到底兵团"好些人上了台，第三工程队的工人也上了台。我看见几个戴柳条帽的人去抓住腊梅的胳膊，同时又有几个人去抢腊梅。几个戴着红袖标的"反到底兵团"的人，举起手中的大棒在喊"闪开，老子的棍子可不认人"！又听有人喊"要文斗，不要武斗"！台上台下乱成一团，眼看一场武斗就要发生！

"同志们，闪开道！"腊梅的声音在台上高叫，"不要管我！"

手持棍棒的人拽着腊梅从台上走下去。只见她目光如火，满脸怒气，四周看了看，朝前走去。一些工人企图冲过去，但被棍棒隔开了。女工们、家属们尖声叫了起来："韩大姐！""韩书记！"她们朝她冲了过去，打手们扬起了棍子。腊梅举起胳臂朝工人们挥着，示意他们朝后退。马腾在拥挤的人群里呼喊：

"不行！不准你们随便押人！"

腊梅回过头来，大声说道：

"马腾同志，要坚守生产岗位！"

她被推上一辆卡车后，乱哄哄地又上去了一车人，那卡车就开走了。

与此同时，押我的人似乎才想起了我，拉着我就朝一辆吉普车跑去。我发现顾向文已经早坐在车里了。他们刚把我推进车，急急地关上车门，就一溜烟地把车开跑了。

十

这以后，我被投进了监狱。我不知道为什么把我抓起来，或者如他们所说的，为什么把我"监护"起来。

开始一段时间，还有人来审问我，让我交代"反对江青"的罪行。说老实话，那时候我还没有那种觉悟，根本没有敢反对"敬爱的江青同志"。后来，我又被转移了一个地方。我也不知他们把我转来转去是搞的什么鬼。

到了这个地方以后，再没有人来找我了。既没有人来审讯我，也不见人来要我写材料。我的囚室比一张双人床大不了多少，室内真正地一无所有。我的床是角落里的一堆稻草，我的"卫生间"

是门边的一个瓦盆。没有桌子，没有凳子，没有书，没有报，没有笔，没有一张纸片。整天整夜是我只身面对四壁，听不到人声，也听不到狗叫，只能听到我自己的呼吸声。我的"看守"是一个哑巴。他每天给我送两次饭，又不声不响地把饭碗拿走。我要求看报纸，要求看书，要求"放风"。我打着各种手势，要他明白我的要求。可是，他目光呆滞地望着我，摇着头，摆着手，不知是不明白我的意思，还是说我的要求办不到。

一个人，哪怕是最喜爱沉默的人，最厌烦交往的人，也不能忍受这种长期与世隔绝的死一般的境地。那是一种多么可怕的生活啊！在你四周，没有人脸，没有响声，除了自己没有活物，好像世界上的生命都已经死亡，什么都不存在了。我常常一小时一小时地站在小窗前，仰望着那一方窄小的天空，希望能从这唯一还有光亮的地方，听到一点消息，看到一点动静，哪怕是让我知道我被关在什么地方也好。可是，从那小小的天空，除了日影沉沉地移动，不能给我任何信息。有一天，一只麻雀偶然飞到窗前，冲着我搔首弄姿、叽叽喳喳叫了一阵，飞跑了。真难叫人相信，这个小雀儿竟让我那空白的心高兴了许久。

在难挨的孤寂中，我感到自己一天比一天衰弱，生命之光一天比一天黯淡了。但是，我还是理智的，或者说还是坚强的。我没有发疯，没有流泪，也没有狂歌当哭。我只有一个顽强的念头：我不能这样不明不白地死去。

于是，我开始锻炼自己的身体。我那间小房是不能跑步的，但可以做操，可以弯腰，可以做俯卧撑。我要让全身的机器活动起来，决不允许它散架失灵。这种锻炼很有成效。我明显地感觉到，精力又在我体内活跃生长起来。

有一天，终于有人来"提审"我了。尽管这些"判官"的面孔是陌生的，而且一个个凶神恶煞，但是，我还是为重新回到人类社会而感到"高兴"。这些"外调人"很奇怪，他们既不说明自己的身份和工作单位，也不说明要调查什么人、什么问题，只给我出了一个大题目："你把一九四三年前后泉县党组织的情况讲一讲。"

我真是很感谢他们给了我这样一个机会，使我能讲了三个多小时的话。我生平第一次感到说话是一件非常痛快的事情。但是，我所讲的情况，显然不合这些人的胃口。从他们的盘问中，我摸清了一点：一个可怕的"泉县日本特务案"已经编织成了，中心人物就是腊梅。主要罪证，就是她在姓唐的翻译家里工作过。

在以后接连不断的审讯中，我竭力证明韩腊梅到唐家去帮工是党决定的，是我亲自找她谈的话，她很出色地完成了任务，没有任何"特嫌"的问题。但是，这些话办案人员根本不听，并且开始对我采取"革命行动"，用种种肉刑来对我施加"压力"。这"压力"之残酷，我不想说它了。

在这以前，我没有坐过牢。我常常跟一些同志开玩笑说："我只经过战争的考验，没有经过牢房的考验。"并且引为憾事。万万没有想到，在我们流血牺牲夺取政权之后，竟尝到了受刑的滋味。这滋味，痛在心里，远比痛在身上，更叫人难忍！

他们得不到我的口供，就拿腊梅的所谓"交代材料"来诱供。不要说我看了那几张薄纸，根本不是她的笔迹，就是不看，我也可以肯定不是她写的。我当场戳穿了他们的阴谋。后果是什么，就可想而知了。

生活早就把我和腊梅分开了。想不到这意外的厄运，又把我和她连在一起。在那些审讯的日子里，我似乎又和她生活在一起了。我们共同经历过的斗争，我们的结合，我们的别离，我们在相隔二十年后的重逢，一幕一幕地展现在我眼前。令我惊奇的是，这些久远的往事，重新回旋在脑际时，竟是那样的清晰，那样的完整。连每一个细节，每一个场面，包括她每一个顾盼，都是那样历历在目。似乎这些往事都是最珍贵的文物，被人用最科学的办法埋藏在地下，一朝打开，还是那么光彩耀人，完美无损。而我本来以为，这一切都早已从我心中逝去了。

在那些日子里，我常常倚在囚室的墙角下，默默地咀嚼着回忆之果，检查着自己走过的路，审判着自己过去的言行。这果实是甜的，也是苦的。

我知道腊梅同我一样正在受苦。我相信她也会同我一样经受住这场特殊的考验。有时，我甚至希望办这个案子的人多来几次。从他们混乱的审问中，我多少也能从侧面了解一些腊梅的近况。可是，他们后来都不来了。

一九七〇年，我被从监狱里放出来，回到机关，被安排在公务班"监督劳动"。据说，这还是开了"九大"，落实政策的结果。

那时候，我好像是"天外来客"，对这些年发生的事情一无所知，甚至不知道"九大"已经召开，更不知道省委和省革委会已经建立，而且已经调整过几次班子。特别使我高兴的是，那个顾向文已经被群众揪出来，街上贴了很多大标语："严惩打砸抢分子顾向文"，"揪出'反到底兵团'坏头头顾向文"。后来，我才知道，所谓"泉县日本特务案"完全是这个人一手炮制的。这个政治扒手终于得到应有的惩罚，不禁令人拍手称快。

公务班的同志对我很好。我们每天一起打扫省委大院、打扫楼道、打扫厕所。冬天，一起为锅炉房拉煤、烧火。工人们教我干活，并不拿我当"黑帮分子"看待，都叫我"老李"。分配工作时，还照顾到我的身体，尽可能让我干轻活。休息时，我们一块儿卷颗烟抽，拉拉家常。

那时，我变成一个普通的勤杂工，开始过着普通人的生活。允许我回家了，我每天坐公共汽车上下班。吴阿姨还不能回来，丽华去了干校，我需要自己做饭吃。吃了几十年的现成饭，我第一次拿着提兜上街买菜。这倒给了我一个调查研究的机会。我开始感到老百姓买东西多么难，当时的物资供应是多么不足，而我们的商品供应办法是多么需要改进，一个干部为油、盐、柴、米七件事要浪费多少时间！

本来认识我的人并不多，大都限于省直机关的干部。经过那一番"游街示众"，好多人都认识我了。我的身形又高又胖，排在买菜的队伍里很显眼。我常常听到有人指点着我小声议论：

"瞧，那个大高个儿就是李梦雨，他也买土豆来了。"

这种议论，并无恶意，更无敌意，倒是有点感到新鲜的意思。以前，我带着老婆、孩子坐着小车，在剧院门前停下时，常常遭到白眼。两相对比，我倒觉得心里坦然。

在公务班没待多久，通知我被取消"监督"，让我到省委"五七"干校去。在隔了几十年后，我重新又拿起了放羊鞭。童年时我就放过羊，完全能胜任这个工作。我每天赶着一百多只羊上山，和附近生产队的老羊倌坐在一块石头上聊天，也不能不说是神仙日子。可是，夕阳西下，我赶着羊群下山，望着山间的流水，又不禁茫然：难道只有举起放羊鞭，才算是焕发了革命青春？

我就这样在干校劳动着，没有作结论，也没有解放，更没有分配工作。不过我相信，这些问题总是能解决的。只是我的身体大不如以前了，心脏病说犯就犯，经常死去活来。身体这么快地垮下去，当然与这几年的"冲击"是分不开的。有时，我想到腊梅，她放出来了没有？她受了多少折磨？她也跟我一样苍老了吧？

有一次回城休假，我决定去看看她。在监牢时我不可能得到她的消息，现在总算有了行动的自由，我是能去看她的吧！当然，我也考虑到这个行动的后果，万一过一阵又来个什么反复，这次见面就变成了"串供"，那更是跳到黄河也洗不清的。

犹豫再三，还是在一天下午走进了小天巷。虽说几年前来过一次，那是坐车来的。这次步行寻访，很费了一些时间才找到那个大门。

跨进院子，一切都跟我上次来时相似。连那些跳猴皮筋的孩子，还有那看守小孩车的老太太，都在原来的位置跳着、坐着。好像几年的时间过去，这里却没有任何变化。

我急切地穿过大院，走过通向东院的甬道，一眼就看到腊梅住的那间屋子，并且一眼就看到那块浅蓝色的小窗帘。我高兴极了，以为腊梅还平安地住在这儿，便大步跨到门前，嘭嘭地敲起门来。

屋里没有动静，我又喊了一声：

"腊梅！"

屋里还是没有动静。这时，我才发现门上有一把锁，屋里根本没人。

同上次一样，旁边一间屋门开了。还是那个年轻的女同志走了出来。她一点也没有变样，我一下子就认出她来了。可她呢，客气地瞧着我，完全不记得我了。或者是我的样子完全变了，或者是我的穿着和上次完全不同，反正是她一点也认不出我来了。

"您找谁？"也同上次一样，她这样问我。

我马上回想起上次来访的情景。我多么希望她能像当年那么回答："噢，您找韩大姐呀，您先到屋里坐坐，我去找她。"可是这回，她呆呆地看着我，好一阵没开口。

这是怎么啦？腊梅出了什么事？我心里一紧，不敢问下去。

那女同志又打量了我一番，问道：

"听口音，您跟韩大姐是老乡？"

"是啊！她，在哪儿？"

"她早就被抓起来了，一直关着。三个多月以前，她才给放出来。"

"现在呢？"

"她又给下放到水库工地了。"

听她这一说，我知道没有希望见到腊梅了。转身走吗？我不甘心。我还是想打探一点有关她的消息。她被关了那么长时间啊！我问道：

"她身体，还好吧？"

那女同志又看了看我，问道：

"您跟韩大姐是……"

我赶紧说：

"我们是老乡，过去在一起工作过。"

"哦！"她走近了我，放低了声音，悄悄地说，"韩大姐给打坏了，浑身都是伤，她不肯对人说。要不是我帮她换药，我也不知道。唉！打得真惨，我都不忍心看！那帮家伙真不是人啊！"

我像冻僵了似的站在院里。我完全可以想象，用在我身上的种种残暴的刑法，都曾同样施加在她身上。我简直不能设想，她怎么能忍受那些非人的酷刑。我感到心里一阵绞痛，我想喊，我想哭。可是，我不能喊，也不能哭！

"后来，她的伤好了吗？"我的声音在发抖。

她的回答，又是一盆冰水：

"没有。这些人真狠！韩大姐伤还没好，他们就叫她去工地监督劳动。"

啊！刹那间，我好像看见遍体鳞伤的腊梅，披散着头发向我们奔来；我又好像看见遍体鳞伤的腊梅，伏在战友的肩上。啊，不，我好像看见了，看见了她拖着遍体鳞伤的身子，咬紧牙关，挣扎着，在水库工地上，干活，干活，干着最累的活！她倒下了。我耳边似乎又响起她细微的喊声："回家！"可是，我现在无能为力了！我再也不能背着她走回到温暖的根据地去了！

当我从迷惘中醒来，我听见那女同志关切的声音：

"老同志，您怎么啦？是不是病了？"

"不，没有。"我镇静着自己，又问，"她现在在哪个工地？"

"那些人说三队是老保的窝，把她放到造反派掌权的八队去了。"

"她女儿来过吗？"

"您知道她的女儿？您是……"

"我是她的老战友……"

"啊！山妮没有来过。我估计是韩大姐没告诉她。她不愿女儿看见自己那个样子……伤心……"她后面的话被泪水吞下去了。

看来，我只得离开这地方了。我转身要走时，又望望那小屋。看着那浅蓝花的小窗帘，我非常想进屋里去坐一坐。

"你有她门上的钥匙吗？我想进去，给她留个条子。"

"她门上的钥匙倒是搁在我这儿。我隔两天替她开开窗户，打扫打扫。"说到这里，她抬头看了我一眼，犹豫了一下，直率地问："您，您是……我怎么从来没有听她谈起过……"

我连忙打断她的话，答道：

"我们多年没有见面了，也许以后没有机会再来看她了……"

那女同志终于把房门打开了。屋子里陈设依旧，干干净净，好像天天住着人似的。还是那张三屉桌，那把椅子。我坐了下来，一眼又看见那半条薄薄的军毯。我走过去，不由得拿起来捧在手上，久久难舍。这半条军毯，记载着我和她的悲欢离合，伴随着她度过了几十年的风雨岁月。在那一个个夜晚，当她披盖上这半条军毯，感到的是温暖，还是寂寞？生活对她多么残忍。她付出了她所有的一切，得到的又是什么呢？

我想把一切的一切都写给她。但是最后，我只写了这样几个字：

腊梅：

我来看过你。

梦雨

我把这纸条交给那站在门边的女同志，并向她致谢。她扫了一眼纸条，恍然大悟似的，抬起吃惊的脸，说：

"您是李……"

我点点头，拦住她说：

"同志！请你不要告诉别人我来过。"

她也点点头。和我握手告别时，她又说：

"您多保重！李书记！"

就这样，我经过反复考虑，想去看一看腊梅，但是没有见到。第二天，我就回干校去了。

十一

一九七一年春天的一个早晨，冰雪已经融化，寒意仍旧未消。我拿着羊鞭，正准备上山，干校的负责人跑来拦住我，笑嘻嘻地对我说：

"李梦雨同志，任书记请你立刻回去一趟！"

同志！这是"文化革命"以来，第一次有人公开称我为同志啊！

我乘车回城，心情十分复杂地跨进任百勇同志的办公室。任百勇同志是"新省委"里唯一的老书记。他一见我，马上走过来，紧紧握住我的双手。我的手火烫，他的手冰凉，我觉得他在微微颤抖，他内心的激动是和我一样啊！他望着我，半晌才说：

"李梦雨同志，告诉你一个好消息：你的政治审查结束了。明天就准备开大会，宣布恢复你的组织生活。"

我禁不住热泪盈眶，一个字也说不出来。任百勇同志背转身去，他让我坐下，才慢慢地说：

"老李！至于工作安排，还要再研究。现在的事情都很复杂，很难办，困难的程度你是想象不到的。听说你身体不大好，那就先看看病吧，去疗养一个时期，怎么样？松柏山疗养院风景是很美的。"

我点头同意了。不几天就住进了疗养院。

松柏山疗养院确实很美。它坐落在松柏山的半山腰，是个三层的小红楼。疗养院背倚着险峻的高山，面对着开阔的田野，隐没在苍松翠柏和绚丽的云彩之中。山上有一股温泉，泉水像玉带一样环绕着这小小的红楼。春夏秋冬，这股活水都是晶亮晶亮的，日夜喷吐出银珠一般的水泡儿，升起袅袅不绝的雾气。远远望去，松柏山疗养院就像一座彩色缤纷的神话般的水晶宫。

初到疗养院，我还是很高兴的。参加革命这么多年，何曾有机会休息过？如今能到这样一个风景优美的疗养院来住一段时期，治治病，学习学习，真是最好不过的了。我甚至还订了一个学习计划，决心在疗养期间抓紧时间，好好读一点马列的书，以便日后能够更好地为党工作。

然而，春去夏来，夏去秋来，日子一天天地过去了，总不见安排我的工作。我也曾向组织上打听过，他们总是说"还在研究"，并要我"安心养病"。有同志私下对我透露：现在有的地方正动员"年老体弱"的老干部退休，把位置腾给年轻人。我听了，真感到心寒。

我不反对提拔青年干部。青年是整个社会力量中最积极最有生气的一部分力量。他们最肯学习，最少保守思想。但是，老干部难道不是革命的宝贵财富吗？为什么在有些人眼里，老干部竟成了包袱呢？

我也不承认自己年老体弱。一九七一年的时候，我还不到六十岁，身体不太好，但完全不影响工作，我还有雄心壮志，再干他十几年。可是，我好像被社会遗忘了，独自一人在疗养院里过着寂寞的晚年。大雁南飞，秋天过去了，寒冷的冬天又来到我的身旁。

但是，我相信党，相信党的政策会进一步落实到我身上来。我继续坚持锻炼身体，准备有一天能朝气蓬勃地参加新的战斗。

每天早上，星星还没落尽，月亮还挂在天边的时候，我就起床了。坚持每天早起早睡，这是我到疗养院后给自己订下的制度。不管天气多冷，我都用冷水洗脸。漱洗完毕，就穿上棉袄，跑到院子里，站在花岗石台阶上，大口大口地呼吸早晨的新鲜空气，然后就顺着疗养院花墙内的院子小跑一圈儿，这算是我的第一课。接着就在一棵柏树底下做我自己发明的早操，伸伸腰，举举胳膊，抬抬腿。我这套体操外人看了是闹不明白的，准不知是传统的拳术，还是新编的广播操。这算是我的第二课。

在山区，冬天要七点多钟天才亮。我总是摸黑做完这套"功课"，然后就走出疗养院的大门，顺着一条石梯，上了后山。我慢慢往上走，不到半个钟头就到了一个油漆鲜亮的古色古香的小亭子里。亭子的廊檐下悬着"望峰阁"的匾额。每回我走到这里，虽然走得很慢，还是气喘吁吁的，心里总不免暗想：真是有点老了，想当年在山上打游击，翻这么一座山也费不了这么大功夫！

我很喜欢这个小亭子，常常坐在这里看日出。每当太阳出来的时候，极目远望，总是山巅上"天下第一峰"五个石刻的大字先被晨光照红了。之后，太阳一眨眼就升了起来，远远近近的树林子里开始热闹了，各种不同的鸟儿在我头顶上跳跳蹦蹦，叫个不停。这时，也只有在这时，我才忘掉了种种烦恼和忧伤，甚至忘掉了我自己。我感到心胸开阔了，高兴了。大自然无穷无尽的生命力，好像给了我新的力量。直到太阳像一团火样，群山上白雪、绿树千姿百态地显露出来，我才默默地下山，回到那几乎是永无休止的、无法解脱的内心矛盾中去。

我这样"锻炼"着自己的身体，心里对自己很不满意。这算什么哟？我就这么下去了？不能啊，总还要工作啊！医生、护士都说我有病，丽华也说我气色不好，组织上也强调要我休息。可是，天知道，休息，休息，对我来说，休息是一种多么难忍的痛苦啊！

别人看来，我挺沉得住气，很注意锻炼身体，很遵守作息时间，生活很有规律，对自己的病是采取"既来之，则安之"的态度，不急不躁，完全过着严格的、刻板的、安静的疗养生活。如果要选"模范疗养员"的话，我准能全票当选。医生定期检查，总说"疗效不错"。我也点头同意，心里却说：什么不错呀？饱食终日，无所用心，混日子罢了。

每天早饭后，是我自定的学习时间。我坐到桌前，读一点主席的书或是马、列的书。有时候，学得很认真，还戴上眼镜记点笔记，感到确实有收获，思想上有提高。可是，有时人坐在那里，两眼望着书本，思想却开了小差，不知想到哪里去了！"文化大革命"中，专案组给我作的结论是："民主革命时期跟着毛主席干革命是积极的；社会主义革命时期，思想停止在民主革命阶段，推行反革命的修正主义路线，犯了走资派的错误"，"鉴于李梦雨同志表示愿意悔改，决定宽大处理，恢复他的组织生活"。这个结论使我伤心透了：革命革了一辈子，只落得个"愿意悔改"，"宽大处理"的下场！

在这段时间，除了自己学习、治病、锻炼身体，我也不大愿意和人交往。这个疗养院本来住的人也不多，经常和我在一起谈谈的只有一个老夏，就是南下时曾经和我在一个专署工作过的夏一雪同志。他是离职休养，和他老伴一块住在这里的。他还是那么健谈。这一年多的疗养生活中，多亏有了他，才免去了不少寂寞。

老夏有了一个新的嗜好，那就是养花。他别的不养，专养月季花，而且还真有点名堂。大冬天的，他屋里仍然是鲜花盛开，群芳争艳，香气扑鼻。有时，早晨我在院里窗台下站着，他就推开窗户叫我：

"老李，来，来，看看我的花儿！"

我就转身走进他的屋子。他们夫妇住的是个套间。他爱人姓何，已经退休了。外屋是他们的会客室，顺墙四周摆满了花盆，栽着各种颜色不同的月季花。白的、绿的、橘黄的、朱红的、紫黑的、粉红带杏黄镶边的，那花儿有的盛开怒放，有的含苞欲吐，也有的如弱柳新插，刚刚嫁接，真是满眼春色，美不胜收！

夏一雪比我大几岁，也显得苍老了。可是，人还是精神十足，特别是一说起他的花儿，就手舞足蹈，滔滔不绝。在他的熏陶下，我也长了不少知识。记得有一次，他还专门给我上了一课呢！

那是一天早上，我又到他屋里，他拉着我说：

"你看，这盆绿的，多好看。嘿！它的名字才美呢！叫'春水绿波'，是我们的国产名种。弄到这盆花，真费了我不少精神哟！从南方搬到这里，一路上飞机、汽车、火车，我什么也没干，充当'护花大使'了。有人说花儿最怕挪地方，从你家搬到他家，都要死要活的，还说我这花一搬准死！我偏不信，你看，不但活了，开得多好！你细看看，这花心儿包得多满，这花边儿卷得多秀气！"

只见他摘掉眼镜，凑到那宝贝花儿跟前，一叶一瓣仔细地赏玩，还递了个放大镜给我，叫我看。我一辈子没养过花，完全是个外行，看了半天也看不出啥名堂，只觉得红红绿绿的是开得不错，还挺香。老夏呢，这一盆赞够了，又拉着我的胳膊到另一盆白色的花前，说：

"看，这盆'雪塔'，跟你上次来看的时候不一样了吧？那时候刚刚开花，外瓣发红，现在你看，都变成雪白的了。心瓣儿长了，外瓣儿垂了下来，真像座雪塔呀！"

"你都快成园艺家了。"我说。

"哪里，哪里，我还差得远呢！养花真是一门大学问呀！我算个刚入门儿的吧！"他挺高兴地谦虚一番。

他老伴对他养花大不赞成，经常要泼冷水，她对我说：

"老夏简直变成个花迷了。一早起来什么也不干，光伺候他的花！我经常说他，你也学学人家老李，早上起来锻炼锻炼身体。他就是不听。"

夏一雪对老伴这一套规劝中带着埋怨的话，大概也习以为常了，只当没听见，还照样说他自己的：

"老李，我劝你也养花。这是最好的消遣，也是最好的治病方法。当然，养花的学问太大，人的精力有限，什么都想养，什么都养不好。我建议你也专养月季。专攻一门，才能搞出点成果来。咱俩来个'一对红'，互帮互学！哈哈！今天我就先给你上一课，给你讲讲'月季花概论'。月季花又名长春花，还叫月月红。从春到冬，花开不断，这是它最妙的地方。有大诗人苏东坡的七言为证。"

> 花开花落无间断，
> 春来春去不相关。
> 牡丹最贵惟春晚，
> 芍药虽繁只夏初。
> 惟有此花开不厌，
> 一年长占四时春。

老夏微微摇着头，有腔有调地正背诵到得意时，被一旁的老何打断了。她说：

"老李，别听他吹！他也是刚从养花的书上背下来的。"

"还有养花的书？"我确实没读过。

"当然有啰！我早说了嘛，养花是一门学问。"说到这里，他又闭上眼皮，吟道：

> 只道花无十日红，
> 此花无日不春风。

"天天开不也就是朵花！"老何又毫不留情地反驳道。

"唉！说你是个外行嘛！"夏一雪斜了老伴一眼，回头又对我说："老李呀，我这月季花，不光好看，用处还挺大。你不信，我国大医学家李时珍在他的《本草纲目》里，给月季花作了鉴定。他说：'月季处处，人家多栽插之，气味甘温，无毒。主治活血、消肿、解毒。'怎么样？对人类有好处吧？因而养月季花是有价值的……"

老夏正要引经据典地说下去，老伴又发表意见了：

"算了！收起你那些理论吧！养花就养花得了，到处贩卖你那套'养花经'，真烦人！"

"唉，真是话不投机半句多！她就反对我养花，这样的女同志！"

老何也拉着我说：

"老李，你不知道，他为了那些讨厌的花，又翻书本，又搞试验，还跑几里地去找沙子，真是勤奋到了极点。我常说他，你有这精力，干工作这么勤奋多好！"

夏一雪突然坐了下来，叹了口气，说道：

"我没勤奋过吗？勤奋干了十七年，落了个'执行修正主义路线'的罪名，闹得浑身都是问题，何苦来？也算对得起马克思了！如今我是离职休养！休养！你总知道吧？我不能闲着不干点活儿！养点花也不算坏事吧？这有益于身心健康，也犯不了路线错误，还是勤奋地养我的花吧！"

除了老夏以外，就是有时候，丽华带着小丽来住上几天。她对我比"文化大革命"以前更体贴、更关心。每次她来，都给我带很多吃的东西，还托人从北京、上海给我买糕点、糖果等等。为了这个，我们还吵过一架。

那天丽华提着大包小包来了，进门就说：

"我托人从北京给你买了麦乳精、甜炼乳，从上海买了巧克力。还有，正好一个同志去东北出差，我托他给你买了点人参、鹿茸精。"

她挺高兴地把瓶子、罐子搬出来，摆满了一桌子。我一看就直皱眉，说：

"不是跟你说过吗？不要带这些东西，我不需要。"

丽华倒很耐心地劝说我：

"你有病，需要增加营养。"

"我没有病。我需要的是工作！工作！"我自己也没有料到，我竟那样不能控制自己地嚷了起来。

"老李！"丽华喊了一声，几乎要哭了。

我不说话了，默默地坐下。

丽华也竭力平静下来，然后说：

"老李，我知道你心情不好，可是，这有什么办法呢？现在，大家都说'庙小和尚多'，造反派还安排不过来，哪里有位置让给你！我劝你还是放宽心，好好养病吧！"

"省里有什么消息？"我抽着烟问道。

丽华盯了一眼我手里点燃的烟，装没看见，忍下了那一套规劝的话，告诉我说：

"听说顾向文给'江'写了一封信，告省委镇压造反派。"她压低了声音，几乎是耳语似的继续说下去，"'她'派了人来，批了省委一顿，搞得人心惶惶。听说还要让顾进省委领导班子。"

什么？这样的人又猖狂起来？还要进领导班子？这是我怎么也没有料到的。

"任书记也很硬，他就是不同意。不过，看样子他也很难顶住，他在省委现在是孤掌难鸣。再说，又是'她'说了话的。"丽华叹了口气，小心地劝我说，"老李，我看你不出来也好，省得将来又挨整。"

我大声地问自己：

"难道我后半辈子就这么过去了？"

丽华站了起来，含着泪说道：

"你就听我的吧！没办法的事。这又不是你自己愿意的。"

我也站了起来，憋不住嚷道：

"我不能这么生活下去！"

恰在这时，夏一雪推门进来了。他用眼一扫我们两人，走上一步，对丽华说：

"怎么？老夫老妻的，又干上了？算了吧，这年头，后院别再起火了。小师呀，不怪天，不怪地，就怪我这个做媒的，当初没料到，给你说了个'走资派'！"

丽华红了脸，不再说什么，搭讪着忙去倒茶。我呢，也感到内心的谴责。不知为什么，这一年来，我的脾气变坏了，动不动就火冒三丈。其实，我心里明白得很，这一切与丽华一点关系也没有。

在那种单调的生活中，唯一能使我兴奋的，是接到玲玲和山妮的信。我把她们的来信称为"农村通讯"。这些带着泥土气息的来信，告诉我许多新的情况，当然，也使我了解到许多新的问题。

玲玲那时还在小关屯插队。她每次来信都要告诉我一些村里的消息，告诉我当年熟悉的老乡还惦记着我，托她向我问好。有一次，她还寄了一包小枣儿来，说是周大娘自己家树上打的，一定要送给我尝尝。玲玲的信常常勾起我对战争年代的回忆。有时从中得到不少安慰，有时又流连在难以排解的怅惘之中。

"周大娘常跟我讲您和腊梅妈妈的事情。"有一次，玲玲在信中写道，"她还领我去看了你们结婚的那间小屋子。她说这屋子还是当年那个样子，其实整个村子也还是当年那个样子。爸爸，我经常很矛盾。有时候，我感到很幸福，因为我能够来到我爸爸当年战斗过的地方插队，能够沿着我爸爸走过的道路走下去。有时候，我又感到苦闷。为什么解放近三十年了，像小关屯这样一个为革命做出重大贡献的老根据地，还是山河依旧？同学们形容这里的窑洞还是王宝钏时代的'寒窑'。这里完全靠天吃饭，老天爷不下雨，一点办法也没有。粮食产量比解放前当然是有所增加，但比不上人口的增长。有些社员年终分配到的现金还比不上我们小时候几个月的零用钱。"

读到这样的来信，我常常叹息不已，良心上受到谴责。我想起那些在战争年代默默地倾其所有的老乡。这么多年了，他们仍然生活在贫困中。为什么呢？我说不上来。但是，作为一个共产党员，一个领导干部，不能推卸自己的责任。然而现在，现在我真是革命无路、报国无门了。

"同学们在一起经常议论：我们就在小关屯扎根一辈子吗？"玲玲在另一封信上写道，"我知道，在我们队没有一个同学真愿意在这里住一辈子。在这里锻炼一两年，还可以。当一辈子农民，那可不干。有些有'后门'的，已经回城了。爸爸，不是我说自己思想好，我在知青里还算是比较安心的。一方面因为我现在还被看作'可以教育好的子女'，反正没'后门'可走。另一方面，由于这里是您和腊梅妈妈战斗过的地方，我对它有一种特殊的感情。老乡们对我也特别好。我有时候真想把青春献给小关屯，经过自己的双手，把这个英雄的山村变得富饶美丽。有时候我又很动摇，因为这里的一切并不是那么理想，要改变很难，不是我微小的力量所能做到的，有些事太复杂了。而且，爸爸，您知道我很喜欢物理。我总想有一天能上大学。不过，这是妄想罢了，人家不会推荐我的。要是凭考试，我肯定能上。"

读到这样的来信，我也为年青一代的彷徨和苦闷而烦恼。可我又能说些什么呢？一般我都不回信。回信也不讲什么看法。我只能当一个不负责任的爸爸！

山妮也常给我写信。她那时已经是妇女队长、大队支部委员了，并且已经是一个孩子的妈妈了。她给我寄来了孩子的照片，我看着那个结结实实的胖小子笑了。山妮在信中很少谈她的爱人、孩子。她一心都扑在队上。这一点很像她妈妈。有一次，她写了一封长信给我，说她被撤销了妇女队长的职务。原因是什么呢？她写道：

"公社开大会，大造舆论要我们毁林造田。我们支部都不同意。我把这事告诉了爷爷。爷爷说，出这主意的是败家子。是啊，我们这里山高林密，应该发展林业，这不但可以增加社员收入，还可以防止水土流失。为什么非要把树砍掉？公社来了个工作组，坐镇让我们按上级要求执行。我们跟他们辩论，反给我们扣上'反对学大寨'的帽子。因为我攻了公社，就把我撤职了。爸爸，我真想不通，难道我错了吗？"

读到这封信，我也是坐卧不宁。我太知道这种主观主义的"一刀切"的工作方法了。这方法，扼杀了多少生机，给我们的事业带来多少危害，我们真是吃够它的苦头了。可是，这种"一刀切"依然盛行。

从山妮的信中，我得知一些腊梅的情况。她已经解放了，而且又调回第三工程队，担任党委副书记。

"妈妈很高兴。她很忙。"山妮信上说，"前年，她从监狱出来，我知道了，写信给她，要去城里。妈妈不让我去。她说我去了，对她对我都不好。后来，她下放到工地，我要去看她，她还是不让我去。直到她解放了，知道我有了小孩，她才来看她的小外孙，在山上住了两天。妈妈精神很好，可身体大不如以前了。她突然显老了，头上白发多了，我看了真心疼。她问起您的身体，她根本不知道您住在疗养院。爸爸，您不能给她写封信吗？"

是啊！我一直没有给腊梅写信。开始是不知道她的地址。知道了她下放在工地，又担心她可能收不到信。就这样，几次提起笔来，又搁下了。我不知该给她写些什么，是询问她工作怎么样，身体如何，还是告诉她我已经解放了，生活得很"安逸"？还是老实告诉她，我的心情从来没有像现在这么苦闷过？

那年冬天，在长久的迟疑之后，我还是给腊梅发出了一封短信，希望她如果可能的话，到松柏山来见一见。

信寄走了，杳无回音。我以为她大概不会来了，我也就不再盼望她来。可是有一天早上，腊梅来了。

十二

那是一个星期天的上午，夏一雪正坐在我房间里聊天。这也是我们每天的"必修课"了。尽管每天坐在一起无非是"老生常谈"，翻来覆去那几句话，有时连自己也感到腻味。

"来，嗑葵花子儿！"老夏从兜里摸出个塑料袋儿来，把一袋葵花子儿放在茶几上。自己抓了一把，又说："这是软化血管的。真是受治啊！医生不让抽烟，给开了这么个'药方子'。"

"我吃那玩意儿不行，嫌麻烦，还是抽我的烟吧！"我照例点上一支烟。到疗养院来，我的烟是愈抽愈多了。

夏一雪把瘦小的身子蜷缩在沙发里，嗑起瓜子儿来。

就在这时，服务员把房门推开，腊梅站在门口。

她披着一件水利工地的干部们常披的棉大衣，穿一双高腰翻毛皮靴，一条银灰色的大长毛围巾搭在肩上，满面风尘。

我简直不敢相信真是她来了。我连忙站起来，走过去，紧紧握住她的手，直到她说：

"老李，你这儿暖气烧得太热了。让我脱掉大衣吧！"

我把腊梅介绍给老夏。他稍稍抬起身子，指着沙发让腊梅坐。我忙着洗杯子倒茶的工夫，老夏已经像遇到熟人似的和腊梅扯开了：

"啊！韩腊梅同志！我早就听老李说过你。你是哪里人？泉县的。好呀！今年四十几呀？啊，四十八了，不像，不像。我听老李说你是个老同志了。怎么样？现在是靠边站还是养病？啊，在工作，搞水库的。好，好！这个工作有意思。看你这通身的气派，就像个刚从工地上来的。哈！哈！我说的不错吧！"

腊梅侧身坐在沙发上，看着夏一雪，除了回答他的话，一句也插不上嘴。我在写字台旁的靠背椅上坐下来。所谓"旁观者清"。我一边听着，一边心里想：这个老夏真是被疗养院的生活闷坏了。见到别人的客人，也跟见到自己的客人一样热情洋溢，说起来没完没了的。

夏一雪请腊梅吃葵花子儿，又说：

"听说你也在武工队待过？哈，咱们算老战友了。回想起来，那时候的生活真有意思！有一回，我带着几个人，翻山过河，闹了三天三夜，最后摸到鬼子炮楼跟前，就靠一把子土手榴弹，愣把一座炮楼给掀了！打得鬼子嗷嗷叫。炸完炮楼跑出来，我眼皮都抬不动了，钻进老百姓的麦垛里糊里糊涂眯了一小觉，爬起来接着又干。腊梅同志，你别看我这小个子！小个子打仗也有方便的地方，灵活。那会儿，我在那一带，外号'孙猴子'，鬼子悬赏三百大洋，想要我的脑袋。现在，我这脑袋是不值钱了！"

腊梅听着，笑了。

我望着坐在那里的瘦小干枯的夏一雪。他那稀稀拉拉只剩几根头发的小脑袋，显然是和当年那"值三百块大洋"的脑袋不能相比了。但，你只要看看他那对眼睛，在那里面，似乎有两把永不熄灭的小火苗在燃烧着。因此，当你望着这张脸时，你不会去注意那深深的皱纹，你也不会去注意那深陷的脸颊，而是只看到那双精神抖擞、充满活力的眼睛。有人说，眼睛是心灵的窗户，这话是有点道理的。每当看着老夏这双眼睛时，我总在想：在这个瘦小的身躯里还有着使不完的力气呢！

"老了，不行了。"夏一雪经常要把这句话挂在嘴边的，"离职休养就离职休养吧！经过'文化大革命'，别的进步不敢说，自知之明，总算是有了一点。"

腊梅笑问道：

"那么，您以后打算怎么办呢？"

"怎么办？告老还乡，务农为本。"他脸上露出嘲讽的微笑，声音听起来还是那么响亮，"当年参加革命，上无片瓦，下无寸土，光杆一人打出去的。现在解甲归田，总得弄个窝儿啊！等我走后门找好地皮，盖上三间大瓦房，老李，对了，还有你，老韩，一定到我的新居来做客。那时候，我就是个老农民了。"

腊梅目不转睛地瞧着他，很认真地听着。

我对腊梅说：

"老夏哪是去当农民？他是想当桃花源中人。"

"这么说，就太消极了。"夏一雪笑笑，捧起茶喝了一口，又慢慢地说，"不过嘛，也有这么点意思，找个安静的地方，过几年，把这堆老骨头埋在家乡算了。老李啊！我劝你也向我看齐吧！退休算了，何必给人家出难题！安排你吧，没坑儿。不安排你吧，你又不闭这口气！哈哈！你不表态。你还是不甘心，不服老啊！不服老，是好的。不服输，就坏了。从不服老到不服输，并没有不可逾越的鸿沟啊！到时候，老账翻出来，又加上新账，那可就得用电子机计算啰，哈哈哈！"

好不容易他才想起客人是来看我的，才起身告辞：

"啊！我该打针去了。腊梅同志，一会儿到我那里去看花，一定要来啊！"

送走了夏一雪，腊梅望着门叹道：

"这个老同志很苦闷啊！"

我看了她一眼，说：

"在我们这儿，都叫他快乐的小老头。他表现得最轻松、最愉快，整天嘻嘻哈哈，海阔天空地说个没完。因为一不说话，他……"我点上烟，坐了下来，还是接着把话说完了，"他连一分钟也活不下去。"

腊梅回头望着我，眉头又微微皱了起来。她停了停，然后说：

"老李，这么说来，你比他更苦闷了。"

一时，我们相对无言。在这默默之中，我感觉到她对我的深切了解和同情。

"我收到你的信，知道你情绪很不好。"她平静地说，"我们是多年的老同志了，过去，又有那样一种关系。我想，无论如何应该来看你一次。我很为你担心，不希望你的情绪这么下去。"

这是多年来她第一次谈到过去我们的关系。我感到她口气中忧虑的成分，也觉得温暖。我说：

"我以为你不会来呢！"

"为什么？"

"因为你从来也没有来过。"

她笑了笑，还是以前那个笑的样子，只是眼角的皱纹增多了。

"在体育馆那次批斗大会上，我真替你捏把汗。其实，你用不着上台替我辩护。现在不是什么问题都很清楚了吗？结论也作了。"

"我不是替你个人辩护，是替历史辩护。历史是用鲜血写成的，我们应该尊重历史。"

我笑了笑，说：

"为了那次上台，你吃了不少苦吧？"

"那算不了什么。我承认，我那次很冒失。不过，我一点也不后悔，我说了我应该说的话。"

望着她温和、开朗的面容，我又想起那个在万人大会上慷慨陈词的腊梅，想起经历了"文化大革命"这场特殊战斗风云考验的腊梅。同战争年代那个活跃在敌后的女战士相比，她的勇气，她的沉着，毫无逊色；她的思想，她的见解，却比过去深刻得多了。我说道：

"这几年，我很替你担心。一直想给你写信，见一见你，跟你好好谈一谈。"

"谈什么呢？"

"我想告诉你，我一直觉得，我给你带来了一系列的不幸……"

"老李！"她截住我的话，停了停，说，"不谈那些了吧！我看你不能再住疗养院了。应该出去走一走，看一看。"

她走到窗前，指着窗外的围墙说：

"一堵墙把你同群众隔开来。长久关在这小院里，好人也要生病啊！"

我何尝不知道应该走出这围墙呢？我又何尝不愿意走出这围墙呢？可是，这由不得我啊！而且，这围墙外边又是怎样的呢？

197

能看到些什么？

"或许，不看还好些。"我想起了顾向文那一伙人的嘴脸。

"是啊！现在很多事叫人看了真生气。不过，生活中总还有光明的一面啊！"她说这话时，语气并不坚决。有些话她不愿说出口，或者不愿加以议论，这我心里都是明白的。

眼看到了中午饭的时间，我请她在我们食堂吃饭。我们走近饭厅时，遇到吃完饭正往外走的夏一雪。见我们进去，他又转回来，坐在我们的饭桌旁聊天。腊梅也在讲他们的工地，还讲了一些新闻。她说：

"离这儿不远有座花果山，你们知道不？"

"我们哪知道啊！"夏一雪说，"我是两耳不闻院外事，一心只养月季花！"

"那座山很有特点啊！原来是一座荒山。解放后，有个老贫农，大家叫他高山爷爷，和他老伴两人搬山上。十几年没下山，像老愚公一样，绿化了一座大山。人们送它个名字叫花果山，老人的事迹很不简单。"

"是啊！过去对于绿化工作，抓得很不扎实。"我说，"主要是一哄而起，一哄而散。如果让这位老人介绍介绍经验，在全省推广，那是有说服力的。你说是只有两个老人吗？"

"是的！不管在什么情况下，群众总是在干啊！"腊梅看了看我，似乎是要证明她说的"光明的一面"，忽然提议说，"你们想去看看吗？咱们一块儿去，那山离这儿不远。"

"我可不敢乱跑乱窜。"夏一雪笑道，"说不定哪天一张大字报刷来，'夏一雪的黑手伸到花果山'，那可受不了！"

不过，说是这么说，他还是满心欢喜地接受了腊梅的邀请。下午，我们三个果然上了一趟花果山。

十三

我们走出疗养院的大门，顺着盘山公路朝山上走去。路上结着冰，路面冻得很厚。天气很冷，但没有刮风，走起路来，并不太费力气。中午的阳光照在身上暖和和的。我本来穿着大衣，走了一段路，身上直冒汗，就把扣子全解开了。

腊梅走路很快，老夏走得也不慢。不多一会儿，我就掉队了。老夏问我：

"怎么样？老李，别看我不锻炼，走路还是比你行吧！小个子，灵活！"

"还有一段路呢，我们可以走慢一点。"腊梅望了望我说，"要有顺路的车，我们可以搭一段。"

我当然不能接受这样的照顾，就说：

"你们不用看着我，你们能走我也能走！"

"哈！哈！他还不服气呢！"老夏十分高兴。

这时我们身后传来嘀、嘀的喇叭声。一辆大卡车开了过来。

我们靠一边站着，让开了中间的路。腊梅朝卡车望了望，举起了手臂，扬了扬。卡车在我们面前咔的一声停了下来。

驾驶室里，一位年轻的司机伸出头来，望着我们。

就听腊梅高声问司机：

"同志，你到哪儿去？"

那司机看清了站在路上的人，马上把车门拉开，跳了下来，叫道：

"韩大姐！您怎么在这儿？"

腊梅好像并不认识这司机，看了看车门上"省运"的字样，问道：

"同志，你是省运输公司的？"

"是啊，韩大姐，您不认识我，我可给你们工程队运过料。你们上哪儿？上车吧，我送你们。"

"我们上花果山。"腊梅笑道，"你要是一直走，我们就搭车。"

"顺路，顺路，上车吧！"说着，年轻的司机就把腊梅往驾驶室让，可又看着我和老夏，小伙子犹豫了一会儿，不知该让谁坐他的驾驶室好。我一看，驾驶室里还有人坐着。

腊梅已经走到车厢后边，说：

"我们坐后面，你不用管了。"

这时，司机一挥手，把坐驾驶室里的一个小伙子叫了下来，又和腊梅谦让了一番。最后，腊梅坚持要坐后面，司机没办法，跑到车厢后边把木板放下。

"来，老李，老夏，上吧！"腊梅说着，自己两手抓着车厢的木板，一脚蹬着，一纵身就上了车。看她那内行的样子，我心里想：她大概经常这么搭车的。

老夏简直像小孩子遇见了新玩意儿似的，兴奋极了。刚才在司机和腊梅争让时，他就一个劲儿在旁边说：

"我们坐后面，我们坐后面。"

这时，见腊梅已经跳了上去，他也抓着车厢的木板，三下两下就上去了。只剩下我，心里有点发愁。坐敞篷卡车，对我来说倒也并不陌生。"文化大革命"初期，"游街"时几乎天天坐的。不过，那时总是人们七手八脚把我弄上去的，我自己也糊里糊涂，不知怎么连拉带拽地就上去了。这回让我自己上，还真有点儿困难。亏得司机在下面托着我，腊梅和老夏在上边拉，我这胖大的身子才好不容易上来了。

车开了。本来是没有风的天气，车一开起来，车上的风就很大。我们背着风蹲在车厢里，只见一座座山从车厢两旁倒驰而去，公路像一条飞蟒似的蜿蜒曲折，盘绕在群山之间。老夏一直非常高兴，大声说笑着，夸赞腊梅真有办法。

过了不多久，车停了。司机指着一条小路告诉我们，从这儿过去就是花果山。我们谢了热情的司机，目送着他把车开走，消失在山的背后。

站在这白雪皑皑的群山之间，我被这奇丽的风景惊呆了。我们三个人都呆立不动地欣赏起山区的雪景来。

山，高得很，高到望不见顶。从下面仰望，只见山峰直插云端。那天空是一种奇异的白色，其间有一点儿浅灰，又有一点儿淡蓝。那些山，由近及远，一重一叠，披着素玉般的白雪，倚在天的怀抱中，若隐若现。淡淡的阳光下，山和天，灰蒙蒙，雾腾腾，混为一体，深邃而又诡秘。让人分不清哪是山峰，哪是苍穹，只觉得仙雾缭绕，缕缕不绝，使人神往，令人遐想。

"哎呀！这才叫山啊！"夏一雪小声说，好像被这些山的威力慑住了。

是啊，这才叫山。看吧，山多得很，多到你数不清。大山小山，远山近山，山峦起伏，绵延不断。人在其间，极目环视，只见身前身后，群山静穆幽远，袅袅婷婷，悄然而立。那一种庄严，那一种安谧，那一种寂静！隆冬大雪覆盖时的山谷，恐怕是大地上最安静的一角了。人站在这里，感到自己的身躯都好像变小了，想说话也不敢出声儿了，似乎怕惊扰了这奇丽、端庄而又严峻的山。

"真美哟！"老夏憋不住又小声赞叹道。

是啊！世上固然有不少令人敬畏的画家，但，这生机勃勃的山景，这山上的松柏，山下的梯田，山顶的云烟，何曾在一幅画里再现过？那挺立的松柏，好像用碧玉雕成，且挂着晶莹的冰柱。一株一棵，株株不同，棵棵各异，丰姿引人。那山下的梯田，一层层，一阶阶，鳞次栉比，层层阶阶都在白雪之下，真是美极了。

腊梅见我们赞赏不止，笑道：

"其实，最美的是这山中的主人，我们人民公社的社员们。自然界的美算得什么？树要人来栽，地要人来种，山要人来开。没有居住在这里的社员们辛勤劳动，哪能画出这么美好的图画，你们看！"

顺着她手指的地方看去，社员们的房屋，像繁星撒在夜空，这里那里，一幢幢坐落在峭壁悬崖之间。不知谁家的几株红梅，刀刻箭射般纵横而出，花朵儿如胭脂般血红，娇艳无比，映在白雪之上，真是神姿仙态！

腊梅提议上山，又回头问我：

"你行吗？老李？"

"怎么？那时我背着人爬山都行，现在空手走路都不行了？"我心里真有点暗暗生气。我脱下大衣，准备和他们比试比试。

腊梅笑了笑，朝前走了。我和老夏也跟了上去。

我们刚到半山间，就见一位老人正弯着腰在一个暗泉的洞口接水。只听腊梅问道：

"老大爷，这儿就是花果山吧？"

"是呀！"老人直起腰来。我看见他胡子眉毛都是白的，但腰板很结实，显然是一个非常健壮的山中老人。

"您就住在这山上？"腊梅又问。

"对呀！这山就属我们老两口领导！"老人挺爱说笑地答道。

"啊！您就是高山爷爷？"

"嘿，我姓高，在山上，小伙子们瞎叫，叫我高山爷爷。"老人呵呵笑道。

这时，他已经把两个桶都接满了水。

"大爷，我们听说您绿化了一座山头，想上您这儿参观学习，看看您的果树。"腊梅说。

"欢迎啊！就打这条小路上山！"老人声音非常洪亮。

老夏一听，忙朝小路往上走去。我发现他走路还真行。

"你们挑的时候可不好啊！"老人望着老夏的背影，又回头对我们说，"早三个月来，我管叫你们吃饱了果子还拿着走。这寒冬腊月的，你们就光能看树枝儿了。同志，你们是哪儿的干部？"

"省里的。"

"啊！省里来的，那咱得招待招待。走，咱们一块儿走！"

这时，夏一雪已经连跑带奔地走了好远了。他站在上边的石头上得意洋洋地向我挑战：

"老李，快上啊！"

老人正蹲下身，要往肩上搁扁担，腊梅忽然走过去，用手按住扁担说：

"大爷，我来挑！"

"不用，不用！"老人双手抓住扁担不放，又从白眉毛底下打量着腊梅，和蔼地说，"这山路不好走，还是我自己来。"

我心里想，腊梅还能挑水上山？她脱产这么多年，身体又这个样子，已经快五十的人了，行吗？这可不是逞能的事。反正我是不敢去挑了。

正想着，就见腊梅已经拉下肩上披着的棉大衣，强塞在老人手上，抓起扁担就挑上了肩。她用肩膀掂了两掂，回头笑道：

"您是怕我挑不动吧？大爷！"

"瞧您说的，我是怕您累着。"老人笑眯眯的，抱着腊梅的大衣，说，"就这条小路，一直上就到了。"

高山爷爷给指了路，腊梅就闪悠悠地挑起扁担在前面走了。

望着她闪动的背影，不由得使我想起战争年代，每到一处，人民子弟兵就帮着老乡挑水、扫院子。那时和群众真是一家人啊！好多年了，我没有帮老乡挑过水了……

老人陪着我在后面走。他不时抬起头看看腊梅，嘴里夸奖着说：

"这个女同志还真行啊！走山路挑水不会换肩可不成。您瞧，她是个行家呢！我看她年纪不轻了，是个干部，她是哪个单位的？"

"省水利局。"

"这同志叫什么名字呀？"老人挺爱说话。

"她叫韩腊梅。"

"韩腊梅？"老人喃喃地重复了一句，抬头看了看在前面稳稳当当走着的挑水人，又低头凝思了一阵子，忽然问我："她是不是泉县人？"

"是呀！"

"她是个老同志了吧？"

"是呀！您？"

"一九四二年她是不是当过县委的交通员？"

"是呀！"

"是她！"

老人叫了一声，把腊梅的棉大衣朝我胸前一塞，两手高举起来，舞动着胳膊，放开嗓子朝前大喊道：

"韩腊梅！腊梅！你放下！"

腊梅听见喊声，扭过头来，也站下了。高山爷爷一直走到腊梅面前，伸出双手把她肩上的扁担抬起来，连桶带扁担放在一个大树坑里，又挺快地回转身去，双手抓住腊梅，问：

"腊梅呀，你不认识我了？"

我走到他们背后，只见腊梅用手背捋了捋头发。大概因为挑了这么远的路，她的脸变得通红，还微微喘着气，两眼紧盯着老人，努力在辨认，半天没开口。

"认不出我了？"老人一把抓下自己头上的大皮帽子，露出满头直冲冲像刺猬一样的白头发，"你忘了？腊梅，我是卖柴的老高呀！在百鸟山上，大嫂带我去，我……"

"哎呀！"腊梅惊呼了起来，"你就是老高同志啊！"

我看见腊梅眼里顷刻间闪现出泪花，她用手背擦了一下眼睛。老人扶着腊梅的肩膀，像对自己久别多年的女儿一样端详着她，又说："是啊，猛一看真认不出来了。那时候，你还年轻得很啊！"接着，又急急地问："你后来调哪儿去了？怎么老没见到你？你的女儿呢？她也是大姑娘了吧？唉！那时候真困难哪！一个女同志，年纪轻轻的，还带着个刚落地的孩子，又有病，你的腿好点了吧？"

我眼前又浮现出当年她奋战的情景：只身诱敌，山洞分娩，暗窑养伤，同组织失去了联系……我耳边好像也听到了手榴弹的爆炸声和山妮来到人间的啼哭声。这一切，腊梅只对我简单地说了说，却在我心里打下了深深的印记。我真想奔上去，紧握老人那双粗大的手，感谢他在最困难的时候帮助了腊梅。可是，我听见腊梅答道：

"那时候要不是遇上您，老高啊，真不知道什么时候才能找到党。我女儿大了，她已经是个孩子的妈妈了。她也是山里人，一直住在那采药老人家里。"

她在话中没有提到我。老人也好像顾不到再问了。后来，腊梅去拿扁担，老高说什么也不让她再挑，抢过来自己挑上。

"老高啊！您怎么上了山呀？"

"一九四四年我负了伤，就回村搞工作了。"

说着，到了一个窑洞前。远远地就见夏一雪和一个老太太站在门口。老夏在朝我们招手，老太太手搭在额上正朝下边看。

"来客人了！快看看，腊梅回来啦！"老高粗壮嘹亮的声音在山中响起，满山遍野都在喊："来客人了！"

只见老太太快步走到近前，一把将腊梅抱住，又哭又笑地正要说话，回头见了还有客人，这才松开了手，招呼着进屋。腊梅又拉着老人，向夏一雪作了一番介绍。

贵客临门，真把老太太乐坏了。她拉了这个，又拉那个，亲亲热热把我们都让进了窑洞。

"走，进屋歇一歇，喝口水，待会儿我领你们去看。"老高一边进屋一边说，又对他老伴下命令："老婆子，快预备饭，多弄点酒菜，一会儿我们回来，请同志们喝一杯！"

这是一间看林人住的小土窑。里边没有任何多余的摆设。除了一张土炕，桌子、板凳都是树墩子，到处散发着喷香的木头味儿。我们大口地喝着非常浓的苦味的大叶茶。

"奶奶，谁来了？"门外响起一个年轻的声音。

"进来吧，上元！"老高冲门外叫道。

一个端端正正学生模样的小伙子走了进来。他看见这么多人，往后退了半步，有点害羞。老高忙给我们介绍说，这是他的小孙子，高上元。

喝完茶，老高领我们参观。他带着我们踩着沙沙作响的枯树叶，走进一片槐树林。这是一个向阳的斜坡，整齐地栽着一排排大小不同的槐树。小槐树身上带着刺儿，大槐树昂首挺立，把卷曲的树梢伸向天空。冬天，树叶都脱落了，树枝上披着干雪。一阵寒风掠过，枝头的积雪簌簌地落下来。

老高站在槐树林里，望着他的树，津津有味地介绍说：

"这刺槐呀，浑身都是宝。树身是木料，树皮是燃料，树叶是肥料，槐树花儿酿的蜜啊，那才好呢。"

说着，他弯下腰从落叶中拣起一个豆荚，剥开来，里面是比绿豆大一点的黑色的槐树子儿。他伸开巴掌，说："瞧，这槐树种起来好活，栽起来好长。春天把这子儿往沟里一点，一亩播他十斤，过年就是一片小树林。"他把槐树子儿递到我手里，腊梅和老夏也弯腰拣了几个剥开看看。只听老高又说："等五月你们再来，那会儿我的槐树就开花啦。那小花儿，一朵一朵儿，雪白雪白的，可香啦！我这山上一开花，山下都香，那真是花香十里外哟！"

走出槐树林，老高又带我们转到后坡，去看他的油松。他一边走，一边说：

"树跟人一样，各有各的脾气。什么树种什么地方，是有讲究的。俗话说：背坡油松阳坡槐，河沟杨柳长得快，山顶松柏常青树，桃花梨花山脚开。沿山种树都要有规划。"

老夏衷心佩服，称赞道：

"老同志，你是真正的专家啊！"

"说专家也是个土专家。"老高仰脸笑道，"我就是爱琢磨，不能瞎胡弄。说实话，我对咱们这儿绿化就有点意见。春天喊几个口号，轰一大帮人，挖点坑，撒点种，就算完事，也不管他能活多少，这就叫不负责任！我的观点是，咱们哪怕栽一棵，也要保它活。这叫活一坡，绿一坡，活一山，绿一山。"

老高很严肃地讲自己对植树造林的看法。我在一旁听了，不免脸发烧。确实，在我主持林业工作的时候，就犯了这样的毛病，春天来了，发个文件号召一下：植树造林。以后的检查很少，究竟绿了多少山，就不大清楚了。

到了一片茁壮的小油松面前。七八寸长的小松树，浓密的针叶丛上蒙着薄薄的一层白雪。老高蹲下身去，小心地捧着翠绿的小树儿说："看，这都有三年了，才长这么点高。"接着他就把油松的经济价值夸了很久。又把我们带到他的万株核桃林。冬天的核桃树，精精干干的，树枝、树杈都是乳白色的，别有一番风光。

"我这核桃，都是新品种。有人说，核桃好吃树难栽，十年八年吃不到嘴里。我这核桃树，三年就结核桃。我还是上外地取的经呢！"

穿过核桃林，到了苹果园。这里与别处不同，在山坡上开成了大长条的梯田。每一阶有几十株树。老高把我们拉到一棵涂着红标记的树前，指着它说：

"瞧，这是我的'试验田'，国光苹果。我给它订了计划，每年要结他三百五十斤左右。"

"它怎么能按计划结呢？"腊梅笑问道。

"这没啥窍门儿。种苹果的技术全在剪枝上。一年让它结多了，就把树累坏了。"于是，老高又给我们讲起关于苹果树"一年看三年"的道理和栽培的学问来。

直到高山娃跑来，说奶奶叫客人快回去吃饭时，老高才打断了自己的话头，慌忙说：

"走吧，走吧，咱们快回家吧！我老伴批评我说起树就没完没了。不过，她现在也赞成我的观点了，还是个挺好的帮手呢！走吧，她该等急了。"

果然，我们一进门，老太太就把老高埋怨了一顿，说他把同志们饿坏了。主人请我们上炕。炕烧得很热，坐上去很舒服。炕桌上已经摆满了菜，都是大盆大碗的，有烤山羊肉、油炸野鸽子、烩香蘑菇、炒野鸡肉、木耳黄花，还有我叫不出名字来的，真是地地道道的山珍野味。

我看老夏面对这丰盛的筵席，有点不安似的，说：

"我们一来就吃饭呀！"

"哎哟！请都请不来的呀！"老太太笑道。

老高又捧出一缸酒来，笑道：

"来，尝尝我这儿的桂花酒吧！"

"酒就不要了，我们还要赶回去呢！"我说。

腊梅盘腿坐在我对面，也笑着说：

"老高，你不知道，他们俩是从疗养院偷跑出来的，还要赶回去呢！"

"嘻，没事！吃完饭让山娃套车送你们。"

盛情难却，我们就吃了起来。

老高给每人斟满了酒。我忙高举酒杯，笑道：

"来！祝全省的荒山岭都变成花果山！"

这第二杯祝什么可引起了争论。老夏要为两位老人的健康干一杯，老人却要为我们的身体健康干一杯。相持不下，还是老高想了想说：

"为老战友重逢，干一杯！"

这提议，大家一致通过了！

我记得腊梅不会喝酒。可是，这天在炕桌上，她也像我们一样干了这两杯。虽是果酒，甜味甚于酒味，我看她还是鼓足了勇气才喝干了，而且显得非常愉快。老高又给大家斟上了第三杯。腊梅举杯，冲着老高笑道：

"这第三杯，祝花果山上的老英雄健康长寿！"

大家又一饮而尽。

酒过三巡，大家话更多了。从抗日战争谈到解放战争，又谈到解放后的历次政治运动，直至这次"无产阶级文化大革命"。

我们一致赞扬老高这种革命精神。腊梅问老高什么时候上山的，他说：

"一九四四年我负了伤，组织上安排我回村里搞工作。解放后，我还当过乡长呢！后来，年纪大了。我寻思，咱流血牺牲打下的江山，不能出大力建设它，出点小力吧，坐着吃社会主义可不行啊！党中央发出绿化祖国的号召。我一想：对啊！咱们的社会主义这么好，山山岭岭光秃秃可不成。我就把自己的决心报告了上级党委，动员了老伴，连锅带碗地搬上了这高山。我们老两口，种了二十年树，瞧，没白干，把这座山变绿啦！"

夏一雪竖起大拇指说：

"老英雄啊！应该登报表扬！"

"表扬？不整我就算好的了。"老高又气又叹地说，"前些日子，省里农林局还来过人，说在我这花果山上看不见阶级斗争。我心里话，我跟谁斗去？跟苹果、梨斗去？他们还劝我说，眼睛不要只看到一座山，要看到全世界。这话叫我听着，简直是牛头不对马嘴。"

腊梅气愤地说：

"这简直是太欺负人了。"

我问他：

"那你怎么办呢？老高！"

老高摸着白胡子，理直气壮地答道：

"怎么办？他说他的，我干我的。"

见我们都停住了筷子，老太太一旁推推老高，埋怨地说：

"别说这些。让同志们好好吃饭吧！"

老高忙收住话，又端来一大碗又细又白的槐树花儿酿的蜜和一大盆窖藏的各种水果，让我们尝尝。直到太阳下山了，老人才叫他的孙子去套车。老两口依依不舍地把我们送上了公路。

一匹漂亮的小马，驾着一辆新车，停在路边等着我们。高上元拿着红缨鞭子站在一旁，招呼我们上车。

我们和两位老人紧紧握手告别。老高又拉住腊梅千叮咛万嘱咐了好一阵子，才放她上车。鞭声一响，高上元跳上车，小马嗒、嗒地跑开了。我们回身向两位老人挥手，还听得见老高响亮的略带嘶哑的喊声：

"再来呀，同志们！"

小马儿轻快地朝前跑着……

老夏裹着皮大衣，蜷缩在车角，陷入沉思中。忽然，他说了一句：

"这个老同志，真不简单啊！"

说完，他就又沉默了。两眼望着前面弯弯曲曲的路，再没有开口。

是不简单啊！我把自己和老高比，我感到自己身上缺少了什么！是什么呢？我反复地问着自己，也不说话了。

只有腊梅，她和高上元并排坐在前面。她问这年轻人对建设山区的设想，他热情地回答她的问话，两人一路说说笑笑。在她偶尔的回首一瞥中，我看到她眼里闪烁着笑意，似乎在问我：

"怎么样？今天上一趟花果山，还是有收获的吧？"

小马儿轻快地朝前跑着、跑着……

晚霞逝去，夜幕降临。一座一座的山像用粗犷的线条直接地画在那发白的天上。夜来将睡的山峰吐出轻微的气息，一股说不出的芳香弥漫在山间。树林里迟归的小鸟儿，偶尔发出低低的叫声。冰冻的路面上，只有我们的马蹄声声，清脆悠扬。

十四

这次别开生面的出游，在我心里留下了不可磨灭的印象。

小马车把我们送到离疗养院不远的镇上。我们在长途汽车站和腊梅告别。回到疗养院，那一夜，我几乎没有怎么睡，心里觉得既充实，又空虚。这是怎样的一天啊！她来了，好像严寒中偶然吹来了一股春风，把我们带上了花果山，真好比一潭死水被风吹动了。

可是，她又走了，把一切都带走了。我们又将重新生活在寂寞的疗养院里，没有希望，没有出路，直到老死。

她的话是对的，围墙外边，有令人痛心的事，也有叫人高兴的事。真理和谬误，光明与黑暗，处处都在搏斗。作为一个共产党员，我能这样当个局外人、袖手旁观吗？难道我真的就不能走出这疗养院去？

我从床上起来，披着衣服，打开台灯，给省委写了一个报告，要求下去搞一点调查研究。

过了几天，我先把报告拿给夏一雪看。老夏自从去了一趟花果山，也好像变了似的。他每天还按时到我屋里来坐一坐，可是话少了。有时坐一会儿，就不声不响地又走了。他老伴背后问过我：你们那天上哪儿去了？怎么老夏回来像有什么心事？

夏一雪戴上眼镜，把我的报告看了很久，才把眼镜摘下来，拿在手上，漫不经心地晃荡着说：

"老李！看起来，你还是不甘寂寞呀！"

他竭力用以前那种玩世不恭的口吻同我说话，但听来并不自然。我感到他心里的不平静，看出他勉强的笑容遮不住脸上的苦相。

"老夏，我想通了。职务我可以不要，工作我一定要干。"

夏一雪把眼镜折起，收进盒里，又装进口袋里，沉吟了很久，然后才说：

"老李，你的心情，我完全理解。实话说，我真想跟你一起，冲出这该死的疗养院。可是，别人会怎么看呢？他们能理解你吗？关于你的工作安排问题，我也有所闻。据我知道，有人是很不愿意你出来工作的。你送上这么个报告，人家会不会说：李梦雨这人为了复辟，已经到了迫不及待的地步。他是贼心不死，破门而出，妄图卷土重来啊！"

我的心像被拴了块石头似的，沉下去了。是呀，老夏说的情况不能不考虑啊！我也早就听说，省委几次研究我的工作，本来打算恢复我原来的职务，但是，很多造反派，包括那个新近被任命为省常委的顾向文坚决反对，甚至说："重新使用李梦雨，就是复辟倒退。"在这种情况下，我把报告送去，岂不是引火烧身？谁知会产生什么后果。

"也许我不该给你泼冷水。"夏一雪大概是见我脸色难看，从沙发上探过身子，伸出手来拍着我的手背，叹息着说，"一个老同志，住在这里，心都死了，好容易爆发出一点希望的火花，我不该把它熄灭。你还是自己决定吧，不要听我的，我是给整怕了。"

他眼里突然涌出泪水，赶快站起来，转身就走了。

我翻来覆去地考虑，交呢，还是不交？始终拿不定主意。我给最知己的几个朋友写了信，包括腊梅，征求他们的意见，也打了电话给丽华。她接到电话，马上请假跑来，不知我出了什么事。当她看完报告，则劝我安心养病，不要自讨苦吃。

"现在又有人在批'回潮'。"丽华说,"老李,你这几年没工作,我倒也放心。反正批不到你头上。你想去搞什么调查研究,第一,人家不会批准。第二,将来再有什么风吹草动,又跑不了你!何苦找挨整去?"

我只是摇头,心里觉得她的话又何尝没有道理。她又进一步说服我:

"这场运动,死去活来地好不容易熬过来,没有把你打倒,党籍恢复了,工资也补发了,家里也没死人,就算万幸。你自己年纪也大了,身体又不好,安安静静地养病算了,何必想那么多。现在没安排工作的又不是你一个!等将来有机会……"

"你来住几天就知道了。"我拦住她的话,怨气冲天地说,"像这样的生活,我真过不下去!"

"你要嫌这里太闷,想想办法,换一个环境。反正又不是把你软禁在这里的。"丽华想了想,又很认真地建议,"我听说冬天到广州去养病最好,那里有个从化温泉。"

看来,丽华很难理解我的心情。她的担心我能理解,她也是给整怕了。但这次,我们没有辩论,也没有吵架。我只笑了笑,说:

"天下最好的温泉疗养院,也治不了我的病。我这是不治之症啊!"

说到这里我反倒哈哈地笑了起来。丽华疑虑地望望我,也讪讪地陪着笑了。

一些老朋友来了,同意和反对的意见是三比七,绝大多数不同意。一星期之后,想不到腊梅也亲自来了。我把那份报告给她看了,她默默地读着,似乎是一个字一个字在推敲。后来,她眼眶湿润了。半天,她抬起头来,说:

"行!老李,我支持你!"

"再在这儿养下去,我就要跳墙逃跑了。"我很感谢她的支持。

"如果非跳墙不可，我也支持你跳！"她笑道。

我把老夏和一些同志的担心告诉了她。她听了，点点头说：

"是啊！老夏说的这种情况很可能发生，而且已经有这个苗头了。"

"又出了什么事？"我当时的消息是很闭塞的。

"最近，顾向文讲了一次话，专批农林系统的复辟回潮，其中第一条就谈到你。他说，那个李梦雨，人在疗养院待着，说是有病，其实活动得很厉害，到处插手，这是阶级斗争新动向！"

我简直不相信自己的耳朵了。我那时可称得是足不出院，想"回潮"也没有条件呀！这个顾向文，怎么能这样无中生有地扯谎？

"还有更气人的呢！"腊梅紧皱眉头，接下去说，"他还说，为什么水利局对泉县水库这么积极？左一个报告，右一个请示，非要上马不可？还不是李梦雨的阴魂不散，有人要为他树碑立传嘛！泉县是李梦雨的老窝，他是在那个地方起家的。至今农林水利系统他的党羽还不少嘛！"

听了这话，真把我肺都气炸了。我说：

"这真怪了。到底我犯了什么罪，连泉县几十万人民都要跟着遭殃！唉！真闹不明白呀！"

"我倒是明白了。"腊梅一声冷笑，说道，"只要你想搞社会主义，就会有人来反对你，打击你，制造各种谣言来诬蔑中伤你。你要没有这种思想准备，就别去搞什么调查研究了。老李，我今天来，就是想把这话告诉你。恢复工作之后，这种滋味我是尝到了。"

她缓慢地说出最后一句，停住了。她的声音是愤懑的，伤感的，令人感到不安。我不觉看着她。我似乎这才突然发现，她是突然地变得苍老了。她的头发白了一半，脸上的皱纹是明显的，那一双生来的大眼睛里失去了光泽，似乎被忧郁的水浸袭过，褪了颜色。虽然我从未问起她这几年的"监禁"生活，她的样子告诉了我一切。我不敢再朝她看。

"真是闭门疗养院，祸从天上来。"我说，"既然这样，我也豁出去了。爱怎么说就怎么说吧！我总不能因噎废食，我得干革命，加什么罪名我也不怕了。"

"不怕丢官了？"腊梅含笑问道。

"我早就不是官了，还怕丢？"

腊梅把那份报告递回给我，说："有这个劲头，你把报告交上去吧！"停了停，又说，"我觉得，你又像以前的老李了。"

"是吗？"

"以前你有那么一股天不怕、地不怕的劲头。形容一下的话，那真是无所畏惧，勇往直前。"

"难道我曾经不是这样了？"

腊梅站起来，走到窗前，背对着我说道：

"至少在一个时期里，有些地方，你不像我以前熟悉的那个老李了。"

"什么时候不像？什么地方不像？"我忙问。

她站在窗前，没有回答我的问题。忽然，她回转身来，很平静地谈起了往事：

"老李，一九六三年在北京见到你，你曾问我那之前为什么不去看你。我知道，你有意见。现在我可以告诉你，我为什么没去看你。"

我呆呆地坐在那里，听着她讲，有点不明白她为什么说这个；又希望她快说，以解除我很久以来的疑问；同时又有点害怕，不知她会说出什么伤心事来！

只听她仍是那样平静地说：

"因为那时我就感到，你不像以前的老李了。"

"这怎么可能呢？"我感到不解了，问，"一九六三年我们只在医院见了一面，就凭那一次的印象，你就作出这样的判断？"

"不，在这以前，我还见过你一次。"她脸上露出淡淡的笑容。

"没有。绝对没有。"我激动地说。

"有的。"

"哪一年？"

"一九五五年。"

接着她讲了一件我从来不知道的事情：

"一九五四年，打听到你的下落，我确实想去看你的。我知道，你已经结了婚。我们不再是夫妻关系了。可是我想，作为多年的老同志、老战友，见一见、谈一谈还是可以的。而且，山妮是你的女儿。她常常缠着我，让我带她去找爸爸。一九五五年，有一次她进城来了，又问我找到没有。当时，我几乎已经决定带她去见你了。可是，就在头一天晚上，我带她去看戏。我们在门口等候入场的时候，一辆小车开到剧场门口。你同你的夫人、孩子，大概还有保姆，走下车来。我看到人们用一种怎样的目光瞧着你们，也听到人们怎样小声议论你们。我并不同意这种议论，我也反对绝对平均主义。山妮也看见你了，她那时才十一岁。她问我：'妈，他是大官吗？他们家的小孩看戏，怎么坐小卧车？是他们爸爸的车吗？'我只含含糊糊没有回答。是说这是对的，还是说这是不对的？我想，如果山妮回到你身边，又会怎样呢？她也许会慢慢适应环境，觉得这一切都是应该的。于是，我决定不去见你了。我认为，这对山妮好些。"

我觉得自己拿着烟的手指在发抖，虽然坐在那里听她讲，心里可真想扯着嗓子大叫："你不应该这样！你不应该这样！"但我叫不出来。我只用低哑的声音说：

"想不到，就因为看一次戏，我跟你的见面推迟了九年。"

腊梅勉强笑了笑，说：

"老李，你不要埋怨我。我这样考虑是必要的。其实，一个领导同志，带着老婆孩子坐公家的车去看一场戏，这虽然不值得提倡，也确实说不上是什么错误。可是，山妮是个农村姑娘，一旦她知道自己的爸爸是个'大官'，又不能正确对待，会在她身上发生什么影响？"

我低头沉思，默默无言。屋里只有腊梅的声音还在继续着：

"一九六三年，我们偶然见面了。你提出要见山妮，我没有权利阻拦你。山妮那时二十岁了，我也放心了。她上你家去了，你知道她回来说什么吗？她说：'爸爸他们生活太讲究了，我在他们家住不惯。'老李，你不要见怪，我听了她的话很高兴，我心里很夸奖她。至于她向我描述的你家庭生活中的一些细节，既在我意料之中，又在我意料之外。"

她的话，使我很难过，我简直有点经受不住，不由得有些委屈不平，问道：

"这么说，这一切都只因为我当了官？"

"不是因为你当了官，是因为你身上的官气。"她叹了口气，严肃地说，"以前你是我们的教导员，不也是官吗？可那时，你身上没有半点官气，有的是锐气。进了城，就不一样了。"

我平心静气一想，不得不承认，她的话是对的。

腊梅走过来，在我旁边的沙发上坐下，捧起茶杯，半晌又说道：

"对这场'文化革命'，我一直很不理解。为什么要这样对待老干部？把他们说成走资派，甚至戴上反革命帽子，非置于死地不可？这太不公平了。可是，我们许多老同志官儿当大了，官气十足，反一反还是必要的。不过，坦率地讲，我认为像这么搞，恐怕也不行。因为事实证明，经过这场运动，并没有把我们的官气反掉。群众说'走了老爷，来了少爷，少爷比老爷还老爷'。这是我们党和国家的不幸。"

我点头，同意她的分析。

"今天我很为你高兴。因为你要跳墙逃跑的决心，本身就说明你的锐气战胜了官气。还记得吗？四三年，你也是跳墙把我救出来的。"

分手的时候，她说：

"以后你会官复原职的。希望到那时候，你还是锐气多于官气。"

腊梅走后，我就下决心把报告送上去了。第二天我就着手收拾我的书籍，只等批准就出发。夏一雪老两口到我房间里来了。看见我床上、桌上散乱的书和报纸，老何说道：

"老李，真是说走就走啊！"

夏一雪站在屋中间，转来转去的，勉强开着玩笑：

"你真忍心把我一个人扔在这里？"

我拍拍他的肩膀说：

"老夏，舍了你的月季花，跟我下乡吧！"

老何一旁摇头叹气地说：

"还提月季花呢！从花果山回来，他就像丢了魂一样，无心管他的花了。"

"泪眼看花花不语！"老夏吟了一句诗，眼圈儿红了。

其实，老夏根本用不着伤感，我哪儿也没去成。我的报告送了上去，石沉大海，杳无音信。真的"跳墙"去？这也是不允许的。我只好在疗养院里养着。

十五

一九七三年春天，我恢复了工作，还当省委副书记，协助省委主要领导同志管农林、水利方面的工作。

那时候，我们省的形势还算比较好的。一九七二年批"复辟""回潮"那股风没怎么刮起来，省委决心把农业搞上去，我的干劲也很足。几年没有工作了，我心里憋着一股劲，真想好好干一场，觉得这样才对得起党；也只有这样，才能弥补几年没有工作，白白浪费掉的时间。

我把大部分精力放在下面，组织了很多干部，去研究农业上的问题，总结群众的经验，先后整理了六个典型。其中有大队的，有公社的，有提高粮食产量的，有发展多种经营的，经省委讨论批准，开了几个现场会，向全省推广。看到农业战线上的形势有了起色，我感到欣喜。

然而，事情并不总是一帆风顺的。就在省委提出大干苦干把农业搞上去的时候，我们感觉到，全省从上到下，有一股说不清、道不明的力量在干扰抵制着，不容你把精力都花在农业上。开始，我们认为是资产阶级派性作怪，下了很大功夫解决某些地区两派联合以及班子的补台问题，也收到了一定的效果，但是不能从根本上解决问题。后来，我们隐隐约约地听到有一种说法，似乎省委的路线又偏了，"只抓生产不抓革命"，又搞了"阶级斗争熄灭论"和"唯生产力论"，弄得一些干部又不敢抓生产了。到一九七四年"批林批孔"运动开始，干扰就更大了。

"打倒我省的孔老二"和"揪出我省的复辟狂"之类的大字报，

一下子就上了街。当然，我也不能幸免。"李梦雨效法孔老二克己复礼，罪该万死"的大字报也冲我来了。有一个时期，各种"联络站"也纷纷成立。当然，也少不了"批李联络站"。特别叫我吃惊的是，顾向文那伙人竟公开提出任百勇同志支持我恢复工作是"举逸民"；而我在恢复工作后致力于把农林、水利搞上去，则是"兴灭国"的铁证。是非如此颠倒，真能把人活活气死。

有一阵子，我的情绪很消沉。我想起了夏一雪的话，莫非真给他说中了，到了"新账老账一齐算"的时候了？任百勇同志是个原则性很强的同志。他对当时的所谓"反潮流"作了阶级分析。他对我们说，省委工作中的缺点错误，欢迎群众批评，但是，有的人不批林，只批孔，把矛头指向省委，还说是什么"反潮流的革命行动"，这是对反潮流的严重歪曲。省委不能跟着这种荒谬的言论跑。他这样说，在当时给攻得很厉害。我们心里都同意他的观点。我也注意克服自己的消极情绪，努力像他那样，不管人家怎么攻，照样埋头把工作做好。

在"批林批孔"运动中，腊梅也受到冲击，而且不幸又和我牵连在一起。当时，她担任泉县水库工地党委副书记、工程指挥部副总指挥。泉县水库是一九七三年冬季经省委批准开工的。在讨论开工的常委会上，顾向文就竭力反对，由于多数同志支持，他的阻挠没有得逞。水库动工以后，吸取了很多中、小型水库的施工经验，坚持自力更生、因地制宜，工程进度快，工程质量好，省里推广过他们的做法。"批林批孔"时，水库却被攻击为"李梦雨克己复礼的黑典范""唯生产力论的黑样板"。腊梅则被说成是"李梦雨的黑爪牙""唯生产力论的黑干将"了。

任百勇同志对我说：

"你应该亲自到泉县去一趟，支持韩腊梅。这个女同志很不简单哪！泉县水库叫了这么多年，好不容易上了马，干得很出色，不能再叫他们打下马来。"

这之前我原打算去水库看看，但又顾虑我去了反会给腊梅增加更大的麻烦，一直拖延着。

"怎么？你去有没有什么困难？"任百勇同志又问，他了解我过去和腊梅的关系，也知道我现在的顾虑。

"没什么，我应该去一次。"

第二天，我坐车到泉县。快到水库工地了，公路上车马拥挤，人声嘈杂。卡车、马车、小毛驴车、大板车熙熙攘攘，都是往工地运料的。我坐的小轿车只好放慢了速度。司机不停地按喇叭，才能从两旁你来我往的各种车辆中钻过去。

我顺着车窗望出去，就见同我的车并排走的，是一个长长的大车队。每辆车上都堆尖装着一方一方的大石头。一个壮小伙子中间驾辕，两旁四五个男的女的拉着车，浩浩荡荡向前走着，又说又笑，热闹得很。

忽然，我看到走在前面的一辆板车旁，弯腰拉着车的一个女同志，好像是腊梅。

等车开到这辆大车旁，我细一看，可不正是她吗！只见腊梅也同别的民工一样，一根粗绳子挽了个套，挎在左肩上，正低头往前拉着沉重的石头。

听见汽车喇叭响，腊梅稍稍抬起头来。这时我的汽车正好在她身旁。我拉开车窗玻璃，大声叫道：

"腊梅！"

"老李，是你呀！"腊梅用一条白毛巾擦着脸上的汗。

司机也扭头看了看腊梅，把车开得更慢了。这样一来，我的小轿车就同腊梅他们拉的大板车徐徐并肩而行。

腊梅只穿着一件蓝格子衬衣，全给汗湿了。她两鬓的白发上挂着汗珠，她的样子显得很精神，但青黄的脸和浮肿的眼说明她已是多么疲劳。

"省委让我来看看你们。"我说。

"好啊！我们早就盼着了。"腊梅非常高兴，喘着，笑了。

我心里可不得劲，沙发座位上好像长着钉子似的有点扎人。几个拉车的民工都抬头朝我这边张望。腊梅还在向我说着什么关于水库的事，我已经有点听不见了。只觉得自己坐在小车里，她和民工一起汗流浃背地拉着车，我们还隔着车窗谈话，这简直是对我的批评和讽刺。愈想愈坐不住，我赶忙叫司机停车。

车停了。我推开车门跳了下来，脱了夹大衣，回身扔进车里，走到大车旁边说：

"来，我也参加一个！"

腊梅停住步，笑道：

"老李，你不行，还远呢！"

"你别吓唬我！你能拉我也能拉！来吧，给我一根绳子！"

这辆板车停住，后边的车也压下了。民工们都伸着脑袋，仰着笑脸瞧着我，带着显然觉得有趣的表情。他们那神气好像说：从小车上下来的，一定是个领导啰！他有拉车的积极性，让他来试试，我们很欢迎！

"韩大姐！您咋不让人家首长锻炼呀！"有个调皮的小伙子已经在车上又拴了根绳子。

我忙抢在手里说："走吧！"

腊梅也就转过身来，拉了拉自己肩上的绳子。那个只穿了件背心的驾辕的小伙子大喊一声："走！"人们一使劲，车子就咕噜噜地启动了。

只有司机非常为难。他想了想，就把车发动起来，跟在大车旁慢慢地开着。我只顾聚精会神地拉车，别的什么都不在意。腊梅小声叫我，又示意着跟在旁边的小车，说：

"老李，你还是坐上去吧！到了指挥部，我再向你汇报。"

我一看，这样子也是有点可笑。李副书记拉板车，身边还跟着辆小轿车保镖？活像电影里游泳横渡黄河，旁边还紧跟着个救生船似的。我冲司机嚷道：

"你别跟着我！到指挥部等我！"

司机冲我点点头，刷的一声把车开走了。

走了大约半里地，我已满身大汗，索性把制服和毛衣都脱了，扔在大车上，像腊梅一样，只穿一件衬衣，轻装前进。我心里感到松快了。

"攻得你够呛吧？"我问腊梅。

"唔。"她笑了笑。

旁边几个小伙子听见就插嘴进来了：

"他们那简直是胡说！修水库是孔老二？"

"孔老二那会儿，还不知水库是个啥玩意儿呢！哈哈！"

"说修水库是'唯生产力论'？我看是叫他们吃得太饱，撑得没人味儿了。"

一路上，大家议论纷纷。这些民工毫无顾忌地挖苦着当时流行的"高论"，彼此取笑。从这些愤愤不平的议论中，我能猜测到腊梅这一时期的困难处境，我又问她：

"这一时期压力很大吧？"

"压力不小。"一丝冷笑掠过她的脸上，又立即问，"你呢？也够呛吧？"

"我？还是老高的话，他说他的，我干我的。这次是任书记让我来代表省委表态，坚决支持你们。"

"有省委撑腰，我们更硬气了。"腊梅仰起汗涔涔的脸，笑了。但这高兴的神色只一闪，就消失了。她放低了声音沉痛地说："老李，说实话，干了这么多年革命，这几年是最难干的了。"

"是啊！数不完的干扰，说不尽的阻拦，几乎每前进一步，都要使出全身的力气。"

"为什么会这样呢？"她抬头茫然地望着冰冷的天空。紧锁的双眉下，那一对大眼似乎因为重重的忧虑和愤慨而变得黯然，失去了往日的光辉。她低下头去，猛劲地拉着，一句话也没有了。

我也答不出话来。是啊！为什么会这样呢？有些事，在当时真不敢想，可又不得不想。想起来就一夜一夜睡不着觉。所有的共产党员那个时候谁不担心党的命运？所有的人民群众那个时候谁不忧心国家的前途？一路上，我们再也没说话，只躬身默默地拉着车。肩上拉的好像不是石头，而是叫人承受不住的巨大的担心！车，更重了！路，更滑了！然而，我们还是一步一步地把车拉到了工地。

"累了吧？"她问我。

"不累。想当年几百里地一天也走过。"我虽然已经很累了，嘴上还挺硬。别看人年纪大了，这自尊心可还是挺强的呢！

到了指挥部工棚里，腊梅和指挥部的其他成员，汇报了工程进展情况。这时，我才知道党委书记兼总指挥、原来水利局的党委书记老汪已经住院。他是被一些人搞"车轮辩论"，弄得心脏病犯了，差点当场丧命。这样一来，党委的领导工作和工程指挥工作的重担，都压在腊梅和少数几个领导身上。

不过，他们这个领导班子是团结的，思想一致，干劲也很大。腊梅简单讲了前一段挨攻的情况。其实，她不讲我也全都清楚。

后来，她从抽屉里找出几张报表来，用确凿的数字说明这一整，倒把工程进度加快了。

"很多工人和民工说：'唯生产力论'咱不懂！咱就知道为子孙后代造福、为革命修水库总不犯法！"腊梅昂起了头，捋了捋头发，嘴角上露出自信的微笑。

听完他们的汇报，我发现自己原来准备说的话是多余的了。轮到我讲话时，我只好说：

"你们这里的情况，比我想象的，要好得多！我原来是想来给你们鼓劲儿，现在看来，不用了，你们的劲头很足啊！我想说的，你们都说了。不但说了，而且做了。我代表省委完全支持你们，你们的方向是完全正确的。干吧，同志们！"

会后，我们一起到了工地上。

这是一个奇怪的工地，也可以说是一个矛盾的场所。一边是恶意的诽谤；一边是辛勤的劳动。在一大片开阔的空地上，在那些"打倒孔老二的孝子贤孙韩腊梅"和"泉县水库是复辟回潮的黑样板"的大标语和"批判专栏"的眼皮底下，人们正在清除坝基。到处是人，到处是车，到处是土，真是热气腾腾。解放军战士一个个雄赳赳地在卡车旁装土，民工们都是从生产队来的小伙子，露出精壮的臂膀，齐心协力在打夯，唱起了劳动号子。轻便的小铁轨铺得不错，一列小斗车叮叮当当地开了过去。汽车、马车、推土机、拖拉机都在奔跑。高音喇叭正在广播稿件，表扬解放军的一个排。广播员富有鼓动性的、热情的嗓音飘扬在工地的上空，增添了战斗的气氛。整个工地，好像是一支气势雄壮的军乐队，正在奏着一曲高入云端的战斗进行曲。

我激动地看着这充满活力的工地。没想到，这时在我身边站着的腊梅告诉了我这么一个消息：

"老李，花果山上的老高挨斗，你听说了吗？"

什么？我大吃一惊，简直瞠目结舌。斗老高？这是从何说起？

"这事的罪魁祸首还是你。"腊梅笑道。

"怎么回事呀？"

"你那年不是到花果山去了一趟？"

"是呀！"

"前几天，老高特意来找了我一趟。说有几个人跑到他们县里贴大字报，说一九七二年李梦雨就偷偷摸摸地窜到花果山，一不提阶级斗争，二不讲马列主义，大放'唯生产力论'的厥词，不由分说，就把老人架到县里游了街。"

"后来呢？老人身体没受……"我忙问。

"你放心。群众的眼睛是亮的。没游了一半，公社、大队的人赶去，把老高保护回山了。"

想不到为了整我，竟使这样一位老同志受到折磨，我心里真难过。我心头的恨到哪儿去说？

我们沿着坝基走去。这座未来的大坝选择在两山之间。山坡上已经搭起了不少临时建筑。混凝土搅拌机发出隆隆的响声，铁工厂冒出电焊的火花。腊梅忽然站住了，指着对面的山谷说：

"你还记得这个地方吗？"

我顺着她手指的方向看去，只见一股细细的泉水从山上缓缓地流下来。啊！这个地方，我怎能忘记！

腊梅盯住那个地方，叹了口气，笑了笑说：

"三十年前，就在那里，我第一次听你说，将来胜利了，可以在这里修水库。想不到过了三十年才动工。"

"而且是在这种情况下，在'有罪'的情况下……"我说不下去了。逝去的幻想和现实的危难充塞在我胸中，我的心像要爆炸了。

"什么情况下都要干，这才叫干革命！"她似乎在鼓励自己，又似乎在说给我听。"为什么革命有罪，而且是罪该万死呢？"

这正是我当时也在想，而又没有找到答案的问题。仅仅是顾向文这样一些人的干扰吗？他们怎么会有这么大的能量，这么大的势力？

"不把这个水库建成，我是死不瞑目。老李，我一手写检查，一手建水库，拼命也要干完它。到时候你来剪彩吧！"她两眼望着我，语气坚决，充满了一种不屈不挠的劲头。她没有变，还是三十年前那个女战士。

这天，我要赶回省里，不能在工地上久留。临上车前，我和工程队的同志们一一握手。最后，我和腊梅握手，我感到这只手掌又粗又硬，很不像一个女同志的手。

车开了，人们笑着向我挥手告别。腊梅也举起手来……

我点上一支烟，轻烟在车厢里飘散。那只粗硬的手在我眼前晃动，使我心如潮水，翻腾不已。我好像又看见三十多年前腊梅那双红肿的手。我的思想像跑马似的，不能自已……

十六

四届人大的召开，给人民带来了希望。一九七五年开始整顿，讲安定团结，我们感到精神上得到很大的解放，群众的干劲也起来了。各方面的工作都稍稍有了起色。可是，好景不长，开始了所谓的"反击右倾翻案风"，又一场巨大的灾难降临了。

在我们省里，站在这个运动前列的，还是顾向文之流。他们攻击的目标还是我们这些老干部。他们抓的把柄还是那些事，只不过罗织的罪名更吓人了。对于我，他们紧紧抓住泉县水库不放，把这个水库说成是"还乡团"的代表作，是"走资派还在走"的铁证。这些胡言乱语现在看来简直是荒唐到极点，但在当时，他们说这是根据毛主席关于党内走资派的论述提出来的。而毛主席的指示，我们从来是坚决照办的。尽管有些问题，我们思想不通，也习惯于检查自己思想上的不足。于是，我们又开始写为什么重犯走资派错误的检讨。腊梅又一次受到很严酷的围攻。

这回，顾向文亲自出马，勒令水库停工。老汪被从医院里拖了出来，说他是躲在医院的走资派。后来，老汪告诉我，顾向文一到水库，马上召开常委会，在会上破口大骂：

"你们这个水库是什么？是李梦雨坟前头的碑嘛！水库建成，红旗落地！我们不能再让走资派牵着鼻子走！这样的工程必须马上停下来！必须先把路线是非搞清楚！"

会上谁都不吭声。顾向文又恶毒地说：

"韩腊梅同志，你放心，我不是冲你来的。只要你跟李梦雨划清界限，反戈一击，我们会给你出路的。你为什么死保李梦雨？当然啰，你们过去的关系我也知道。咳，你想想，他对你还有什么感情，他害得你守了三十年活寡！"

一听这话，腊梅气得浑身发抖，叫了一声：

"你闭嘴！"

"好，你忌讳这个，咱们就不谈这个。你总该为自己今后想想吧！你心脏有病，你肝硬化了，你的关节炎也很严重了，你还能活几年？只要你态度鲜明，我负责，送你去疗养。你要工作，也可以，安排在省委也可以嘛！"

"我哪儿都不去。"腊梅说，"我的岗位在工地。我有错误我可以检查。但修水库本身没有错，任何人没有理由让水库停工。"

这次常委会之后，顾向文使出造谣惑众的惯技，诬蔑腊梅"恶毒攻击江青同志"，凭空制造了一个"泉县水库反革命案件"，在省城刷了满街的大标语：

"泉县水库反革命案件必须彻底追查！"

"揪出正在走的走资派韩腊梅！"

"揪出泉县水库反革命案件的幕后操纵者李梦雨！"

这事情闹得满城风雨，丽华坐卧不宁，但又避免和我谈起。我也不想说。有一天，丽华从街上匆匆回来，把手提包往椅子上一甩，嘴唇发白，气喘吁吁地在屋里走来走去。那些日子，大家情绪都不好，家庭也没有什么高兴的事。我只好装作没有看见她的激动，希望她这一阵过去后，自己平静下来。可是，她大概是内心已经斗争很久了，最后还是坚决地站在我面前开口了：

"老李，这回怎么办？"

"什么怎么办？"

"韩腊梅的事情闹大了！眼看烧到你身上了！"

"让他们烧吧！水里火里一样死！"

"老李，你还看不出来吗？这回来势有多猛！你要是再倒一次，我们这个家怎么办？你就是不替自己想，不替我想，也要替孩子们想想。我们这个家再经不起大风大浪了！"

我只得说：

"这种事，你不要管，你也管不了！"

她颓然坐下，两眼直愣愣地望着我，自言自语地说：

"可怕，太可怕了！我不管？我不管不行！"

我心想：你怎么管呢？不过说说而已，我也没在意。可我万万没有料到，丽华竟瞒着我去找了一趟腊梅。她们这次见面的情景是丽华后来告诉我的。丽华每每叹息说，这是她一生中做的最后悔的一件事。

——那是一个异常寒冷的早上，丽华穿上棉袄、棉裤、棉胶鞋，一大早就出了门。她搭上长途汽车，又走了十来里路，找到了泉县水库工地指挥部。

见到腊梅，丽华克服了自己的慌乱，面带笑容，强自镇静地自我介绍起来："韩大姐，我，我是师丽华。"

"啊！"腊梅深感吃惊的样子，下意识地往后微微一退，立刻又伸手拉过一张凳子，示意客人坐下，然后，她背转身拿起暖瓶，慢慢地为客人倒水。等她把水放在那唯一的桌子上，她自己也坐下来时，她的脸色是平静的。

"韩大姐，我一直想来看看你，因为身体不好，家里事情又多，一直没有来成。"

"你找我，有什么事吧？"腊梅沉着地问，但她手上的铅笔在颤动，她不知道出了什么事。

"是啊！我遇到了一件十分难办的事，本来是不应该来麻烦你的。可是，考虑了很久，没有别的办法，只得来找你。"丽华的眼圈红了，她觉得话不好出口，但又觉得非说不可。

"有什么事，你尽管说。"

丽华停住了。小屋里静得没有任何声音。丽华感到十分为难，她在选择词句，腊梅则耐心地等着。终于，丽华说："韩大姐！现在的形势，你比我看得清楚。像老李这样的老干部，虽然恢复了工作，但困难很多。一不小心，就有跌下去的可能。"

说完，她观察着腊梅的脸色，但是，从那张显然睡眠不足、略带浮肿的脸上什么也看不出来，只感到她是疲倦的、憔悴的，好像一个跑了长路的人那么筋疲力尽的样子。

话已经开了头，丽华不顾一切地说下去："可能你也听说了，顾向文把水库的事在省里闹得满城风雨，这还不说，因为老李分管农林水利，还硬逼着他对你的问题表态。你想，他怎么办？这分明是借题发挥，不但整你，主要是整他啊！"

"可能是这样。"

"韩大姐！我听说你身体很不好，为什么你一定要在这里拼命呢？我看，不如退一步吧！"

听到这句话，腊梅看了丽华一眼，那样责怪的一眼啊！丽华说，她至今还记得那一眼。当时，腊梅就完全明白丽华此来的意思了。

"怎么个退法？"

"养病或者要求调动工作都行，离开这个是非之地。韩大姐，你不要误会我的意思，我也是为你着想。"

腊梅站了起来，她似乎要喊了出来，但她又稳稳地坐了回去。只有她那失血的脸显得更加蜡黄，她沉重地说：

"师丽华同志！目前的问题不在我个人身上，他们是要搞垮我们的工程。修这个水库，是泉县人民几十年的心愿，并没有半点错处。现在，工程已经到了最后阶段，在这种时候退，就是对工程不负责任，是犯罪啊！"

"我知道，你会这样说的。"丽华声音低了下来，头也低了下来，但她还是固执地说了下去，"可是，这关系到老李的命运呀！他已经被打倒了一次，再经不起第二次被打倒了。我和孩子们也再经不起这样的打击了。韩大姐！你可以不替我和孩子着想，你总该替老李想一想。他和你，过去毕竟是……"她哭起来，说不下去了。

腊梅没有想到丽华居然会说出这样的话来，一时百感交集，竟不知说什么好。她站起来，朝丽华坐的地方走了两步，又停下，声音有些颤抖地说："师丽华同志，冷静一些吧！老李怎么表态，他自己会考虑的，不是我能够替他着想的事情。而且，在我的一生中，我还从来没有为了自己，或者为了自己的……"她望了抽泣的丽华一眼，把冒到嘴边的"爱人"两个字咽了下去，"出卖原则。"

……

事后，当丽华给我讲到这里，就失声痛哭起来。她骂自己自私，骂自己残酷。总之，她把许多罪名加在自己头上。然而，这并不能减轻她的内疚。她曾经希望能有机会再见到腊梅，我也以为我总有机会再同腊梅见面。谁料到，我再见到腊梅时，她已处在生命垂危之中。

十七

那是一九七六年七月间，"反击右倾翻案风"正处于高潮，全省抗洪斗争也处在最紧张的关头。我们一面检讨，一面组织抗洪斗争。

泉县县委报告：新建的百鸟山水库险情最严重。这座大坝刚刚合龙，就遭到两次洪峰袭击。现在水位急剧上升，早已超过设计的库容量。如果再有洪水下来，很可能把大坝冲垮，造成不可想象的灾害。

当时，我是省抗洪指挥部的总指挥。我向省委汇报了险情，并提出了排险的措施：要求县委和驻军，动员人力加高坝身，做好第三次洪峰袭来的准备。同时，为了以防万一，选定了郭家庄作为分洪口，因为那里地势低洼。省委同意了这个方案。

　　七月十七日傍晚，大雨滂沱。我正在郭家庄部署疏散工作。泉县县委来电话说，第三次洪峰下来了，情况危急。

　　"我们这里有两种意见。"县委汇报说，"多数同志的意见，为了确保大坝安全，请指挥部考虑提前在郭家庄分洪。韩腊梅同志认为还不到这个时候……"

　　韩腊梅？我问道：

　　"她的意见怎么办？"

　　"她认为可以继续加高坝身，不到万不得已，不能让郭家庄的老乡蒙受损失。"

　　我撂下电话，嘱咐大队把人力组织起来，尽快将生产资料和社员生活用品转移到安全地带，做好分洪准备，随后坐上吉普车，在瓢泼大雨中赶往泉县水库。

　　雨哗哗地下个不停。豆大的雨点砸在车篷上，啪、啪的像敌人的子弹。隆隆的雷声不断，闪电一次接着一次。青色的闪电，划破长空，好像要把天空撕裂一般。雨越下越大，人民的生命财产在受到威胁，水火不容情啊！司机和我的心情一样，他开足马力前进，我们的吉普车在雷鸣闪电中狂驰。

　　车子开到工地，陷在泥潭里不能走了。我跳下车，只见工地上黑黝黝的，人如海潮。天地茫茫，看不清人们的脸，只见无数晃动跳跃着的身影，有的扛着沉重的麻包，有的扛着木桩，有的抬着石块，朝大坝上冲去。没有号令，没有鼓动。雨声就是号令，雷声就是警钟！这里完全像战场一样！

　　大雨很快就把我的雨衣浇透了。我抹了一把脸上的雨水，朝指挥部跑去。工棚里正在召开紧急会议。我推门进去时，腊梅正在发言：

　　"大坝要保，下游七个县要保，郭家庄也要保。"

她身上全湿了。雨衣帽子撩在脑后，一头湿淋淋的头发。雨衣敞开着，雨水正顺着她两鬓的白发滴在胸前的布衫上。她站的地方是一圈水。她两眼红肿，放射着一种炯炯的火光，站在那里，神情英勇，语句果断，完全是一个久经疆场、无所畏惧的指挥员。

"要能保住，当然很好。现在的问题是眼看大坝保不住了。韩大姐，快分洪吧！"站在她身旁一位瘦瘦的男同志，焦急地说。

县委书记看见我进去，忙叫道：

"李书记来了！请李书记下决心吧！"

我听取了两种不同意见的简短汇报，讲了省里排险的措施。腊梅说：

"省委的排险方案是很全面的，我完全拥护。现在的情况是，大坝经受住了两次洪峰，证明它经得起考验，坝上有三千民工和解放军战士正在奋力加固，完全有可能战胜第三次洪峰。因此，我还是认为，不到万不得已，不要分洪。"

"这太冒风险了。"那个男同志担心地说。

腊梅的意见，确实是要冒很大风险的。但是，她的考虑是全面的，她的分析是有说服力的。我想了想，站起来说：

"郭家庄已经做了准备，必要的时候，通知他们还来得及。现在我们一面集中全力加固坝身，一面严密监视水位。"

会议又重新部署了力量。之后，我们和全体指挥部成员一起来到大坝，参加抗洪抢险。

天上泼下来的雨水，山上倒下来的洪水，溢洪道排出的流水，合在一起发出滔滔的吼声。大坝上，人群奔跑，斗志昂扬，分不清男女，辨不清军民，共同的危难和高度的责任心把人们团结得像一个人。只听得人声沸腾，和水声混合，犹如有千军万马一般。

我和大家一样，抓起麻袋，扛着它在大坝上奔跑，忘记了自己的年岁，忘记了麻袋的重量，忘记了脚下的泥泞。心里只有一个念头：快把大坝加固，保住大坝，保住下游，保住郭家庄！

"西边，往西边运麻袋！"我听见雨中传来腊梅高亢嘶哑的喊声。

人们扛着麻袋拥到大坝西头……

经过两小时奋战，雨停了，洪水的势头也小了。这水像一头发过威风的猛兽，还在咆哮不停。空中还不时响起一阵阵沉闷的雷声，闪电似乎已经躲了起来。人们松了一口气，第三次洪峰被战胜了。

就在这时，忽然听见有人喊：

"快来人啊！韩大姐晕倒了！"

我和人们一起赶过去时，只见腊梅躺在坝上，一个年轻的姑娘跪在她身旁，轻轻地用毛巾擦着她脸上的泥水。一个背着药箱的年轻人飞跑过来，他试图把她扶起来。可是她呻吟了起来：

"不，不要动我！"

我走近她，蹲下身，握住她的手，问：

"腊梅，你感到怎么样？"

她微微睁开眼，还勉强笑了笑，说：

"我……我，不要紧。"

她无力地垂下头去，嘴角流出了鲜血！

那个跪在她身旁的姑娘，带着哭声问：

"韩大姐！您哪儿疼呀？"

"不……"

腊梅想说不疼，可她咬了咬嘴唇，鲜血又顺着嘴角流了出来。那姑娘扶住她的肩膀不住轻轻地叫"韩大姐"，我掏出手绢来给她擦腮边的血。刚擦完，血又殷殷地流了出来。我的心颤抖得很厉害，我感到自己的手不听使唤了。

医生在我耳边急促地、小声地说：

"是大出血，要赶快送医院抢救！"

工地的救护车开来了。

县委书记大声嚷着，让挤在四周的工人散开，让出一条路来。

"腊梅，抬你到车上吧！"我轻声说。

"……"她睁开眼，嘴唇动了动。

"保住了！韩大姐！"那个瘦瘦的和她争论过的同志，哽咽着，弯下腰来答道。

"我们胜利了！"我觉得只有这话能安慰她。

她笑了。

救护车开到面前，一个民工小心地、轻轻地将她抱起，我们几个人围在前后托着，慢慢地把她抬上了车。她好像已经失去了知觉，闭着眼，一声也不哼。救护车急急地朝工地医院开去。

我什么话也说不出来！一个闪念从思想深处飞了来：那一次，也是我和同志们把受伤的腊梅背到这里，这个山，这个泉，啊！此情此景哪！……事隔三十年，同样的一幕出现在我眼前。那时同志们关切的眼神和今天同志们关切的眼神混合在一起。那一次，她活过来了。这一次，她也会活过来的。

经医生检查，说引起大出血的原因很复杂，因为她患有多种疾病，体质衰弱，劳累过度。腊梅身体不好，这我是知道的。二十年后我第一次见到她是在医院。她在狱中受到的种种折磨会在她身上留下隐患，这我也是想到的。可是，说来奇怪，在疗养院的两次见面，以及在工地见到她时，我都没有问过她的身体状况。现在想来，这并不是我的疏忽，而恰恰是腊梅有一种可贵的素质。你和她在一起的时候，总是感到她身上充满了活力，使你忘却了人间还有疾病的痛苦。

"需要立即抢救!"医生在下着命令。我听不明白他们说些什么,只觉得心里空空的。我守护在她的床边,望着忙碌的医生、护士,不知道他们在干什么。

"老李!"腊梅吃力地喊了我一声。到现在我还不明白,她始终闭着眼睛,怎么会看得见我在她身边寸步不曾离开。

"腊梅!你好一点了吧?"我握住她的手问。

只听她喃喃地说:

"你,回大坝……去,大坝……"

我明知,她是对的。大坝的险情并没有完全解除。我的岗位在大坝上。可是,我怎么能丢下垂危的腊梅!

"你替我……去……坝上,我,不要紧。"

腊梅呼吸已经很困难了。医生禁止我跟她说话。两个护士过来,推着她的床送往手术室。我在床边送着,边走边说:

"你放心!"

我叮嘱医生全力抢救,又回到大坝去指挥。第二天凌晨,我打电话到医院去询问抢救的情况。医生说她仍然昏迷不醒。下午三时,医院通知我腊梅病危,我赶紧到医院去。

雨已经停了,挂着红十字的工地医院门前,围着很多民工,有的低着头,有的流着泪,周围异样地安静。我急忙走进简陋的病房,一种医院里特有的药味扑面冲来,我只觉得这屋里一片白。白墙、白柜子、无数白的玻璃瓶,一个护士背朝着门,站在病床边,她也是穿着一身的白。我先看见白色的床单,走过去,才看见躺在白色枕头上的腊梅。她的脸色也是惨白惨白的,和这屋子、这枕头一个颜色。

"她刚才叫您,现在好像睡着了,暂时不要紧。您在这儿坐一会儿。"护士轻声告诉我,我下意识地点点头,她走了出去。

我在她床边坐下,端详着她的脸。她的轮廓还是那样清秀。长长的睫毛覆盖着眼皮,在苍白的脸上,画出两道浓黑的线条。她出血过多,脸色白得透明,像蜡一样。连白发好像也在一夜之间增多了。只在她的唇边还留下鲜红的血迹。我望着她安详的容颜,望着这鲜红的血迹,想起她一生的战斗和遭遇,禁不住流下泪来。她那苍白的脸上的血迹在我眼前变幻成雪地里的红梅。忽然,我看见腊梅身子动了动。

"水!"她呻吟着。

我忙用茶匙喂了她两口水。她微微睁开眼,认出是我,说:

"老李,你来了……"

那声音好像从很远的地方传来,十分微弱。

"老李,这一次,我不行了。"她望着我,神志清楚地说,"你还记得吗?那一次,我负了伤,你和同志们把我……背到山上……"

我弯下腰,俯视着她,说道:

"腊梅!我说过,你像铁打的一样,会活过来的,这回也一样!"

我急急地说,强把涌上的泪水压下去,好像我这几句话就能把她救活似的。

她的头在枕头上摇了一下,喘了一阵,又说:

"不,我知道不行了。你记得吗?那次也是在这个山上,那儿……"她把一只胳膊从被子里伸出来,想抬起来用手指那个地方,可是已经抬不起来了。她的胳膊无力地垂在被子上。"那泉水真好啊!我说,胜利了,我要去修……现在,修成了水库……多……好啊!……"

她又微微地笑了,闭上了眼睛。我看她说话清晰,心里燃起了希望。也许,她不至于……

忽然，她睁开了眼睛。那眼神非常明亮，闪烁着一种异样的光彩，她甚至想坐起来。我把她的枕头垫高了一点。她一直注视着我，忽然很有精神的样子，说话了：

"老李！我现在可以，告诉你了。五四年，我打听到你的下落，心里真高兴啊！那天晚上，在小关屯，我住在周大娘家。她说，你半个月以前去过。我想，总算找到了啊！那天，我想起我们两人第一次见面，你举着枪说：她是我们的人了……"

她微笑着，眼角上涌出了泪水，顺着鬓角的白发滴在枕头上。

她的话使我说不出地难过。我忍住心中的剧痛，竭力不使自己的泪水流出来。

"腊梅！你会好起来的！"除了这一句话，我别的什么也说不出来，我的心已经碎了。

她摇了摇头，深深喘了一口气，挣扎似的又睁开眼，说：

"我，有点累……我不行了……"她的声音小了下去，过了一会儿，她的头歪过来，又强睁开眼，断断续续地说，"老李，你要保重啊……我真没有想到……最后，你能在我身边。是啊……我走上革命的时候，和你在一起。我死的时候，你在我身边，我心里……"

我握住她的手，喉咙被热泪卡住。泪雾中，我见她紧闭了眼睛，脸上显出古怪的笑容，我感到她的手慢慢地变凉了。

"腊梅！"我绝望地喊了起来。

这喊声是什么样子的，我自己不知道。我只看见随着我这一声喊，冲进来许多穿白衣服的人。医生、护士都跑来抢救。可是不行了！

我本来以为腊梅会死得很安静。她为党、为人民贡献了自己的一生。她把全部的精力，做了她所能做的一切。她的一生洁白无瑕。她三十多年来梦寐以求的水库建成了,她的山妮成长了,临终时我又守在她身旁。可是,在她生命的最后一刻,我从她眼里看到一种难以形容的忧虑、痛苦和隐隐的愤慨。这使我想起那次拉板车时她的眼神。她用这样的目光望望四周,嘴唇动了动,没有喊出声来。她倒在了我的手臂上。

我把她放好在床上,简直不忍心向她的遗容告别。

"韩大姐!你不能死呀!"一个姑娘凄厉地喊着,扑上去,哭叫起来!

这时,一个护士挨近我,轻轻叫了我一声,把几张折着的纸递到我手里,含悲欲泣地小声说:

"梦雨同志,这是韩大姐的遗物。在她衣服口袋里找到的。"

我打开来一看,是几张白纸,只在第一页上有几个模模糊糊的字。我擦了擦眼睛,仔细一看,那上面用清秀的笔迹写着:

我为什么犯走资派错误

望着这一行标题,我呆住了。一个共产党员战斗了一生,留下来的遗物,竟是一份没有写出来的检查。这公平吗?顷刻间,这几张纸被我的泪水浸湿透了。

我朝门外走去,好像瞎子一样,什么也看不见,每走一步,都要用很大的力气。我没有眼泪了,我的心僵硬了,我的腿好像不是自己的,抬都抬不起来了。我走出医院的大门,只见黑压压的一片人。我的出现,使工人们预感到不祥,他们谁也没有走近我,我只听见一片呜呜的哭声。我无目的地朝前走去,腊梅那双忧虑的眼睛总在我面前。

雨过天晴,彩虹四射。夕阳好似用鲜血染成的,凝固在天边。

经过水洗的高山，更显得郁郁葱葱。我默默地走上水库大坝，茫然地凝视着山光水色。三十年前她曾经俯身饮水的山坳，二十年前我曾经追寻她足迹的地方，如今全都隐没在绿色的昏暗的湖水之中了。

十八

李梦雨同志讲完这个故事，天已经大亮了。

炉火还在熊熊地燃烧着，它的光环慢慢地变得微弱了。雪后晴空，晨光照射进来，满屋都给太阳照得金灿灿的。李副书记还沉浸在自己的回忆里，两眼仍然凝视着火光，一动不动。

"我不知道是不是已经把想说的都说清楚了。"李梦雨同志沉思地说，"这不是一个普通的悲欢离合的故事。腊梅的一生，给了我很深刻的启示，对于我们这个社会，也是一个很深刻的剖析。"

我望着摊开的笔记本，那上面一个字也没有。然而，韩腊梅同志的英姿情影，却深深地记在了我的心里。我忘了时间，也忘了李副书记是个忙人，直到他看看表，站起来说：

"就谈到这里吧。"

这时我才想起还有许多事情要向李梦雨同志问个明白。我问：

"粉碎'四人帮'以后，给韩腊梅同志平反了吗？"

李梦雨同志摇摇头，轻轻地吁了一口气说：

"她没有昭雪，也没有平反……"

"为什么？"

"我说不上为什么。也许，是因为她没有死在'四人帮'的监狱里，而是死在战斗的岗位上；也许，是因为像她这样含冤死去的同志太多了；也许，是因为没有这个必要了。她在人们的心中，从来就是一个好同志。"

"那位夏一雪同志，现在在哪里？"我又问。

"老夏啊，他已经平了反，回南方了。用他的话说，又回他那个省'拉套'去了。"

"他的那些花儿呢？"

"哎呀，就是不能跟你们这些搞创作的打交道，你们真能刨根问到底哟！"李梦雨同志笑了起来，开着玩笑，又答道，"他的花儿赠给我们园林局了。"

"顾向文呢？"我接着又问。

"我没讲吗？啊，他是个叛徒。一九四三年出卖泉县党组织的就是他。他的罪行，正在清查。"

"师丽华同志，她，她现在身体好了吗？"我想，反正已经被扣上"刨根问底"的"罪名"了，索性问到底。

李梦雨同志斜视了我一眼，笑了笑，坐下来，反问道：

"你想提的大概不是这么一个问题吧？"李梦雨同志又笑了笑，还是回答了我的问题，"她现在身体比过去好一些，有时候也请病假。"

"您的几个孩子呢？"

"玲玲上了大学，李华参了军。小丽还在念中学。"

说完，他站了起来，搓了搓双手，看着我的笔记本，眯起眼笑道：

"你看，我什么都讲了，我真后悔讲得太多了。你可别瞎往小说里写啊！"

我们都笑了。

这时，屋子外边传来一个响亮的声音，叫着：

"爸爸！您这就走吗？"

"山妮！来！我给你介绍介绍。"

我特别注意看她。山妮果然如李梦雨同志讲的那个样子，长圆脸儿，大眼睛，高高的个子，只是没有辫子了，留着一头乌黑的短发，看样子不到三十岁。其实我在公社早就见过她，只不知道她是李梦雨同志的女儿。

"我现在真该走了。"李梦雨同志披上大衣。

我们一起走出窑洞。山妮跑到院里喊：

"爷爷！我爸爸要走了！"

原来，这间屋子的主人就是山妮的爷爷、救过腊梅同志的采药老人。听到喊声，一个身材高大、有点驼背的老人走了出来。他留着齐胸的白胡子，容颜是那么慈祥。他拉着李梦雨同志的胳膊，含笑叮咛：

"老李，工作多，别累着。有工夫来啊！"

走出门外，太阳照在雪山上，反射出耀眼的金光。在这洁白的世界上，一株鲜艳的腊梅正在雪中盛开。李梦雨同志走上一步，默默地抬头望着那傲雪的寒梅。我听见他轻声地说：

"春天就要到了。"

他眼里闪烁着希望之光，神情是严峻的。我感觉到，在他心里，春天早已来到，或者说，在他心里，永远充满了春天一般的活力。这大概就是梦雨同志曾经讲述的腊梅同志那特有的素质吧！这种素质感染了我，使我想写，想把我感受到的一切都告诉我的读者……

太子村的秘密

一　一封匿名信

敬爱的县委诸位领导同志：

现而今形势一片大好，越来越好。万人恨的"白骨精"，还有那仨"狗头军师"全揪出来了，人人心头痛快，个个干劲冲天。欢呼党中央英明无比，欢呼毛主席革命路线伟大胜利。从前有话不敢说，怕抓去专政。公社专政队动不动拿大皮带抽人。社员都拉家带口的，谁敢哪！现今县委来了新领导冯书记，我浑身充满了力量。我们第二次翻了身，下决心帮助领导把工作做好。俗话说，耳勺子不大，还能解点痒痒呢！故而我大胆呈上这封信，请领导多多指教批评。

我在百忙中写该信不为别事，只因太子村支部书记李万举一贯阳奉阴违，两面三刀，不服从上级，不老实。他胆敢欺骗公社、欺骗县委、欺骗党中央、欺骗我县广大群众，情节十分严重。上个月，县委召集的三干会，又树太子村为深揭狠批"四人帮"的先进典型，还说他们"甩开膀子大干社会主义"，红旗又归了他们村。李万

245

举自个儿在会上还大言不惭，介绍他们村"三联系、三对比"的先进经验。有这么回事儿吗？别自个儿往脸上贴金了，这完全是欺骗大伙儿。是可忍孰不可忍！

李万举其人，别人不知，我很了解。他的根底儿瞒不过我。他有个初中上下的文化，长得尖嘴猴腮儿，小个儿，小眼睛，还留两撇小胡子。这人心眼儿是不缺，嘴头子也跟得上，会来事儿，能看出眉高眼低的，逢人面带三分笑，在村里他有人缘儿。您要上他们村一打听，保准大人孩子皆说他好。这李万举心眼儿活、点子多，一套又一套的。见什么人说什么话，刮什么风下什么雨，地球翻个个儿他都不带晃您的。方圆十里八村，谁不知道太子村的"代代红""不倒翁"！说他是风派人物，没错！

冯书记，他在咱们县介绍经验可不是一回两回了，那是家常便饭，隔长不短地来一回。闹红卫兵那阵，他就介绍过"支持革命小将大串联"的经验。那会儿，红卫兵谁惹得起！一个个阎王小鬼儿一般，哪个村不是叫他们革命革得稀里哗啦的？我们村一晚上就打死了仨！唯独他们村，李万举诡计多端，会巴结。他叫人在村口烧两口大锅，又供应开水又蒸大白馒头，还弄了一帮子学生摇着红绿小旗儿喊欢迎口号，哄得小红卫兵感动得直抹眼泪儿。到夜里给小将们烧热炕，好吃好喝好待承。那些半大孩子，还不好蒙！临了没一个说他不好的！一拨一拨的红卫兵，打他们村西头进去，村东头出来，规规矩矩连根柴火棍儿都没动他们。地富也跟着沾了光，别的村打死了地富没人敢埋，太子村的地富个个活得挺结实。要不，他们村阶级敌人都拥护他？您说，这路线正吗？

这事儿且不说它，都过去的了。咱们得向前看不是？单说批×（指我们敬爱的邓副主席），那可是前年的事。那会儿他们村批×可积极啦！他们村猪场前头有两块齐房顶高的批判专栏。嘿，那上头画得可热闹啦！批林批孔，画的孔老二倒骑毛驴。批×，那上头画猫。黑的、白的、花的，也别说，画得还真活，只差不会叫唤啦！跟着不就粉碎"四人帮"了吗，您猜怎么着？他们拿浆子一刷，猫儿全不见了，又画了一出戏，孙悟空三打白骨精，批开"四人帮"啦！您说，变得够多快！

冯书记上台伊始，听说也表了态，在大会上表扬太子村抓革命，促了生产。怎么着我也想不明白，太子村的生产怎么就那么好促？批林批孔，它促了生产。批×，它又促了生产。批"四人帮"，它还促了生产。咱们县，二十多个公社，几百个大队，回回都跟着批了，一回没落下，咋促不上生产去？偏是太子村运气好，赶上一回是一回！冯书记同志，恕小民直言，您上当受骗了，上了李万举的当。他们村见不得人的事多着呢，都不往外传。您新来乍到，不了解情况，这也不怨您，县委其他个别人，是李万举的后台。没后台，他也没这么得势！没这么大胆子！我这是反映秘密情况，望您多多保密，请包涵！

最后，请县委领导同志们听我言。我文化低，觉悟低，肚里早年喝的墨水早顺着脖子流庄稼地当肥使了。写得对与不对，您有则改之，无则加勉吧！不瞒您说，我这人胆小。别看县委大门开着，门口也没站岗的了，我可还是不敢往里迈。咱不是那上访的主儿，干不了那事。可又日思夜想，这事关系咱们全县。党中央教导我们反对说假话、说大话、说空话。我虽是一小草民，能看着李万举如此情况而不反映吗？我不要求别的，只请县委派信得过的干部下来调查，把太子村真相揭出来，在太阳光下照照，看它是红是黑。是红的，我服他。要是黑的，上级秉公处理。

以上说过，由于我胆小怕事，故此不敢署以真名实姓。倒不是怕公安局来查，我是不愿得罪李万举，我跟他没冤没仇，他也没把我们家孩子扔井里，我犯不上跟他结这仇。我去供销社卖了俩鸡蛋买邮票，家里盐罐空着我都没管。说实在的，我这是一心为公，绝无半点私心！

敬祝

领导身体健康！"四化"早日实现！

一社员

一九七八．八．二

二　冯书记的批示

县委书记冯振民把这封匿名信看了两遍，点上一支烟，往藤椅上一靠，深深地吸了一口，又呼地吐出一缕轻烟。烟雾中，他那黝黑的四方脸是冷冷的，短而黑的眉毛皱在一起，胡子好几天没刮，黑白相间的胡楂子更使他显得苍老、疲倦。

冯振民来到这清明县接任县委书记，还不到半年。到任那天，正是谷雨。作为多年的老书记，他深知不违农时是农村工作的第一要事。"千重要，万重要，适时播种最重要。"冯振民一头扎到春耕春种中去，直到打完这一仗，才回到县城住下来。

领导农业生产，对冯振民来说，不算什么为难之事。他从小就和土疙瘩打交道，解放以后又长期在农村工作，领导春种秋收、夏锄冬管这一套，可说是驾轻就熟的了。叫他作难的是，经过"文化大革命"，从县委到公社到大队，这上上下下的班子里，谁是谁非，孰优孰劣，众说纷纭，莫衷一是。而作为全县的一名首脑人物，对自己的将士没有真切的了解，又怎能指挥若定呢?

清明县委在"文化大革命"中被指责为"黑省委的分销店"，早被砸烂了。当时的县委书记被戴上"叛徒"的帽子，冤死在牢房。二把手因"恶攻"罪直至粉碎"四人帮"以后才得平反。六八年成立"新生的革命委员会"时，奉命结合一位革命领导干部，找来找去，全县竟找不出一个"革命的"领导干部来。后来说是"从床底下拉出个黎元洪来也好"，于是，就把原县委委员、县委办公室主任齐悦斋拉了出来，让他进了"三结合"的领导班子。这就是现在的齐副书记。

齐副书记当过长期的县委办公室主任，办事十分周到，他为冯书记的上任和下乡，作了恰当的安排。两人的工作关系，可以说是最密切的了。然而，几个月的时间过去，就连齐悦斋这个人，冯振民也没有摸透。

齐悦斋这人白净脸，瘦长条，看上去文绉绉的。有人说他有学问，有人说他没本事。说他有学问的人，根据是他念过二年人民大学，专学农业经济。这样的学历，在全国的县委书记里，可算得凤毛麟角，学问还能不大!说他没本事的人，根据是他优柔寡断、胆小怕事，从来没有痛痛快快地拍过一次板，作过一次决断。

结合进"红色政权"之后，齐悦斋扮演了一个什么角色，也有多种说法。有人说他不过是个"摆设"，光会跟着喊口号、背语录，好作用没起，坏作用也数不上。可又有人说，别看齐悦斋蔫乎乎的，那些年幕后操纵清明县的还是他。其根据是：那些年的一把手，不是军代表，就是造反出来的"愣头青""小辫书记"。军代表不熟悉地方工作，没有多少发言权；"愣头青""小辫书记"只会唱高调、搞批斗，啥也不懂。真正主持工作大拿的，还是齐悦斋。

这样那样的说法，把冯振民也搞糊涂了。不过，自从到任以来，同这位副书记接触了几次，冯振民自己得出一个印象：齐悦斋思想包袱背得很重。他几次想找齐悦斋推心置腹地谈一谈，可是难啊！跟齐悦斋谈话总好像隔着一堵墙，他不是躲躲闪闪，就是言不由衷。

冯振民把身子从椅背上抬起来，眼睛不由得又瞟到那封躺在桌边的信上，里边提到"黑后台"，这显然是有所指的。莫非就是指的齐悦斋？至少这封信告的人，可能跟他有点关系？

上月开三干会之前，在准备典型材料的时候，确实是齐悦斋把太子村揭批"四人帮"的经验推荐上来的。但是，决定让李万举在大会上发言，却是自己的主意。这封信居然说冯书记上当受骗！上了他的什么当？受了他的什么骗呢？

说来，冯振民是一位经验非常丰富的老县委书记了。他虽然满面皱纹，头发花白，背也有点驼，实际上年龄只有五十五岁。他积多年农村工作之经验，很善于识别干部。三干会期间，他走进一个小组，正巧听到李万举在发言。他那套"三联系、三对比"的政治套话倒没有哄了冯振民。这种花花草草的顺口溜，多少年来，各级宣传部门和农村基层干部，谁不会编一大车？其实呢，都是气儿吹的枕头，里边啥也没有。

使冯振民由衷赞赏的，是李万举的信心、勇气和那种溢于言表的乐呵呵的劲头。他不像有的干部那样怨气冲天，牢骚满腹；也不像有的干部那样灰心丧气，耷拉着脑袋。在经受了多年的灾难之后，恢复农村经济，多么需要这样乐观的带头人！

冯振民选中了李万举作大会发言，希望他能把这股含笑的春风吹进每个人的心坎，给大家鼓鼓劲儿。谁想，事与愿违，李万举在小组的发言生动活泼，有枝有叶；在大会上的发言却干瘪枯燥，只剩光秃秃的树杈了。希望他讲的，他没讲出来；他讲出来的，恰是冯振民认为并没有多少实际意义的"深揭狠批"的"三字经"。

如果，这只是一个不善于作大会发言的问题，则还罢了。确实有这样的基层干部：让他随便说，他说得头头是道；让他往麦克风前一站，他就没词儿。不过，这李万举不像是那种怯场的支书，信里揭发他是"代代红"，常在台上讲话的。莫非自己真被这位"风派"人物骗了？冯振民咬了咬嘴唇，心中不免感叹：新到一个地方，工作真难！尤其是单枪匹马，情况不明，常常是如坠雾中。好吧，咱就来他个顺藤摸瓜。他拿起圆珠笔来，在匿名信的右上方批了几行字：

悦斋同志：

　　此信请阅。我意可派人下去调查一下。如何？请考虑。

冯振民

一九七八．八．十五

三　齐副书记的心思

其实，齐悦斋早就看过这封匿名信了。八月十日，县委办公室主任邱炳章从信访工作组送来的卷宗里发现了这封不同寻常的来信，当即亲自送到了齐副书记的面前。

251

"这封信很值得研究！"邱炳章脱了帽子，坐在桌子对面搔着头皮，见齐悦斋仔仔细细看完了信，白白的脸上并无特殊的反应，就小心地试探说，"看样子，这信里揭发李万举是个幌子，实质上是……"

齐悦斋端起茶杯，慢慢地揭开杯盖，一股热气冲出来。他刚伸过嘴去要喝，听见这话，睁开浮肿的眼皮，直盯着对方的脸。邱炳章不得不把冒到嘴边的话又咽了回去。

近来，齐副书记心情不好，脾气也有点古怪，常常这样不言不语，不冷不热，越来越像个闷葫芦，叫人难以揣测。邱炳章在县委办公室工作了近二十年，从一般干事升到现在的主任要职，是齐悦斋一手提拔的。机关里的同志说，齐书记心里想些什么，邱主任不说能猜中十分，也能猜中八分。可是，这些日子里，邱炳章越来越觉得齐副书记的心思不那么好猜了。

见齐副书记似乎并没有"噤声"的意思，邱炳章又抓了抓头皮，放低了声音说：

"我看，这信是冲您来的。"

齐悦斋从鼻孔里哼了一声，这才喝了一口茶，嘴角扭动了一下，神情冷漠，未置可否。邱炳章又把身子凑近桌子说：

"李万举算啥？一个大队支书！给他扣什么'代代红'的罪名？文章就在这儿呢！他怎么红的？谁让他红的？谁让他一直红到现在？这是谁的责任？"

齐悦斋两个大眼睛盯着邱炳章胖胖的脸和光光的头，好像听得很认真。邱炳章又伸出拇指指点着信纸说：

"这儿不是点出来了？县委个别领导人是李万举的黑后台。这指谁？就差没点……"邱炳章不往下说了。

齐悦斋瞟了一眼桌上的信纸，好像给刺痛了一般，马上把两眼转向窗外，两片薄嘴唇紧紧闭在一起，脸上仍然没有丝毫的表情。

"更值得注意的，是这封信选择的时机。"邱炳章把身子趴在桌沿上，大脑袋更凑近对方的脸，几乎是耳语似的说，"为什么他早不写，晚不写，偏偏冯书记来了几个月之后，而且是三干会上冯书记总结发言肯定了太子村之后，跳出这么一封信来？别看这信写得半通不通的，照我看，这信才有黑后台呢！这不明摆着给冯书记递话，要他向你、向你动手呀！"

邱炳章是县委办公室的"老"干事，满肚子都是情况：从历史的到现实的，从公开的到隐蔽的，没有他不掌握的。别看他胖乎乎的，有时还爱打瞌睡，可头脑特别清醒，反应尤其灵敏，审时度势，十拿九稳，"文化大革命"中更学会了从报纸上的只言片语嗅出重大的政治风云的变化。说来令人难以置信，连粉碎"四人帮"这样的大事，在中央文件下达到县里之前，他已经从报纸上某些提法的改变，看出了一些迹象，及时发出了警报。事后，有人开玩笑说："党中央一举粉碎了'四人帮'，挽救了革命挽救了党，邱主任一举猜中'四人帮'被粉碎，挽救了县委挽救了齐悦斋。"邱炳章的这一功劳，使他在县委班子里的地位更加巩固，也使他更有信心地去分析本县各种各样的新动向、新形势。

这两年，形势发展变化很快，快得叫人晕头转向，紧跑急追也跟不上。昨天的谬误今天成了真理；昨天的囚徒今天变为英雄；昨天在枕头边都不敢说的话，今天在饭桌上大声嚷嚷还嫌少了个喇叭。邱炳章觉得自己落后了，发言权少了，眼看得在齐副书记跟前的作用也很小了。

齐悦斋也感到，依靠邱炳章去领会中央的方针政策，开展工作，不大灵了。从内心里讲，齐悦斋未尝不想把工作做好，拿出成绩来。粉碎"四人帮"前几年，缺少这样的条件。那时在台上的第一书记是个长期病号，有人说他是"政治病"——一遇政治风向不明，政治气温不正常，他就准住院。也有人说他真有病：冠心病、肺气肿，加上肝硬化。不管真病假病吧，反正他在地区医院一住就是两年半，齐悦斋成了县委的实际负责人。然而，那是怎样一种令人提心吊胆的政治形势啊！处处都是陷阱，一不小心就掉进去爬不上来。他想有所作为，又难有所作为。

一九七六年十月之后，齐悦斋很希望出现一个太平盛世，能安安稳稳地干几年工作。然而，睁眼看看形势，又觉得"上面还有斗争"，万一再反复一次，那可什么都完了。他于是更加小心谨慎，也更加借重于邱炳章的分析能力。可是，善测风云的邱炳章也跟不上趟儿了。他倒是常摆出许多情况，结果像摆出了天门阵，可惜自己比穆桂英差远了，全身披挂，还是难以突出重围。于是，齐悦斋只好借助交通规则"一看、二慢、三通过"，"宁误三分，不抢一秒"，事事跟着走，慢慢来，不求有功，但求无过。

冯振民驾临，并没有减轻齐悦斋的思想负担，反使他心情更加郁闷。他本来瘦弱的身材，变得更"苗条"了。本来文静的面貌，变得更"纤弱"了。机关里的同志常见他眉头不展，缄口不语，整日处于沉思默想之中。

据邱炳章的分析：地委任命冯振民，无疑是一次对县委的改组，甚至是一次"静悄悄的夺权"。齐悦斋嘴上不说，心里也有一种酸溜溜的不被信任感。

思来想去，他暗中做好了接受清查的准备。在台上这些年，又是林彪，又是"四人帮"，都打着"无产阶级司令部"的金字招牌。今天跟着批"大儒"，明天跟着评《水浒》，你不跟，行吗？如今归总结算，叫你有口难言！这两年多，一看见报纸上登的什么揭盖子、捂盖子的文章，他就心惊肉跳，不知啥时轮到自己头上。有时，他也想来个主动。可是，从哪儿主动起呢？

在他看来，这个县里，要找同林彪、"四人帮"有牵连的人，没有一个够得着的。要揭有牵连的事，那首先跑不了自己！谁让自己在台上呢？既在台上，又怎么能不跟着人家的指挥棒转呢？可他摸着胸口问自己，自己确非"四人帮"体系中人，他想巴结还巴结不上呢！至于说了错话，做了错事，谁没有百八十句、十件八件的呢？每当这样一想，他又觉得心里坦然。有时，他还开导絮絮叨叨的邱炳章说："没做亏心事，不怕鬼敲门！"话是这么说，可不知为什么，心里总不踏实，人愈来愈瘦，精神愈来愈提不起来。

他原以为冯振民上任，第一件大事就是抓清查。为此，他把历年的笔记本都准备好了。一声查，他马上可以交出来。然而，出乎他意料，新书记到任之后，心思没用在清查上。设了个清查办公室，也没查到自己头上。冯振民感兴趣的，一是生产，二是落实农村经济政策，三是平反冤假错案。而诸如此类的事件，又都一一征求齐悦斋和其他常委的意见，并不像要"改组"的样子，更没有要把他一脚踢开的意思。这样想时，他很受感动，觉得冯振民像个可以共事之人。相形之下，自己的思想境界确实不高。可又一想，也许是由于他新来乍到，立足未稳，不便先动县委的班子吧！

邱炳章的看法则不同了。他总是劝齐悦斋多留几个心眼儿。明是水处暗藏礁，防备着点儿没错。这位昔日的"县委机关革命群众组织"的代表，如今虽然收敛多了，但仍有不少耳目。只要你愿意听，他总可以提供很多真真假假的"新动态"，叫你觉得不可全信，又不可全不信。那天，当他拿出这封匿名信时，就像拿出一颗定时炸弹似的，更有一种非同小可的神色。

"这封信的文笔也不一般。"邱炳章掂了掂那几张红格信纸，眯着眼，露出一副洞幽察微的笑容，撇了撇嘴说，"您看，半文不白，半新半旧，古词新词都掺和一块儿，分明是一种假象，借此来掩盖写信人的身份。"

"你估计，是谁写的？"齐悦斋觉得这倒是一个实质性的问题，问了一句。他觉得，只要找到了这位匿名信的作者，也就不难搞清他的目的，矛头究竟是冲谁来的。

"我判断，准是个老家伙干的。"邱炳章肯定地说，"念过一点古书，年纪五十上下。熟悉县委内情，也熟悉太子村内情。显然是参加过这次三干会的，最起码是个干部。我看，照这条线查，准能查出来。"

可是，齐悦斋并没有去追查写信人，反而说：

"你把这信交给冯书记处理吧！"

"这，这怎么行？"邱炳章不禁愕然，两个眼睛直愣愣地瞅着这位书记，心想：齐副书记怎么犯糊涂了，这不是授人以柄吗？

齐悦斋只摆了摆手，让邱炳章把信拿走，没有再作任何解释。

现在，这封匿名信和冯振民的批示又转到齐悦斋的手中。他把邱炳章叫了来，笑了笑说：

"照冯书记的指示办。"

邱炳章接过来一看，心中有很多话要说。这指示别看三行半，分明话中有话，怎么能一笑置之？

"齐书记，这，这怎么个调查法啊？"他搔着头皮，十分为难的样子。

"实事求是嘛，到村里走一趟。"齐悦斋不动声色，好像这件事同他毫无关系。

"那，派谁去呢？"

"你去吧。"

"我？"

邱炳章手捧着信纸愣在那儿了。

齐悦斋看也没看他，只顾埋头在一份文件里。等看完最后一页，他才抬起头来，慢条斯理地说：

"炳章，对这信，你不是有很多分析吗？你自己去查一查嘛，唉！"

邱炳章盯着对方的脸，竖起耳朵，捕捉话中每一个字的声调和说话人每一瞬间的表情，好像终于领会到一种话外的深意，不由得点了点头。那大脑袋点得很慢，很有节奏，似乎已深得其中奥妙。

四　座谈会记录

时间：一九七八年八月十九日

地点：太子村大队部

主持人：邱主任

参加人：吴有贵（党支部委员、大队革委会主任）

　　　　萧美凤（团支部书记）

　　　　顾秋实（大田组长、复员军人）

　　　　刘大妈（猪场饲养员、贫农）

　　　　马大爷（场头、贫农）

　　　　张桂莲（副业组社员、贫农）

　　　　鲁二婶（社员、贫农）

记录人：杨德全（大队会计）

邱主任：咱们今天开个座谈会，主要是想听听大家的意见，看看这两年咱们村里的工作搞得怎么样，有什么经验，有什么缺点错误。对县委工作有什么意见，也可以提。粉碎"四人帮"快两年了，中央号召我们发扬民主，听取群众意见。我们这个会，就是发扬民主、听取意见的会，有什么话都可以说。生产搞得好不好呀，生活上有什么困难呀，当然啰，还有揭批查运动搞得好不好呀，都可以提。万举不在，他上公社开会去了。这也没什么关系，背靠背提意见，还可以减少不必要的顾虑。怎么样，大家先谈吧，有一点谈一点，有两点谈两点。

吴有贵：我先说两句。邱主任都讲明白了，咱们今儿开个座谈会。座谈啥呢？左不过是村里这点子事儿。大伙儿有啥说啥吧！如今世道也安定了，造反派也不得势了。大伙儿甭害怕，也别顾虑啥，该怎么说就怎么说。邱主任不是说了吗？有一说一，有二说二。有好的咱们说优点，有坏的咱们说缺点，说好说坏，咱是别添枝儿，也别加叶儿。对万举有啥意见，对大队我们这几人有啥意见，尽管敞开了说，决不打击报复。得，我先说这儿。

邱主任：谁说啊！磨蹭着时间可就没了。

刘大妈：嘿，没人说，我说。这有啥怕的？不就是让大伙儿提意见吗？这还不是好事儿！刚才邱主任问了，生产好不好呀，生活好不好？我说好！粉碎"四人帮"了，还能不好？闹"四人帮"那会儿，今儿整，明儿斗，鸡飞狗跳的，老百姓没法儿过安生日子。是这话不？再一说呢，今儿县委的领导亲自来到我们村，跟我们一块堆儿座谈，这不就是民主吗？这还不好！大伙儿说，我这话对不？

鲁二婶：可不是咋的！刘大妈这话我爱听！现如今可不是好！大伙儿想想，"四人帮"那伙子人够多狠哪，林彪坐着飞机要谋害咱毛主席……

萧美凤：鲁二婶，您是哪儿跟哪儿呀！"四人帮"里没有林彪，林彪想谋害毛主席也不是坐飞机那阵儿。

鲁二婶：哟，是吗？我也是听说，年头久了，也记不真着了。甭管怎么说吧，我记着又是火车，又是飞机，玄乎着呢！

邱主任：大伙发言，是不是集中一点？当然，刚才同志们以强烈的无产阶级感情，义愤填膺地控诉了林彪、"四人帮"的反革命罪行，使我很受教育。这方面的问题，以后还可以再谈。今天，咱们集中谈一谈对队上的工作、队上的干部的看法。嗯，就说对万举吧，有什么都说说。这样可以进一步搞好工作。

吴有贵：是啊！咱们还是集中谈。都说说，都别顾虑。我才说了，决不打击报复。

刘大妈：要说咱队上的情况，我还是那句话，挺好。咱队上的干部呢，起早贪黑跟社员一块儿干，没的说。都挺好！

吴有贵：别光说好，提点缺点。

刘大妈：要说缺点，谁没有哇？田王庄我娘家那村，那支书啥都好，就是脾气不好，跟爆竹似的，一点就着！谁见了他都躲着走，大年初一都没人搭理，混得一丁点儿人缘儿不剩，可队上主事，还得他大拿。咱村的万举，那可不一样，从小就招人喜欢，见了人，该叫婶子叫婶子，该叫大妈叫大妈。他可不像有的主儿，当上干部眼窝子就挪地儿，端着个臭架子，凡人不理。自打他上来，到如今小二十年了，脾气秉性没改过，规矩礼数没差过。哪回上猪场办点事儿，不是大妈长大妈短的，啥时候见人不是和和气气的。大伙说是不？

马大爷：万举这号的干部，还真不多见。人机灵不说，办事也公道。一个村几百口子，街坊老邻居的，他辈分儿又小，见人先矮三分。这些年能拿下来，没出大错儿，够难为他的。别看万举岁数不大，可知道好歹，心眼儿正。待旁人咋样不知道，对我这孤老头子，那是没的说！我年轻时落下个腰腿病，万举照顾我，派我看场守库，拿长年分，饿不着，冻不着。我对咱们队上没意见。我看着，万举挺好。

顾秋实：复员回来，在队上劳动了两年。我觉得，我们大队的班子是好的。大队干部，就说万举同志吧，也是懂得生产的，比较从实际情况出发，作风也比较好，因此社员对队干部是比较信任的。从粮食生产数字和副业来看，我们村都是搞得不错的。

刘大妈：这话是不假。不信，十里八村的比比，哪年交公粮、卖超产不数太子村头一份儿！太子村的样板田，那是有名儿的，哪年也短不了来参观学习的。说来说去，还不是干部领导得好。叫我说呀，对万举没意见。

鲁二婶：可不是咋的！万举知道心疼人。就拿拔麦子天儿说吧，大队一人给炸俩大油饼儿，送地头的绿豆汤管够……

刘大妈：他二婶，咱们有的就说，没的可不敢瞎说。拔麦子吃油饼，这话我听着新鲜。哪年拔麦子我没去，我咋不记得？马大爷，您说是不？

马大爷：这，我在场院，大田的事，我不很明了。

鲁二婶：嗐，大妈您甭打听了！八成儿是我做梦想吃油饼。这一想呀，瞧瞧可就当了真了！

萧美凤：吃就吃了，这有啥瞒人的！城里工人打夜班还吃夜餐呢！农民拔麦子，几天不下火线，吃俩油饼儿，不犯王法。

马大爷：可不是这话吗！旧社会财主家雇短工，麦秋大忙，也得加点油水，做两顿好的吃，要不谁干哪！

邱主任：大伙儿静一静。咱们先不谈这个问题，好不好？咱们还是围绕着队上的工作和干部来座谈。

张桂莲：我们副业组，"文化大革命"那么乱乎，愣没散摊。

说实话，全靠万举一人顶着，公社为这事剋了万举好几回。万举一心为队上，这是真情实况，别的我就不多说了。

萧美凤： 邱主任，我就没闹明白，这座谈会为啥开的？是要选万举当劳模，还是要提拔他去县里……

吴有贵： 美凤，你打听那么多干啥？这又不是你们团支部的事儿。你就说你的意见得啦！对万举有啥意见……

萧美凤： 大伙儿都说了，我没意见。

邱主任： 我提一个问题，你们村搞过"批邓"没有？

刘大妈： 哟，"批邓"，那不是批邓副主席吗？那缺德的事儿，咱们村可没干过。邱主任，跟您这么说吧，我们村有万举掌握着，出不了斜的歪的。这事儿，我记得真真儿的。在小学门口开的社员大会，万举站高台阶上讲的：现在好啦，邓副主席出来主事了。啥事儿来着？对，开了个会，让咱们多喂猪多打粮食呀！万举说邓副主席号召，咱们可得积极。他还上猪场找我，说这回呀，咱们得多喂大肥猪。没错儿，县里还来我们猪场开过现场会呢！"批邓"，压根儿我们村就没批过！

马大爷： 这码子事我记不真着了。我在场院，队里开会，有去的时候，有不去的时候。那一阵，批判会儿是不少，三天两头地开。我净听打开会的钟嘛！对啦，耳闻有那么回事儿，说是批……批……黑猫白猫啥的。还上过批判栏儿……

刘大妈： 马大爷，您可别瞎说！要说批判栏，猪场前头倒是竖着两块板儿。那上边儿呀，接长不短儿地贴点子啥，也没人看它。前儿还贴了张大美人儿呢！不信，邱主任您瞧瞧去。猫哇狗的，那都是哪辈子的事了。叫我说，一句话，咱村就没反过邓副主席！大伙儿说，我这话对不？

鲁二婶： 这话是不假！邓副主席，这些年不是听说老挨整吗！

人家跟我们太子村无仇无冤的，我们干吗批他呀！没那回事儿！可邱主任老远打县里来，开会调查的也挺辛苦。咱是有啥说啥。批判栏儿，咱村有，咱村就是比别村强点。不信，你上隔壁赖家坟大队瞧瞧去，他们村连块板儿都竖不起。队上没闲钱买木头哇！您是不知道，咱那批判栏儿，画得才叫好呢，画啥像啥，我倒是常爱去瞧瞧。也别说，还就数那小猫儿画得招人喜欢。还有一回，上头画的白骨精，两面人儿，一边是美人脸蛋儿，一边是半拉死人脑袋……

张桂莲：鲁二婶，那是批的"四人帮"，您怎么瞎串呀！

顾秋实：关于"批邓"的问题，那时我还在部队，对村里情况不了解。我想，当时那种政治压力下，我们村也不会例外。不管真的假的，可能是搞过的。

刘大妈：秋实！你外头去了好些年，你知道个啥？这县里正经八百地来调查，咱可不能红口白牙地瞎诌。甭管真的假的，咱村就是没批过邓！大伙儿说，是这话不？

萧美凤：我说！县里来调查，我们就得实事求是，反映实际情况。"批邓"，我们村就是搞了的。别说"批邓"，我们村批的大人物多啦！报上一点名，我们村就跟着批。党支部一布置，我们团支部就上阵。那批判专栏，就是我们团支部包下的。可我得问问，粉碎"四人帮"都快两年了，我们村的干部社员跟江青一伙不沾亲、不带故，没得他们一点好处，没跟他们串联，怎么倒查起我们来了？别说跟"四人帮"我们没联系，跟县里、公社的造反派全挂不上，凭什么上这儿来查？

邱主任：不是这个意思。一开始我就说了，今天这个会是座谈会，大家随便谈谈，并没有说是调查谁。万举当了这么些年支书，县里来听听群众对他的反映，咹，也是可以的嘛！

萧美凤：甭管可以不可以，我就对今天的会想不通，怎么县里忽然想起整李万举的材料来？是他犯了案，还是有人把他告下了？刚才邱主任说，正好万举不在，背靠背地提点意见。这话我就不爱听。干吗要背靠背？公社今儿没来人，我估计是公社使了坏。邱主任，您兴许也了解，公社跟我们村仇大了，动不动扣我们"独立王国"，骂支部不听招呼，不服从领导！这谁不知道！邱主任，干脆，您掌握什么材料，您就公布公布。依我看，开这么几个人的调查会不管用，最好开社员大会，咱们就敞开摆摆，要整干部别蔫儿整。单靠"批邓"定不了性！要凭这个，我看所有的支书都该撤！别说农村的支书，先得撤公社的，撤县里的……

吴有贵：美凤！你怎么越说越没边儿了！上级来调查情况，这还不是常有的事儿。值得你这么嚷嚷吗！咱们还是以实求实，是怎么的就怎么的。大伙都打"文化大革命"过来的，那点儿事谁心里不明白？"批邓"这事儿，说压根儿没搞，这也不符合实情。说是怎么"狠批"了，还真没怎么批。那会儿不是兴批判专栏吗？咱村也办了。要说"批邓"，我记着，也就是画了两只小猫。

鲁二婶：一点儿没错！那猫画得可是活灵活现的，跟刘大妈家那大黑猫一模一样。刘大妈，您说是不？

刘大妈：我没瞧见。

（时近晌午，邱主任宣布休会，下午接着开）

五　鲁二婶住医院

晌午饭，邱主任是在鲁二婶家吃的。二婶在外屋忙着擀面条，二大爷在里屋炕上坐着陪客人聊天喝茶。话题还是不离李万举。

263

"您打听万举？那人可不赖。万举为社员谋的好事儿，嘿，那可多啦！"二大爷摸着几根稀疏的小胡子，笑眯眯地说。

邱主任开了一上午会，本来已有点瞌睡，一来喝了几口酽茶，又来了精神；二来听说李万举做了许多好事，若有一两个例子能写进调查报告里去也很重要。他忙说：

"您说件好事儿，我听听。"

"行！"二大爷格外高兴，他给邱主任续上茶说，"今儿早晨，老队长通知我们家老婆子去座谈，我就纳闷，她能说个啥！万举的事儿，全在我肚里装着呢！"

鲁二婶在外屋高声答话说：

"问问邱主任，我今儿少说了没有！"

二大爷朝外屋投去一个鄙视的目光，低声说道：

"老娘们儿，没见过世面，会说个啥！我跟您说个真事，您就可见万举的为人了。六二年秋天，我老婆子害了一场大病，要不是多亏了万举，还不定能不能活到今天呢！"

"嗐！陈谷子烂芝麻的事儿，提它干啥？丢人现眼的！"鲁二婶进屋擦了炕桌，摆上两双筷子。

"丢人现眼的是你，人家万举可露脸了！"二大爷转向邱主任说："那年，她呀，也不知怎么回事闹肚子疼，疼得直在炕上打滚，我急得没一点主意了。正好万举来了，就站这炕沿前头，他瞧了一阵说：'送县医院！'我一听就愣了，送医院，哪来的钱呀！那不正困难时期吗，糠菜团子还接不上顿儿呢！不饿死就算命大，谁有闲钱送医院！万举是个有主意的人，他说：'二婶病得不轻，千万别耽误，赶早不赶晚，咱们这就走。'我一想，也是啊，总不能眼瞧着一个大活人死炕上。万举忙着去套车，我就跟她说，起来收拾收拾，咱们去医院。"

二大爷说到这儿，斜眼朝外屋门扫了一眼，撇了撇嘴，不屑地说：

"老娘们儿就是缺心眼子！您猜怎么着？她这人好面子，躺炕上折腾了好几天，蓬头垢面的，怕人家笑话她邋遢。都什么时候了，她还硬撑着爬起来，洗脸梳头，开箱倒柜，里外全换了出门的衣服，打扮得像回娘家新媳妇似的。您瞧，这不是多余的事儿吗？"

鲁二婶一手端着一碗炸酱，一手拿着一大把蒜瓣儿，放桌上，笑嘻嘻地接茬儿说：

"这叫多余？我寻思，八辈子不进一趟城，好不容易去了，还不穿得干干净净儿的。您说呢？"

邱炳章点点头，觉得这老两口真有意思。

"哼，"二大爷接着说，"一路上她疼得哼啊哎哟的直叫唤，进了医院门，她可倒真行，一声儿也不哼哼了。顶可气的是，人家大夫问她，疼得厉害不厉害。她说：'也不咋的，能忍着！'您听听，这要命的节骨眼儿上，她可装的哪门子的花木兰！得，人家给了点药片，说不要紧的，你们回去吧。"

鲁二婶又端来一盘白菜丝儿，接口笑道：

"咱哪见过那阵势！好家伙的，一屋子人，全穿着白大褂，戴着大口罩，让我跟那小床上躺着，袒胸露肚的，这个按一把，那个使耳朵听听。我觉得自个儿魂儿都没了，还敢哼哼！"

邱炳章听得倒挺入神，可也不免心里嘀咕：这跟李万举有啥相干呢？

"一到家，她脱下那身新衣服，又叫唤起来了。那药片压根儿不管用。"二大爷又接着说，"我心想，这可咋办？再往医院送吧，人家刚把你打发出来！还是万举有主意。他来了一瞧，见她就剩出气的份儿了。他一抡胳膊说：'不成，还得往医院送！'我说：

'医院能收吗？'他说：'有我。'我把她扶起来，她半死不活地还惦着梳洗打扮呢！万举过来架着她说：'二婶，您别折腾，听我的没错儿，头也别梳，脸也别洗，衣服也别换，人家医院一瞧，准收您住院！咱们这就走！'他又套了辆车，还弄了个大筐，叫她坐筐里。老婆子还不愿意呢，嫌丢人！万举直劝：'二婶，您又不是赶集上轿，要那美劲儿干啥？咱们这是病急投医，不到死活的份儿上还不丢这人呢！'好说歹说算是把她架上了车。"

邱炳章闭眼一想鲁二婶坐筐里的形象，不由得微微一笑。

"一到医院大门口，她还强着想下来自个儿走。万举按着不让她下，我们俩一前一后抬着筐往里走。万举小声嘱咐那死老婆子：'二婶，您该怎么哼哼怎么哼哼，千万别忍着！'说实在的，她可也忍不住了。我们俩抬着，她就哼哼，一进门里，万举就着了火似的吆喝：'劳驾，让让，有重病人！'四周的人跟见了瘟病似的，全躲一边儿了。我们就这么风风火火地把她抬到了急诊室。嘿，这回还真灵！一下就来了三个大夫，又抽血又化验，男女大夫凑一块嘀咕了半天，说是得了肠梗阻，当下要动手术。"

鲁二婶双手端着两大碗热腾腾的面条走进来，瞪了老头子一眼，又转脸笑道：

"邱主任，快吃，趁热！甭听他瞎叨叨！"

二大爷哪里肯罢休，理都没理老伴，只顾往下说：

"一听住院开刀，我心里那个急呀！咱花得起那钱吗？我那三间土房卖了也凑不够数呀！我傻愣愣地站那儿，一句话都答不上。就瞧万举的啦！他接过人家开的住院单，眼皮儿都没眨，大包大揽地说：'该怎么治您就怎么治，救人要紧，全托付给您了！'护士过来，一边把老婆子朝病房推，一边叫我们去住院处交押金。您就瞧万举的吧，他拍着胸脯跟人说：'行！病人交您了！我是队干部，钱的事我负责去办！'办啥呀？那会儿，队上也穷得叮当响，会计连买瓶墨水的钱都支不出！"

"那怎么办的？押金交了没有？"邱炳章问。

"嘻，您听我说呀！"二大爷笑道，"瞧着护士把人推走了，万举躲一边写了张欠条往住院处窗口一塞，回头拉着我说：'您还傻愣着干啥！咱们快走！'我跟着他撒腿就跑，爬上大车慌忙往回赶，就跟后头警察追着似的。也不敢再去医院瞧病人，死活交给人家了。我还有点不放心，万举给我宽心说：'二大爷，您尽管把心放肚里，咱贫下中农，人民的医院能不给好好瞧吗！'我一想也是。"

"那人家医院就不算账了？"邱炳章一边拌面，一边笑问道。

"嘻，您甭细打听了！"鲁二婶自己也捞了一碗面条，端着坐炕沿上，带笑不笑地说，"干的那缺德的事，还好意思说呢！把我一人往医院一撂，就不照面儿了。多亏人家大夫尽心尽意地给治，又给开刀，又给吃药。那女大夫心眼儿软，瞧我一人躺那儿，也没个亲人侍候，还给我买了一斤白糖，又劝我往开里想。唉！"

"那住院的钱后来给了没有？"邱炳章问。

"给啥呀，后来不是一风吹了吗？"二大爷笑呵呵地答道。

"那还不亏得'文化大革命'那乱乎劲儿吗！"鲁二婶笑嘻嘻地说。

邱炳章低头拌面，不言语了，心说：这算什么事儿？这可上不了桌面儿，更没法往报告里写。

六　座谈会记录（续）

参加人：同上午

记录人：顾秋实

会议开始，邱主任进一步交代政策，强调这次会议不是为了整谁，而是为了进一步搞好工作，发扬党的民主精神。

杨德全发言说：上午我担任记录，没有机会发言。现在我主动坦白交代，"批邓"的时候，批判专栏的那两只猫是我画的，同李万举同志没有关系。（萧美凤同志插话：这根本不是坦白交代的问题，更谈不上什么主动不主动。）

到会同志都同意杨德全同志的发言，也同意萧美凤同志的意见。

最后，邱主任总结，同意大家的意见，指出今天的会属于小范围的，大家回去不要再传，以免影响安定团结。

（完）

七　路遇

夏天的太子河，碧波荡漾，两岸的柳丝儿，给河岸搭上了百里凉棚。孩子们脱光了衣服在河里扑腾，活像一群小鸭子。

去县城的公路，修在河岸旁。邱炳章一手扶着车把，一手解开胸前外衣的纽扣，迎着小风儿，轻松愉快地在公路上飞奔。

今天的调查会，邱炳章认为是开得很成功的。他没有搞任何小动作，参加会议的人是大队指定的，各方面的代表人物都有。他也没有包庇李万举，连匿名信上最尖锐的问题——"批邓"，他也提出来了。结果怎么样？不就是画了两只猫吗？这又能算个什么问题呢？那位复员军人说得对：在那种政治压力下，不跟着批行吗？

使他稍有点吃惊的是：没想到李万举人缘儿这么好！真像那信上说的"大人孩子皆说他好"！你瞧那个刘大妈，真是个典型"保皇派"，一保到底，一点不含糊，又笨拙，又可笑。唉！毕竟是农民，朴实憨厚。这要是冯书记把我揪出来，把这些年的大事小事一块儿兜，有的没的一块儿算，谁来保我？怕是不会有人出来说话，顶多齐副书记出来承担一点责任。

想到齐悦斋，他心里又有些不满。这些日子，他像霜打了似的，好像也有意回避自己，跟他说什么，他都爱理不理的。好像我真有什么大问题，怕跟我沾上似的。我能有什么大问题？县里这些事，无非是个执行的问题。别人不知道，你还不明白？你我之间都心里没底，别人整上来，那还不互相乱咬？

幸好李万举这人还站得稳。他们拿他做"突破口"，失策了。这一刀捅进去，扎不出血，见不了红。他们是谁呢？这匿名信究竟是谁写的呢？村里的人？不像。万举在村里没有树敌，谁告他！县里的人？现在看来，也不像。信上说的都挺具体，县里没人能写得出来。公社的人？这倒不是不可能的。刚才会上不是还有人说，万举跟公社结了仇吗？

邱炳章一边蹬着车，一边想：这个问题，要好好分析一下。若是县里的人写的，目标当然不是李万举，而是齐悦斋。一个县里的干部，干吗跟一个支书过不去？若是公社的人写的，那就是另一回事了。县里抓的典型，总要吃点偏食，公社难免有些意见，加上万举能说会道，嘴巴不饶人，起码一顶骄傲自满、不服从公社领导的帽子跑不掉。要是这种事，就不值得去认真了。

邱炳章想着心事，脚下也蹬得慢了，忽听得一声喊：

"邱主任！您这是上哪儿呀！"

这一嗓子，倒把邱炳章吓了一跳。抬头一看，对面来的不是别人，正是"被告"李万举。

只见李万举已经下了自行车，隔着自己十来步远，笑嘻嘻地推着车迎面走来。李万举生来的小个儿，黑瘦黑瘦的。今天他上身穿一件汗迹斑斑的圆领带扣汗衫，露出两条细细的黑胳膊，下身穿一条青布长裤，裤腿卷到膝盖以上，露出两条青筋隆起的黑毛腿。这人真像那封匿名信上形容的"尖嘴猴腮"，两边腮帮子上一点肉都没有，更显出一个尖尖的下巴。

邱炳章也骗腿下了车，扶着车把往前走了两步，两人就在公路边的柳荫下站住了。

"您这是，回县里？"李万举望了望邱炳章身后的路，问道。

"我去你们村了。"邱炳章笑道。

"啊！"李万举似乎略略一惊，立即笑道，"那您怎么又忙着回呀？是找我吧？走走走，咱们一块回去！"

"不啦！我的事儿办完啦。"

"嗐，办完事儿您就不兴多待会儿！您难得下来一趟！"李万举没打听办的啥事。

"你上公社了？"邱炳章记起李万举同公社的关系，不由得问了一句。

李万举掏出皱皱巴巴的手绢，擦了擦头上的汗，笑了笑说：

"可不是！去公社开会。我看啊，总有一天，我这口气儿，非得断在公社的会上才算完！"

"万举啊，你以后要注意跟公社搞好关系。"

李万举两眼在邱炳章脸上一扫，叹了口气，答道：

"没法儿注意！他们是不开会不算工作。一月三十天，少说也有二十天会。我可跟他们比不了，开完会就算完。村里事儿堆着，我陪得起吗？地里的粮食是开会开出来的？光开会，我还干别的不？前两天，我们合计着，派老支委专门负责去开会。去了没几回，让公社察觉了，当着大伙儿问：'你们那李万举去火葬场啦？鸟不大架子不小！'行，他这么说，我就陪着去。您说，这关系，我还要怎么注意？"

"得，得，你甭跟我这儿叫苦连天的。你那自由主义，我还不知道！我这是为你好。万举呀，树大了招风，这些年你有成绩，少不了有人眼红，难保不背后踹你两脚。"

"这么说，准是有人告了我的状！"

"这你就甭打听了。"

李万举一听这话，推车就走，边走边说：

"这种事儿，我还真不爱打听。回见！"

邱炳章忙叫道：

"万举，你回来！"

李万举只好站住。邱炳章走近一步，字斟句酌地说：

"万举，你是个机灵人，我也不用瞒你，是有人把你告了。不过，你也不用紧张……"

没等邱炳章把话说完，李万举忙说：

"瞧您说的，我紧张啥？我就盼着上级来人呢！批也行，斗也行，查也行。开会，我给打钟叫人。查账，我给找会计、抱账本。上边信不过村里的会计，我找小学老师来帮忙，队上给记工分……"

"得，你说这些干啥？我又不是搞大四清来了。万举，我是想嘱咐嘱咐你，往后遇事谨慎点儿，少得罪点人！"

"庙里的菩萨不得罪人！"李万举又笑了，小眼睛弯得像月牙儿似的，"农村当个干部，就是得罪人的差事。睁开眼就是事，哪儿找好去！我就盼着有人把我告倒，过两天舒心日子，不操那份儿心,不遭那份儿罪。省得我老婆成天骂我官迷心窍,不见棺材不落泪!"

"得啦,得啦,别说废话了。咱们树荫下凉快凉快,我跟你说点事儿。"

支上车,邱炳章把李万举拉到树荫底下,又拉他坐树根儿上,掏出纸烟扔过去。李万举掏出打火机。两人吞云吐雾,悠闲地抽起烟来。

在徐徐的烟雾中,邱炳章在紧张地思索着。有些事儿,还得问问他。想了一阵,他问道:

"万举,你跟我说实话,你们村的粮食产量数字,准不准?"

"您这话啥意思?"

"有没有往高里报?"

"我嫌征购少了还是怎么的?我又不犯傻!报高了,地里打不出,我能变出来?"

"这么说,产量数字没虚报?"

"没错!"李万举扫了邱炳章一眼,索性一仰身背靠着大柳树,眯缝起小眼睛看远处,不理他了。

"那我再问你,你们村生产怎么搞上去的?"邱炳章歪头盯着他的脸,又问。

"那是县委的关怀,公社的领导正确呀!"

"那可不尽然!"邱炳章笑道,"都是一个领导,怎么他赖家坟、大王庄就上不去呢?"

李万举立即笑道:

"您这可考住我了。这话您得问赖家坟去,问大王庄去!我哪儿知道呀!"

"你甭跟我打马虎眼!我这儿问你呢,你怎么把生产搞上去的?"

"邱主任，您今儿是怎么了？我有啥新鲜的。那点经验不是三干会上全说了吗？"

"你还提那个发言呢！"邱炳章不由得一笑说，"实话跟你说吧，人家告你，就从你三干会上的发言告起的。"

李万举愣了。

"我问你，你在三干会上说的，是真的还是假的？"

"真的假的？"李万举两眼圆睁，气呼呼地说，"当着那么些人，县委领导坐台上，我能编瞎话？"

"可有人不服气呀！说你运气怎么那么好，抓一回革命，促一回生产。批林批孔，你促了生产；'批邓'，你促了生产；这批'四人帮'，你又促了生产。人家村也跟着批了，怎么就促不上去？就你，回回都不白闹！"

"哦，这么说我李万举是'代代红'啰！"

"你自个儿扣的帽子倒合适！"邱炳章笑了。

"行！邱主任，欢迎您上我们村调查！"李万举站起身，淡淡地说，"红不红，也不是咱自个儿封的。批这批那，也不是我李万举自个儿发明的。咱一个村的小支部书记，就算有那本事，也没那份权力。咱是下级服从上级，上级叫干啥干啥，叫批谁批谁。批对了，上级满意；干好了，社员得福……"

"万举！"邱炳章也站起来说，"你别急，你的事有我担着。"

李万举扶着车把，微微一笑：

"邱主任，您的情我领了。可话说回来，我一不是'四人帮'，二没有打砸抢，我可有啥事要您担着呢？"

"你这人……"邱炳章摇摇头说，"县委可没说你'代代红'。"

"这话我信！"李万举笑道，"领导不支持，上级不关怀，我想红也红不起来呀！邱主任，跟您说实话，我还真不想红。没灾找祸，没冤结仇，吃饱了撑的！……"

"你还叫人说话不？"邱炳章急了。

李万举这才闭了嘴。

"万举，我给你交个底，是有人告了你。我都查明了，没什么了不起的事。可就一件我闹不明白，你们村生产怎么搞上去的？"

"这事，好办。"李万举眯着眼笑了起来，"您今天不是忙着走吗？等哪天您有空，专门来我们村，上我们家串个门。您带一瓶好酒，我弄俩下酒菜，咱们边喝边说。我给您来个详细汇报，您看怎么样？"

邱炳章笑了笑，心说：这个李万举呀，猴儿精！

八　后院起火

农村的事儿，保不住密。

芝麻绿豆大的事，没长胳膊没长腿儿，不知怎么的，就飞到了家家户户的炕头上。何况县委的主任来了这样的大事件，顿时家喻户晓，议论纷纷。尽管散会时邱主任再三叮咛"小范围的会，不许外传"，那也是白搭。他邱主任前脚出村，"万举给人告了"的消息就在满村传开了。

等到天擦黑，李万举进了家门，刚把那辆破车支在房檐下，抬头一看，他老婆林翠环已经把那又胖又壮的身子，像木头墩子似的堵在门口，扯着嗓门喊叫：

"叫你甭干，你不听！露脸吧！露脸吧！这回行了！叫人县大衙里告下了，等你过堂去呢！该！该！瞧着吧！有你受的！"

李万举天不怕，地不怕，就怕他们家这"木头墩子"着火。此刻，他便采取惯用的办法，一声儿不言语，溜边儿进了屋。自个儿舀了一勺凉水，稀里哗啦地洗着，偷眼瞧了瞧，搭讪着问了一句：

"你们都吃了吧！"

"不吃，都等着你饿死！"

洗完脸，悄悄地，他就进了屋，往炕上一坐，掏出小烟袋来慢慢装上烟。明知老婆也跟进来了，他假装不知道。

"你开会开饱了？"林翠环恶狠狠的声音冲来。

"我还真没吃饭！有剩的不？"他立即转脸露出讨好的笑容，挺抱歉似的问。

她紧绷着脸，气哼哼地说：

"有的是！油炸饺子、猪肉炖粉条、炒鸡子儿，外加二两白干儿！"

"嚯，够优待我的！"他嬉皮笑脸地说。

"坐牢可没人给你送饭！"

"瞧你说的，那里头一天也管两顿。干好了，还能闹俩零花钱儿呢！"

"有本事你就进去！"

说完，她就转身出去了。只听外屋一阵摔盆摔碗的响动。不大会儿，一碗喷香的棒渣粥，一盖帘葱油白面卷子，一碟咸菜就端上了桌。

"塞吧！趁着还没进去！"

"你放心，那地儿不要我。马路上的电线杆子我没砍，队上的麻袋我没往家拿。我没犯法，牢门再大，没我的份儿！"李万举也实在饿了，看也没看都是些什么，就狼吞虎咽地吃起来。

"你要是真偷了，真抢了，蹲两天也不冤。可这是干啥？一点儿光没沾，起早睡晚的，瞧瞧你那胳膊，能当柴火棍使了……"

"这你别心疼！"

"呸！"看着丈夫那赖皮赖脸的样子，林翠环的脸儿也绷不起来了。她忽地转身出去，打开碗柜，在一碗拌好的脆萝卜丝上又滴了好些香油，伸手又拿了一个咸鸭蛋，回身进屋，两步走到炕前，重重地往炕上一搁，咬着牙说："吃！"

李万举冲她一笑，大大夹了一筷子萝卜丝儿搁嘴里，又拿起鸭蛋，瞧着手里说：

"留着孩子们吃吧！"

"少废话！"

"吃，吃！"李万举连忙磕着蛋皮儿。

"我可不是跟你说着玩的。你好好想想，你图个啥？跑前跑后，装神弄鬼，担惊受怕的，四处落埋怨。你呀，你可真是官迷心窍，不见棺材不落泪，你等着吧！"

"得啦！有啥大不了的事！"李万举撂下碗，偏过脸，体己地说，"我说，你呀，别听村里人瞎传。回来的路上，我遇见邱主任了。瞧，这还是他给我的好烟卷儿呢。他说，都查清了，没事儿了。"

"是这话？"林翠环将信将疑，正待仔细盘问，就听噔噔噔的脚步声响，两人刚一回头，刘大妈早已掀帘进来了。

"万举呀，你可回来了！"刘大妈高宽的脸盘上、鼻尖上直冒汗，她顺手拿过一把扇子，就势坐在炕沿上，急急慌慌地说，"今天这一天，可了不得啦！"

"您慢慢说，别急！"李万举吸溜吸溜地喝着热粥。

"能不急吗？县里来人啦！咱村的事儿，全给抖搂了。"

"咱村有啥事怕抖搂的？"李万举笑模笑样地问了一句。

"'批——邓'呀！"刘大妈压低了嗓门，一双透亮的大眼睛瞪着支书。

"这事儿又怎么啦？"李万举眯缝着眼用一根筷子掏手里的鸭

蛋黄，漫不经心地又问了一句。

"你呀，嘿，你咋也犯糊涂了？"刘大妈噌一下上了炕，两腿一盘。那动作的利索劲儿，简直不像六十岁的人。她急得直拍磕膝盖："如今是啥时候呀？你闹过'批邓'，那还不是找倒霉呀！"

李万举笑而不答。刘大妈隔着炕桌，便把脑袋伸过来，雪白透亮的头发在灯光下一闪一闪地晃着，又说：

"县里的人，一劲儿追，问批了邓没有。我是铁了心，咬着牙，一丝儿没漏，一口咬准没那事。可光指我一人，哪行啊！那马老大、鲁二家的，说着说着就说漏了嘴。末了呀，美凤也招了，德全也供了。白纸黑字儿全写上了，人家邱主任全拿回县里了。这，这可怎么好！"

"没事儿，刘大妈，您别着急！"李万举安慰着老人。

"都怨鲁二家的藏不住话。平常日子，我跟她说过多少回了，当说的说，不当说的不说。可她呀，禀性难移，啥事都往外倒，炸油饼儿的事，人家没问，她都敢说……"

"炸油饼……？"李万举一时有点蒙。

"嗐，拔麦子的时候，不是一人发俩大油饼儿吗！你怎么忘了？"刘大妈拿大眼珠子瞪了他一眼。

李万举缩脖扑哧一声笑了，拍着后脑勺说：

"瞧我这记性！大妈，这不算事儿！"

"不算事儿？万举，那不是你当大伙说的：麦秋大忙，社员不死也脱层皮。队上商量好了，一天一人发俩油饼。队上管炸，大伙管吃，吃完了，一抹嘴儿，全当没这事。谁要问起，都说不知道。要不，让那好事的知道了，打个小报告，那可是物质刺激的罪名。有这话不？我记得真真儿的。"

"哎哟喔！您那记性，可真叫好！"李万举不得不服。

"那可不！没记性还成。这要是捅点娄子，谁担得起呀！"

"吃油饼的事儿，眼下不犯忌了，没啥！"

"哟，又不忌这个了？"刘大妈似乎有些失望，又说，"万举，找个空儿，你还得跟大伙细说说，如今是忌讳啥，不忌讳啥，叫大伙心里也有个谱儿。"

李万举心里叹气，老大妈可真出了个难题。如今正在拨乱反正，古书上说"摇镜不得为明，摇衡不得为正"，准尺度可不是哪一个说得出来的，我能跟社员规定些啥？

"反正咱们也没干啥见不得人的事，没啥不能说的。"李万举只好如此说了。

"那，粮食的事儿，也能说？"刘大妈把上身探过炕桌，又压低了嗓门问。

"这——"李万举停住了筷子，神情严肃起来，"这事儿，得跟大伙打个招呼，千万别往外说。"

这回刘大妈满意了，总算这趟没白来，还是自个儿想得深。她随即下了炕，双手把乱蓬蓬的白发理了理，准备去贯彻支书的口头指示。她一边往外走，一边安慰李万举：

"你放心，甭管了，这事交我了。我这就去，先找那些嘴上缺大门儿的，头一个是鲁二家的。"

"您可别串街走巷，满世界吆喝去！"李万举不放心地嘱咐着。

"嗐！你还信不过你大妈！"刘大妈迈开大步，噔噔噔地出去了。

林翠环见刘大妈出了院门，进屋收拾碗筷，一边擦桌子，一边撇着嘴冲窗外说：

"亏了你还调兵遣将的，你当她是个明白人！"

李万举掏出那根烟卷儿点着，慢悠悠地说：

"现下谁是明白人？连我自个儿还糊涂着呢！"

九　调查报告

三天以后，邱炳章给县委写了一个书面报告，全文如下：

冯书记、齐副书记并县委常委：

　　信访组前不久接到群众匿名来信一封，反映太子村支部书记李万举同志的一些问题。遵照冯书记和齐副书记的意见，责成我去该村调查了解。现将调查情况汇报如下：

　　本着发动群众、实事求是的原则，我进村后立即召开了调查会。参加会的有干部、社员、党团员、复员军人各方面代表。为便于提意见，采取背靠背的方式，李万举本人未参加。根据信中的揭发内容，会上主要谈了三方面的问题：

　　一、关于李万举同志的工作作风问题。大家一致反映李的作风是比较好的，他能密切联系群众，作风民主，并能关心社员疾苦。如贫农社员鲁二婶患急病，他亲自送院就医。猪场刘大妈反映他能听取群众意见，有事和群众商量，和群众关系较好。没有发现李有强迫命令的现象。

　　二、关于"批邓"的问题。信中揭发的批判专栏，该村确实有，当时也画过批判"黑猫白猫逮住耗子是好猫"等反动宣传画。但据群众回忆，并没有开大会，只是一般地跟着风搞了一阵，与别的村差不多。执笔作画的会计杨德全，在会上主动交代了作画经过，得到群众的谅解。此画同李万举同志没有关系。

三、关于李万举同志是否"代代红"的问题。这个问题比较复杂。该村从"四清"之后，生产情况一直较好。这同李万举同志积极工作是分不开的，历年县委和县革委给予表扬也是应该的。因此，不根据事实，随意给李万举同志扣"代代红"的帽子，是不公正的。

根据以上三方面的初步调查，我个人认为，李万举同志属于好的或比较好的干部。

以上报告当否，请批示。

邱炳章

一九七八年八月二十四日

十　第二封匿名信

敬爱的县委诸位领导同志：

首先，我得知县委拿我的信当回事，心中实实感激万分。上级在百忙中派人去查证此一信，即状告太子村支书李万举欺骗党、欺骗群众一案。仅此一实际行动，足见冯书记体察民情，和群众同命运、共呼吸，是信得过的领导。所以，我还是满怀强烈信心，相信事情是大有希望的。

因此上我是直话直说。县委的这次调查，非但没有成功，反而是完全的失败，什么问题也没有查出来，更甭说解决啥问题了。其中内情，我等百姓，理所当然不能得知，也不该打听的。须知俗话说："没有不透风的墙。"我虽墙外观看，也略知一二。特再次上呈意见，仅供县委参考详察。

邱主任打着调查的旗号，实际只走了个过场。他压根儿没有在村里蹲下来，只把几个人叫到大队部开了个"调查会"，上午开了半天，下午开了半天。邱主任在下半天的会上竟打瞌睡了。完了，他拍拍屁股就走了。这几年农村人见的工作组多了，"飞鸽牌"的尚无人敢反映情况，"火箭牌"的更无人敢言语了。像这样的调查，有名无实，何以能查出个水落石出呢？邱主任是有负于全县人民之重托的，这责任他赖不掉。

更可气的是，邱主任不讲组织原则性，他还向李万举通风报信，说有人告了他的黑状，还问他是不是得罪了什么人。多亏我前次留了个心眼儿，没有署以真名实姓。要是我落上姓名，他这一报信儿，还有我的好吗？我还想过安生日子吗？

由于有邱主任撑腰，李万举气儿愈来愈粗。他四处跟人扬言："你放心，我没事儿。"您想，这不明摆着做贼心虚吗？既是你没事儿，为啥有人不放心？既是你没事儿，又何须费唾沫去做人家的工作，让人家"放心"呢？还不纯是欲盖弥彰吗？

冯书记，我这人就这脾气，遇事不管是不管，管就管到底。为帮助敬爱的县委诸位同志，我再提供一个线索：李万举这人阶级路线不清，别瞧他嘴上唱得好听，实际满不是那么回事儿。他和地富吃喝不分，还给反动地富子弟说媒拉纤喝喜酒，平常派工，给地富子弟派甜活儿。我的材料件件属实，绝无半点谎言，希领导亲自调查。要说这样丧失阶级立场的人，能够抓革命、促生产，把太子村的生产促得那么好，谁能相信呢？

毛主席教导我们说："你们要关心国家大事。"我天天读报，现今党中央的政策号召拨乱反正，老百姓非常拥护。乱了这么些年，不拨不正行吗？太子村早就该拨乱反正了。恳请县委新领导把太子村的真面目公之于众，在光天化日之下，是红是白，叫大伙儿评评！

前信已说明，我这人胆小。这回我克服困难又寄来一信，还是不敢写上真名，敬请原谅！盼着县委早日派人查清！

敬祝

诸位领导身体健康！

一社员

一九七八.九.二

十一　信任？考验？

冯振民拿着这封信，跨进了齐悦斋的办公室。

"老齐，你看，又一封，还是告太子村的。"冯振民歪身在对面的椅子上坐下，把信递到齐悦斋手上。

齐悦斋伸手接信，望了一眼冯振民。这些日子，冯振民日渐消瘦。听通信员说，冯书记一顿吃不了二两馒头。看吧，一把手不好当啊！他十年没在位，以为一朝东山再起，就能改天换地，哪有那么容易！这几个月大概也累得他够受的！

相形之下，齐悦斋倒觉得自己长胖了。清查搞了几个月，大大小小的案子，常委会上讨论过几次，冯振民还能按政策办事。

该立案的，他让立案；不该立案的，他坚决不让搞。该抓的打砸抢分子，他抓了；一般犯错误、讲错话的，说清楚就算了。常委会讨论的这些案子里，有几件同他齐悦斋有些牵连，他也顺便作了几次检讨，冯振民都没有深究。慢慢地，日子长了，齐悦斋倒觉得冯振民还不错，还讲点政策，在他手下当个副职，倒也安全可靠。不过，清查运动尚未宣布结束，他会不会还掌握什么重型炮弹，要在运动后期发动一个强大的攻势，掀起个什么高潮呢？这种事儿也难说。只要上头有个精神，他冯振民也得跟着喊。这么一想，他倒不急于去当好副职了，分到名下的工作就干点儿，不在分内的事概不过问。不知不觉，晃晃悠悠，他确实长胖了。

齐悦斋打开信，细看了一遍，不由得倒抽了一口冷气。又是这位不署名的"一社员"！他究竟是个什么人？怎么知道这么多情况？特别是对这一次的调查，好像他跟邱炳章一起进的村，要不就是邱炳章前脚出村，他后脚就进村来了一次反调查？这是怎么回事？

"老齐啊，你看这封信怎么办？"冯振民斜靠着桌沿，侧脸问着。

齐悦斋并不回答冯振民的问题，只是说：

"炳章这个同志，作风是不大深入。上次去太子村回来，我就批评他没有多住几天……"

"这个，先不忙批评他。"冯振民打断他的话说，"你看，这个事值不值得查下去？"

值不值得？按说，信访组一天接待那么多来访，收到那么多来信，每封信都派人去查，显然是不可能的。可这封信，告的是太子村，全县有名的先进大队，县委抓了几年的点。现在到处都在揭假先进、黑典型，报纸上今天公布一件，明天公布一件，都说是"四人帮"搞的阴谋。太子村又是自己曾经抓过的，不让去查，不显得自己心里有鬼吗？再说，上封信一来，冯书记就决定派人去查，当然是很重视这个问题。现在人家又告了，连县委派去的人一块儿告了，这还能不查吗？

"查！既然已经查了，当然要查下去！"齐悦斋表态说。

冯振民从兜里掏出烟盒，把那松松散散的烟卷在烟盒上蹾了几下，想了想，慢吞吞地说：

"本来，我是想，这封信就不去查它了。当前信访工作的重点，应该放在平反冤假错案上。你想，'文化大革命'搞了十年，党内党外，干部群众，错整了多少人！不首先把这些人的问题弄清，推倒压在他们身上的磨盘，怎么能让人心情舒畅？"

齐悦斋点了点头，是啊，这话有理。没有重点就没有政策，信访工作也有个轻重缓急的问题。

"你看写这封信的人，"冯振民瞧着桌上的信说，"他一没告李万举怎么迫害他，二没告李万举怎么打击他。可见他没有受到什么冤枉，不属于冤假错案这一类。他告来告去，无非是告李万举欺上瞒下，作风不正。这种事，当然也该查，可是现在人力有限，搁一搁不是不可以的。"

齐悦斋又点了点头。看来，自己是有点意气用事，还是冯书记分析得对，这种信是可以先放一放的。

"不过，既然你提出来应该查，那我也同意。就再查一次吧！"

冯振民这才点上烟，深深地吸了一口，吐出了烟云。

这回，齐悦斋不点头了，他暗中思量，这冯振民看来也并不厚道啊！你要查就查，我也没想拦你，你何必跟我兜这么大个圈子，还差点把我蒙了！这，这是党内商量问题的态度吗？

"这信，要是告别的村，不查也可以。他告太子村，那就非查不可。"齐悦斋索性说开了，"太子村，是前几年县委抓的点。他告李万举，目标可显然不是对准他。你刚才也说了！李万举一没迫害他，二没打击他，他告他干吗？他告的是我。"

齐悦斋越说越激动，白白的长脸涨得通红。冯振民愣在那儿，一时不知说什么好。

"信访工作要抓重点，我同意。"齐悦斋仍然气呼呼地说，"平反冤假错案是重点，我也同意。可是，揭批查尤其是重点的重点。这封信，属于揭批查的范畴，所以，我坚决主张查，查个水落石出。"

冯振民半晌没答话，见齐悦斋似乎平静了些，他才说：

"老齐，我看太子村的事和你扯不到一块儿，这封信也不是冲你来的。真要是冲你来的，他指名道姓，列上十条八条罪名，反正也是匿名信，他怕什么，干吗绕这么个大弯子？"

齐悦斋低头一想：也是。要告我还不容易，干吗舍近求远呢？

"咱们俩过去没有共过事，彼此不大了解。"冯振民又说，"不过有一点看法，我可以告诉你。'文化革命'这十年，有些同志犯错误，有些同志没有犯错误，我并不认为这就说明他们的觉悟高低有所不同。拿我来说吧，运动一开始，我就被打倒，整整关了十年，我是想犯错误也没有机会了。你呢，解放得早，结合得早，在那样复杂的环境下主持工作，不想犯错误，也做不到啊！"

这几句话，齐悦斋听了，脸上的气色渐渐平和了。

"那么，太子村就再派人去查一查，也算进一步了解一下这个村的情况。"冯振民站起来，准备走了。

"要派人，就得从常委里找了。"齐悦斋说。邱炳章去，都不能查出个眉目，再派人，可不得常委吗？

冯振民已经走到门口，忽然转身说：

"我看，老齐呀，是不是你亲自去一趟！"

"我？"齐悦斋不由得一愣，心里又琢磨开了：莫非还是怀疑我是太子村的后台？怕我在上边待着碍事，别人搬不开那块大石头，干脆让我自己去搬？要不，是看着我反正也干不了什么，不如下去蹲个点儿？或者，其实就是一种变相的"下放"？

"哎，老齐，怎么样？"冯振民又问了一句。

齐悦斋脱口说道：

"我去，合适吗？"

"这有什么不合适。老齐呀，太子村过去就是你抓的点嘛！李万举真要是作风不正，民愤很大，你物色一个好的把他替下来。他要是没什么大问题，你还继续抓住这个点，帮他们总结提高。培养一个典型不容易，轻易把它丢了，可惜啊！"

"那，我就去吧。"齐悦斋只好答应。

十二　齐悦斋的日记（一）

九月九日　晴

今天下午来到太子村，同行的有办公室小王。

本来打算通知公社派一名副书记参加调查组，后经冯书记考虑，还是免了。冯认为，调查组人员多，声势大，反而搞得人心惶惶，不利于搞清楚问题。邱炳章也力主绕过公社，他当然是另有考虑的。据他反映，李万举和公社关系不好，有公社的人参加，很可能把事情搞复杂了。这当然也有些道理。不过，凡事都有两个方面，有利必有弊，有弊必有利。若是公社有个人参加，多挑点毛病，可能认识更全面些。此事既然是冯决定的，我也不便多说了。

多年没有下乡蹲点了，这次下来，心情还是愉快的。太子河畔，高粱快熟了，玉米正灌浆，看来今年又是一个丰收年。扪心自问，这功劳不能记在我们这些县委干部的头上，我们没有干多少工作，还是老天爷帮了忙，风调雨顺，天随人意。对此，如果没有清醒的认识，那是要栽跟头的。

大队把我们安排在刘大妈家里住。她家人口少（老两口，儿子在城里当工人），很清静，卫生条件也不差。刘大妈对我们很热情，坚持要把她家的新褥子给我垫，说是入秋了，别着凉，年纪大的人，睡炕着了凉容易得寒腿病。中国的农民真好！

晚上，开了个会，同大队干部见面，没有谈什么实质性问题。我没有讲这次下来的目的，万举也没有问，好像根本没把我来当回事。不过，我估计他心里也在纳闷，不到一个月，县委两次来人，这是怎么回事，他能不考虑？

九月十日　晴

今天一早，我就闹了一个笑话。或者说，犯了一个错误。

天蒙蒙亮，我就走出院子，想到地里去走走，呼吸一点农村田野的新鲜空气。刚走到村西头，就见一个老太太正往家挑水。我看她个子很矮，背也驼了，年纪也大了，水挑子撂她肩上实在很吃力，以为一定是个孤寡户，便过去帮她挑。开始她坚决不同意，经不住我再三动员，才勉强从肩上把扁担挪过来。

多少年没帮老乡挑过水了，还好，总算还挑得动。那老太太很怪，一句话也不说，而且不敢跟我并肩同行，总是远远地在我后边跟着，到了该拐弯的地方才招呼一声。等挑到她家门口，她紧跑了两步用身子堵住门口，才小声对我说："您别进去了，我家是，是地主。"

当时，我真吃了一惊，不由得回头四下张望。还好，没有什么人，只有两个光屁股孩子蹲在地上玩儿。要叫人看见，县委书记给四类分子挑水，真不知会出什么谣言！

在门口，我犹豫了一下。不进去吧，似乎又过于谨慎了，难免有人说我"胆小怕事"；进去吧，又怕惹出一些麻烦来，以后说不清楚。考虑再三，我还是决定进去看看。搞了几十年农村工作，说实话，地富的家门简直就没进过，不知是个什么样子。决心已下，我也来个"以其人之道，还治其人之身"——不说话。等这老太婆推开院门，我就挑着水进去了。

到院里一看，也和一般农民家的小院差不多，打扫得还挺干净。空地上种着葵花，墙角垒着猪圈和鸡窝。一只大肥猪还躺在圈里睡懒觉，几只鸡已经放出来，正在地上寻食。说来荒唐，见到这一派宁静的农舍风光，刹那间，我竟感到当一个地主也不错，他绝无当一名县委书记的烦恼。这真是一个危险的念头。

我把桶挑进堂屋，还没往水缸里倒，就见从里屋跑出一个老头儿来。他中等个儿，很瘦，鹰钩鼻子，一双带红丝的眼睛老眨巴个不停，还真像个老地主的样子。他可跟那女人不一样，挺爱说话，还直往里屋让我。

这回，我可觉得不能再进去了。进了屋必然上炕，上了炕可就走不了啦。他再沏茶递烟，那个阶级界限就划不清了。他要再来个鸣冤叫屈，那就更沾上了。可是，既来到这阶级斗争的前沿阵地，也不能临阵逃脱，我就在外屋站着跟他说话。问他叫什么名字，他说他叫李强福，排行第五，在村里辈分大，街坊邻居都管他叫五叔。农村真没办法，搞了几十年阶级教育，农民就是摆脱不了家族关系的制约。首先这称呼、辈分，就叫你哭笑不得。这真是一种顽固的习惯势力，"文化大革命"这样的急风暴雨，都没能把它荡涤一尽。

这位"五叔"还笑嘻嘻地说，他和李万举是没出五服的当家子叔侄，说万举也管他叫"五叔"呢！难怪，信里告万举阶级路线不清。听他这一说，我索性问他，对万举有啥意见。他只笑笑，说没意见。我又问他，万举这个干部好不好？这个老地主真够狡猾的，他答道："咱这身份，这话就不好说了。"

今晨这偶一"失足"，使我想到阶级观念还是不能没有的。以后下乡，还是应该像过去那样，先把干部找来问清楚：村里几户地富，门朝东还是朝西。免得走错了门，闹出笑话来。

上午去参加劳动，割豆子。

有几年没有参加体力劳动了。割了一上午豆子，真有点累，主要是腰酸背疼腿肚子发胀。不过，我还是跟小王说好了，这次下来一定要坚持每天参加半天劳动。

万举也在地里干活。他还跟昨天一样，有说有笑，什么事儿也不打听。他越不打听，我越觉得他有点什么事儿。这不合乎逻辑，也不符合常情，上级工作组来到村里，你总该问一问来干什么的，为什么讳莫如深呢？

不过，万举能有什么"事儿"呢？我和他虽不能说很熟，认识的年头确实不短了。每年的三干会，我都去他们那个组听发言。后来县委常委分工抓点，我就包了太子村。虽说以前没有真正在村里蹲过点，挂着个名，每年总要来转几次。大会小会，常和他见面。太子村的情况我算了解的，万举没有什么"事儿"啊！

当然，任何结论都只能产生在调查研究的结尾，我不能先有一个"没事儿"的结论。"文化大革命"确实把风气搞坏了，什么稀奇古怪的事都有，谁也不能给谁打保票。

关于炳章上月来调查的事，基本上搞清楚了。确实如信上所说，他只开了一个调查会就回去了，而且下午的会上真是打瞌睡来着。这个胖子真没治，老爱困。

不过，据群众反映，会上发言还是很热烈的。关于"批邓"、画猫等事也基本查清，事情虽有，性质一般。对万举的评价也是比较一致的：是个好的或比较好的干部。看来，炳章的调查报告还是实事求是的。

据了解，会上发言较少，情绪似有些消沉的只有一人，即副业组的张桂莲。是否她还有些意见不敢讲呢？我决定让小王明天找她个别谈一谈。

令人不解的是，这两次匿名信究竟是谁写的？他如此熟悉上次开会的情况，可见不是外人，一定是本村的。

九月十一日 晴

上午参加劳动，刨白薯。

为了打消干部和社员可能有的疑虑，我利用出工前的时间，召集社员讲了半小时话。主要讲了当前全国和我们县的大好形势，说明这次到太子村蹲点是来"补课"的——以前名义上太子村是我的点，实际上我来得很少，更没有蹲下来，这回准备多住些日子，听听大家的意见。从会上群众的情绪来看，反应是比较活跃的，达到预期的效果。这也使我进一步体会到开短会、讲短话的好处。如果没有群众观点，开半天社员会要耽误多少工啊！以后，干部下来，应该提倡开这种地头会。

下午，串了几个门。由于上午和广大社员见了面，大家都认识我了（其实，我一进村，大人孩子都知道我这么个人在村里），走到哪家，都受到热烈欢迎。我着重了解了一下社员的生活情况。

看来，这个村的分配水平还是比较高的，不缺粮，也不缺钱花。这一点，很不容易。不过，问到口粮标准，可就说法不一了。有说吃四百一的，有说吃四百二的，也有支支吾吾不愿说的。刘大妈说是吃三百八十六，按规定吃的。

谈起对干部特别是对万举有什么意见，都说万举是个好人，"一心为集体"。我又引导大家谈万举的缺点，都说没有。这就有点问题了。天下哪有不存在缺点的干部呢？我顺便问起，村里有什么人跟万举结过仇？大家也说没有。这就怪了，没有仇人，谁写的匿名信？

从社员家出来，去参观了队上的豆腐房。这个村的豆腐房规模不小，豆腐都是黄豆做的，雪白细嫩。早晨还卖豆浆，难怪刘大妈天天早上给一碗豆浆喝。这里的豆浆比县委食堂用豆腐粉冲的好喝多了。除了豆腐，还做粉条，一个大院子里，像晾的床单子似的，一排一排全是湿粉条。我去的时候，正看见好些外村的社员都上这儿来买。看来，生意很兴隆。

管豆腐房的，是个三十来岁的小伙，名叫李承德。他那两个大眼睛贼亮，细腰上系着围裙，吆吆喝喝的，挺能干的样子。见他忙出忙进，我也不好叫住他说话。

太子村比较富裕，看来同副业搞得好关系很大。有的村，副业就是开展不起来。光靠种粮食，越种越穷，农民收入永远没法提高。化肥、农药、水电、机器钱加起来，农民叫苦，国家也赔钱。我始终怀疑，一亩地施那么多化肥有没有必要？化肥恐怕不如有机肥，农药的使用更要控制。有个蔬菜队，农药洒多了，种出来的菜都有毒，人不敢吃。这个问题现在还不明显，将来势必是个问题。

刘大妈真是个热心肠的人，对我和小王非常热情周到，每天的饭菜都换花样。今晚，给我们吃的烙饼摊鸡蛋，还弄了一盘小葱拌豆腐，饭菜都可口，我吃得不少。

有趣的是，这老太太还挺关心国家大事，什么都打听。对集体的荣誉尤其爱护，不容别人说太子村一句坏话。看得出来，她对李万举和队上的干部一片忠心，并且好像已经察觉到万举被人告了，我们是来"私访"的，言谈话语之间又多少有些忧虑和不满。我真想直言相告：李万举是个好同志，我不是来整他的。不过，这个话，我现在还不能说。

今天小王找张桂莲谈了。果然不出我所料，张桂莲心里有话，前次座谈会上没敢说。原来，杨德全是她爱人，上次会上，杨承认猫是他画的，同万举没有关系，这不是事实。张桂莲说，杨不够实事求是，不该大包大揽。当初画猫是同李商量了，经李同意的，不能全推到杨一人身上。

看来，这画猫的事同李万举有无关系，还待查明。可这种事查明了又能算个啥呢？

更气人的是，小王告诉我，他听村里人说，李强福到处放风，说齐书记对他怎么怎么好，一进村就去看他，还帮他们家挑水。这个老地主可谓本性难移，实在可恶！

十三 "阶级斗争不抓不行！"

"万举，你得赶紧拿个主意，齐……"

刘大妈急急忙忙冲进李万举屋里，见炕上坐着老队长、团支书等一班干部，把到了嘴边的话又咽了回去。

"什么事儿呀，大妈，您说吧！"李万举笑模笑样地坐在炕头。

"嗜，也没啥事儿，你们开你们的会吧！"刘大妈换上一副笑脸说。

"我们的事都研究完了。您有啥事儿，一块儿说吧！"李万举挪了挪身子，腾出地儿让刘大妈坐下。

每回有干部下来蹲点，都安排住在刘大妈家。刘大妈自认为是村干部的"耳报神"，隔一两天就要来"汇报"一次。"四人帮"那会儿，有一次公社来人查瞒产私分，也住在刘大妈家，被她探到了消息，立刻向支书作了口头报告，全村统一了口径，结果消灾免祸，啥也没查出来，避去一次"卖爱国粮"的灾难。从此，刘大妈在群众中威信大增，她自己也以功臣自居，并竭力想再立新功。她那积极性儿，谁也拦不住。

见一屋子干部都等着听她"汇报"，刘大妈更来神儿了。她盘腿儿炕上一坐，瞪着大眼珠子，说开了：

"哎哟，这齐书记可了不得啦！别瞧他有说有笑挺和气，白面书生似的，肚子里可有准儿呢！口紧着呢，一点儿真情都不往外吐哇！每天早晚三顿，炕桌上趁吃饭的工夫，我都拿话套他。你们猜怎么着？他呀，尽跟我打马虎眼，哼哼哈哈的，那可真叫不显山不露水的做派呀！可昨儿晚上，我可是亲眼得见了！"

刘大妈的话，就跟那报纸上的报喜数字一样，水分太大。干部们对她可太熟悉了，也没人把她的话当真。可此刻，她说"亲眼得见"时那副神秘的样子，连最烦她的萧美凤也竖起耳朵来了。

"昨儿晚上，我从猪场回来，话匣子都打歇儿了。可进门一看，齐书记那屋还亮着灯呢。我扒门缝往里一瞧，小王早钻被窝了，齐书记还在一个大本儿上写呢！"

吴有贵一听，就这呀！他仰着脸，一笑说：

"哪个干部不带着本儿下来，不往上写点子啥？他刘大妈，这事儿您就甭管了。"

萧美凤也气得说道：

"明人不做暗事，您干吗扒门缝里看人家？"

"可不是这话吗？"刘大妈一点儿不在乎，接着说自己的，"我心想，干吗在外边看，倒是进去瞧瞧。我喊了声：'老齐，您还没睡呢？'就闯进了屋。可他呀，一见我进去了，赶忙地就把那本本儿藏枕头底下了。"

"刘大妈，这可是您自个儿多心！"李万举笑道，"您又不识字，他躲您干吗？"

"是啊，我也是这么想啊！你把那本儿撂电灯底下照着，我也瞧不出东南西北呀！嘻，也是，亏得你大妈跟干部没少打交道，不怯场。别瞧他县里的大书记，我也不含糊，就势坐炕沿跟他聊开大天儿了。你别说，老齐这人还挺随和，给我倒了杯水，还夸我做的饭食好。我们俩聊得可热乎啦，我有心他无意，临了，到底叫我给问出来了。"

萧美凤忙问道：

"问出啥了，您倒是说呀？"

刘大妈又四下张望一番，见确实没有外人，可还是压低了嗓门说：

"瞒——产。"

坐炕上的人都没有言语，刘大妈又补了一句：

"齐书记是查瞒产来的。"

这"情报"顿时给屋里蒙上了一层阴影。只有刘大妈，心里一块石头端出去了，一手抚着胸口，长舒了一口气。

想了想，李万举说道：

"大妈，您怎么问的？他怎么说的？"

"这还用问吗？"刘大妈觉得这问题根本没有必要，可还是答道，"我跟他聊了半个多钟头。他问我，我问他，一来二去的，可就叫我给套出来了。"

"是啊，接什么话茬儿问出来的呢？"李万举似乎觉得这问题挺重要。

"嗐！这有啥不好问的？我说：'齐书记，这大老远的，您又这么大岁数了，咋不在城里办办公，亲自下村，还劳动，可别累坏了。'"刘大妈眨巴着双眼皮儿，边想边说，"他说，他是补、补课来了。"

"这有啥新鲜的，今儿早上社员大会，他就这么说的。"萧美凤咕哝了一句。

"我又问，都补啥课呀？他说呀，啥都补。我可又问了：啥叫补课呀？他就说：老在县里待着，不符合实际，不知道情况，这回下来，就是补这一课。话匣子一打开，他问的事儿可多啦。批没批邓呀，画没画猫呀，地主老实不老实呀，全问了。我瞧着，这些事儿他心里全有谱儿，也不是真打听。嘿，末了，他拐弯抹角地可就问到粮食上来了：你们村有多少地呀，打多少粮食呀，口粮分多少，白面吃多少，问得可细呢！"

"您怎么答的？"吴有贵赶紧问。

"放心吧，老队长，打我这儿，没漏半点儿出去！"刘大妈大眼睛瞪着，俨然一副宁死不屈的神态。

"漏了怎么的？分了又怎么的？"美凤叫喊起来，"本来嘛，多劳多得！该交的交了，该卖的卖了，该留的留了，社员多吃俩棒子粒儿，犯啥罪了？没偷，没抢，自个儿劳动挣的！"

"美凤！你犯啥病？这是耍孩子脾气的时候？"老队长斥责带开导地说，"老书上说，'民以食为天'，社员家就指口粮过日子！

你图痛快，跟上头赌气，把事儿捅出去，且不说上级来道命令，通知把多分的粮缴回，就算来个宽大处理，既往不咎，下不为例，这全村老小就得找你拼命！"

"可不是这话！"刘大妈直点头，自己的行为得到老队长的肯定，十分得意。

李万举捋着两片小胡子，小眼睛眨巴了半天，才说：

"按说，这瞒产私分也不算大错。毛主席他老人家在世的时候，还说过嘛，这叫藏粮于民。把粮食撂社员家的缸里，一来老百姓日子踏实，二来省了粮库老嚷嚷没地囤粮，还节约了盖仓库的钱呢！"

"您这话我就不赞成！"美凤憋不住还说，"是粮食多了没地儿搁吗？现在问题是全县一刀切，干好干坏，全吃三百八十六斤。你队上没干好，吃不饱，咱们队，拼死拼活干，也跟着三百八十六，这合理吗？我气的就是这不合理！"

"嘻！你吵吵啥！听万举说！"老队长拦住这位气呼呼的团支书记。

"我说的是一个理，美凤说的也是一个理。咱们办事都占着理呢。没理的事，咱们不干。"李万举说，"可话说回来，这年头，合理的事未必合法，是不？理大还是法大？咱闹不很明白。这些年，反正是鞭打快驴。你粮打得多，征购随着高。这也没啥，多为国家贡献点儿。可眼瞧那么多粮，就得拉平均，不让社员多吃一口，这生产积极性打哪儿来？我这支书也没法儿当！瞒产私分，还不是逼出来的招儿。不这么行吗？如今县委查下来了，齐书记坐镇，大伙儿说咋办就咋办吧！"

咋办呢？谁也没有好主意。还是李万举说：

"我才说了，这事也不算大错。要有错，官打领头儿的，顶多把我支书撤了。撤了正好，我们家早就不让我干了。"

"撤你，那可不成！"老队长首先不同意。

大伙儿也说，这万万不行。

不行，又咋办呢？刘大妈出了个主意：

"我看，也别叫万举为难了。干脆，咱们跟齐书记把话挑明了。老齐人挺和气的，咱们央告央告他，别往上报，帮咱们遮盖遮盖！"

"您倒想得美！"美凤说，"一个吃商品粮的干部，哪知道农民的苦处！能替咱们瞒着？"

老队长一看这局面，倒镇静下来了，不慌不忙地说：

"我说，都别急。咱们队经的事儿多了。上回来查，不也躲过去了吗？怎么躲过去的？人心齐，泰山移，大伙口紧点儿，出不了大错。再说，齐书记不还没有正式找咱们吗？到时候再着急也不晚。"

大家一听，也只能这样了，走着瞧吧！

刘大妈起身要走时，李万举又嘱咐说：

"大妈，您多尽点儿心，给县里的人吃好、睡好，别的事儿您就甭多打听了。"

"我可不是那爱打听的人！"刘大妈下了炕说，"这不用你嘱咐，我心里有数。该问的问，不该问的不问，该说的说，不该说的不说。"

刚迈出门槛，她又转回身来说：

"瞧我这记性，还有个事，忘记了。"

"还有什么事儿？"李万举不由得愣了愣。

"晚半晌我遇见鲁二婶，她说呀，那个老不死的李强福又造谣言了。"

"啥谣言？"李万举忙问。

"那老不死的说，老齐书记人可好啦！进村头一天就关心他去了，还帮他们家挑水来着。你听听，这叫啥话？"刘大妈气哼哼地说。

"唉！这人哪！真没治！"李万举直叹气。

老队长用商量的口气，问李万举：

"要不，明儿开个四类分子会！把这事点名说说？"

李万举皱着眉头说：

"开！阶级斗争不抓是不行！"

十四　齐悦斋的日记（二）

九月十二日　晴

上午，冯书记让炳章送来几份文件让我看。冯的工作还是做得比较细的。其实，人下来了，家里那一摊子事就搁了下来，他全权处理就是了，何必找我过目？冯大概也是怕我多心，以此表示好意吧！

我现在越来越看不惯炳章那种大惊小怪、胡猜测、乱分析的做法了。今天，我很不客气地批评了他。现在，人家还在说县委班子里是"明无山头暗有礁"呢，他老跟我嘀嘀咕咕，鬼鬼祟祟的，叫人看见真以为我们有什么阴谋活动。他见我发了脾气，好像心里很委屈。唉，这个胖子，又聪明又愚蠢。聪明起来他比谁都聪明，愚蠢起来他比谁都愚蠢。

我亲自把炳章送到村口，路上又好言安慰了他几句。回来的时候，碰见一个过路的人，这人长了一个酒糟鼻子，看上去五十左右的样子。他凑上前来跟我说话，好像是打听我从哪儿来的，又好像早就知道我似的。我记得在太子村没有见过这人，便问他是哪个村的。他打着哈哈说："我是赖家坟的，您有空上我们村绕一圈儿。"

真是怪事，我这次下乡，绕过公社，一竿子插到底，待在太子村就没动，怎么别村的社员也知道我到了太子村？细想也不奇怪，芝麻官虽小，也算一县之首脑，当然引起人们的注意啰！

中午，万举来找我，说是老地主造我的谣，今天准备开个四类分子会，给他们训话。我本想劝阻他，别开这个会了。我还跟他说明这不是李强福造谣，是确有其事。可是万举不听，说他们队上有制度，四类分子每月开一次会，或汇报，或训话，现在也到时候了，该开会了。我就不便再说什么了。

这个会，本来我是不想参加的。可是，事情既然是我引起来的，又觉得回避也不光明正大。晚上，他们开会时我也去了。我本来心里还有些担心，李强福讲的确是事实，你怎么批他呢？没想到万举还真能说！他往那儿一站，别看个头小，还真能镇人。他对李强福说：齐书记是去你家看了看，帮你家挑了桶水，这也值得你满世界广播去？你知道齐书记为什么上你家看吗？为什么帮你家挑水？这是齐书记要亲自检查，看咱们支部对四类分子实行强迫改造的政策落实不落实。他又说：毛主席讲过，不入虎穴，焉得虎子，要知道梨子的滋味，就得亲口尝一尝。齐书记去你家，是深入虎穴，是亲口尝一尝梨子的滋味。你不好好改造自己，打着齐书记的旗号往自己脸上贴金，这是什么问题？

一席话，说得李强福哑口无言。

这个李万举，两片嘴真厉害，死人能叫他说活，活人也能叫他说死，没理也能说出八分理来。当然，农村大队一级的干部，十之八九是能说会道的，这也不奇怪。

看来，李万举阶级斗争的观念还是很强的，信上告他阶级路线不清，显然失实。

不过，他给地富子弟说媒拉纤，到人家里大吃大喝，这事有没有呢？

九月十三日　雨

今天着重了解李万举给地富子弟说亲、到地富家吃喝的问题。

据刘大妈介绍，万举阶级立场坚定，从来没有干过阶级界限不清的事情。这老太太真是个"铁杆保皇派"。什么"要说阶级立场，咱村第一数万举"，什么"万举跟地富，那是小葱拌豆腐，一清二白"等等，翻来覆去，唯恐你没有听清楚。

后来，我变换了问话方式，要她挨家挨户数一数，全村有多少地富子弟，结婚的多少，没结婚的多少。这一问，果然发现了问题。太子村十九个到了结婚年龄的地富子弟，个个都结了婚。这真是怪事！

我又问，他们的对象都是谁介绍的？刘大妈先说现在都兴自由，还用人介绍？后来又说太子村社员富，外村的姑娘都乐意往这儿飞。就是不说这"月下老人"究竟是谁。

或许，刘大妈说的也是实情。在农村搞对象，什么爱情不爱情的，全都决定于生产，决定于收入，甚至决定于有没有砖瓦房。有的人以为，农村姑娘找丈夫，首先看男方有没有房子太庸俗。其实，这是个现实问题。没房子，嫁过去就没地方住，想高尚也高尚不起来。即便暂时有个窝，有两间土坯房，结婚一生孩子，十年八年也别想攒下钱去盖房。所以，农村姑娘一般都挑男方有现成房子的去结婚。要不农村人形容说，栽好梧桐树，凤凰才飞来。梧桐树就是大瓦房。这村瓦房多，凤凰扑棱扑棱全飞来了，管你什么地富子弟不地富子弟的。

从刘大妈数的名单中，才知道上回在豆腐房见到的那个李承德也是地富子弟，结婚时还摆了八桌酒席。我问刘大妈，李承德办喜事时，李万举去吃喜酒没有？刘大妈完全是一种不讲阶级的观点。她说，娶媳妇是一辈子的大事，谁不想办得热热闹闹？请几桌酒是常有的事，不请客摆酒在村里没法儿见人。李承德做豆腐手艺好，谁去买豆腐他都客客气气，村里村外都有人缘儿。他办喜事那天，好些人都随了份子，喝了喜酒，连她也去了。

在场院，向场头马大爷了解这方面情况，他又是另一种说法。

据马大爷说，太子村风水好，人丁兴旺，自古皆然。因为风水好，皇上（也不知哪个朝代的皇上）才把太子埋在这里，现在的果园里还有太子墓呢！太子河、太子村都因此而得名。从太子的玉骨在这儿一镇，太子村就没缺过媳妇。不但不缺，而且娶来的女人没有不生养的。

这当然是无稽之谈，但是，马大爷却深信不疑。农民毕竟是农民，受多年封建思想的束缚。真是严重的问题在于教育农民啊！

后来找团支部书记萧美凤谈，才把真实情况搞清楚了。

这个姑娘长得鼓眉鼓眼的，说起话来哒哒哒的，像挺机关枪，真够泼辣的。她似乎是完全站在李万举的立场上。我刚一问李万举给地富子弟说亲的事，她就振振有词地说：甭调查，就有这事！然后她详细叙述了地富子弟李承德搞对象娶亲的过程。

原来，李承德能娶上媳妇，并不像刘大妈说的那么简单。这李承德初中毕业，心灵手巧，学一行会一行，是个能干的小伙子。他早就盖了三间瓦房，和家里分门另住，不缺钱，也不缺粮。可惜家庭出身不好，提了几门亲都吹了。最后这一门亲，对方倒是比较看重本人，可也要考察一下这年轻人是否在村里受人歧视。于是，对方的父母带着姑娘一家几口先到李承德家来看看，吃顿饭。因为据介绍人鲁二婶讲，李承德在村里很得支书李万举看重，定亲时万举一定来参加。

李承德头天也找到李万举讲好，第二天一定去他家和他未来的丈人、丈母娘见见面，帮他把这门亲事定下来。李万举满口答应。不巧，第二天一早万举去公社开会，回来晚了，可能压根儿也忘了这件事。

回来一进村，正见鲁二婶气呼呼地在村口站着，骂万举说话不算话，坏了一门婚事。李一问，才知那家子人见请不来支书，肯定是男方没面子，姑娘跟着这样的人在村里先矮三分。别看小伙子能干，房子也有，人家还是转身走了。李万举一听就急了，知道那三口子刚出村不远，掉过自行车就追。追上那家人，跟人家说了半天好话，才把人家劝回来，陪着人家吃了一顿饭。那家人一看，太子村的支书确实挺看得起李承德，才应了这门亲事。如今，李承德的儿子都三岁了，算来是七四年结的婚。

萧美凤讲完这事，还瞪着眼问我："您说这是好事还是坏事？"我没答话。就这件事讲，确实是比较复杂的。现在，在农村，地富子弟娶不上媳妇，成不了家，是普遍的现象。一些家庭出身不好的人，如果在机关或工厂工作，不大存在这个问题，在农村就不一样了。尤其是在"文化大革命"中，反动的"血统论"的流毒甚广。那么，李万举这样处理问题，应该说是对的了。

这事查到这里，本来可以结束了，谁知欲罢不能。大概是既然查问了，也就传开了，晚饭后陆陆续续来了几个人，纷纷为李万举洗刷。

其中一个叫鲁二婶。她说李承德的婚事是她一手包办的，同万举毫不相干。问她为什么要给李承德保媒，她说承德这孩子老实巴交，又勤快又能干，就管了这事。头几回都没说成，因为出身不好。最后一次，鲁二婶多了个心眼，跟人家保证：别看他是地富子弟，在村里跟贫下中农一样受重用。女方听了这话，才同意去相亲。她还跟人家拍胸脯说，只要你们来相亲，太子村的支书一定来陪酒。所以才有李万举去吃饭喝酒的事。

说着说着，鲁二婶还一把鼻涕一把眼泪地哭起来，说县里要打要罚，都冲她去，千万可别拉扯上万举，他没错儿。遇见这种老太太，我真没办法，只好劝她放心回去。

李承德本人也来了，使我吃惊的是，他灰溜溜地哭丧着脸，完全不像上次在豆腐房见到时那么精神。据他说，这事同万举毫无关系，同鲁二婶也没关系，是他思想没有改造好，好面子"拉了支书来撑门面"。他表示愿意检查错误，深挖阶级烙印，甘愿接受任何处分，批判也行。他还交了一份书面检查，题目叫"四年前我请支书吃酒的严重错误"，真叫人哭笑不得。我感到，这事不能再查，也无须再查了。

为了结束这件公案，晚上我去找万举谈。

万举很痛快。他一口承认，李承德的婚事是他操办的，他托鲁二婶给李承德说的媒。他亲口教给鲁二婶说，如果女方嫌他出身不好，你就说他在村里受重用；女方来相亲，我李万举一定去陪酒，等等。

可是，万举根本不认为这有什么错，他的理由一条一条挺多。他说，前些年，招工、参军、赤脚医生、民办教师，连组织宣传队演出，都要挑贫下中农。那时，在队上干活的年轻人里，贫下中农的比例大大下降，地富子弟反倒成了"主力军"。你不"重用"

他们行吗？既要用他们，就要关心他们。他们娶不上媳妇，成不了家，大小伙子睡凉炕，进门没个人，那干劲提得起来吗？我当支书的能不管吗？

不能不承认，万举讲的还是有一定道理的。

九月十四日　晴

吃过早饭，吴有贵陪我去参观果园，顺便去看看"太子墓"。这个大队抓果树看来是很下力气的，光这一项收入也不少。吴说，现在社员的现金分配，队上的化肥开支，多半都靠这些"摇钱树"。说起这些，这个老队长喜形于色，津津有味。果树当然不是不能搞，但是，我总担心，花这么大的精力来抓果树，对贯彻"以粮为纲"的方针，会不会有影响。这是一个方向性的问题，值得注意。

我们从一行行果树下穿行，终于见到一个砖砌的坟堆，有两人多高，坟前竖有一块汉白玉碑，碑上果然有"太子墓"三字。

我问吴有贵这是哪朝的太子，吴有贵也糊里糊涂，说不明白。据他讲，听老辈们传下话来说，这是唐朝的一位太子，死后埋在这里，"圣上"并给当年看守墓地的那人赐姓李。所以这村姓李的特多，都是当年那户守墓人的后代。

唐史我不熟悉，但我可以断定这种传闻毫无根据。唐建都长安，怎么可能把太子的墓建在这里呢？况且，真是太子墓，倒不一定大大写上这三个字，若是竖碑，必有名家的碑文。可这块碑上除了"太子墓"三字，什么也没写，也没有落款，足见其伪。吴有贵听了我这番话，很不高兴。好像谁怀疑太子墓是不是真的，就是怀疑他本人历史是不是清楚似的，真可笑。

这果园占地三十亩，是六二年开辟的。吴一边领我参观，一边给我大讲他们建园的经过。

原来，太子墓周围方圆几十亩地，历来被视为"圣地"，因而也成了禁区，凡人一概不准入内，连放羊的老倌都不往那儿去。说是怕惊扰了长眠在地下的皇家骨血，惹恼了他，降罪下来，全村遭殃。五八年大炼钢铁的时候，公社要"放卫星"，组织了一个"砍伐连"，开到太子村来砍树。全村人苦苦哀求，说是这树千万砍不得，砍了要遭雷打。"砍伐连"不听，一定要砍。最后，为了照顾乡亲们的情绪，把太子墓前后的四棵大松树留下了，其余的统统砍光了。

这确实是一个教训。几十年来，我们干了多少这样的蠢事啊！

吴有贵说，六〇年开始闹灾荒，村里就有人说，这是太子显灵，报应来了。到李万举当选支书，才提出把这几十亩地用上，搞个果园。支部同意了，很多社员反对。他们说，五八年的报应还没够吗？再去太子头上动土，还让不让全村人活了！支部做了大量思想工作，一些社员还是不干。后来，万举开了个社员大会，抓了个地富说破坏话的典型。其实，那地富也没说什么特别的，不过是果园不能建，怕太子怪罪之类的话。万举原本想"杀鸡给猴子看"，把地富的破坏话批一通，社员也就老实了。谁知这一招不灵，你批你的，有些社员思想还是不通。眼看会开不下去，多亏万举机灵，他又站出来说：建果园不是我李万举一人想出来的，是太子给我托了个梦。说着说着，他就编开了，说什么接连三宿，太子穿着黄袍再三再四地嘱咐他：树是衣，草是被，你们把树砍了，草除了，害得我无衣无被，寒冷难挨，快种上树，咱们过去的事儿算完。万举说得有鼻子有眼儿，连蒙带吓唬，再没人反对了。第二天，刨坑种树，个个争先。如今，果园年年给社员带来现金收入，年轻人都体会到多种经营的好处，可有人还说这是"太子保佑"。

唉，万举这人真能胡来，可也真有办法。

中午，冯书记来电话，让我赶快回县委，准备去省里参加棉花会议，会期一周左右。

看来，这次调查，只好到此为止了。

我和小王凑了凑情况，也交换了一些看法。我们一致的意见是：李万举为地富子弟娶亲虽有其事，但还不能说是丧失阶级立场。地富子弟毕竟不是地富，我们党的政策是"有成分论，不唯成分论，重在政治表现"，李万举掌握这个政策，还是比较好的。而且从他们定期召集四类分子开会进行训话来说，他的阶级斗争观念还是比较强的。

小王提到，有些事情还没有调查清楚，如，为李承德保媒，究竟是李先提出来的，还是鲁二婶自己主动进行的？又如，大批判专栏上那两只猫，究竟是会计自己画的，还是事先同李商量过的？

诸如此类的事情，若有时间，当然还可以再查下去。不过，我看这种事情再查也没有什么意思。就算是李万举让鲁二婶说的媒，是李万举让杨德全画的猫，又能说明什么问题呢？这些年，我们为一些莫须有的罪名搞内查外调，不知花费了多少人力财力，要是把这些力量花在建设上，恐怕十个"宝钢"也建成了。

下午，开了个干部会，肯定了支部工作的成绩，也提出了一些意见，希望他们继续深揭狠批"四人帮"，搞好秋收秋种，为夺取今年的丰收和准备明年更大的丰收而斗争。至于调查李万举一事，当然不便说。李万举还是那样捋着小胡子，笑眯眯的，这人真叫人摸不透。说他对这次调查毫无所知，他就未免太迟钝了，这样迟钝的支部书记怎能把一个村的工作做好？说他对这次调查胸有成竹，他又未免太自信了，这样自以为是的支部书记十有八个要犯大错误，可就目前看，他又没有什么大错。

吴有贵要我临走前开个大会，跟社员讲几句话。他说县里的书记难得下来一次，不讲几句就走，社员要埋怨队干部怠慢领导。这吴有贵看样子老老实实，也够鬼的。听他说得多么冠冕堂皇，其实还不是要我留下安民告示，以说明他们领导班子没有问题。我只好答应了。既然李万举没有什么问题，我们来折腾了一个星期，不留几句话，拍拍屁股就走，对以后他们开展工作确实也不利。所以，在收工后开的社员会上，我对太子村的班子又肯定了几句。从社员的情绪上可以看出，他们是很偏袒李万举的，你说他们的支书好，他们都显得挺高兴。农民就是这么淳朴、可爱。当然，为了防止片面性，我也讲了李万举要警惕骄傲自满情绪等等。

晚上，刘大妈特意包韭菜鸡蛋馅饺子为我送行。这老太太真热情。她拿我当饭桶了，一个劲朝我碗里拨饺子，我一顿还从来没有吃过这么多饺子。饭后等车的时候，鲁二婶、萧美凤、杨德全，还有李万举、吴有贵等都到刘大妈家来送我。大家围坐在炕上，从太子墓的真伪说到今年的收成，从"四人帮"的垮台说到农民生活的改善，气氛极为热烈。说实话，我真喜欢太子村，喜欢这些淳朴的农民。

可惜，不能在这里久住了。

十五　第三封匿名信

敬爱的县委诸位领导同志：

你们辛苦了！现而今真是民主空气大发扬，领导和群众心连心。我给你们添了麻烦，内心很是不安。万万没想到新领导如此认真负责，极端重视小民两封普通来信，先派邱主任去外调，又派齐书记亲自去太子村蹲点。齐书记不辞劳苦，放下架子，和社员同吃同住同劳动，这种高尚的精神值得我们学习。我决心在种地的岗位上，全心全意做好本职工作，保证秋收秋种，以实际行动报答县委领导的恩情。

齐书记是我县的老书记了，我对他没有意见，他亲自下村下乡，这是首先应该肯定的。但我还得指出：齐书记之行仍属失败的范围，事情没查清不说，反倒把真相掩盖起来了。李万举为地富子弟说媒一事，经小民揭发，齐书记查证，确有其事，这是赖不掉的。关键问题是齐书记的态度，他明确表态说这不是错误。当然我也明白，地富子弟也是人，他们要干活吃饭，也要成亲娶媳妇过日子，这是毋庸置疑的。我闹不明白的是，身为一村的支书，放着大事不抓，有工夫去给地富子弟说媒拉纤，怎能不算错误？再一说，他还去陪酒坐席，这算啥？请问：他阶级立场稳吗？

尤其不能令人容忍的是，齐书记竟然当众表扬李万举阶级斗争抓得紧，路线觉悟高，每月找地富开训话会一次，一有阶级斗争新动向，就狠抓不放。老实说，这纯属上当受骗！第一封信中我已指出，李万举其人很鬼，差不多的人玩儿不转他！李万举称地主为"五叔"，这事齐书记耳闻了吗？这样称呼不是个表面现象的问题，而是个实质问题。此事事关重大，务望县委冯书记再次清查为要。

最近，太子村又放出风来，说有人想告倒李万举，是痴心妄想，白日做梦。还说李万举根子硬，上有领导支持，下有群众铁板一块，谁也别想动一根毫毛。看起来，齐书记此行，不但收效甚微，而且因言语不慎，已成了李万举的"保护伞"。我早已预见到，要查清李万举，绝不是简单的事，必须深入，反复查证，否则也是竹篮打水一场空，海底捞月瞎忙活，辜负百姓的心情。

在此小民建议县委再次派人前往，并认真学习宋江三打祝家庄的革命精神。宋江头一次打祝家庄，差点没跑出来。宋江二打祝家庄，又被一丈青扈三娘紧紧追赶，狼狈逃窜。为啥一打、二打都失败？还是毛主席他老人家分析得透彻，皆因情况不明，方法不对，吃了败仗。后来经过深入调查，熟悉了盘陀路，拆散了李、扈、祝三庄的联盟，才得以转败为胜。

今古世事，轮回循环。依小民愚见，欲解太子村之事，必学宋江三打祝家庄之精神。盼县委下定决心，排除万难，去争取胜利！

这是我上呈的第三封信了。再三打扰，心里觉得很有愧。诸位领导都是大忙人，敬候佳音！

敬祝

诸位领导身体健康！"四化"早日实现！

一社员

一九七八.十.十六

十六　存档

信访组接到这封在县委"挂了号"的匿名信，不敢耽搁，立即上交。

在一次县委常委会上，讨论完若干重大问题，常委们端起保温杯，拿着笔记本，有的已经站起身，只等主席宣布散会。这时，主持会议的冯振民忽然拿出那封匿名信说：

"等一等。这封信，大家都传阅了。有什么意见，就在这儿说两句吧！"

出席会议的常委们只好又坐下来。

冯振民戴上花镜，那黝黑的四方脸上顿时透出几分才气。他把信翻了一遍，边翻边说：

"这个人是第三次写信了，还是那个话，'状告当今太子村支书李万举'。前两次来信，一次是炳章去的，一次是老齐亲自去的，他都不满意，认为是上了李万举的当。你们看，这里，要求我们'学习宋江三打祝家庄的革命精神'，去三探太子村！哈！有意思，这个人肯定是熟读《水浒传》的。怎么样？咱们要不要去探一探太子村的'盘陀路'？"

冯振民摘下花镜，望着在座的人。

这封信，告的是一个农村支部书记，牵连县委两名领导干部，与会的人都觉得不好表态。

只有一位常委用商榷的口吻说：

"这信，我看不像一般告状的信。他告李万举，也没有列出李万举究竟有什么错误，有哪些事实。信写得不明不白的，好像在跟我们捉迷藏。"

"有意思！是有点捉迷藏的味道。"冯振民连连点头。

有人起了头，后边的发言就跟上了。有说太子村的工作历来先进，李万举是个很精干的支部书记；有说这写信的人也怪，为什么不把事情写明白；还有的说县委工作任务很重，清查工作要结案，秋粮入库要抓紧，这种没头没脑的信，可以置之不理。

"悦斋，你说呢？"冯振民回头问齐悦斋。

齐悦斋自从去省里参加棉花会议回来，情绪稳定多了，工作也主动多了。听到冯书记点他的名，他说：

"我上次到太子村住了一段时间，主要是调查第二封信上说的那些事。查来查去，也没有发现什么问题。回来以后我跟冯书记谈过，这人告的状，事出有因，查无实据。"

"是这样，是这样。"邱炳章插话说，"第一封信是我去查的，也是说得挺玄乎，查到后来没什么事儿。"

齐悦斋瞟了邱炳章一眼。这些日子，邱炳章在常委会上对自己的资产阶级派性活动作了两次检查，行动上也有所改进，但开会发言，他仍然紧跟齐悦斋，使齐悦斋心里总有些不痛快。等邱炳章搔着自己的光头，不再说了，齐悦斋又接着说：

"我倒不是说查到后来都没什么事了，事情倒是有的。'批邓'啦，给地富子弟说媒啦，都有。可是，事情虽有，确又不属于信上说的那种性质。所以，看了他这第三封信，我就在想，这人心里有话没有都说出来。解铃还须系铃人，最好是先找到这个写信的人，打消他的顾虑，让他把意见痛痛快快说出来，这就好办了。要不然的话，单凭这封信，再派人去查，也还是走不出'盘陀路'。"

邱炳章情不自禁地叫起来：

"我完全同意，先查写信的人。我早就有这样的意见……"

齐悦斋瞪了邱炳章一眼，打断他的话说：

"我没有说查写信的人。群众来信，反映情况，特别是控告我们的干部，署名不署名，都可以，都要受到保护。不能去查，更不能打击报复。我说的是去找这个写信的人，动员他把对李万举的意见都说出来。"

"是啊，是啊，不是查，是找。"邱炳章连忙更正。

冯振民手上拿着一支铅笔转来转去，等大家都说了，他才抬起脸冲着在座的人说：

"这人的三封信，我都看了。我跟悦斋说过，他告的是李万举，可没有一句话提到李万举怎么迫害他，可见李万举和他没有什么个人纠葛。那么，他为什么揪住李万举不放呢？李万举是造反起家的？不是。李万举是打砸抢分子？也不是。这就有点奇怪了。我总觉得，这几封信，话中有话，话外有音。真要能找到这写信的人，跟他问个明白，倒省事了。可惜，他不留姓名，我们也不便去找。我看，太子村就不去查了。目前工作任务这么紧，我们没工夫跟人捉迷藏，也不能被他牵着鼻子走。至于写信的人，也不必找了。他既不肯署名，你找到他，他也未必愿意开口。这封信嘛，如果大家同意的话，我看就交信访组存档吧！"

与会的人都点头同意。冯振民马上把夹在手指中的铅笔转过来，在原信上批了一个字：存。

十七　冯书记下乡

这年年末，党中央召开了十一届三中全会，报上发表的全会公报宣布：全国范围的大规模的揭批林彪、"四人帮"的群众运动已经基本上胜利完成，全党工作的重点转移到社会主义现代化建设上来。

县委整整花了一个星期的时间学习公报。常委们都感到一个新的转折时期来到了，也都感到自己的思想远远落后于形势。冯振民就公报上说的"现在还有不少同志不敢大胆地实事求是地提出问题和解决问题"，作了长达三小时的专题发言，号召大家解放思想，开动机器。

转过年来，清明县各项工作都有很大的发展，县委领导班子的团结也比过去增强了。不久，中共中央又作出了关于地主、富农分子摘帽问题的决定。这个决定在报上一公布，各村各户都议论开了：有的说地富劳动改造了几十年，早该摘帽了；也有的说地富都摘了帽，找谁专政去？地富家里更是激动不已，忐忑不安：有的额手称庆，没有想到还能盼到摘帽；有的怀疑是不是什么"欲擒故纵"之计。

根据省委的指示，各县要在春耕大忙前，把中央的这一决定落实下去，逐村逐队张榜公布摘帽名单，以调动广大社员的积极性，把七九年的春耕生产搞得更好。清明县的常委分片包干，昼夜兼程，贯彻执行中央的这一重大决策。

冯振民包的是东南片，一天下午，他来到太子河公社听取汇报。公社书记周永茂说到太子村的摘帽名单时说：

"太子村有个老地主叫李强福，历次运动中都有反动言论，大队这次也要给他摘帽。我们考虑，李强福不属于中央文件上说的'多年来遵守政府法令、老实劳动、不做坏事的地主富农分子'，而属于'极少数坚持反动立场，至今没有改造好的'地主、富农分子，不能给他摘帽。"

"哦，太子村！"冯振民马上想起那个李万举，忙问，"李万举是什么意见？"

"就是这个李万举，主张给他摘嘛！"周永茂说，"这个李万举呀，就是办事不牢靠，想怎么干就怎么干。以前抓阶级斗争，最积极的数他。哪回公社报材料，他都能端出一大堆，地主怎么破坏，他们支部怎么狠抓，怎么一抓就灵。这回文件刚下来，给地富摘帽，他可倒紧跟，三下五除二，来了个一风吹，不管改造好的，没改造好的，摸摸脑袋是一个，全摘！您说，这能行吗？"

冯振民这些日子不停地在下面跑，人晒黑了，可显得精神了，或许因为近来工作比较顺当，心情比较舒畅，他那四方脸上浓眉下一双黑亮的眼睛更显得透亮。对于这类公社和大队的不同意见，他历来主张要多听听大队的意见，便说：

"我看，你再跟李万举好好谈谈，多听听他的意见。他在村里，天天跟那些地富见面，发言权比我们大嘛！"

不料，周永茂涨红着脸叫道：

"我们手头的材料，也是李万举报上来的。"

只见周永茂从抽屉里翻出几份材料来，指指点点地说：

"您看，这是六七年的一份材料，说是李强福为刘少奇鸣冤叫屈。这是七四年他们建豆腐房的总结，说是李强福说的，'咱村建豆腐房，搞副业，那是梦想，癞蛤蟆想吃天鹅肉'。这是……"

周永茂气呼呼地还要往下念，冯振民一摆手止住他说：

"行了，你别念了，咱俩一块儿去太子村看看！"

不出半小时，冯振民和周永茂已经到了太子村大队部。他们把自行车支好，就找大队干部开会，讨论该不该给李强福摘帽。

"我看，该给他摘了。"吴有贵说，"都快七十的人了，没几天了，总不能让人戴着帽子进棺材。"

"这不是理由。"周永茂生来的红脸大嗓门，一激动，嗓门就显得更大，"表现不好，不该摘的，就得戴着帽子进棺材。"

吴有贵还想说什么，萧美凤抢过话来说：

"老队长！您别说那些不沾边儿的话，咱们主张给李强福摘帽，就是根据他的表现。解放三十年，他服从改造，老老实实干活，没搞破坏，凭什么不给人家摘？"

周永茂大红脸沉了下来，问道：

"他说的那些反动话都不算破坏？"

李万举一手拿着小烟袋，一手捋着两片小胡子，慢吞吞地说：

"一人一个毛病，地主也一样。这个李强福呀，那嘴就是闲不住，逢上有个啥新鲜事儿，别的地主当着人不敢说，他就敢叨叨两句。他就这毛病，还爱打听点事儿，发表个意见啥的。为这，他真没少挨批，可就是江山易改，秉性难移，批了他还管不住自个儿的嘴。那年揪刘少奇，说刘少奇反党反毛主席，说刘少奇是地富反坏右的总代表。别的地富不掺和这事儿，你代表也好，不代表也好，没人言语。就他一人儿，干活的时候在地里嚷嚷：'刘少奇啥时候当了咱们的总代表呀？这不是瞎掰吗？'这话，搁那会儿看，够反动的，搁今儿看，也不算啥！"

"我可提醒你一句，"周永茂冷冷地说，"三中全会还没给刘少奇平反，他还戴着帽子呢！"

李万举也不示弱，眯缝着小眼睛说：

"我看迟早得平反，他有什么错？"

"你，你这话可出格了！"周永茂真生气了。

冯振民赶忙表态说：

"咱们这是党内会议嘛，有什么意见都可以说，就算说错了，也没有关系。"

"好，这一条，咱们先放下。"周永茂忍着气说，"你们队建豆腐房的时候，李强福说了些啥？"

一提起豆腐房，李万举愣了一下，他的气不那么壮了，只含含糊糊地说：

"就算他说了几句错话，也不能揪住不放。咱们当干部的，一

315

年到头说多少错话？他一个地主，那还保得住吗？"

"豆腐房的事，我得说两句。"萧美凤抬起身子抢着说。

李万举忙拦住她说：

"嗨，具体事儿还提它干啥！咱们看一个干部，要看一贯的表现，是不？看一个地主，咱也得看他一贯的表现。李强福……"

周永茂打断李万举的话说：

"万举，别卖你那两片嘴啦！黑的白不了，白的也黑不了。你们大队年年报上来的材料，还算数不算数？"

"这话，您可把我问住了。"李万举眉毛动了动，嘴唇咧了咧，那样子倒好像笑了笑。他冲着公社书记说："算数不算数，这话可得两说着。有的呢，是事实。有的呢，是你们公社催着要报表，不填不行。上边要，下边造嘛！周书记您别生气，我这是实话实说。"

"这么说，你那些材料都是假的，是我们公社逼的你！"当着县委书记，周永茂觉得自己有点下不来台，气得手直哆嗦。

"也不能说全是假的。"

"既然是真的，为什么你们还要给他摘帽子？"周永茂觉得，这回算是把李万举狠狠抓住了。

李万举还想辩解，冯振民说话了：

"行了，行了，这个问题就谈到这里吧！我只想再问你们一个问题：给李强福摘帽，队上的贫下中农都同意吗？干部都同意吗？"

李万举没言语，吴有贵答道：

"为李强福摘帽的事儿，干部没少开会，贫下中农开会也不是一回两回了。大伙经过反复学习，提高了认识，都同意了。"

"是这样吗？"冯振民拍了拍身边的会计杨德全。

杨德全被冯书记点名一问，不知该说什么好。他抬起圆圆的脸，看看李万举，看看老队长，又看看周永茂，半天才说：

"是，是这样儿。"

萧美凤瞧着杨德全那窝窝囊囊的样子就有气，憋不住就抢过话来说：

"杨德全，你说不出整话了？又没干见不得人的事，干吗藏藏掖掖的！实话说，给李强福摘帽，就是有人反对。过去有，现在还有。一个村几百口子，又不是一个模子刻出来的，哪能都一样！"

她这"机关枪"一扫，屋里的气氛顿时紧张起来。

冯振民盯着这姑娘，叼着烟忘了划火柴。周永茂脸上也有几分惊讶。显然，他还没有料到村里还有自己的同盟军。

"那么，都是谁反对呢？"冯振民问道。

萧美凤脱口答道：

"顾秋实就是一个。"

吴有贵伸出长胳膊，慌忙说：

"美凤，你可别拉扯上秋实，这孩子挺老实的。"

"我说他不老实了吗？挨得上吗？"萧美凤白了老队长一眼，又直愣愣地问，"他反对给李老五摘帽，这事您不知道咋的？"

顾秋实是个干啥的，冯振民当然不知道。他问李万举：

"顾秋实是什么人？"

李万举一直低头抽烟，精神劲儿也不知跑哪儿去了，听见问，才答了一句：

"他是个复员军人，大田组长。"

冯振民打定主意，让周永茂回公社，自己在村里住一宿。

刘大妈家又成了招待所。和往常不同的是，这回住的干部是清明县的第一把手，因而刘大妈的接待规格也破例提高，热情非常。

她现去供销社买了两包好茶叶，沏好茶，把客人安置在正房大炕上，又从窖里挑了上好的包心大白菜，哐啷哐啷打了十来个鸡蛋，快手快脚地包了一大盖帘薄皮大馅儿的白面饺子，殷勤款待书记。

冯振民敞开棉袄，靠坐在热乎乎的炕头上，只觉得那腰背比省医院的电疗还舒服。主人盛情难却，就着炒花生，他喝了一小杯酒，黑脸膛上泛着红光。等饺子端上来，刘大妈侧身坐炕沿陪着，边吃就聊开了。

"你们村是有个地主叫李强福？"

"有，有。"

"这人怎么样？老实不老实？"

"老实着呢！叫他干啥就干啥，叫他往东他不敢往西。"

"这回，该给他摘帽了吧！"

"可不是，他虚岁六十七了，还能让他戴着帽子进棺材吗？"

刘大妈往书记碗里又拨了几个热饺子。冯振民吃了俩，又问：

"他们家，土改前有多少地，是他当家？"

"他们家多少地，那我可说不上。要问当家，可轮不上他李老五，是他爹。那老不死的，对咱穷人狠着呢！土改第二年，他才死。"

"李强福呢？"

"这人没出息，肩不能挑，手不能提，仗着他家有地，跟着吃香的喝辣的，玩鸟放鸽子，窝囊废、吃货一个。他那老不死的爹，看他不成器，送他去城里念书。人家有钱呀！可他呀，是那念书的人吗？书没念会，倒学了一身毛病，上戏园子捧角儿，还抽上了大烟。他爹一看，又把他弄回来了，还给他说了个媳妇。那媳妇娘家不是大户，就是长得俊。您猜怎么着，他妈就是不容啊！那老婆子可是个出了名儿的母老虎。媳妇儿进门，三天打两天骂的，没过一天好日子。没熬过三年，小媳妇儿上吊死了，连个小子都没给留下。后来，您想想，谁的闺女还愿给他们家？李老五如今这老婆，还是他妈死了以后才续的，长得人不人鬼不鬼的，比先头那个差远了，也不生养。老李家四个闺女，就这么一个独养儿子，他可连个传宗接代的人都没有，太子村独一份儿的老绝户。冯书记，您说，这是报应不是？谁让他老李家缺德事干多了呢。人哪，可不能顾前不顾后的，您说是这话不是？"

冯振民笑了笑，又问：

"照您说，这李强福挺老实的？"

"没错儿。"

"我怎么听说，他可没少挨斗呢？"

"那可不。不斗，他能老实吗？"

刘大妈笑眯眯的，又往书记碗里拨饺子。

冯振民也笑了笑，又问：

"听说有人反对给他摘帽？"

"开会都同意了，没人反对。"

"有。"

"谁？"

"顾秋实。"

"嘻，秋实呀，这孩子在外头好些年，村里的事他不摸底儿。他知道个啥？他的话，不算数。"

冯振民正想再问些什么，只见刘大妈一会儿端饺子，一会儿续醋添酱油，忙进忙出，嘴里还不住地说：

"吃吧，吃吧，冯书记您可别不吃饱。农村人，好米好面做不出好饭食来，您别嫌弃。好歹是我们村的新麦子，电磨上碾的，您尝个新儿。别的不敢说，比城里的'八一'粉细多啦！"

"唔，面很好，我吃了不少了。顾秋实这人……"

刘大妈转身又端来一碗饺子汤说：

"您再喝碗汤，原汤化原食。"

十八 "周瑜打黄盖"

天黑了。刘大妈叮嘱冯书记早早安歇，自己就去猪场了。冯振民觉得应该找那个叫顾秋实的谈谈，可惜刚才忘了给干部们说。正想着，就听脚步声，接着门帘一挑，进来一个虎头虎脑的年轻人，他笔直地站在门边，首先自报姓名说：

"我叫顾秋实。"

这小伙子穿一身洗得发白、干干净净的旧军装，小平头，浓眉大眼，壮壮实实，特别是那挺胸抬头的军人姿势，使冯振民看了，先有几分好感。他挺高兴地叫小伙子上炕坐。可他，却退身两步，在凳子上端端正正坐下了。

"冯书记，我不同意给李强福摘帽。"顾秋实开门见山地亮明了自己的观点。

"你为什么不同意呢？"

"我看他不老实。"顾秋实皱着眉头说，"我刚从部队回来两年。队上的很多事，我不知道。可有一回，我去买豆腐，正好在豆腐房碰上了李强福，他也去买豆腐。我看他在屋里溜溜逛逛，东张西望，挺自在的。还听他跟人嬉皮笑脸地说，这豆腐房能建成，有他一份功劳。当时我就觉得奇怪，一个地主，怎么敢说这种话？豆腐房是在党支部领导下建成的，有他什么功劳？后来他洋洋得意地说，多亏他说了一句反话，'太子村想建豆腐房，那是癞蛤蟆想吃天鹅肉'，这才抓了他的新动向，一抓就灵，办起了这发财的买卖。我听了很生气，说他造谣。他说：你打听去，有这事没有？还说这事是万举找他商量好了的，万举跟他唱了一出'周瑜打黄盖'，一个愿打，一个愿挨。"

这可真是奇闻，冯振民也觉得吃惊了：一个党支部书记同一个地主分子串通好了，合演"周瑜打黄盖"的"阶级斗争"戏，这算怎么回事呢？

顾秋实很严肃地又接着往下说：

"我听了非常生气，当场就揪住他去见万举同志。万举很严厉地训了他几句，警告他，以后再胡说就开他的斗争会。后来，万举大叔又跟我解释说，李老五就是这么个人，两片臭嘴，甭理他。本来，这事早过去了，我也没再多想。可这回讨论给地富摘帽，万举同志始终坚持给李强福摘帽。我又想起这件事，总觉得这里边有问题。"

"你看是什么问题呢？"冯振民问道。

顾秋实低了头，很认真地想了想，说道：

"我看有三个问题。第一，李强福敢这么放肆，说明他坚持反动立场，态度很不老实。第二，既然李强福态度如此恶劣，万举同志还坚决主张给他摘帽，反映了万举同志没有划清阶级界限。第三，如果建豆腐房抓阶级斗争的事，真像李老五说的，是串通好了的，那过去队上抓阶级斗争就是假的，这问题更大了。"

冯振民抽着烟，点了点头，好像觉得顾秋实的分析有些道理。过一会儿又摇了摇头，似乎表示不赞成的意思。

不过，"抓阶级斗争是假的"这句话，却在他脑子里转了转。他猛然想起，那封匿名信上，也有这样的话。莫非那几封匿名信的作者就是这个顾秋实？

"不成！这回我非得把事儿说个明白！"李强福双手搁在后腰上，弓着背，在屋里转来转去，活像是热锅上的蚂蚁。

他老婆手上拿着针线活，坐在炕角一声不敢言语。

"冯书记进了村，就为摘帽子来的，专查我这案子。我再不说，过了这村可就没这店儿了！那可委屈死我啦！不成！"

李强福一个转身猛地站住，泛着红丝的小眼睛瞪着自己的女人，那样子像要打人。他老婆吓得连针都拿不稳了，哆里哆嗦地说：

"你别，别……"

"别啥？"他吼问道。

"别去说了……"

"别去说！"李强福咬着牙，盯着他老婆那只剩几根黄头发的光脑袋，狠狠地说，"再不说，眼瞧着人家全摘帽了，就剩我一人戴着呀！我，我也太窝囊了。"

他老婆一句话也不敢再说，吓得干哭。

这女人，确如刘大妈所说，长得"人不人，鬼不鬼"的。她生来胆小，怕打雷，怕打闪，怕男人，怕耗子。李强福呢，大概是地主阶级禀性难移吧，别看在外头点头哈腰，一进家门他可就长了个儿，欺负的对象就是这黄脸的老婆子。三言两语一瞪眼，准能把这女人降住，天长日久，这一主一奴的地位就牢固地形成了。

如今，李强福思想斗争非常激烈，左右拿不定主意，急需找个知心的人商量商量，也给自己壮壮胆儿。可是，眼前只有这个张不开嘴的活死人。她不开口还好，她一开口更叫人心里没谱儿。该咋办呢？错过这次机会可就叫天天不应了！

"我，我豁出去了！我找冯书记去！"李强福叉开两条细腿往外走。

"别，你可别！"老婆子也拼了命似的，大着胆子一把拽住他，终于迸出一句话来，"你，你还没给批够呀！"

李强福也略吃一惊，他不知不觉放松了绷紧的脸说：

"这回可不是挨批！这回是摘帽子！摘了帽子，就能跟贫下中农坐一条板凳上开会了，就是社员了。你懂这个吗？嘻，说你也不懂！"

不料，今儿这"死老婆子"特别明白，说出一番话来：

"人家要是不给你摘，你自个儿四处张罗，轻了是不服管制，重了是闹翻案，你，你想想，还不得挨批？"

李强福倒抽了一口凉气。是呀，这话有理，有分量哪！他再瞧瞧自己那"死老婆子"，简直不敢相信，这么有分量的话，是从她嘴里说出来的。他走到她面前，用从来没有过的好口气说：

"你放心，这事儿，我心里有底。万举对我不错，每回开我的批斗会，早半天都通知我一声，还不是照看我！你忘了，有一回在场院，晌午大夏天的，我站太阳底下，晒得浑身冒油，你听万举说啥？他说，你是死人哪，你不会挪两步，往树荫儿下站站。你是成心咋的？晒晕了，我们可不能背你回去！这话还不明白吗？这是向着我呀！"

他老婆想了想，是有这么回事儿，把头点了点。

李强福两眼一眯，露出少有的得意神态，伸手要去拿帽子。谁知被那老婆子一把按住手，小声急急地说：

"你再想想吧！这些年数你挨的批斗会多，人家能算你老老实实吗？"

这下子李强福可急了，她竟敢怀疑自己是不是老实？他脸一沉，抓起帽子就夺门而出，找说理的地儿去了。

不过，他还是没有足够的胆子去见冯书记。从解放到现在，他见到的最大干部是公社治保组的组长，训起话来气派比李万举大多了。公社书记偶尔来村他都躲得远远的，何况县委书记？还是去找万举吧，好歹一个村的。

天已经黑了，道儿是熟的，他直奔李万举家去。

李万举一人坐炕上发愣。

这几天，为给地富摘帽的事，可真让李万举发了愁。林翠环见他那愁眉苦脸闷声不响的样子，也是又气又急又心疼。晚饭端上桌，他吃了没两口，叫他躺下歇着，他光摇头，用手搁他脑门上试试，冰凉冰凉的也不发烧。知道他不是有病，林翠环忍不住叹了口气，埋怨说：

"说了叫你别出头，别揽事，你不听！偏要显你的能耐！办豆腐房，办豆腐房，落了个啥好？"

"社员多落了几个钱呗！"李万举应了一句。

想起办这小小豆腐房，可真没少费心思。七四年是个什么光景？"批林批孔"，收自留地，割资本主义尾巴。宣传队、工作组川流不息，坐镇村里谁敢动弹？家家户户穷得叮当响。只仗着一个果园，顶不住化肥、农药的开销。想搞点副业弄钱，啥都不叫你搞，想来想去，才想到开豆腐房。现成的黄豆，现成的人手，腾间屋子架口锅就来钱。卖了豆腐，豆腐渣还能喂猪，猪多肥多粮多，真是一本万利。想得挺美，要开张可不容易！上头说你不务正业，惦着搞资本主义；社员怕办不成赔钱，打不着狐狸弄一身臊；连老队长都直打退堂鼓。不是亏得我想出一个高招儿，这豆腐房如今还不知道在哪儿呢！这事搁今天不算什么，那会儿我担了多大的风险！唉！

当初，要不是抓了"新动向"，这豆腐房也建不成，也没有今儿这份儿罪。那时候可不都是这么干，一说敌人反对，我们就要反其道而行之，事儿就准能办成。亏了逮住李强福的那句话，我的聪明劲儿才来了。只要找到敌人反对的话，我们拥护就没错儿。

"你这人呀，就爱逞能！说你机灵吧，你比谁都傻！那李老五的德性，满村里谁不知道？你干吗单找他？瞧着吧，落下话把儿了吧？"

"咱是心挂在脖子上，是红是白不怕人瞧！"李万举又应了一句。

李老五这人，是我找的吗？甭打听就知道他准有话。他是地主，阶级敌人，他一反对，咱一拥护，这事儿不就成了吗？批斗会开了，材料往上一报，嘴全堵住了，事儿也就办成了。社员分红，一个工多拿几角钱，也为大伙谋谋福利。可，这其中的苦处，有谁知道！

林翠环见他呆呆的，不动弹，也不说话，心里替他着急，不免劝道：

"算了，公社不让摘就不摘，至于愁得你这样？那李老五是什么好东西？"

是啊！李老五也真不是好货。话是你说的，批了你，你也认了，豆腐房也建成了，你老实待着不就完了，满世界充的哪门子好汉！顾秋实这人也是，你了解多少？啥周瑜不周瑜，黄盖不黄盖的，他一说你一听也就完了。你跟这么一个不知好歹的老不死较的什么劲儿。他那两片嘴不值钱，村里谁不知道？

这回可好，连冯书记都惊动了。真的假的掺一块儿，一场糊涂官司，怎么断得清？唉，这年头，当农村干部的，辛苦点，挨点骂不算啥，这委屈可真有点受不了！不受你怎么着？不受也得受。爱怎么办就怎么办吧！

正左思右想之际，就听有人在当院喊：

"支书，您在屋吗？"

这是李强福登门的老规矩了。在村里，贫下中农家里他不能去，怕人说他腐蚀；别的地富家他也不敢去，怕人说他串联；唯有李万举家，他能走一走。万举是支书，一队主事之人，他作为一个地主分子，找支部书记汇报思想交代问题，那还是可以的。不过，进了万举家，他也不敢进屋。支书家里，常有干部在一起谈论工作，贸然走进，怕人说他偷听秘密。因而，每回他来，都站在当院喊一嗓子。屋里在开会，万举会出来，问他两句话，把他打发走；屋里没人呢，万举会叫他进去。

听到这喊声，没容万举开口，一肚子气的林翠环隔着窗户喊了一句：

"你喊魂儿呢？支书刚断气儿！"

李强福素知这女人的厉害，没敢出声。李万举这才走出门外，他没让李强福进屋，披着一件棉袄站在台阶上问：

"你来干啥？"

"我，来打听打听给我摘帽的事儿。"

"你打听啥？该摘就摘，不该摘就不摘。"

"支书，您可得给我美言两句！"

"问你自个儿呀！你再满世界胡说去呀！啥周瑜打黄盖的，是你说的不是？"

"我，我，"李强福吓得退了两步，结结巴巴地说，"我是说着玩儿的。"

"这么大年纪，你白活了？这话是说着玩的？"李万举越说越气，正颜厉色地训斥起来，"你知道这话当什么罪？周瑜、黄盖，人家是一个营里的大将。你是谁？我是谁？把我跟你扯一块儿？你想干啥？你自个儿想想！"

李强福也真害怕了，这不是内外勾结之罪吗？这可怎么办哪？说出去的话，泼出去的水，想收也收不回来了。他脸色发青，腿也哆嗦了。

万举还想再说他几句，林翠环在背后喊住他，说：

"你甭跟他费唾沫了！这种人，少理他！"

李万举挥了挥手，让李强福回去，李强福转过身，哆哆嗦嗦地迈开步。见他那吓得魂不附体的样子，李万举又动了恻隐之心。他高喊说：

"踏实回去睡你的觉！摘帽的事儿，有人做主。"

十九　李强福摘帽

冯振民好些日子没有睡过这么安稳的觉了。睁开眼来，听见窗外鸡也叫，鸟也叫，他都忘了自己是睡在哪儿了。他躺在炕上，举了几下胳膊，坐起身来，就听得窗户底下有人在说话。

"这回，给李老五摘帽吗？"一个女人的声音问。

"摘。我全跟冯书记说了。"刘大妈的声音。

"嘻，给他摘了就完了。您不知道，这老头子好几天没正经干活了，老跟我叨叨他那顶帽子，听得我这耳朵都起茧子了。这两天哪，园子里就我跟他俩人干活，瞧他那样吧，也怪可怜的。"

啊，这老太太跟李老五一块儿干活，问问她，可以了解一些情况。冯振民立即穿好衣服，拿着漱口杯走到院里。

"哟，把您吵醒了吧！"鲁二婶笑嘻嘻地打招呼。

"冯书记，这是隔壁鲁二婶！"刘大妈介绍说。

从这一早上开始，冯振民的脑子里留下了许多人谈的话。

327

鲁二婶是这样说的：

冯书记，您真够辛苦的。昨晚上听说您来了，我就打算过来瞧瞧您，我们家老头子拦着不叫我来。他说，人家冯书记下来办案子，有钟点儿的，时候金贵着呢，你没事瞎往跟前凑个啥！我还跟他辩论了两句儿。我说，如今"四人帮"下了台，凡人凡事不是讲群众路线吗？我再不济，也是个群众呀！叫我一句话给他顶回去了。冯书记您说，我这话对不？

您问李老五呀？可不，跟我在园子里一块堆儿干活。他劳动怎么样？嗐！一个干巴瘦老头子，能指他干啥！也就给他记工分，凑合叫他活着吧。他说反动话没有？说了。那会儿，说个反动话啥的，也不是他一人儿。这没啥新鲜的。

建豆腐房他说了些啥？哟，您可是问着人了，这我全知道。我记着，是点萝卜籽儿的时候，我们俩正干活呢，聊着聊着，聊开了建豆腐房的事儿。我说："这是万举瞎折腾，连鸡鸭都不让养，还让你吃上豆腐，想得美！"他说："这是癞蛤蟆想吃天鹅肉，这辈子也甭想吃上！"后来呀，又说万举的为人。他说："万举可是个好人，跟我说话，间或还称我一声'五叔'呢！"我说："萝卜不大，架不住长在背（辈）儿上了。"

过了几天，歇晌的时候，我正在地头纳鞋底呢，就见万举来了，把李老五叫一边，嘀咕了几句又走了。我见这老家伙过来坐那儿一袋接一袋光抽烟，不言语，就问他："万举跟你说啥了？"老家伙冲我一乐，说："他二婶，明儿放您半天工，开批判会。"我问："又批谁呀？"他说："还跑得了别人？批我呗！"我说："哟，又批你啥呀？"他说："不就为我说那句癞蛤蟆想吃天鹅肉吗？"我说："就为这个呀！这也不算啥呀！也不是光你一人说。"他低头叹了几口气，过一会儿，又挺着胸脯跟我说："我是豁出去了，批了我，能把豆腐房建成，大伙儿多进几块钱，也算咱给村里干了一件好事！"冯书记，您说可乐不可乐，他还干好事儿呢！

李强福是这样说的：

冯书记，您坐您的，我就这么站着得劲儿。跟您说实话，今年我虚岁六十七了，还是头一回见县官。旧社会没见过，新社会也没见过。哎，哎，这是两码事。我说错了啥，您可别认真。村干部常批我，我这人就是管不住自个儿的嘴。今儿您打发人传我来，就是瞧得起我，给了我面子，不为别的，就为报答您的恩情，我李强福也不能在您面前说半句假话。老天爷在上，我今儿说的全是实的，是怎么回事就是怎么回事。要查出有假的，您判我几年，我都认可。

我自小吃的剥削饭，甭说您也明白，我是个有罪之人。我为啥感谢共产党呢？就因为共产党改造了我，如今我也能干活了，能养家了。虽说这几年上岁数了，只能在园子里干点零活，队上分白面照样有我一份儿，这是干部大伙儿对我的照顾。我心里明白，我领情。

是，是，说豆腐房的事。当时，队上合计要办，社员说啥的都有。我呢，有个臭毛病，遇事爱多嘴。这话呢，搁别人身上不算啥，搁我身上可就捅娄子了。三天两头，准得挨一顿批，刚批完，我还嘱咐自个儿，往后别说话，你不说，人家也不能把你当哑巴卖了。可我这人，就是没记性，好了伤疤忘了疼，隔不了三天，老毛病又犯了。

那回也是，我听大伙儿说，这豆腐房建不成，上头不让建，副业是资本主义。我也搭了一句话，具体咋说的，我也记不很清了。反正是说自个儿是癞蛤蟆，吃不上那天鹅肉。按说呢，这话也不止我一人说过。冯书记，我这可不是告别人。我的罪我认，我说的都是实情。

后来，万举，哎，支书，他就来找我，问我说过这话没有。我说："说了。"他说："你这可是反动话，明儿开你的批斗会。"我说："这话犯啥啦？"他说："你这是破坏建豆腐房！"我心想：得，又挨上了，批就批吧！万举走后，我心里还嘀咕，怎么我这么倒霉，又一想，也没啥，不就大伙跟前站半天吗！挨顿批，大伙能吃上豆腐，也值。我觉着这是为大伙着想呢！鲁二婶问我话，我顺嘴就说了。您看，我这嘴呀，就缺个把门儿的。

豆腐房开张的时候，队上开大会，万举说这是支部抓阶级斗争的胜利成果。冯书记，这会我可没参加，我是听人说的。我一想，这里边可不是有我一份吗？又一想，这跟《群英会》里周瑜打黄盖不也相似吗？他们一个愿打一个愿挨。万举跟我是一个愿批，一个愿挨。千不该，万不该，我这话不该往外说。

昨晚上，我找支书去了。他一说这事，我才知这是内外勾结的死罪。冯书记，今儿我全跟您坦白了。本来，支书不准我再提这事，今儿是您审问我，我还是说了。说了，心里就踏实了。您明鉴，我说那话，本心并没恶意。

李万举是这样说的：

别让我说了，我没啥说的。我就想搞点副业，给队上增加点收入。那会儿的形势，你要想干点事，不抓阶级斗争不灵啊，不搞大批判也开不了路啊！在我们村，抓阶级斗争抓谁呀？不就抓李老五吗？就他爱瞎叨叨。要说我抓阶级斗争是假，建豆腐房是真，我承认，是这么回事。要说我跟李老五串通，演周瑜打黄盖，没那事！

吴有贵是这样说的：

我看这事儿，说大就大，说小就小。说大，大不过阶级斗争
虚晃一枪，直奔豆腐房去了。小呢，也就是李老五瞎说八道，把
事儿掺和乱了。这不，事情也查明了，就好办了，该怎么结论就
怎么结论。李老五的帽子还得给摘。万举呢，还得领着大伙儿干。

萧美凤是这样说的：

我看万举没有错。那是形势逼的，他不打着抓阶级斗争的旗
号行吗？不抓吧，上头批他"老右倾"，抓吧，这会儿又说是假的。
耗子钻风箱，两头出不来，还叫不叫干部活了！

当天晚上，冯振民就回县里了。

三天以后，县革委批下了太子村地富分子的摘帽名单，大队赶
忙张榜公布。李强福老两口的名字也列在上面。李强福的老婆姓什
么，叫什么，村里人谁也不记得。问她自己，她也说不上来。亏
得杨德全翻出土改时分地的花名册，才找到她的名字：李潘氏。

张榜这一天，李潘氏梳洗了，换了一身新衣服，戴了一顶黑
绒帽子，也来看榜。其实她大字不识，看了也不知自己的名字在
哪儿。可她还是十分隆重地来了，站在人群里半天没走。刘大妈
见了，对鲁二婶说：

"瞧瞧，佛是金妆，人是衣妆，这话一点儿不假。你瞧李老五
家的，穿个新褂子，换双新鞋，也有个人模样了。"

大伙儿也在一旁起哄。有人说，李潘氏也不算个名呀！干脆，
起个名儿吧！有说叫杏花的；有说叫月桂的；有人捂着嘴笑，说一
个老太太，还取啥花呀朵的，别糟蹋了花儿的名；有个年轻的说，
应该叫"新生"，可又没人附议。

李潘氏这辈子头一回在人群里这么显眼。她那皱得像核桃壳的脸上也露出了笑容，有生以来，当人暴众说了一句话：

"啥名也没社员的名好。会计，劳神您拿笔改改，就叫个潘社员，行不？"

二十　三不糊弄

全县给地主、富农分子摘帽的工作，很快完成了。县委开了半天总结会，谈体会，讲认识，开得很热烈。

冯振民从阶级斗争的重要性谈到阶级斗争的扩大化，从原则谈到具体，从"阶级斗争一抓就灵"谈到太子村的豆腐房。他说：

"万举这个同志，很有意思。这回我去太子村，虽然只解决了一个李强福的摘帽问题，总感到留在我脑子里的东西要多得多。看起来，过去我们唱的很多高调，逼着下边的同志造了假。这就造就了一批像李万举这样的干部。他们有真假两手，用来对付我们。而我们呢，常常以假作真。这不能不说是个很深刻的教训。"

会后，邱炳章闷闷不乐地走到齐悦斋的办公室，坐在椅子上搔头皮。齐悦斋没有搭理他，邱炳章等了等，终于憋不住说：

"齐书记，有句话，我要说出来呢，你又要批评我搞派性……"

齐悦斋冷冷地说：

"你知道是搞派性，干吗还说？"

"唉，看不惯呀！齐书记，你这人就一个毛病，太善良了！你还没看出来吗？冯书记亲自去太子村，这一手很厉害。他，把你手上的王牌夺过去了。"

"什么王牌不王牌的？"

"太子村呀！"邱炳章大脑袋凑近了，放低了声音说，"我甚至怀疑，那三封匿名信，跟冯书记是不是有点关系？"

"这不可能！"齐悦斋差点叫起来。

"怎么不可能！"邱炳章咂着嘴说，"太子村是你抓的点，李万举是你树的典型。冯一来，就想把李万举打成黑典型，揪出黑后台。这在第一封信中写得很清楚。现在，他又把万举开脱了，把错儿都归咱们头上了，刚才他还说'过去我们唱的很多高调，逼得下边的同志造了假'。'我们'指谁？那会儿他不在这儿！"

齐悦斋细细地品味着邱炳章的分析，觉得似乎有些道理，也觉得委屈。"过去唱的高调"，是我愿意唱的吗？那是上边定的调，我不唱行吗？如果你冯振民当时在台上，你还不是照样唱？他轻声叹了口气，抬起头来说：

"炳章，这种话，你以后不要再说了。传到人家耳朵里，影响不好，也不利于团结。"

"我不说，我不说。"邱炳章点头道，"不过，我还是要劝你一句，不要太善良了，太软弱了。现在，清查已经结束了。怎么样？事实证明我们跟'四人帮'没联系。省里的会议你也参加了，这说明省委对你还是信任的。我看，以后该说的还要说，该争的还要争。太子村不能让冯抓过去。万举这人还是不错的，你应该把他抓住。"

"算了，算了，我不争这些。"齐悦斋苦苦一笑。

邱炳章正起身要走，冯振民兴致勃勃地跑进来说：

"万举来了。"

"哦！他怎么来了？"邱炳章一愣。

"他到农机局去办事。我跟他说了，让他晚上来吃饭。一会儿，你们俩都来啊！"

晚上，冯振民让伙房炒了四个菜，又买了一瓶大曲，招待李万举。齐悦斋和邱炳章奉命作陪。

"万举呀，今天我请你来，是想好好跟你聊聊。"冯振民笑嘻嘻地斟了一杯酒说，"这些年，农村工作不好干，基层更难。我看你是很有点办法的，你好好给我讲讲。"

"我有啥办法？瞧您说的！"李万举再三推托。

邱炳章也给李万举斟上酒，说：

"冯书记叫你谈，你就谈呗！你当了十几年支书，齐书记一直把你们村当点，你那体会还少吗？"

李万举先还有些拘束，三杯酒下肚，话就多起来了：

"我有啥呀？不就是糊弄事儿吗？这些年，在农村第一线，不学会糊弄，还真干不了。可有一条，肚子不能糊弄。牛马不喂足料，它还不动弹呢！你没吃饱，愣说吃多了，肚子撑得慌，能行吗？肚子这玩意儿，不会说话，可会咕咕地叫唤。它可不能受委屈，你少填进一个窝头，它就叫你少一分力气，眼看面前有个坎儿，它就叫你迈不过去。"

"民以食为天嘛！"冯振民笑道。

李万举又呷了口酒，继续说：

"三年困难时期，我们老支书还在，他就常说，肚子最公道，千万不能糊弄它。那会儿，粮食紧张，上级让推广'双蒸法'，说是一斤米蒸两回，能涨出二两饭来。老支书说：甭听那一套，蒸八回它也是一斤米，又不是变戏法儿，能涨出来？后来，那新鲜花样就多了。一会儿说喝稀的好，肠胃吸收多，营养损失小；一会儿说还是干的强，最好生吞棒子粒儿经得住磨，耐时候，不会两泡尿就没了。"

李万举全当说笑话，冯振民听了，心里直发酸。是啊，三年困难时期，他当县委书记，也转发过这类的材料。这是干的什么事啊！

"这几年，我们队多打了点粮食，今天当着县里几位领导的面，我也坦白坦白：我没有按照县里定的口粮标准办，给社员多分了点。说瞒产也行，说私分也行，该打该罚我认了。反正我就这观点，粮食多打了，是社员出了力。公粮交足了，征购任务完成了，能给社员多分点就多分点。"

"难怪，我在你们村问了不少人，就是说不出个准数来。"齐悦斋笑道。

"我知道您打听过口粮的数。"李万举捋着小胡子说，"您去那回，我们还当您是查瞒产私分来了，好紧张了一阵呢！"

"现在不用紧张了。"冯振民又给李万举斟上一杯酒说，"省委下达了文件，以后社员口粮标准不搞一刀切了，多打的可以多分。"

"好，好，这可好了！"李万举十分高兴，挽了挽袖子，伸出小瘦黑胳臂，端起酒一饮而尽。

冯振民很有兴味地望着李万举，又给他倒满一杯，问道：

"还有什么不能糊弄的？"

"还有，地里的庄稼，庄稼不能糊弄。你糊弄它，它不给你长，你有什么好？这些年，我是叫'一刀切'切怕了！上头一天几道金牌，一会儿说要大面积种白薯，落实到地头，半亩不能少；一会儿说要高粱断子绝孙，一棵不许有，见苗都得拔。嘻，这种事儿多啦，今儿叫你点豆子，明儿广播里通知开镰。您说，一块地一个脾性，能一块儿种一块儿收吗？闹来闹去，庄稼人倒不会种庄稼了，要不社员说，这年头，离地边越远的越会种地呢！"

"那你遇到这种瞎指挥，怎么办？"冯振民笑问道。

"我啊，我豁出糊弄上边，可不敢糊弄庄稼。"李万举又喝了一口，红着脸说，"今儿我多喝了两杯，说话可有点出格，您几位可别往心里去。我说的上边，多半指的公社。可话说回来，公社又是打哪儿来的呢？"

"这种事情，县委当然是有责任的。"冯振民说。

邱炳章偷偷给齐悦斋使了个眼色。齐悦斋装没看见，他也端起杯子说：

"是啊，这种事情，多半是上传下达，县委也顶不住。你别有顾虑，有啥都说吧！"

"那我可就实话实说了。遇上这瞎指挥，我就给他来个阳奉阴违。靠马路边那几亩地我豁出不要了，插块'试验田'的牌子，叫他折腾去吧！我给它起了个名儿叫'路边栽花'。反正上头来检查，也是顺马路一阵风往前蹿，图个眼睛清亮。到地里边，咱们可得动真格的，该怎么种怎么种，该怎么收怎么收，不能糊弄事儿。咱是一条：得实打实地收粮食装麻袋。"

"这是对的。"冯振民点点头说，"三中全会公报上已经写了，要保护生产队的自主权。"

邱炳章又给李万举满上酒，笑道：

"你的高招可真多！往下说，还有啥？"

"还有嘛，那就是，社员不能糊弄。"李万举想了想说，"全村好几百口，人人心里一杆秤，一个个的大活人，你能糊弄吗？不能。你办事不占理，人心不服你；你办事不公道，人指着脊梁骨骂你。人心不归你，你就全砸锅！这是我们老支书说的：在农村当干部，就得认准一条，踏踏实实给社员干点好事。社员可不好糊弄，你糊弄他，他糊弄你。别的不说，他给你来个出工不出力，你就干瞪眼没治。"

"好，说得好！"冯振民只喝了一杯，黑脸已经红得像关公了，他拍着李万举瘦骨嶙峋的肩膀说，"一不糊弄肚子，二不糊弄庄稼，三不糊弄社员……唔，'三不糊弄'，概括得好，概括得深刻。我看，农村工作怎么搞，就是这'三不糊弄'。"

李万举真喝多了，竟有点飘飘然的样子。冯振民也像是醉了，他又拍着李万举的肩头说：

"好经验啊！可去年三干会上，你怎么不说'三不糊弄'，光说你那'三联系、三对比'？哈，你呀，你是糊弄我！"

李万举斜着眼笑眯眯地说：

"冯书记，您这是怎么啦？这话，咱只能关屋里说说，哪能站大喇叭底下喊去！"

"你不说实话，三干会一完，就有人把你告了。"齐悦斋笑道。

"我知道。"

"连告了你三状，你也知道？"

李万举摇了摇头，好像酒也醒了些。

冯振民让邱炳章索性把那几封信取来，当场读给李万举听。

李万举一边听着，一边咂嘴：

"好家伙！把咱太子村摸得还真透！"

读完了信，邱炳章问道：

"万举，你看这信是谁写的？"

李万举翻着眼皮想了想，十分肯定地说：

"跑不了太子村四外这几个队！嗯，没准儿是他！"

"谁？"

"那我可不说了。说错了，又结一层仇；说对了，也没啥意思，人家不是不愿署名儿吗？"

二十一　匿名者来访

四天以后，一个五十来岁的庄稼人，走进清明县委大院。

传达室的同志拦住他问：

"同志，你找谁？"

"我找冯书记。"来人口气很大。

"冯书记正开会呢。"

"那我找齐书记。"

"齐书记也在开会。"

"那就找邱主任吧！"

传达室的同志听这人一连点名要见的都是主要县委领导，觉得来头不小，忙问他：

"您有什么事？"

"我给县委写过三封信。"

一听是来查信的，传达室就指给他信访组的门儿。这人来到信访组，大模大样地说：

"去年我一连写了三封信，状告当今太子村的支部书记李万举。"

"哦，你就是，就是……"信访组的同志马上明白了，来人就是那三封匿名信的作者。他们请客人坐下，马上向邱主任作了汇报，邱主任又跑去请示齐副书记。

齐悦斋连忙把来人请到了自己的办公室。

不一会儿，客人进来了。齐悦斋抬头一看，这人长一个酒糟鼻子，不由得叫了一声：

"啊，是你！"

"是啊！齐书记，您好记性，咱们在太子村见过一面。"

"你不是赖家坟的？"

"是啊，是啊。"那人恭恭敬敬地连声答道。

齐悦斋请客人坐下，盯着他问：

"那么，你是赖家坟的支书？你叫什么名字？"

"不是，不是。我水平低。"来访者欠起身说，"我叫赖家发。大伙看得起我，选我在队上，经营点副业。"

齐悦斋给赖家发倒了一杯水，来访者忙起身双手接着，连说：

"您歇着，您甭忙活！"

"那三封信，都是你写的？"齐悦斋坐下，瞧着这赖家发，心想这个人的样子，不像是跟冯振民有啥关系的，邱炳章的分析也太荒唐了。

"是啊，是啊。"赖家发答道，"解放前我念过两年私学，爱看个报纸，日常也没工夫拿笔，文墨不通，您见笑！"

"你为什么要告李万举呢？"齐悦斋问道。

"我有个闺女，小名碧玉，嫁给太子村东头老赵家。我们两个村地头搭地头，太子村生产好，收入高，我知道。究竟内里详情，我就不得而知了。去年三干会，李万举一介绍'三联系、三对比'，大伙就觉着不对劲儿，都说万举这人太鬼。他的真经不往外传，尽往外抖搂假的。也有人说，这也不怪李万举，怪只怪县委不识货。听了这一番议论，我琢磨了半宿，要取太子村的真经，不惊动县委诸位领导不行。我呀，就写了那三封信。"

"啊！"齐悦斋长出了口气，心说，你这没头没脑的信可让人费了脑子。

"写得对不对的，您多包涵。"赖家发微笑着说，"今儿我来县委，主要是来感谢县委各位领导重视来信。我听说，经过您齐书记、邱主任，还有冯书记三去太子村，李万举啥都说了。听我闺女说，他们村都嚷嚷动了，县委肯定他们没错儿。"

齐悦斋摆摆手说：

"这个，你就不用感谢了。"

赖家发又靠前了些说：

"齐书记，太子村的真经露了，我就想提个建议，能不能开个大会，让他介绍介绍？咱们穷队穷村的，多少也取点回去，沾点光啊！"

"这个嘛，还得跟冯书记商量。"

"那是，那是。"赖家发连连点头。

齐悦斋又随随便便地问道：

"你以前见过冯书记吗？"

"没有哇！"

"不认识？"

"嘻，我哪能认识冯书记呀！"赖家发笑答道。

齐悦斋站起来说：

"要不要我领你去见见冯书记？"

"不用了，不用了。打扰您这么半天，就够瞧的了。听说冯书记正开会呢，甭惊动他了。您别这么客气！"

客人走了，齐悦斋轻松地一笑。这个赖家发，纯粹是个农民，跟冯振民风马牛不相及，邱炳章这人，就是自作聪明！

二十二 "真经"大会

忙完了春耕春播，清明县委又开了一次三级干部会，进一步学习三中全会的公报和有关农业的两个文件，号召大力拨乱反正，在农村工作中恢复实事求是的传统。

冯振民让李万举到大会上去把他那"三不糊弄"的真经讲一讲。李万举本不想去说，经不住冯振民一个劲儿动员，只好去作了一次发言。这回，他讲得很解放，实打实的，听的人也感到亲切、痛快，都说这是一次"真经"大会。

在大会总结中，冯振民对李万举的"三不糊弄"给予了很高的评价。照他的说法，搞农村工作的，只要做到"三不糊弄"，就能密切党和群众的联系，形成一个上下一条心，同心同德搞"四化"的新局面。

李万举顿时成了新闻人物。报社的、通讯社的、电台的、电视台的记者们，摄影的、录音的、录像的都找到招待所来，把李万举团团围住，提出各种要求：

"万举同志，你讲得太好了。我们准备写一篇通讯，请你抽时间再跟我们谈谈！"

"万举同志，我们电台准备搞一个录音访问，请你向听众讲十分钟，十分钟就行。"

"万举同志，你的'真经'很有针对性，同三中全会强调的实事求是的思想路线完全一致。我们准备整理一下，在报上全文发表。"

"我们昨天已经挂了长途电话，编辑部领导同志很重视你的经验，准备专门发表社论，讨论你的经验。"

"万举同志……"

李万举两手抱着头，低着脑袋坐在招待所的小木板床上，一声不吭。那瘦小的个子，那霜打了似的模样，简直没有一点先进人物的风度和气概。待这样那样的要求提完了，他才放下双手，抬起头来，噘着两撇小胡子，发出一声哀叹：

"你们饶了我吧!"

见多识广的记者同志们全都愣了。

"我不是什么先进典型,我也没啥'真经'。"李万举无精打采地说,"我是个庄稼人,当个农村支部书记,领着一村人干不容易。我干的那些事儿,都是没办法逼出来的,有什么好说的?今儿你们捧我这么老高的,明儿我准摔个四脚朝天!"

记者们见李万举完全不懂新闻工作和典型报道的重大意义,就去找县委副书记齐悦斋,希望齐书记去做做这位支书的工作。

"这个工作我可做不了。"齐悦斋客客气气地说,"你们还是找冯书记去吧!"

冯振民听完了记者们的意见,说道:

"我看,李万举的'真经',是不能报道的。"

记者们听了这话,不但吃惊,而且气恼。怎么这位县委书记也不懂得宣传的重要性呢?

冯振民站起来,手里拿着烟,在屋里走了几步,对满屋的记者说:

"万举同志那本'三不糊弄'的'真经',核心就是实事求是。这一点,我在会上讲了,你们刚才也提到了。可是,我提一个问题,不知你们想过没有?李万举每干一件实事求是的事,都要玩一些弄虚作假的花招,这是为什么?"

没有一个记者能回答这个问题。

冯振民皱着眉,狠吸了几口烟,在屋里转了一圈,又说:

"一边是实事求是,一边是弄虚作假。或者说,一边是'三不糊弄',一边是'都去糊弄',这两种完全相反的行为,集中在一个人身上,达到一种和谐的统一,这是一个什么性质的问题,有谁能把它说清楚?"

他站住了，用探寻的目光望着在座的人们。记者们面面相觑，无言对答。冯振民又说：

"我刚才说到，这种矛盾的统一已经达到和谐的程度。你们看，李万举要讲实事求是就得弄虚作假，通过弄虚作假才能实事求是。这在他干的那些事中都可以看到。我希望你们先把这个带有点哲理性的问题弄清楚了，再说报道不报道的事。"

记者们怏怏地只好准备离去。

似乎为了安慰一下这些给泼了凉水的同志，冯振民又说：

"从今往后，实事求是将会形成风气，要实事求是不必同时去弄虚作假。那时候，再报道也好嘛！你们这么热情宣传我们县，我还有不欢迎的吗？"

省报的一名记者说：

"到那时，李万举的真经就毫无意义了，还报道什么？"

冯振民笑道：

"那可就好了！"

赞　歌

一

夜来了，天气还是这般闷热。

我们四个人坐在省宾馆绿树覆盖的小花园里，竟寻不到一点凉意。枝头的蝉发出懒懒的长鸣，地上的草虫儿哼哼唧唧地哀声叫着。我们面前的石桌和座下的石凳，都留有烫人的余热。偶尔一缕晚风拂过，也还随来阵阵热浪。

宾馆里那七层高的主楼，门窗洞开，灯火通明。住在这里参加全省县委书记会议的代表们的笑语欢声，不时飞出楼外，更给这酷暑之夜增添了几分热气。

和我坐在一起纳凉的，都是省里各新闻单位的记者，他们为采写会议消息而来，整天价忙得不亦乐乎。难得今晚有电影，代表们休会娱乐，这些看够了内参片的"无冕之王"，忙里偷闲，躲到这幽静的去处，也来劳逸结合一下。我是听说这里云集了全省的县委书记，赶来"体验生活"的，没有什么具体任务，倒也逍遥自在。蒙他们不弃，邀我参加他们的消夏茶座。我深知记者们见多识广，通天入地，肚子里素材不少，便很乐意地接过了一杯龙井茶，在石凳上坐下来。

龙井是清香的，沁人肺腑。聊天是自由的，天南海北。没有人出题目，没有人作记录。兴之所至，从古到今，随意说来，谁也管不着谁。

"这年头，写小说最自在！"省报记者唐晋，三十多岁的样子，个儿不高，长得壮壮实实的，说起话来手舞足蹈，好像在演讲。他一开始就把矛头指向我："一篇小说写得好，就有人捧场，作者一举成名；小说挨了批，捧场的人更多，作者越发红得发紫，简直是文坛的幸运儿。"

我能说什么呢？只能付之一笑。

省电台的记者陈征远，四十多岁，个子比唐晋高一头，却没有唐晋壮实。他用两根细长的手指夹着烟，说话斯斯文文，但也颇露锋芒。

"作家当然也有作家的难处，不过，和我们当记者的比起来，那就是天上地下了。"陈征远微微叹了口气说，"我们见的不比你们少，写的更比你们多。可是，不幸的是，我们想写的常常不能写，不想写的又常常不能不写。结果，非议之声迭起。报道大好形势吧，有人说你粉饰太平；揭露特殊化吧，有人说你挑动群众的不满情绪。总而言之是：左右挨骂，四面楚歌！"

我又能答以什么呢？也只好付之一笑。

那坐在一旁只顾默默抽烟的崔照明，是省新华分社的采编主任。他五十年代就是一名颇有名望的记者，可惜后来被打成"右倾机会主义分子"，下放到林场劳改，粉碎"四人帮"以后才重返新闻战线。他身材瘦弱，面容枯槁，看上去至少五十岁模样。他寡言少语，大大的眼睛中常露出茫然的神色，嘴角上常停留着一丝惨淡的微笑，好像在他的脊背上，至今仍然背着沉重的包袱。这时，他冷冷地问我：

"您来参加这次会，想写些什么呢？"

不能拒绝回答像他这样的同志提出的问题，我如实答道：

"我是想给县委书记们写一曲赞歌。"

"哦！原来你是'歌德派'啊！"唐晋哈哈笑道。

"难道县委书记不值得歌颂？"我并不示弱。

"那当然。好的书记是值得歌颂一番的。"陈征远表示赞同。

唐晋赶忙接过话说：

"这我倒也同意。不过，说句不客气的话，你们作家对县太爷的了解，比我们这些记者可差远了。不信，我随便给你讲几个他们的故事，足够你编一部长篇小说的了。"

这种大言不惭，并没有使我不快。文人尖刻，古来如此。我倒觉得这是一个开拓素材的机会，便提议在座的记者每人讲一个最值得歌颂的县委书记的故事。唐晋、陈征远痛痛快快地一口答应了。崔照明慢慢悠悠地摇着芭蕉扇，望着夜空，半天没表态，最后才点了点头。

于是，这三位记者讲了三位县委书记的故事。

二

第一个讲的，是唐晋。

"我讲的这个书记，是我们县的老书记，姓方，名豫山。"他的眼珠转向两位同行，"你们大概听说过他吧？"

崔照明点了点头。

陈征远双手搂着右膝，摇晃着上身，眯着眼说：

"方豫山？知道。此人大名鼎鼎，谁不知道他的外号叫'第一书记'！"

"不错，人家叫他'第一书记'。"唐晋挥动着胳膊，推着白框眼镜，口齿伶俐地讲了起来，"这不仅因为他确实在我们县担任过这个职务，更由于他事事都争第一。在他的领导下，敝县是第一个完成土改、第一个合作化、第一个成立高级社、第一个实现公社化的县。其他，诸如春种秋收、改革农具、消灭三类苗、一年两季交公粮、推广杂交新稻种……我们县经常名列前茅，连中学生作文比赛，在全省也是拿第一。"

唐晋忽然停住话，腼腆地一笑，又说：

"当然，拿这个第一的，不是'第一书记'，而是我。不过，我得承认，我能拿这个第一，和方书记的教育确实分不开。那时候，我是县一中的学生，在全县学生代表会上，在县团代会上，不止一次听过他的报告。这位方书记，他讲话鼓动性真强，听他的报告你就坐不住。他常用集体荣誉感来激励我们上进。我相信，如果不是从小接受这种很有成效的教育，一九六四年那次全省作文比赛，我是得不到第一的。"

"我扯远了，不过，这也不算离题，交代人物嘛，对不对，作家？"他兴致勃勃地又说，"有了那个第一，六五年我高中毕业，就很顺利地进入了新闻界，当一名见习记者，开始了我的苦难生涯。不久，天翻地覆，'文化革命'开始，老记者差不多人人遭殃。我头上没有'辫子'，屁股上没有'尾巴'，是第一批被准许走上第一线，恢复采访活动的。

"六七年秋天，我们省开始搞'三结合'，筹建'新生的革命委员会'。一天，省革筹小组开会研究建立县一级的革委会问题。当时，最大的困难是找不到'革命领导干部'，搞'三结合'没有对象。会上有个人当场提到方豫山，说：'方豫山为什么不能结合？这个人有魄力，有才干，县里一套工作摸得很熟。当然，在错误路线下他有账，但只要承认错误，改了就好嘛！把这样的县委书记解放出来，在革命路线指引下，那是会大有作为的。

"听了这番话，我真替方豫山高兴。脑子里也忽然闪出一个题目《方豫山的又一个'第一'》。试想，全省第一个县革委会诞生了，方豫山是全省第一个被解放的县委书记，第一个进入红色政权的革命领导干部，这是多大的荣誉啊！对于正在被当成'走资派'打倒的他，该是一个多么大的特大喜讯啊！

"过了几天，我就忙动身回我们县，准备采写这条即将诞生的头条新闻。

"当我走到县委大院门口时，首先映入眼帘的是一溜造反司令部的牌子，从头到尾一数，共有三十二个。有县贫下中农造反总部的，有县工人革命造反团的，有县干部捍卫红色造反团的，有省里各大专院校红卫兵造反联络部的，有省工人赤卫队的，有财贸尖兵的，还有北京'三司'、地质'东方红'、清华'井冈山'的，连千里迢迢的哈尔滨军工大也在这门口挂了块牌子。

"现在想起来，简直是荒唐！他们是学生，不在学校里好好读他的书，跑到我们这小县城夺的什么权？可是，当时这一切都被认为是合理的。革命嘛，还划分地盘？！'天下者，无产阶级革命派的天下！'既然是革命派，又是大串联，走到哪儿，革到哪儿，哪儿有权，就在哪儿夺！况且，北京'三司'，哈'军工大'，当时是当当响的造反派组织，有他们的几块木头牌子戳那儿，谁敢不低头！

"县委大院里，也是一派革命繁忙景象。戴着红袖章的革命小将，也有'中将'和'老将'，川流不息。各个办公室的桌椅都搬空了，地上铺着一溜柴草，排着一只只背包。正是中午开饭的时候，造反派们拿着印有'将革命进行到底'红字语录的搪瓷茶缸，从露天伙房领一份菜汤，拿两个窝头，就一块咸菜，有的坐在背包上，有的蹲在院子里就吃开了。

"凭良心说，看到这种情景，当时我是很受感动的，甚至觉得这才像个革命的样子。因为已经提出'大联合'的口号，这三十二个组织就联成了'大联委'，负责筹建革委会。'大联委'的一个头头接待了我，他自我介绍说：'我叫满江红。'看模样听口音是个北京来的学生。他穿一身军装，背一个挎包，五官端正，行动斯文，说起话来还很有点水平，只是口气大得吓人。见面第一句话是：'欢迎你来，无产阶级需要自己的知识分子。'我坐在一旁等他处理要事时，又听得他说：'他妈的，不是重任在身，老子就留在这里当这个书记！'后来，他才不慌不忙地对我介绍情况：

"'省革筹领导同志的指示，我们讨论过两次了。我们认为这不仅是对方豫山本人的挽救和爱护，而且是对我们无产阶级革命派的支持和鼓励，为我们筹建新生的红色政权指明了方向。但是，我们认为，解放方豫山，结合方豫山，必须要反对单纯的任务观点，绝不能为解放而解放，为结合而结合。"大联委"提出，要做好方豫山的革命转化工作。在这方面，老家伙令我们非常失望，他至今仍然同革命群众对抗，拒绝承认"三反"罪行。'

"我不由得吃了一惊。'文化革命'中，多少人捞稻草！现在对方豫山，面前漂来的不是一根稻草，而是一条救生船。只要承认错误，就可以爬上岸，不但救了命，还能戴上'革命领导干部'的桂冠。这样的好事，方豫山竟不干，岂不是太傻！

"联系到方豫山一贯的为人，我又觉得这也不奇怪。他争强好胜，不甘人后，但他绝不是个看风向、赶浪头的投机之辈。这人固执到极点，有一股子八匹马拉不转的犟劲。他认准的事非干不行；他想不通的刀搁脖子上也不干。遇到这样的人，有什么办法？

"满江红喝了一口白开水，又皱着眉头说：'这个问题，还算比较好办的。认识总有个由浅入深的过程，我们也不要求他一下子就对自己的错误和罪行认识得那么深刻。如果是那样的话，我们就违背了毛主席的认识论。只要他对自己的错误和罪行有一个起码的认罪态度，我们就可以给群众做工作。现在难办的是，他还有个四三年的叛徒嫌疑问题，无法查实，又无法勾销，这就棘手了。红色政权总不能结合一个叛徒吧？'

"一听这个，我可惊呆了。叛徒问题可是非同小可，不弄清楚怎么结合呢？要弄清楚，那就不是几个月的事了。况且他已说了无法核实。

"不料，满江红却把盖着右眼的头发一甩，两道坚定的目光射向我，很有把握地说：'今儿晚上大联委开会，先解决他的叛徒问题。'

"我瞪大眼，瞧着这精明的首领，实在不明白这种需要内查外调的问题怎么可能在一个晚上解决。满江红似乎猜到我的心思，笑道：

"'我们准备对方豫山采取一次特殊的革命行动，给他来个刺刀见红，立见分晓。特许你参加，不过现在要严格保密。'

"说完，他把一大堆方豫山的罪行材料和检查材料塞给我，让我先看，就忙他的去了。

"我把这些材料翻了翻，心里真替我那'第一书记'捏把汗。如果这些罪行哪怕百分之五十是真的，方豫山别说'革命领导干部'当不成，而应立即绑赴法场枪毙了。至于他的检查，确实是处于同群众对抗的阶段，根本没有结合的基础。《方豫山的又一个'第一'》看来是没法儿写了。还有那吓人的叛徒问题怎么办？满江红搞的特殊行动究竟是什么？为什么搞得那么神秘？

"好不容易挨到天黑，吃完窝头就咸菜，有人来招呼我，一辆大卡车把我和一批红卫兵拉出县城。我猜想可能是去哪个公社参加游斗方豫山的大会。那阵子，游斗是时兴的新事物。

"可是，出城不远，到了一个小山坡前，车就停下了。昏暗的夜色中，我也跟着跳下车来。只见前面不远还停着一辆小吉普，满江红和一些大联委的头头已经在那儿了。

"'都到齐了吗？'满江红背着他那永不离肩的挎包，环顾人群，问了一句，又说，'我们开始吧！'

"他先领大家念了一段'革命是暴动，是一个阶级推翻一个阶级的暴力行动'之类的语录，接着就宣布把反革命修正主义分子方豫山押上来。

"我心里纳闷：押上来？押到哪儿来？这里前不着村，后不着店，头上是黑黝黝的夜空，脚下是荒草丛生的山坡，只有十几个红卫兵雄赳赳地站在路边。

"随着他这一声喊，人们向山坡上拥去。我不知出了什么事，也赶忙跑过去。只见不远的地方已经挖了个一人深的大坑，旁边还站着几个手持铁锨的造反派。我脑子里嗡的一声震响，差点栽下坡去。什么革命行动？他们是要活埋方豫山啊！

"就在这时，方豫山被押上来了。我看不清他的脸，只模模糊糊地觉得他身子变高了，摇摇晃晃的，像一个稻草扎的人，连一点当年那魁梧的影子也没有了。他双手给倒绑在身后，被人家一步三推，踉踉跄跄地推进了那大坑里。顿时，只有一颗头露出地面，那样子真可怕！

"满江红站在坑边，叉开两条腿，大声讲话了。他说：'方豫山！现在，两条路摆在你面前：坦白从宽，抗拒从严。只要你老实交代四三年是怎么背叛革命的，我们就宽大处理，马上给你出路。如果你执迷不悟，坚持反动立场，那我们就要采取断然行动了！'

"开始，红卫兵们还给满江红助威，喊了不少'敌人不投降，就叫他灭亡'之类的口号，根本不容站在坑里的方豫山开口。满江红把领着喊口号的一男一女喝住，那一群人静下来，一双双眼睛虎视眈眈地盯着那地下的头颅。

"夜半的山坳，阴森冷寂，加以这野蛮的场景，真让人不寒而栗。月亮出来了，一束惨白的月光把方豫山照得正亮，这时，我才惊异地发现：面对着死亡的他竟是那样的平静，他的脸像一潭清水，没有泛起一丝涟漪。他仰起脸，看着头上的明月。他的目光和月光似乎在默默地交流，他那双眼睛里，包容着苦痛和心酸。不，我决不相信，一个贪生怕死的叛徒会是这样无畏地面对死神！

"'方豫山，你交代不交代！'满江红又喊了一声。

"一个响亮的声音从地底下升起：'我的历史你们调查吧，我已经向你们提供了能证明的人。'

"'你提供的证明人已经死了，没人能给你证明！'

"他沉默了。满江红再次逼他交代。我看见他脸上的神情在急促地变化，他心里的风暴反映到面部了。突然，他两眼眯起，收聚起散乱的光芒，又猛的一下睁开，像两道电光直射到满江红脸上。这目光能把人的胸膛穿透！我以为他要爆发，要大喊，要高声痛斥，要争辩，要从那喉咙里发出震撼大地的声音。谁知，积郁在他胸中的烈火只喷出几个字来：'这不是我的错！'

"就这么几个字！我太失望了。我希望他拼死抗争，希望他用最强烈的语言来证明自己无罪。可是，他什么也不说了。

"就在这时，我下意识地扭头盯了满江红一眼，我发现他脸上也有一种隐隐失望的样子。但是，他表现出来的，却是一挥手，从牙缝里透出一个字：'埋！'

"于是，那些手拿铁锹、早已等得不耐烦的造反派顿时挥舞铁锹，一铲铲泥土，和着石子朝方豫山头上、身上倾去，像一群魔鬼在降着一场血腥的雨。

"啊！他们真要活埋方豫山，活埋我们的'第一书记'吗？我几乎惊叫起来。在这千钧一发之际，我的良心呼唤我，我应不顾一切地去制止这暴行，这人间的惨剧。正当我要冲上前去的时候，我感到左臂被一个铁钳样的手抓住，使我动弹不得。我回头一看，拽我的不是别人，正是那个为首的满江红，一丝诡谲的微笑正挂在他那薄嘴角上。

"还没等我叫出口，只见他跨前一步，喊了声：'停！'他又瞪大眼站了片刻，忽然一挥手说，'把他押回去！'

"那些人果真停了手上的锹，并不说什么，就把方豫山从土坑里拉了出来，押上吉普车。满江红转身拍着我的肩膀说：'现在可以证明：方豫山不是叛徒。'

"原来是这样，他们用假活埋来考验他。这些教育不全的残暴的'革命者'啊！不知为什么，我当时除了愤怒，还真怜悯他们。他们是多么无知，无知到丧尽天良的地步！

"我本想批评满江红不该搞这种中世纪的恶作剧。那时候，记者在外面地位并不低，有时甚至可以左右一个地方的形势。但是，看到满江红如释重负，甚至有些轻松的样子，我原谅了他。我相信他并非出于恶意。

"第二天，满江红邀我一起去找方豫山谈话。他被囚禁在县委后院的一间小屋里。

"我是第一次同方豫山谈话，也是第一次这么近地看着他。我感到他不像我原来想象的那么了不起。也许，这是因为以前我见到他时，他是以'第一书记'的身份站在台上作报告，给人一个高大的形象，而现在他是一个阶下囚，也许，是因为他确实苍老了，憔悴不堪了。

"满江红一进门，就向他传达了省革筹领导同志关于结合方豫山的讲话，并且就昨天晚上的假活埋事件向他表示歉意。

"方豫山一声不响地听着，脸上没有任何表示。直到满江红又说了一大车'老干部是革命的宝贵财富'等话之后，他才问：'你们让我干什么？'

"满江红说：'让你和我们一起干革命！'

"方豫山想了想说：'这个命我没法革，也不会革。'

"满江红词穷了，他用目光向我求援。这时，说老实话，我是有点同情满江红的。我觉得他的做法虽然幼稚不堪，但也算替方豫山取得了一个不是叛徒的反证，这总是好事。况且，这个红卫兵已经对昨天的做法表示了歉意。

"我向他介绍了各地领导干部'亮相'的情况，说明了这次来采访的任务，连准备撰写一篇《方豫山的又一个'第一'》的通讯标题都跟他谈了，希望他在这'史无前例的大革命'中再带一个头。当然，我自己那时也年轻得很，天真得可怕。

"'不，这个第一我不争。'方豫山态度很坚决。

"'为什么？'我甚至有些生气了。

"他很严肃地说：'我不明白，自己怎么能向自己夺权？既然你们承认我是革命的，为什么夺我的权？既然你们认为我是走资派，又为什么让我参加夺权？'唉！他那个样子，简直不像是我们找他谈话，而是他在给我们上课。

"满江红又讲了一番大道理，我听着都觉得头头是道，可方豫山固执得很，一点也听不进去。

"结果，事情就拖下来了。不久，刮起了一股批'复旧'的风，我们省被当成'复旧'的典型，受到很大的冲击。原先省革筹从部队上来的同志，因'复旧'被调回部队受教育去了。满江红也回了北京。方豫山又重新受到审查，尽管叛徒的问题仍然不能落实，但他坚持'反动立场'，反对'文化革命'的言论却多了不少。据此，他成了全省第一个'死不改悔的走资派'而被开除了党籍。

"我真替方豫山感到惋惜。这位'第一书记'，放着第一个'革命领导干部'不当，偏要去当第一个'死不改悔的走资派'，真是不可理解。完了，方豫山算完了，我常常这样想。可是，在心的深处，却又每每替他感到委屈：他不该完哪！

"方豫山到哪儿去了？以后几年，就很少听到他的消息。有一次，听说他在农场劳改。又有一次，听人说在很偏僻的一个小镇上见到他，他在给搬运社拉板车。慢慢地，方豫山这个名字从人们的嘴边消失了，好像世界上从来不曾有过这个人。

"重新听到这个名字，是在一九七五年夏天。那时候，开了第一次全国农业学大寨会议，会上提出'建设大寨县，县委是关键'，还提出整顿领导班子，解决'软、懒、散'的问题。我们的省委书记在传达大会上对当时县委一级领导的懒散作风感慨万端，他忽然离开讲稿，大声疾呼起来：'现在需要方豫山那样敢冲敢干的第一书记，没有这样的第一书记，遇事躲躲闪闪，婆婆妈妈，建不成大寨县！'他当场问我们的地委书记，又问当时的县委书记，又问省委组织部：'方豫山在哪儿？'谁也答不上来。他火了，敲着桌子说：'不知道？人给搞到哪儿去了都不知道？不行，找，找，你们把方豫山给我找回来！'

"不久，方豫山被找回来了，是在一个采石场找到的。接他的小吉普到了，他还正跟一些刑事犯罪分子一块砸石头呢！地委给他落实了政策，恢复了党籍，重新任命他为我们县的第一书记。省委书记又亲自找他，安抚了一番，鼓励他重振当年的威风，把我们县建成全省第一个大寨县。'你还要争这个第一哟！'省委书记也知道他的外号。

"这时候方豫山已经老了，至少是显得很老了，身体也不行了。但是，他那摇摇晃晃的身上好像还有使不完的劲。他向省委书记表了态：'行，让我试试看。'

"方豫山就这样领受了一个艰巨的任务，东山再起了。

"所谓'建设大寨县'，主要的标志，就是粮食亩产上纲要。当时有的县委书记说怪话：'粮食过了江，放个屁也香。'就是那么回事。而要上纲要，按当时通常的看法，就是全县每人平均要有一亩大寨田，或者叫海绵田。其实就是水浇地。

"这可不是简单的事。为了扩大水浇地的面积，我们县兴修水利，每年都要投入大量的民工，但是收效甚微。其中最大的一项工程是七一年开始的沙河分水工程。按照原来的雄心壮志，是要把从县东边流过去的沙河水分出一半引到西边，把西边的旱地变成水田。从七一年开始，这个工程已经花了不知多少投资，动用了不知多少劳力，工程仍然是个半吊子。

"方豫山走马上任后，经过一个多月的调查研究，回来开了一个多礼拜的县委会，最后又报请地委，转呈省委批准，决定加快沙河分水工程进度，把它作为'建设大寨县'的关键性一仗，在两年之内拿下来。

"那时候，我也兴高采烈地赶回去报道这项改天换地的大工程。我亲自听到方豫山的动员报告。他站在台上，身子瘦瘦的，比以前显得更黑了。他的声音还没有变，只是讲了半个钟头嗓子就哑了，显然气力是大不如以前。他说：'从一解放，我就在这儿当书记。那时候，我们县多穷啊！有的人家，四口人共用一个碗，两人合穿一条裤子。我在第一次开群众大会时就说过，要拔掉穷根。

可是，二十多年过去了，我们县还是穷。我对不起大家，对不起全县的父老兄弟，我算什么第一书记！现在，我年纪也大了，眼看不中用了，但我还是有这个决心，拼了老命也要把沙河分水工程建成。不为别的，就为全县每人一亩水浇地！为儿孙后辈不再受穷！'

"当时，在场听他讲话的，没有一个不受感动。我也是眼泪在眼眶里转哪！二十多年，我们的人民还在受穷受罪，而像方豫山这样的好书记，硬是打倒了九年才起用，耽误了多少宝贵的时间！

"方豫山说拼了老命也要把分河工程建成，他真是拼了老命去干的啊！动员大会一散，他就把铺盖搬到工地去，亲自指挥施工，亲自抬石头打夯。但这一次，他失败了。工程铺开没两个月，批起'右倾翻案风'来，人心惶惶，工程干不下去了。有人劝方豫山收摊下马，方豫山就是方豫山，他什么也不听，决心干到底。

"年底，方豫山病倒了，医生确诊为肝癌后期，而且已经扩散，无法治疗了。临终时，他请求把他的骨灰埋在尚未完工的沙河分水闸旁的山坡上。

"我参加了他的葬礼。那天下雪，工地上白刷刷的一片。没有开大会，也没有致悼词，他的小儿子捧着他的骨灰盒，放进山坡上挖好的一个小坑里。当县委的同志们抹着泪开始朝坑里填土时，我猛然想到六七年那天晚上假活埋的情景。我好像看见他在土坑里站着，还是那样平静，那样安详。我好像又看见他仰起脸来，望着雪花飞舞的天空，用尽全力呼喊着：'这不是我的错！'"

三

唐晋再也说不下去了。

崔照明、陈征远和我都呆呆地坐在那里，无声无语。

不知在什么时候，宾馆主楼上一扇扇玻璃窗里的灯光熄灭了，县委书记们的笑语欢声也消失了。奇怪，他们是什么时候走的呢？怎么没有听见大轿车启动的声音，也没有看见行驶的车灯？大概他们已经走了很久了。从园中透过树影望去，主楼一片幽暗，只有楼梯间还露出点儿亮光，把这座宾馆端庄的轮廓勾画在暗蓝色的天幕上。

"本来，我想给方豫山同志写一篇通讯，介绍他战斗的一生。"唐晋沉思着，又说，"我还到他家里去采访过，了解到不少感人的材料。他家里，可以说没有一件值钱的东西，床上垫的是草褥子，盖的被子呀，里子、面子，连棉絮都补了又补。可是他死后，人们才知道，给他落实政策时补发的工资，他根本没有去领，就背起铺盖卷儿上工地了。"

"你的通讯写出来了吗？"我问。

"写出来了。"

"发在哪里？"

"根本没发。"

"为什么？"我奇怪了。我相信这样的通讯会是感人的。

唐晋苦苦一笑说：

"当时正赶上'批邓'，怎么能为老干部唱赞歌？"

"那现在呢？现在可以发了！"

唐晋又露出一丝苦笑，叹了口气：

"现在也不行了。"

"为什么？"谁不让为这样一位鞠躬尽瘁、死而后已的县委书记唱赞歌呢？我更奇怪了。

唐晋又是一声长叹，对那两位记者说：

"你们两位知道。现在正在反对长官意志、瞎指挥，我们县的那个沙河分水工程，比起昔阳的西水东调虽是小巫见大巫，但却有一个致命的共同点，它也是一项无效劳动。沙河根本分不出那么多水来，这并不是一件好事，反而是一件蠢事。一个县委书记，没有能制止这件蠢事，反而拼了老命去完成它，叫人怎么去歌颂他呢？"

"悲剧！中国尽是这样的悲剧！"陈征远感慨万分。

"可是，应该责备谁呢？"唐晋仰天问道，"我每次回到县里，看到那废弃的分水工程，就好像看见方豫山在九泉之下痛哭，就好像听见他那痛苦的呼喊：'这不是我的错！'"

我们复归于沉默。

树上的蝉重又长鸣起来，一声隔着一声，声声相隔得很远，似乎也在悲戚，在呻吟。地上的草虫儿又微微地哼了起来，似乎在为这一声声的悲鸣配着似泣似诉的和声。

也许是我的心感到凄凉，我觉得夜色也显得那般凄清悲凉。难道大自然也在为这人间的悲苦伤痛吗？

四

"老唐，你这个故事，好是好，就是听来太沉重了。"陈征远说，"我给你们说个轻松一点的。"

唐晋指着我说：

"轻松一点，我不反对。别忘了人家的要求，要赞歌！"

"当然，当然是赞歌！"陈征远喝了口茶，像说书的行家一样，把手上的折扇一收，咳嗽一声，开始说道，"我说的这位县委

359

书记，姓遆，叫遆辑王。这个'遆'字，你们大概谁也没见过。一个皇帝的'帝'字，旁边加了一个'辶'，念遆，跟提拔干部的'提'一个音。

"此人祖籍河南开封。他自己考证，他是真正的帝王之后。他声称：如今散流各地姓遆的人都是皇家子孙，帝王的后裔。只因不知哪朝哪代，先帝被人篡位，灭九族，遭杀戮，皇族子孙四处逃亡。逃得活路的几支，不敢称帝，隐名埋姓，却又不甘心忘却祖宗的威势而混杂民间，为使后代不致忘却根本，故而取了一个不同凡响的姓。在'帝'字边加了个'辶'，意思是从皇帝龙位上逃出来的。这字开始还念'帝'，以后走了调，才念成了'提'。

"这个遆辑王，长得还真有点帝王之相，天庭饱满，两耳垂肩，面如冠玉，体态不凡。此外，他好像还真有那么点帝王的气度，皇家的遗风。这有何为证呢？和他共事的人，都说他豁达大度，遇事不惊，虽是三言两语，却颇有主见。这其实是同他的工作性质有一定关系。他长期做组织工作，'文革'前是一个县委的组织部长。我以为，正是由于他多年做人的工作，天天同干部谈话，才练就了这么一副脾性。

"可是，这遆辑王有些不守本分，他总是念念不忘他那个帝王之后，一有空闲，他就钻在古书堆里，一部《史记》他都熟读精晓。历朝兴衰，各代轶事，好像都装在他肚子里，谈起来如数家珍，跟说他们家的事儿一样。'文化革命'一开头，不为别的，就为他老吹嘘自己的'光荣家史'，被打成'封建王朝的孝子贤孙'，在牛棚一蹲三年之久。

"'九大'以后，落实政策，才把他放了出来。后来进了县委班子，而且不知怎么搞的，还升任了县委书记。不过，不是第一书记，是二把手。

"逯辑王这人想得开，看得透，不愧为乐观主义者。他虽是挨斗、挨打、挨关，历尽重重苦难，受尽世间委屈，却没有一句怨言，没有一声牢骚。复职后，干起工作来，似乎也不觉得有什么压力。有时候，他甚至还照常吹嘘。人家问他：'当初给你戴的帽子那么大，你怎么一下就没事儿了？'他笑答道：'吉人自有天相，贵人自有贵福。要不，我还配姓逯？'

"我认识他，就是他当二把手的时候。那时候，刚进入七十年代，他们县穷困状态不下于五十年代。他们县的一把手叫常冠群，人称'常胜将军'，为人十分谨慎小心，寡言少语，身体状况极为不佳。他当时常对知己讲：'现在，风向看不准，摸不清，大干不如小干，小干不如不干。'他上任之后，第一件事就是抓政治学习。这他倒是看准了，学习没错儿，而尤其是学习政治没错。他规定一、三、五在县委机关学习，二、四、六县常委一块学习。说是学习，其实是闲扯。天天学，实在也乏味，天天扯，也没那么多说的，他就说：'咱们自学吧。'所谓自学，也就是放羊了。

"逯辑王当然不怕学习。《史记》《汉书》、唐宋元明清，够他学一辈子的。可是，老这么学算怎么回事呢？七十年代了，一个县委书记，放着一个县的事情不管，光钻古书堆总不妥吧！一县之长，总该为人民谋点什么福利吧！

"有一次逯书记跟常书记下棋。一边下，他一边说：'老常，咱们总该干点什么啊！我翻看县志，咱们县当过县令的，有名有姓有业绩的共有五十四个，还有那上不了册的。当然，他们那些德政也算不了什么，不过，也确实有几个给老百姓办了几件好事，因而青史垂名。咱们县通东山的驿道就是唐朝一个叫李通的县官开凿的。西门外的圆通寺，是宋朝一个叫刘项的县官修的。元朝一个叫栗松图的县官又把这庙宇重新翻修，而且命人壁上作画，总算给咱们县留下了一点文物。在我们县第一个办学堂的是清朝的县令吕辅仁。怎么说，他也是本县文化教育事业的先驱。咱们俩呢？咱们能给百姓留下点什么？'

"常冠群听了笑道：'你真是帝王之心不死，还想上县志、入史册啊！'

"逯辑王说：'留名青史不敢妄想。可是，共产党的县委书记，总该比封建王朝的县太爷强几倍吧？俗话说：一任清知府，十万雪花银！那个时候的县官真没什么好东西。可他们当中尚且能有人做几件好事，我们不该比他们多做几件好事？'

"'我们能做什么呢？'常冠群还是摇头不迭。

"逯辑王说：'我调查研究了一番。咱们别的干不了，在金凤河渡口修座桥总还可以吧！据县志上记载，光绪年间，本县就有士绅黎民八十九人联名上书，要求集资修桥，以济交通。可是从清朝到民国，修桥的呼声很高，却始终没能动工。'

"常冠群不懂历史，对本县的历史也不甚了了。听逯辑王说古道今，倒也觉得开阔思想，听得也认真了。

"逯辑王又说：'最近，我专门调查了一次。每天从金凤河渡口摆渡的车不下三四百辆，有时要在岸边耽误一两个小时。这对于人力、运输力量，是多大的浪费啊！再说，因为这条河，南北交通受阻，对全县经济发展也极为不利。'

"经逯辑王历数修桥的种种必要性和优越性之后，常书记拍板同意修桥。他说：'咱们写个报告送地委批吧！'

"逯辑王笔头子也来得，开了个夜车就把报告写好，不下千言。常冠群又小心着意润色了一番，呈报地委。地委批了：'请交通局先提意见。'交通局批了：'确有此需要，但资金问题地区交通建设费无法解决。'地委又批了：'拟同意交通局意见，呈省委批示。'于是，报告送到省委。

"当时在省委主持工作的倒是一个老同志，资格很老，文化不高。名字嘛，我就不说了。不过，为了叙述方便起见，姑且叫他、叫他胡书记吧！

"这位胡书记相当'左'，相当'革命'。有人说他比造反派还造反派，比革命派还革命派。他牢记一条：阶级斗争年年讲，月月讲，天天讲。胡书记看了这份报告，拿起铅笔批了一行字：'一不斗，二不批，一心用在修桥上，实（势）必出修正。文革前只爪（抓）粮棉油，不分敌我友的交（教）训太深刻了。地县两极（级）都应井（警）替（惕）。'

"这个批示下来，常冠群埋怨逻辑王：'你看，你看，惹事了吧！我早说过，不干，不干，什么都不干最好！'

"逻辑王不服气。他冥思苦想，绞尽脑汁，终于悟出了一个道理。报告的失败，关键在于只算了经济账，没有算政治账，没有突出政治！这岂不是大错特错了？如果把修桥的政治意义说得最大最大，准能得到另外的效果。

"修金凤桥有什么政治意义呢？ 逻辑王翻了不少书，查阅了不少资料，终于得到启发，想出了点子。于是，他提起笔来，重又写了一份报告，内容如下：

"最高指示：'阶级斗争一抓就灵。''不解决桥和船的问题，过河就是一句空话。'下面是正文：'在伟大的导师、伟大的领袖、伟大的统帅、伟大的舵手毛主席英明领导下，在光焰无际、战无不胜的毛泽东思想指引下，在抓革命、促生产的最高指示光辉照耀下，在史无前例的"无产阶级文化大革命"从胜利不断走向胜利的进军声中，我县革命形势一派大好，越来越好。无产阶级革命派和广大革命群众，无限热爱毛主席，无限忠于毛主席，决心以

革命小将为榜样，日夜思念毛主席，誓死捍卫毛主席。回忆革命
大串联的火红年月，我县红卫兵三十八人，徒步长征，一心向往
北京城，在金凤河渡口摆渡的革命征途中，在风口浪尖上，壮烈
牺牲，为革命献出了年轻的生命。革命群众无比激动，为缅怀革
命烈士，决心在金凤河上架桥，与天奋斗，其乐无穷，与水奋斗，
其乐无穷。全县人民决心战胜金凤河，让毛主席的最高指示更快
地飞到我们心坎上，让我们的颗颗红心更快地敬献到中南海。新
县委和新生的革委会坚决支持革命群众的革命首创精神和革命创
举，决心在金凤河上架起忠心桥。以实际行动批判修正主义，批
判资产阶级，斗争党内一小撮不肯改悔的走资本主义道路的当权
派。'最后又排了一大串语录，如'下定决心，不怕牺牲，排除万
难，去争取胜利'，等等，等等。

"常冠群看了这个报告，也不由得笑了，说：'行。这回我看谁
还敢不批准。'

"果然，这次的报告，产生了奇效。从地委各机关，到省委各
书记，都画圈同意。不仅同意，而且那圈还画得特别圆，以示虔
诚吧！胡书记也似乎忘记了自己上次的批语，恭恭敬敬地画了一
个特大的圈儿。

"就这样，忠心桥上马了，而且成了省委关怀、地委确保的政
治工程。常冠群在人前人后，也着实夸奖逯辑王毕竟是帝王之后，
运筹帷幄之中，决胜千里之外。逯辑王只是微微一笑，嘴上说：
'这算啥？不就一座桥吗？'心中自然是十分得意。

"那些年，突出政治，技术荒废，修这么一座公路桥，也不是
那么容易的。各种各样的技术问题、施工设备问题，甚至劳力调
配问题，都费了逯辑王不少心血。头一个难题是勘测设计，技术
力量不够。亏得逯辑王点子多，神通广大。他同一个大学的桥梁

工程系挂上钩，请了两位老师，带着一批学生到他们那里开门办学，勘测设计这一关顺利度过。

"开工之后，施工设备严重缺乏，进度极慢。修桥，需要大量的混凝土，县里没有混凝土搅拌机，地区交通局也没有多余的，后来好歹从省里搞来一台，仍是吃不饱，进度上不去。逻辑王请客吃饭，拉关系又从建工局弄来一台，顺带还挖了一个混凝土工程队来，以为这回总行了吧！

"唉！谁知道，进度还是上不去。有一次，逻辑王到工地去检查工作，只见一台台搅拌机有气无力地哼哼着，那样子也就比死人多口气儿，工人都在一边歇着，有的抽烟，有的躺地上晒太阳，望着天上的云彩出神……哪像个紧张的工地？

"逻辑王问一个工人：'这机器怎么回事？出毛病了？'

"那工人跷着二郎腿晃来晃去，半天才眯缝着眼答道：'电压不够！'

"逻辑王急得说：'电压不够，叫电业局的人来看看哪！'说着他就准备亲自去找电业局。亏得有人告诉了他实情：不是缺电，是缺茶缺烟，不是电压不够，是酒肉供应不足。

"原来，那会儿就兴这种不正之风。有顺口溜为证：'无茶无烟机器不转，有茶无烟机器慢转；有饭无酒电压不够，有酒有肉转起来没够。'

"逻辑王这才大彻大悟，当即布置下去：每人一天二两酒，两天一包烟，三天一顿肉，茶水管够，外加西哈努克亲王访问中国的彩色电影一星期放两回。这一招还真灵，工程进度上去了。

"就这样，搞了两年多，'忠心桥'终于建成。正当准备开大会剪彩通车，逻辑王连夜起草庆祝大会发言稿的时候，全省开展了党的基本路线教育运动，号召人人'割资本主义尾巴'。建工局组织地下包工队、私自承包工程的错误被揭发了，'忠心桥'工地变成了资本主义势力向无产阶级猖狂进攻的前沿阵地。省里那位阶级斗争天天讲的胡书记，为此又写了一段批语，严厉批评'忠心桥'不忠，成了窝藏资本主义的臭茅坑，并责令县委作检查。

"结果，庆祝通车大会不开了，逻辑王的发言稿也用不着了，他被请到学习班去交代问题。临行之前，常冠群还唉声叹气地埋怨了逻辑王几句，失悔自己当初没有坚决制止修桥。后来，常冠群见逻辑王两目无神、垂头丧气的样子，于心不忍，才说了两句安慰的话。

"谁知贵人自有天佑。逻辑王在学习班一住三个月，平心静气查思想，挖根源，交代写了五大本，还过不了关，正在一筹莫展的时候，忽然报纸上发表了一个大学深入开展教育革命的长篇报道，其中有一段谈到他们如何组织革命师生，贯彻'教育为无产阶级服务，教育与生产劳动相结合'的方针，实行开门办学，参加了金凤河公路桥梁勘测设计工作，得到极大的锻炼和提高等等。第二天，又从北京飞来两位记者，专找逻辑王采访。据这两位记者透露，那个大学教育革命的经验是'江青同志亲自抓的'。

"于是，逻辑王在一夜之间又变成了'在无产阶级司令部挂了号'的英雄人物。省里那位'天天讲'的书记，坐了小卧车风驰电掣般赶到县城，亲自把逻辑王接到省里的高级宾馆去，要他向全省介绍经验。

"逻辑王恰如丈二和尚摸不着头脑，赶忙申明：'我，我没有什么经验。'

"胡书记拍着逻辑王的肩膀，亲热地说：'辑王呀！无产阶级司令部的纪律，这我是知道的。你以前保密，瞒得滴水不漏，连我都不告诉，真是高度的纪律性啊！我佩服！过得硬！可是，现在就不必了嘛！报纸都公开发表了嘛，还能不给我们讲讲？'

"'不行，不行，这我……'逯辑王连连摆手，浑身直冒汗。

"'辑王，你这个人哪，不要太谦虚了嘛！唉！实事求是嘛！'胡书记认准了，根本不容他解释。

"'真的，我不是、不是谦虚。我根本不知道教育革命闹的是些啥！真话，我不知道！'能说会道的逯辑王急得结结巴巴的了。

"胡书记却放声大笑，以至笑得腰都直不起来。好不容易喘过一口气来，他一手捂着肚子，一手指着逯辑王的鼻子说：'辑王啊，你真会演戏！看不出来，装得还真像那么回事。哈，哈，哈！'

"当天晚上，逯辑王生平第一次躺在宽大的席梦思床上。他这个二把手，一般是去地区开会的时候多，那里招待所的床虽也有个软垫子，毕竟不是地道的席梦思。他早就听说高级宾馆里有这样一种外国床，连作威作福的慈禧太后都没捞上睡一夜，不想今天该着自己来消受了。都说姓逯的是帝王之后，可从来没有享过帝王之福。管他呢！先在太后都没睡过的床上睡他一觉，也是人生一大乐事。

"逯辑王胡思乱想着，就脱去衣服朝那宽宽敞敞的床上躺去。谁知他身子刚一挨床，就整个儿地陷了下去，再想坐起来，那床上像有一种吸力，总是不得劲儿。什么姿势躺着也像身子没挨床板，半悬着似的。逯辑王不由得心里笑骂自己：土包子开洋荤，真他娘的不是滋味！他翻来覆去地折腾着，一会儿打开台灯，一会儿又关上，赶紧闭上眼睛。眼睛是闭上了，脑子可越来越清醒。想到这次莫名其妙就坐上火箭，飞黄腾达，更觉凶多吉少、前景茫茫，不敢多想。也不知是那缺德的床太软呢，还是脑子里跑马不停，反正他是一夜无眠，直到天都透青了，才迷糊了一会儿。

"第二天，服务员微笑着请他到小餐厅用过早点，胡书记就派自己的专用高级小轿车把他接走，他昏昏沉沉的也不知是叫他上哪儿。

"车子穿过几条街，快到省人民会堂了。只见会堂广场上人山人海，口号声此起彼伏，甚是热闹。逻辑王心里纳闷儿：今天过什么节？不是。莫非又有什么最新指示？早上联播节目里也没有呀！突然，他模模糊糊地感到这热闹也许同自己有某种关系，说不定……

"正想着，车停了。胡书记已经迎上前来，亲自把车门打开。逻辑王心里不由得暗暗叫苦。这时候，他真恨不得有个地方躲起来。可是，不行了，来不及了，胡书记的笑脸已经探进车厢，广场上的群众早已排列两旁，留出甬道，是夹道欢迎的架势。逻辑王只得硬着头皮钻出车来。

"他刚刚站定，欢迎的人群就鼓起掌来。胡书记半侧着身子，一边导行，一边频频颔首微笑，时而又合着群众的锣鼓点子轻轻拍手，时而又做出和蔼可亲的样子向群众招手，表情丰富自如，不愧为久经盛大场面，动作非常得体。跟在后头的逻辑王可慌了神，赖着不走吧，胡书记在前边领着，两边这么多人瞧着。逃之夭夭吧，青天白日，众目睽睽之下，你往哪儿逃？他身不由己地跟着胡书记的脚印儿朝前挪，不知不觉地学着胡书记的样儿，又是微笑，又是拍巴掌，又是举手致意。只不过他学得不到家，微笑时嘴似乎咧大了一点，显得有点苦；拍巴掌时似乎太响了一点，显得有点土……简而言之吧，他是手忙脚乱，浑身出汗，神不守舍，差点儿没昏过去。

"好不容易总算走进了会堂后边的首长休息厅，逻辑王刚刚坐下，一口气还没喘过来，胡书记就忙不迭地把在场的领导人物一个个拉过来，向逻辑王作了介绍。等介绍完毕，逻辑王下定决心，正想找胡书记把事情真相说个明白时，前边会场上铃声大作，一行人不由分说就把脸红脖子粗的逵辑王拥上了主席台。

“到了台上，众人还没坐稳，胡书记就站起来宣布开会。他大声说：‘今天，我们非常高兴、非常荣幸地请参加了江青同志亲自领导的教育革命伟大实践的逵辑王同志给我们作报告。’

“台下听众热烈鼓掌，掌声经久不息。‘向江青同志学习！’‘向江青同志致敬！’的口号声不断。此时的逵辑王，只觉脑子里像装满了苍蝇，嗡嗡嗡地乱成一片。这可怎么办哪？掌声如雷，不讲两句，今天是下不了这个台了！讲？讲又讲什么呢？真是叫泥菩萨开口，胡来哟！

“台下又呼起口号来，而且还夹杂着这样的口号：‘向从江青同志身边来的逵辑王同志学习！’‘向从江青同志身边来的逵辑王同志致敬！’

“逵辑王心中叫苦不迭！天哪，这个误会可越闹越大了。他惶恐不安、畏畏缩缩地站起来，不由得摆摆手，原意是让大家安静下来，听他解释、说明。不料，事与愿违，群众掌声更加热烈，主席台上的热烈掌声也从脑后传来。他迷迷糊糊地也跟着鼓起掌来。到了这份儿上，他可真像是在接受群众的欢呼爱戴了。

“过了许久，沸腾的会场才安静下来。逵辑王才结结巴巴地说：‘我，我没准备……不知道该、该讲什么。……我参加、参加了江青同志领导的教育革命实践，是、是很不自觉的。我、我今天就讲一讲我们县修金凤河公路桥的经过。对，就讲一讲这个经过。’

“一讲到修桥经过，逵辑王的口才又回来了。他从光绪年间八十九名士绅黎民上书修桥，谈到‘文革’初期三十八名红卫兵小将摆渡溺水，英勇牺牲，真是有声有色。又谈到那个大学的师生如何实地勘测，如何终于动工兴建，七拉八扯的，居然把这场面对付下来了。

"这一讲开了头，可就没有完了。从省的文教战线讲到省的工交战线，从这个地区讲到那个地区，从这个县讲到那个县，一讲就是三个月，整整一个夏季。酷暑炎热，疲劳过度，回到县里，他像是生了一场大病，脸上的气色青里透灰，没有血色，看上去比蹲学习班那三个月还不如。只见他两颊陷了进去，腮帮子突了出来，更显出两个大耳朵，整个人瘦了一圈儿，一对眼睛里欢乐镇静的目光不见了，代之以忧郁、沉思，甚至有点可怜巴巴似的。他自己觉得这九十天像得了夜游症一样，迷迷糊糊，身不由己，东奔西跑，不知干了些什么。

"开始，他倒也心安理得，觉得自己没有说假话。他对自己急中生智发明出来的'我参加江青同志亲自领导的教育革命实践是很不自觉的'说法，颇为满意。这既不使胡书记难堪，自己下不了台，却又是实话。可不是很不自觉吗？我只为修座桥，压根儿不知道他那个大学里闹些啥！更不知道这是江青同志亲自领导的！可是，要说我跟这事一点没关系，那报纸上白纸黑字明明写着，那两位老师确实带了一批学生来搞过勘测。我如实反映情况，句句都是实情，谁也不能说我什么。

"后来，他看到一些题为《逻辑王同志谈教育革命》的记录稿在社会上流传，不禁大吃一惊，其中有的只写'我参加了江青同志亲自领导的教育革命实践'，并无'很不自觉'四个字；有的甚至写'江青同志亲自领导我参加了教育革命实践'。他目瞪口呆了！这不是公然欺骗群众、欺骗党吗？这不是制造政治谣言、捞取政治资本吗？这要传到江青同志耳朵里，还不立即当作政治骗子抓起来？

"从此，逻辑王一听说'政治骗子'就心惊肉跳，老觉得黑牢在等着他，那一对眼睛里沉思的神色不见了，只剩下了惊恐。以前从来不知啥叫药的逻辑王，现在成了县医院的常客，每次从门诊部出来，大瓶的镇静药水，大袋的安眠药、止痛片拿着。他真的生病了。医生有证明，说是神经官能症。他以前跟常冠群下棋，总是赢的时候多。这会儿可不行了，每下必输，输得常书记都觉得跟他下棋索然无味，后来干脆扔下他另请高明了。

"直到粉碎'四人帮'，逻辑王心上这块石头才落了地，结束了精神上受熬煎的痛苦日月。他想，这回可没事儿了，不怕'白骨精'来追查了。唉！谁知江青不来查他，却有人来查他和江青的关系，而且查他的不是别人，偏偏就是那位阶级斗争天天讲的胡书记！

"揭批查运动开始后，省里清查同'四人帮'篡党夺权阴谋有牵连的人和事，第一个被胡书记点名的就是逻辑王。专案组成立了，要他交代同江青的关系。

"开始，逻辑王还据理力争，说他根本没有见过江青，也没在江青领导下工作过，更没有参加过江青篡党夺权的阴谋。专案审查人员拿出他当年讲话的记录稿，甚至拿出他当时讲话的录音带，搞得逻辑王浑身是嘴也说不清楚了。

"逻辑王又被送进学习班。这回可不是关了三个月，而是整整两年半，直到三中全会之后，才被放回县里来。有关方面告诉他，工作另行安排，反正身体不好，暂时休养吧！逻辑王忙碌半生，这时成了一个闲人。他的头发早已雪白，他的脊背也已弯曲，他那一双眼睛里倒是没有了惊恐的神色，只是变得有些呆滞，茫茫然不知所措。

"从此，每天傍晚，夕阳余晖下，金凤桥头上，都可以看见一个老人。他或是倚栏远眺，或是漫步流连。他瘦高的个子，穿着朴素的衣衫，却有一点不同平常的风度。特别是他的两个长耳朵，挂在那张瘦削的脸旁，很像两个大'？'，他就是逻辑王。

"金凤桥上车水马龙，络绎不绝。混凝土桥面平平坦坦、结结实实。卡车司机、拖拉机手、赶大车的、拉板车的、骑自行车的、赶小毛驴走亲戚的、挑担去自由市场的，都从遒辑王身旁匆匆而过，并不对他稍加注意，也并不对这座桥有什么特别的垂青。好像这里就该有这么一座桥，好像从盘古开天地这里就有这么一座桥。

"有时，偶尔也有一些赶车的或过路的边走边聊：

"'咦，这座桥啥时候修的？'

"'早修了，好几年了。'

"'嘿，这是谁的德政？'

"'德政？听说跟江青有点什么关系。'

"当这些只言片语飘到耳边，遒辑王忍不住心里发酸，掉下泪来，赶紧背过身去面对河水。他真想大喊一声：'天哪！'

"他就那么呆呆地站着，直到一个四五岁的小男孩跑上桥头，拉着他的手叫道：'爷爷，回家去吧！'遒辑王才牵着孙子的小手儿，一步一步地离开金凤桥，消失在苍茫的暮色中……"

五

陈征远的故事讲完了。讲故事的人坐在那儿一动也不动。

茶早就凉了。听故事的人心也凉了。

唐晋给茶壶里续上水，倒了一杯递到陈征远手上说：

"你这个故事，也不轻松啊！"

"我本来以为是轻松的呢！"他淡淡一笑，接过杯子去。

"那，这位遒书记现在干什么呢？还在休养？"我忙问。

"听说调到另外一个县当书记去了，还是二把手。"

"他现在还想干点事儿吗？"我又问。

"这就不知道了。"

"他来开会了吗？"我问。

陈征远摇摇头说：

"这次来的都是第一书记，他当然不能来。"

"那个常冠群呢？他现在干什么？"唐晋问道。

"他呀，升官了，现在是地委副书记。"

"哦……"

听的人都不出声了，好像在体验着什么，又好像明白了些什么。

夜色由淡而浓。蝉睡了，不鸣了。虫累了，不哼了。主楼的灯仍然黑着，县委书记们还没有回来。肃穆的宾馆，婆娑的树影，芬芳的花圃，绿色的草地，都淹没在这寂寂无声的夜色中，影影绰绰，若隐若现。

沉默了片刻，我们三人不约而同把目光转向崔照明。他今晚坐在这里，总共还没有说上三句话。他将给我们讲一个怎样的县委书记呢？

"老崔，该你的了。"陈征远喝着茶，又叹了口气似的。

崔照明点了点头。他不声不响地坐在那里，像是已经进入了梦乡，其实，他醒着。透过夜色，他唇边的香烟一闪一闪地冒着红光。然后，我听到他那深沉的缓缓的声音从暗中传来。

六

"我要讲的，是五十年代的一个县委书记。

"他姓迟，叫迟贯中。那时，他也就三十多，不到四十岁的样子。

"迟贯中貌不出色，人不出众，语不惊人。作为县委书记来讲，他可以说是一个窝窝囊囊的县委书记，甚至作为一个普通人来看，他也可以说是一个很窝囊的人。

"他所在的那个县，在他们那个地区，是最偏远的一个县，也是最穷的一个县，还是工作最落后的一个县。那时候，我是省报派驻在他们地区的，还算是记者组的组长，经常有机会列席地委召开的一些重要会议。每次有县委书记参加的会上，几乎都能看到迟贯中当众出丑的狼狈样。

"那几年，在那个地区当地委书记的，就是老陈刚才提到的那位'阶级斗争天天讲'的省委书记。老陈叫他胡书记，我也就叫他胡书记吧！那个时候，这位胡书记还不像后来那么'左'，也不像后来那么无耻。他给我的印象是工作态度很认真，很有魄力，贯彻中央精神雷厉风行，说一不二，对下级要求非常严格，一个数字，一个名字，他都要问个一清二楚，你要是答不上来，他就把你猛批一顿。

"县委书记们都怕他。每次到地委开会，都要准备一大堆材料。有概况，有典型，有历史根据，还有经验体会，其中最重要的数字论据，还要背下来，以便胡书记问到的时候，能够不翻本本就对答如流。

"偏偏迟贯中缺乏这样的才智，他经常被胡书记问得瞠目结舌。我第一次见到迟贯中，就碰见他处在这种难堪的困境中。

"我记得那次的会，是研究加快农业合作化的进度。当时，毛主席关于农业合作化问题的讲话已经传达了，各县都派了大批干部到农村去帮助农民建社。有的县一个月就办起了几百个合作社，有的乡甚至百分之八十的农户都入了社。

"'你们呢，你们那儿怎么样？'胡书记问迟贯中。

"迟贯中照例慢慢吞吞地说：'我们开了会了，用五天的时间学习文件，领会精神。会后开办了社干部训练班，集中了一大批干部……'

"'不要讲过程，讲实质性问题。'胡书记毫不客气地把迟贯中的汇报打断了。

"'实质性的……'迟贯中慌乱了。他翻了翻本子，又合上说：'实质性的是，从我们县的实际情况来看，问题还比较多。我们那里山高路远，居住分散，文化落后，一个乡找一个会计都很难……'

"'这是什么实质性问题？'胡书记顿时拉下脸，严厉地说，'这是推客观，找借口！又是缺干部啦，又是缺会计啦！总之是小脚女人，跟不上，对这场翻天覆地的伟大运动缺乏认识。困难，当然有。没有困难要你这县委书记干什么？'

"迟贯中低头不语。他本来生得就个子小，缩成一团坐在角落里就更不显眼了。

"'你回答我，你们这两个月，新办了多少合作社？'胡书记又逼上来。

"迟贯中两眼望着天花板，扳弄着手指，口中念念有词地计算起来：'一区新办了五个；二区三个；三区六个，后来有两个合并了，还有一个并到老社去了，只能算四个；四区是八个，可是一下就垮了五个，那三个当中有两个连社长还没有定，实际上只能算一个……'

"这回，胡书记没有打断他的话，而是用一种嘲笑和怜悯的表情，看着这位迟钝的县委书记做算术。与会的书记们也都露出颇为轻松的样子，好像在欣赏一场小话剧。

"迟贯中的神情却是严肃认真的。他算了半天才说：'新办的

社，大概有三十二三个吧。'

"胡书记火了，他声色俱厉地说：'大概，大概，又是大概！这是什么作风？我跟你们讲过多次，现在是搞建设，要准确！什么大概、也许、可能、差不多……都这么马马虎虎、敷衍了事的，这个经济仗我们还能打胜吗？'

"一人挨批，全场陪着，连大气都不敢出。

"然而，迟贯中的反应却很慢。他不但没有表现出受到批评时感到痛心的样子，或者表现出决心改正缺点的样子，反而只是用手抓抓脑瓜顶，傻乎乎地四下里瞧瞧，略带微笑地说：'办社这个事，复杂呀！有建有散，有起有落，要统计准确，可不那么容易啊！'

"迟贯中就是这样一个很不出色的县委书记。他似乎缺少那么一点聪明，缺少那么一点才干，缺少那么一点灵活，因而工作没有新点子，总结不出新经验，更讲不出个甲乙丙丁来。可以说，在地委的一些会上，他是一个不受重视的县委书记。表扬没他的份儿，领受什么光荣任务轮不上他，挨批他倒是场场不落。他汇报，胡书记不爱听，常常拦腰打断他的话。他提个什么意见，胡书记更不爱听，不是嗤之以鼻，就是扭过头去找别人开小会。他自己仿佛也感到人微言轻，很少发言，从来不敢有非分之想。

"一九五八年，又是公社化，又是'大跃进'，又是大办水利，又是全民大炼钢铁。县委书记们日夜奋战，忙着'放卫星'，熬得两眼通红。有的县委书记开着会睡着了，喊都喊不醒。咱们的报纸呀，还天天施加压力，登些什么炼钢进度表，插红旗，拔白旗，还画漫画，背乌龟。可以想见，在这种咄咄逼人的形势下，迟贯中自然又成了挨批的活靶子，日子好过不了。

"这年秋后，胡书记提出一个口号：'消灭三类县！'迟贯中首当其冲，成了被消灭的对象。当时，还是土法炼钢被誉为一大创举的时候。胡书记一贯是个不甘落后的人，他决定组织一个高产日，放一个特大的'钢铁卫星'，把全省别的地区比下去。为了实现这个宏伟的目标，胡书记亲自挂帅，去抓迟贯中那个落后县。我为了报道抓两头的工作方法，也参加了胡书记带领的这个工作组。

"我坐在胡书记的吉普车上，沿着进山的公路而行。一路上，只见庄稼被废弃在地里，代之而起的是形形色色的小高炉。大大小小的卡车、拖拉机、马车、板车、手推车，还有拆去了车座的大客车，载着矿石、焦炭和耐火砖鱼贯而行。白胡子老头们打着'黄忠班'的旗子，小脚老太婆打着'佘太君班'的旗子，坐在一堆大石块周围砸石子儿。甚至八九岁的娃娃们也被组织在'哪吒班'里，帮着爷爷奶奶给土高炉准备细粮。中年汉子编成'武松连'，孩子妈编成'穆桂英连'，小伙子们编成'罗成排'，大姑娘们编成'花木兰排'，在炉前炉后忙得不可开交，一个个都成了黑脸张飞。

"胡书记坐在司机旁边，一直瞅着窗外这热气腾腾的情景，由衷地叹道：'真伟大啊！群众中蕴藏着这么巨大的共产主义积极性，是我们估计不足的。看起来，我们能亲眼看到共产主义在中国实现。'

"唉！现在谁都可以说，这是热昏的胡话。但是，在当时，人们并不觉得这同马克思的共产主义学说有什么不同的地方，甚至认为这么搞，是把马克思主义发展了一步呢！

"傍晚，吉普车开进了迟贯中他们那个县。胡书记的脸色慢慢地'晴转多云'，由喜悦变成了愠怒。我顺着他的视线朝车窗外望去，也难怪胡书记不高兴。一过了两县交界的石碑，但见群山寂寂，林木葱葱，羊群静静地在山坡上吃草，骑在牛背上的牧童正悠闲地在夕阳下漫步，人稀车少，高炉就更少了。同山外热火朝天的一派'跃进'景象相比，恍如隔世。

"到了县城，进了那门朝南开的旧大院，这就是县委会了。我们的吉普车长驱直入，只觉得这里面也是冷冷清清的。那时候，吉普车还不像八十年代这么多，县委来了一辆车，必然是重要人物驾到，县委办公室主任忙跑了出来。

"'你们的人呢？迟贯中跑到哪儿去了？'胡书记一脸的怒气。

"办公室主任赔着笑脸说：'下班了。'

"'什么？你们这儿还下班？'胡书记勃然大怒，'现在是什么时候？是"大跃进"，一天等于二十年，大家都在争分夺秒，你们居然还下班？他人在哪儿？'这当然是指迟贯中。

"'八成儿是往定福庄去了。'办公室主任忙说，'老迟有个一日三点的工作方法。'

"'什么？什么？什么叫一日三点？'胡书记极其不耐烦地瞪着两个大眼问。

"办公室主任解释说，迟贯中每天早上起来，都要到离县城最近的西门大队去转一转；中午休息的时候，又转到南门外的山沟子大队；傍晚下班之后，就到定福庄去看看。

"'老迟说，当县委书记，一天不跑三个点，心中没数，开口没根据，办事准出错儿。'办公室主任小心地补充说，'机关的同志就给这起了个名，叫一日三点的工作方法。'

"胡书记不言语，沉着脸似乎若有所思。我心里挺纳闷：这个一日三点的工作方法很不错，怎么没听迟贯中说起过呢？难道他不认为这是一个县委书记在繁忙的工作中联系群众、接触实际的好办法？如果不是这样的话，他为什么去做呢？

"'走！带我们找他去！'胡书记朝办公室主任一挥手，自己先钻进车内。吉普车朝定福庄开去。

"车开出县城不远，半路上就看见迟贯中倒背着双手，在前边一步三摇地踱着方步。他披着一件灰布棉袄，两只空洞洞的棉袄袖子在肩上晃来晃去，给人一种优哉游哉的感觉。

"'迟贯中！你还有闲情逸致在这儿摆方步！'胡书记跳下车，站在路边劈头盖脸就把迟贯中训开了，'合作化的时候，你就当了小脚女人；现在大家正跑步进入共产主义，你可倒好，在这儿迈方步！'

"迟贯中抬起圆圆的脸，讪讪地笑了笑，没说啥，见胡书记怒气冲冲地朝他挥手，就转身上了车，在我身边坐下来。在车上我不禁细打量了这位县委书记一番，他半闭着眼，不知在想些什么。下巴上的胡子好久没剃了，头发也乱蓬蓬的。那放在膝上的一双手，骨节很粗大，好像天天捏锄把子似的。他神态自如，不会寒暄，一路上没跟我说一句话，但在默默中，他却给人以亲切慈厚的感觉。

"在车上，胡书记也抓紧时间，连续不断地发出吼声，教育这个不争气的下级。当天晚上，胡书记马不停蹄地召开了县委常委会，要迟贯中三天之内摘掉三类县的帽子，甩掉手无寸铁的乌龟壳。

"'你们背乌龟，自己不嫌丑，整个地区可跟着你们上不去！你们给地区抹了黑！现在，地委已经作出决定，要消灭三类县，要放一个特大的钢铁卫星。迟贯中啊，你再拉我的后腿可不行！'胡书记已是大声疾呼了。

"迟贯中还是那么不着急，圆脸上带着笑意，单眼皮小眼睛睁着，望着怒火万丈的上级，慢慢腾腾又似乎无可奈何地答道：'谁愿意背乌龟哟！不过，从我们县的实际情况来看，我们这里没有铁矿石，巧媳妇也做不出没米的饭来呀！'

"胡书记本来是在不断地抽烟，一听这话，啪地按灭了烟头，

冷冷地哼了一声：'你们这里会没有铁矿石？这么大的山里会没有铁矿石？我根本不相信。不是没有，是你没去找！'

　　"第二天，胡书记亲自动手去找矿石。说来也怪，只用了半天时间，胡书记就满载而归。在当天下午召开的公社书记会上，他宣布：'你们这里满山遍野的有没有铁矿石，我不敢说，但你们这里有废铜烂铁，这是我亲自调查了的。农机厂的大铁门还留着干吗？防贼还是防盗？到了共产主义，还会有小偷强盗？乡下农民都是军事共产主义编制，食堂化了，有食堂的大锅大灶，各家各户的小锅小灶还留着干吗？小铁锅不是铁？只要你们挨家挨户动员，把全县的破铜烂铁都收上来，就算没有矿石，也能炼出好钢好铁！'

　　"胡书记这个新发现，不亚于发现新大陆，把到会的都听傻了。他们一个个都抬起头，拿着小笔记本也忘了记，望着口若悬河的胡书记，简直不敢相信他会出这样一个'高明的主意'。

　　"胡书记愈说愈兴奋，他抬手顿足地高呼：'你们马上组织废铜烂铁搜集队，挨家挨户去搜。当然啰，要思想领先，不能强迫命令。要给群众讲清楚：窝藏一根废铁，就是窝藏一个蒋介石；窝藏一口铁锅，就是窝藏一个敌人，就是反对吃食堂，梦想走回头路！'

　　"别说参加会议的公社书记一个个面有难色，我在一旁听着，也替他们捏一把汗。然而，有话只能闷在肚子里，谁敢说？地委书记，在基层干部眼里是大官啊！更何况胡书记讲话斩钉截铁，根本不容反驳，连商量的余地也没有。他们只好把目光转向迟贯中，希望县委书记能替他们说几句话。

　　"在这种场合，迟贯中自然是坐在胡书记身边。他是从来不吸烟的，这时，我却见他向旁边的县长要了一支烟，用两个手指头捏着，笨拙地点上火，吸一口，就咳嗽几声，又吸一口，又咳嗽几声。有一阵因为他咳嗽声音太大，影响到会场的安静，胡书记直拿眼瞪他。

"会场空气沉重，简直令人窒息。迟贯中又咳嗽了一阵，才把烟头掐灭。他玩弄着那掐灭的烟头，眼睛不看会场，开口说道：'废铜烂铁，在咱这山沟沟里能收多少？大伙儿合计合计。要是多呢，咱们就收。收来炼出钢建设社会主义，谁不乐意？要是三斤五斤，三个螺丝两个钉的，收来也没啥用场，我是这么看。'

"这真是一个大胆的发言。大胆到有点藐视胡书记的味道。我看到胡书记脸变红了，大鼻头子都红了，眼珠子瞪大了。可是迟贯中好像没有觉察到，脸上还挂着那种和蔼的微微的笑意，仿佛他们讨论的只是一件微不足道的小事。

"公社书记们顿时活跃起来。有的交头接耳，有的大声说话，都说山里人穷，有的连铁锨都买不起，还是用的木头锨呢。就算你挖地三尺，也找不出几斤铁来……乱了一阵，大家不约而同朝台上一看，发现胡书记眼珠子越瞪越大，脸上的颜色由红变青，与会者这才感到暴风雨即将来临，都悄然不语了。

"可是，迟贯中的确是太不会看人脸色了。台下的人预感到的，他还毫无感觉。大伙儿不说了，他反而接过来说：'常言道，庄户人手勤就是宝。一根锈了的铁钉子，一片烂了的菜帮子，一堆破了的纸盒子……就连一张旧报纸，镇上的人谁也不捡，乡下人见了都捡回去收着，十冬腊月糊个窗户洞也是好的。'

"'就说这烟头吧！'迟贯中把托在掌心的那个烟头，扔了半尺高又接住，盯着自己的手掌说，'在城里人看，这叫废品，掐了一扔再用脚一踩完事。在老农民眼里，这可是珍贵物件，拿回家去，搓巴搓巴，按在小烟袋锅上，够自个儿美美地抽两口，说不定还待客使呢！在西村，他们就常递给我尝，还挺有味儿呢。

四三年秋天打三河镇那阵，我们连长是个烟鬼，他跟我说：'伙计，走，咱们找个地儿弄点儿烟去……'"

"迟贯中讲起故事来，胡书记终于爆发了。他简直一点面子也不留，用手指叩着桌面叫道：'够了，你胡诌些什么？你平常就这么主持开会讨论问题的？简直不像话，连中学生的水平都不如！'

"这一声吼，真如雷鸣般，把会场镇得鸦雀无声。

"胡书记接着说：'迟贯中，你别跟我玩推磨战术，也别跟我吹你的四三年。四三年你表现怎么样，我不知道，反正社会主义革命这一关，你没有过好，这我敢下结论！要不，为什么合作化你当小脚女人？现在，现在你准备怎么办？进不进共产主义？咹？过不过这一关？'

"迟贯中结结巴巴地答道：'过……当然要过……'

"'你准备怎么过？'

"'慢、慢慢过。'

"'慢慢过？'胡书记怒极了，反而冷静了下来似的，声音降了八度，冷冷地问，'人家坐飞机、坐火箭蹿上天，你骑毛驴慢慢过？你啊，你就是农民意识严重，事事站在小农的立场上，目光短浅，连个破铜烂铁都舍不得收。'

"批评够了，胡书记又拿出软的一手。他说：'当然，你工作也不是一点成绩也没有。这回我下来，就听说你有个一日三点的工作方法。这就很好嘛！深入实际，深入群众，以点带面，推动一般，这很符合毛主席的教导，很值得总结一下，全面推广。'

"迟贯中红着脸忙分辩说：'我，我这不是什么工作方法……我是整天泡在机关里下不去，没办法，两眼发黑，心里不亮，也憋得慌，到村里转转，也没做啥工作，聊聊天，散散心……'

"胡书记皱了皱宽眉毛，抢过话来说：'这回，你们可以创造一个无矿炼钢法。只要你们努一把力，把全县的废铜烂铁收拢来，回炉重炼，为地区的钢铁卫星上天做出贡献，我就把你们三类县的帽子摘了。你们就可以跨入先进行列，怎么样？两条路，是永远后进还是当先进？'胡书记把话停住，等着迟贯中表态。

"迟贯中就是不言语，直到最后，才憋出半句话来：'当先进县，我们不够格……'

"对这样一个不知好歹、不晓荣辱、软硬不吃的下级，胡书记终于失去了信心。他下了一道死命令：必须在三天之内把全县的废铜烂铁统统搜出来，必须在三天之内建起小炉群，否则就撤销迟贯中党内外一切职务，开除出党，并且改组县委。第二天，他就怒气不息地回地区去了。

"我没有跟胡书记回去，想留下来看一看，事情的结果会是怎样。

"消息很快传开了。'窝藏一根铁钉，就是窝藏蒋介石；窝藏一口铁锅，就是窝藏资本主义的私心'等说法，搞得家家户户人心惶惶。'三天之内不把废铜烂铁献上去，迟书记就要被开刀问斩'等流言，越传越玄。县委机关也议论纷纷，有的说：'下级服从上级，让搜就搜吧！'有的说：'不行啊，把农民的锅都砸了，人家还不找你拼命！'

"这一天，我始终没有见到迟贯中。机关里没有，家里也没有。在这纷乱的紧要关头，他到哪儿去了？吃过晚饭，我到街上去散步，沿着县城仅有的一条马路，我出了西门，毫无目的地朝前走去。我心里很乱。在报社的时候，在地区的时候，对这场'大跃进'，我是衷心拥护的。我为'共产主义的曙光就在前头'而欢欣鼓舞，甚至还写过两首小诗。但是，到了这个县，看到这样一幅实现共产主义的图景，我真感到茫然了。

"走着，想着。想着，走着。忽然，我看见迟贯中在我前边走。他还是倒背着双手，披着那件棉袄，两只空袖子晃来晃去。我猜想，他心里也有无法排解的矛盾和苦恼，才在这日落西山的时光，独自在这乡间的小径，徘徊散步。我没有上前去惊动他，随在他身后，不觉走进一个小小的山庄。

"突然，村子里传出吵架的声音。迟贯中加快了步子走去，我也紧跑了几步，跟上去。

"只见在一家小院的矮矮的围墙里，一个怒气冲天的老头正在刨坑，一个小伙子端了一口铁锅站在门口，一个老太太死拽着小伙子。这时，老头把铁锨扔了二尺远，堵住门，夺那口锅，声嘶力竭地喊道：'你给老子放下！'老太太也一个劲嚷嚷：'你把锅放下！放下！'

"小伙子就是紧紧端着锅不撒手，他苦苦哀求道：'爹，我是团员，我要带头，共青团员家里不能窝藏蒋介石！'

"'放屁！'老头骂道，'我一个老贫农，我窝藏蒋介石？'

"'你不窝藏，你干吗刨坑？'

"'对了，坑是我刨的，我就要把这口锅藏起来。叫他们来搜，叫他们来搜！谁要敢刨开我这个坑，我躺上边，叫他先劈我。我跟他们拼了！'

"正在相持不下的时候，从房里走出一个白发苍苍的老婆婆，七八十岁的样子。她一手拄着拐棍，一手去拉那老头的衣袖，颤颤巍巍地说：'你真是糊涂啊！让孩子把锅交了吧！'

"'妈！咱们家就这一口锅啊！'老头冲自己老娘哀声叫了起来。

"老婆婆又朝前挪了两步，用袖口擦着泪眼，颤声说：'唉！你们这些人咋不懂啊！不交锅，老迟就保不住命了！一口锅，值多少？老迟可是难得的好人哪！咱不保他，谁保他？孩子，听我这

一句，叫他们拿去吧！'

"一听这番话，老头不知不觉松了手。小伙子站了站，端起锅就往外走。

"迟贯中猛一下推开院门，伸手拦住了小伙子，接过他手上那口锅，走到三位老人面前说：'把锅留下，留下吧！'

"老婆婆一把抓住迟贯中，左右地端详，问了一句：'老迟啊，你还好吧？唉！叫你为难啊！'

"迟贯中把锅搁在地上说：'老大娘，再难，也不能叫乡亲们家里没有锅啊！'

"他们身贴身、脸对脸、手拉手地站在一起。我看见他们都掉下了眼泪，泪水掉在手背上，滴在泥土里。

"第二天，迟贯中向各公社下了一道命令：每家每户留一口锅，其他废铜烂铁，收。

"那天的会他们是半夜开的，我没有亲自听到他下这道命令。后来听人说，迟书记是含着眼泪下命令的。说到'每家每户留一口锅'时，泪水就在他眼眶里转。说到'其他废铜烂铁'时，他嗓子眼儿堵塞了，哽咽了半天，最后迸出一个'收'字时，转身就离开了会场。

"迟贯中的结局是这样的：他没有完成收集废铜烂铁的任务，更没能炼出好钢来。他们县还是手无寸铁的三类县。不过，胡书记对他还是宽大的，当时并没有撤销他的职务，也没有开除党籍。第二年，庐山会议以后，他才被划成'右倾机会主义分子'，开除党籍，开除公职，勒令到县里一个林场劳改。

"又过了两年，他犯心脏病死在林场，死的时候才四十二岁。

"那时候，我也被划成'右倾机会主义分子'，也在那个劳改林场。可惜，跟他不在一个队里。远远地见过他几面，始终没有机会说话。

"他死后，才知道他没儿没女，妻子也病故，没有人来领尸。

"三天之后，忽然来了一男一女老两口，还带着个小伙子，推着一辆板车，车上拉着一口没有上漆的白木棺材。那老婆婆光哭不说话，那老头口口声声跟林场管理人员说，迟贯中是他叔伯兄弟，他要把尸体运回村里去埋。林场领导同意了。

"他们拉着棺材往回走的时候，我正请假外出，刚巧碰见了。我一眼就认出来，他们是当年大炼钢铁时迟贯中亲自给留下一口锅的那家人。

"我跟在棺材后面走着，一直走到他们村边，走到一块荒地上。只见那里黑压压地站满了人，男女老少好几千人，正等待着参加他们的迟书记的葬礼。

"葬礼是按照山里人的规矩举行的。各个村都推举出一名男孩披麻戴孝，给迟书记扬幡摔盆。妇女们抚着棺材痛哭，不叫往坑里放。老人们哭喊着：'老迟啊！你在哪儿啊！怎么叫你你不应哪！'只听一片震天动地的哭声！"

"唉！"崔照明长叹一声，又接着说，"以后，每逢清明，迟书记的坟前都有人烧纸磕头。'文化革命'那几年也一样，从未间断过。有时，大人领着孩子，指着坟头说：'孩子呀，这里就埋着咱的迟书记。亏得他，给家家户户留下一口锅……'"

七

崔照明讲完了他的故事。

一种巨大的哀痛压在我的心头，任凭泪水流了下来。陈征远轻轻地叹息着。唐晋摘下眼镜，拿出手帕默默地擦着。崔照明咳嗽起来。

夜深了，万籁俱寂。热气消了，晚风带来了凉意。

远处传来一阵阵汽车的行驶声，一束束车灯的光扫过庭院。县委书记们归来了，他们下车了，他们的笑语欢声也听得见了。他们之中有多少方豫山、逯辑王、迟贯中？今天，他们该不会再重演那样的悲剧了吧？

天空中，千万颗星星闪亮着，闪亮着……

附：

一号文件到密云

正月初六，我到了密云县。从县里到乡里，从机关到农户，满耳听的，都是一号文件。县委的同志介绍说：中央今年一号文件传达后，农民心里更踏实了，搞好土地承包责任制，发展商品生产的积极性很高。密云距北京城区并不很远，在这里走一走，看一看，许多事情是在城里想象不到的。

小蚯蚓引出的大文章

一号文件称专业户是"应当珍惜爱护，积极支持"的"农村发展中的新生事物"。我拜访了几个专业户，确实有很多新的东西值得思考。

十里铺公社王各庄大队的孟广义，是一位养蚯蚓的专业户，并且"发了大财"。县委的同志领我到了他家，跨进小院，迎面五间旧北房，并不堂皇。院子里还有一个半地窖式小屋，约三间小房的面积，那就是蚯蚓的住地了。

孟广义不在家。他到燕山旅馆参加蚯蚓协会的会议去了。他的两个儿女接待了我们。据他们介绍，蚯蚓不娇气，喂养不困难，成本也不高。满满一车马粪，可供几百万条蚯蚓足食一月，只需十五元，而每条蚯蚓可卖三分钱。就在这小小的地窖里，一层一层的钢架上铺满马粪，里面卧藏着几百万条蚯蚓，也就是几万元人民币。

当然，专业户致富也不那么容易。首先是资金。老孟家开始干时没钱，通过私人借贷，凑集了三万元，跑到河南买了一百万条蚯蚓种，雇了一辆大卡车，千辛万苦才运回来。这种小虫繁殖很快，只两个月就把本钱赚了回来，还清了借款，还留了六十万条蚯蚓做种。就这样循序渐进，到我们去他家时，才有了现在这样的规模。算起来，他已卖出的和现存的蚯蚓都卖出去，据说毛利可达十八万元。

可他暂时不准备卖。按过去对农民的看法，似乎都是目光短浅，搞几个钱拴在裤腰带上，或为自己买棺材板，或为儿孙盖几间房的主儿。这观念，有些过时了。孟广义想的不是这些。如果只想这些眼皮底下的事，他满可以把蚯蚓全部卖出，抱着十八万元人民币，享一辈子清福。

孟广义把繁殖蚯蚓作为发展商品生产的一个新的领域去开拓。蚯蚓，其貌不扬，但所含蛋白质极高。听说法国人能把蚯蚓烹调成名菜，不过，在中国，还没有人敢吃它。只是在中药里，早已有用蚯蚓制药的了。它可治关节炎、动脉硬化。用蚯蚓制酒、制饼干、制罐头，也是营养价值极高的食品。这些，外省已有人在试制，取名"地龙酒""地龙饼干""地龙罐头"，只不过尚在试验之中。

老孟希望在密云县也能为蚯蚓找到最好的归宿，提高它的价值。他认为在没有给蚯蚓找到更多的出路时，盲目发展蚯蚓生产，不会给更多的农民增加财富，甚至会给他们带来灾难。因此，他把自己的精力和财力都用在支持蚯蚓的食用试验中。县里有个小酒厂，生产不十分景气，经济上有点困难。他准备给酒厂投资，支持酒厂试制"地龙酒"，并建议把"地龙酒"列为酒厂科研项目。搞科研需要资金，他家愿意全部负担。

小小的蚯蚓，在孟广义看来，是一篇大文章。只要这篇文章写成了，密云县就不止是富了一个孟广义。这是何等深邃的眼光！今日之农民早就不是挣仨瓜赚俩枣儿的"土老帽"了。可以说，一种具有企业家气派的新式农民，正在成长之中。这，难道不是新生事物吗？

农民集资的工厂

一号文件鼓励农民向各种企业投资入股。在密云县南穆家裕乡，我参观了一家坐落在半山坡的"众诚服装厂"，就是由农民集资经营的。这个厂不花国家一分钱，不用国家干部操心，完全是农民打伙办的。从资金到职工，都出在本村的土地上。

这个村每人平均只有五分地，年轻人闲着没事干。男的可以外出参加建筑队。大批活泼的姑娘只能待在村里，嗑瓜子儿，串门子。闲得发慌，怎么办？把这么多人窝在土地上，耕得再细，种得再好，也就那点粮食钱，谁也别想富起来。

退休干部董文生看到土地和人力的这种矛盾，想为乡亲们找一条出路：不能进城当工人，为什么不能自己办厂当工人呢？当然，他也有思想斗争。一怕办不好赔钱落埋怨；二怕闲言闲语说自己想发财；三是身体不好，家里不愿他去冒这个风险。可是他考虑到全村人的利益，还是干，而且毛遂自荐，担任厂长。

钱从哪里来？

董文生开始筹集资金。厂里定下股金标准——每股一百元。你可以入一股，也可以入十股，有钱拿来，都要。他自己入了四股。职工中有一股的，有两股的。一般入了股的可以优先进厂当工人。按厂规："入股不等于来人，来人必须入股。"这样一来，厂内职工既是工人，也是股东。红利按股分，赔钱按股摊。全村有一百零六户入股，占总户数三分之一。为了全村人都能支持这个小厂，生产队、大队集体也入了股，这股是人人有份儿的，也就等于全村集资三万三千三百元办起了这么一个小厂。

大队有一所破院子，闲了七八年没用，暂借给服装厂了。服装厂把四合院小修小装之后，就买了机器安装好。同时，选送了三十八位农民去外厂培训。三个月后，这些聪明的农村姑娘就变成了工人，开始为行销中国香港、加拿大、美国等地的服装加工，产品质量合格。

"众诚服装厂"整个厂区几分钟就可以转完，统共一个小四合院，加起来不过十来间房。东厢房裁剪，正房是两排电动缝纫机，西厢房是包装，南房是小小的办公室兼业务洽谈处。年轻的女工穿着自己做的花衣服，头上戴着白色工作帽，只是还不习惯把乌黑的小辫儿塞进帽檐里。

服装厂就这么诞生了。现在还谈不上利润，只不过为农村的剩余劳动力找到了一条出路。多少年来，农民离开土地，是一幕幕惨绝人寰的悲剧。而现在，时代变了，农民离土正在变成一出出欢天喜地的喜剧。如同一号文件所说的："随着农村分工分业的发展，将有越来越多的人脱离耕地经营，从事林牧渔等生产，并将有较大部分转入小工业和小集镇服务业。这是一个必然的历史性进步。"

方兴未艾

农村在变，农民在变，县、社（乡）的干部们也在变，变得年轻了，变得有知识了。密云县的四位主要领导人中，有三名大学生。坐在县委大会议室里听乡里的书记们汇报，见到的再也不是蹲在板凳上、叼着旱烟袋、拍拍脑袋就发言的"泥腿书记"了。他们穿着整齐，说起话来，满口的"商品信息""开发性事业"等新名词。书记们随身携着公文包。这可不是装样子的，如今契约那么多，又是社队企业，又是集资厂家，又是专业承包，各式各样的条文数据，没有个公文包，哪说得清楚。

自从修了密云水库，全县二十二万亩好地被国家征用，密云县成了地少人多的地方了。前些年"以粮为纲"，密云县怎么治也是穷。这几年放宽政策，日子好过了些，人均收入略有增加，今年一号文件下达后，县里的同志思想更加解放了，密云有山有水，种粮食比不过别人，把山山水水的优势发挥出来，何愁不富！

"一年之计在于春。"现在，各乡各村正在订计划。那可不是光写在纸上的，是要实干的，县委提出的目标中就有：一九八四年全县人均收入增加一百元，每户平均有一人脱离农业。这个目标代表了千家万户的利益，受到农民双手拥护。干部们正筹划着怎样逐步把有限的土地相对集中到种田能手的手中，怎样发展养殖业，怎样集资兴办产销对路的工业。

农村形势真个是方兴未艾哪！

另：关于蚯蚓的信息

编辑同志：

二月二十二日，贵报发表拙作《一号文件到密云》后，收到一些读者来信，询问有关蚯蚓的饲养和收购等问题，望借贵报一角答复如下：

现在国家不收购蚯蚓。养蚯蚓不难，找销路很难。"地龙酒"还在试验阶段。三月间，我去江苏海安县，那里的蚯蚓已降为三厘一条，靠单一地发展蚯蚓致富不可能，一般都是自养自用，添加在饲料中喂鸡、喂猪。

谌容

卷后记

县委书记们

　　旧作重读，感慨良多。一篇《赞歌》看下来，许多往事涌现在眼前。

　　为了写作，我结识了不少县委书记。我们的各级政府官员对文人还是非常礼遇的。特别是手持作家协会"体验生活"的介绍信，加上自己的两篇小说，到了地方都会得到热情的接待和帮助，此时此刻，县委书记们的音容笑貌仿佛就在眼前。我与他们是"君子之交"，相互间没有利害关系，分别后并无往来。也许正因为如此，我们的友谊得以长存。他们留在我记忆里的仍然是战斗在工作岗位上的生龙活虎般的好同志。虽然人微言轻，我也很想在这里说一句公平话：县委书记太难当了！

　　其实，我能了解到的只是他们工作生活中的细枝末节，远不能描绘出他们工作中的庞杂、烦难与艰辛，套用他们的一句口头语"上面千条线，下面一根针"来形容倒是比较贴切的。中央的各项政策措施都要通过县委这根"针"下传基层，百姓的心声也要通过这根"针"上达天听。工农商学兵，哪行都有他们要管的事，哪里照顾不到都要出乱子。前些日子，看到中央提出"厕所革命"的问题，特别强调了农村的厕所，不知为什么我立刻联想到我那些县委书记朋友，当然，他们应该是早已退休了，但，我敢说现在的县委班子肯定为此召开了专门的会议，层层传达落实。

人们戏称他们为"县太爷"，仿佛他们的日子过得特别的舒坦。就我与他们的接触来看，他们的日子未必是那么的轻松愉快。记得有一年冬天我去了一个县。那里地处山区，不算富裕，所辖面积不小，人口却不多，有的山头就那么三两户人家。县城只有一条高低不平的小街，勉强可以驶过一辆吉普车。全县就政府大院儿停着一辆吉普车，县委书记出行就用它。一天，县委书记要下乡检查工作，我也趁机跟了去。

寒冬腊月，漫天的大雪。自小我就特别喜欢雪，之所以大冬天选择去那个偏僻的山区县城，是因为听说这里冬天的雪特别漂亮，与众不同。私心里就是想去看漫天的飞雪，想去看雪中那一片洁净的山川。这时有吉普车可坐，还可以顺便看看县委书记的工作状态，真是机会难得。出发时书记再三地告诫我，要做好思想准备，雪天山路很难走的。记得我很轻松地答道：县委书记都不怕，小老百姓更不怕。

绕着盘山公路进得山里，白雪皑皑，风景如画，一派北国风光。车上人谈笑风生正高兴着呢，坏了，前面塌方，路被堵住了。这时，我们正在群山的高处，四周不见村庄，连个人影儿也没有。我第一次体会到什么叫"前不着村后不着店"啦！身边没有任何通信联络工具，八十年代根本没听说过手机什么的。反正是无法与任何地方任何人联系，说得严重点就是求救无门。我觉得自己还算镇定的，问县委书记以前他们也碰见过这种倒霉事吧，怎么办的？县委书记毫不犹豫地说：靠两条腿下山呀。

于是，我们弃车而行。说是"行"，可没有路，只能靠自己开路下山。他们好像一点不着急，司机和县办的两个年轻人不慌不忙地砍来了树干，每人一根权当拐棍。

　　漫山遍野白茫茫的一片，苍松翠柏依旧银装素裹分外妖娆，此时都不在我眼里了，只想着如何从这冰天雪地的高山下去。厚雪掩盖下水滑的碎石烂泥，更加枯枝败叶，用"举步维艰"来形容都是奢侈，根本就站不稳，何谈举步？这哪是山，分明就是一个硕大的倾斜的溜冰场嘛。

　　县里的同志们对此劫难好像不以为意，书记叮嘱两个年轻人照顾我之后，就拽着树干自己先滑下去了。剩下两人很负责任很热情地教我：您先瞄准前方的一棵大树，从上面冲下去，抱住那棵树人就滚不下去了。果然是"三人行必有我师"！无奈，我只得胆战心惊地照着他们的话去做，两个年轻人还一前一后为我护驾。于是，我们就抱了一棵又一棵的大树，英勇地连滑带跑地朝山下冲去。我又是第一次体会到什么叫"下山更比上山难"啦！

　　天已经渐渐黑了，万幸我们毫发无损地冲到了山底，又万幸发现远处影影绰绰有房屋，就毫不犹豫朝那里奔去。到了近前才看清是倚山而筑的一圈院墙，又听得远处县委书记兴奋地喊：没问题了，这是工厂的后院。我们在院墙外的后山高处，院墙延伸到工厂院里还有很高的距离，必须叫工厂的人来"救援"。记得两个年轻人趴在墙头喊叫，终于，工厂的人出现了，他们提着有玻璃罩子的马灯朝我们的方向照来。此时，两个年轻人已是底气十足，大喊：快，搬梯子，书记来了。于是，有人忙着架梯子，有人忙着大声指挥，乱哄哄地笑着。看着梯子下面忙忙活活的人，我猜想，别看厂领导们满脸笑盈盈的，心里不定怎么想呢：就算书记检查工作，怎么连个招呼都不打？深更半夜来，还不走前门，翻墙头走后门，难不成微服私访？不管人家怎么想的吧，沾县委书记的光，我们下得梯来，直接被请进厂里最好的接待室。待在暖暖和和的房间里，有吃有喝，我不免又是第一次体会到，什么叫"大难不死必有后福"啦。

坐县委书记的吉普车，跟着他们走村串乡的事真没少干，否则怎么了解他们，怎么知道他们工作时的难处、执行中的小小变通，以及无伤大雅的欺上瞒下。记得在一个很熟的县里，他们设晚宴招待我。按当时规定，招待上面来人只准四菜一汤，不许有酒。当然，这顿饭不能全按规定办，也就是说不止四个菜。理由是：首先，我不是上面来人；其次，我们算朋友见面，与工作无关。尽管如此，他们还是不敢上酒。中国人讲究无酒不成席。看着这场面实在有点尴尬，仗着自己不是官场中人，就提议：今天这酒我来买，用我的稿费请大家喝酒。宴会完满结束，还保全了县委书记不犯错误，皆大欢喜！

在这篇《赞歌》中，描写了三位县委书记，书中人当然不乏我那些县委书记朋友们的影子。可叹他们早生了几十年，因而他们的从政生涯或多或少都具有悲情的色彩。如今收入文集，无非立此存照而已。

二〇一八年二月二十七日

时年八十三